U0120771

William Somerset Maugham

Of
Human Bondage

人性的枷锁

[英] 威廉·萨默塞特·毛姆 著　　冯涛 译

译林出版社

图书在版编目（CIP）数据

   人性的枷锁.下／（英）威廉·萨默塞特·毛姆
（WIlliam Somerset Maugham）著；冯涛译. —南京：
译林出版社，2023.5
   （毛姆精选集）
   书名原文：Of Human Bondage
   ISBN 978-7-5447-9600-2

   Ⅰ.①人… Ⅱ.①威…②冯… Ⅲ.①长篇小说－英
国－现代 Ⅳ.①I561.45

   中国国家版本馆 CIP 数据核字（2023）第 042567 号

人性的枷锁（下） ［英国］威廉·萨默塞特·毛姆／著 冯涛／译

责任编辑 鲍迎迎
装帧设计 韦 枫
校 对 梅 娟
责任印制 董 虎

原文出版 Vintage Books, 2000
原版插图 John Sloan
出版发行 译林出版社
地 址 南京市湖南路 1 号 A 楼
邮 箱 yilin@yilin.com
网 址 www.yilin.com
市场热线 025-86633278
排 版 南京展望文化发展有限公司
印 刷 江苏凤凰新华印务集团有限公司
开 本 787 毫米 ×1092 毫米 1/32
印 张 34（上、下册）
插 页 8
版 次 2023 年 5 月第 1 版
印 次 2023 年 5 月第 1 次印刷
书 号 ISBN 978-7-5447-9600-2
定 价 118.00 元（上、下册）

六十二

　　菲利普不甘心向这销魂蚀骨的欲情缴械投降。他知道，人生世事无不是梦幻泡影，所以，这种欲情总有一天也肯定会烟消云散的。他热切地盼望那一天早日来临。爱情就像是心脏里的一条寄生虫，靠吸食他生命的血液来滋养它那可恶的生命；它几乎吸取了他的全副心神，使得他对除此以外的任何事物一概都失去了兴致。他曾非常喜欢圣詹姆斯公园的优美典雅，经常坐下来观赏映衬在蓝天下的一棵树的树枝，那活像是一幅日本的版画；那布满驳船和码头的美丽的泰晤士河，在他眼里也有百看不厌的魅力；那变幻莫测的伦敦的天空，也在他的心灵中激起无限愉快的遐想。可是现在，风景再美对他也毫无意义了。只要他不跟米尔德丽德在一起，他就会感到心烦意乱、坐立不安。有时候，他也想通过看看名画来慰解愁思，可结果他就像个观光客一样在国家美术馆里走马观花，竟没有一幅画能唤起他情感的战栗。他都怀疑他是否还能重拾对他过去热爱的那些事物的兴趣。他曾酷爱阅读，可现在书籍对他已经是毫无意义了；他的空余时间就都消磨在医院俱乐部的吸烟室里，一本本地翻阅那些期刊杂志。这种爱情就是一种折磨，他对自己这种身不由己的陷溺和屈服恨之入骨；他成了一个囚徒，渴望得到自由。

有时候他一早醒来，感觉没有任何思虑牵挂，他的灵魂不禁欢呼雀跃，因为他以为自己已经自由了，他已经不再陷溺于情爱中了；可也就一会儿，当他彻底清醒以后，痛苦又在内心扎下根来，他知道他的病仍旧没有治愈。他不禁心下暗想，这世上恐怕再没有比他这种又是爱慕又是嫌恶更折磨人的情感了。

菲利普一向都有深挖和剖解自己情感状态的习惯，在经过不断地检讨自己的现状以后，他得出这样一个结论：能够把自己从这种有辱人格的欲情中拯救出来的唯一途径，就是让米尔德丽德成为自己的情妇。让他痛苦不堪的是情欲的饥渴，如果他能让这种情欲得到满足，他也就有可能从束缚着他的这种难以忍受的锁链中挣脱出来。他知道米尔德丽德在这方面对他是没有丝毫兴趣的。当他无比热烈地亲吻她的时候，她会出于本能的厌恶而往后退缩。她居然全无色欲。有时候，为了激起她的醋意，他会故意谈起当初在巴黎的性爱历险，但她全然不感兴趣；有一两次，他特意坐到店里其他的桌位上，假装跟为他服务的别的女招待调调情什么的，但她完全不放在心上。他看得出来，她倒也并不是存心要装痴卖傻。

"今天下午我没坐在归你照管的桌位上，你不介意吧？"有一次他在陪她往火车站走的时候这么问她，"你照管的那几个桌位好像都客满了。"

这并不是事实，她却并没有反驳他。就算她并不把他的这种故作姿态放在心上，只要她稍稍假装一下，菲利普也会大为感激的。如果再加上一句嗔怪的话语，那简直就是抚慰他心灵的灵丹妙药了。

"我觉得你每天都坐在同一个地方也是够傻的。你是该时不时地也光顾一下别的姑娘负责的桌位。"

他越想就越觉得只有让她完全以身相许，才是他重获自由的唯一途径。他就像是个古时候的骑士，被施了魔咒而失去了人形，一心想找到重获健美、匀称身形的解药。菲利普就只有一个希望了：米尔德丽德非常渴望能去趟巴黎，对她而言，就如同对大多数英国人一样，巴黎乃是欢乐与时尚的中心。她听说过卢浮商场，在那儿你只需花费伦敦一半左右的价钱就能买到最时新的商品。她的一个朋友是去巴黎度的蜜月，就整天都泡在卢浮商场里；而且她跟她丈夫，老天爷，天天都会玩个通宵，不到凌晨六点钟是绝不肯上床睡觉的，什么红磨坊啦什么的，真是说不尽也道不明。菲利普觉得，哪怕她仅仅是为了实现去趟巴黎的夙愿才不得不委身于他，他也并不在乎。只要能满足他占有她的欲望，要他做什么他都在所不辞。他甚至生出一种情节剧式的想要给她下药的疯狂念头。吃饭的时候他一心想多灌她点酒，希望酒劲儿能使她兴奋起来，但她偏偏不喜欢喝酒；尽管她喜欢他点香槟，因为这样看起来有派头，但她喝掉的从来都不超过半杯。她喜欢慢慢地倒满一大杯酒，然后原封不动地留在桌面上。

"让侍应们也看看咱们是何等样人。"她说。

菲利普挑了个她显得比平常更友善的时机把这事儿提了出来。他三月底有一次解剖学的考试，再过一个礼拜就是复活节，米尔德丽德有三整天的假期。

　　"我说，到时候你干吗不去趟巴黎呢？"他提议道，"我们会玩得非常开心的。"

　　"那怎么成？那钱花起来就没个头了。"

　　菲利普已经考虑过了。这一趟至少要花二十五镑。对他而言，是一笔大数目。但他甘愿为她花掉最后一个便士。

　　"这有什么关系？说句你愿意去就行了，亲爱的。"

　　"下面还有什么呢，我倒很想知道一下。我不能跟一个还没跟我结婚的男人一起出去呀。这种建议亏你提得出。"

　　"这有什么关系呢？"

　　他大肆渲染了一番和平路的盛世繁华和女神游乐厅的流光溢彩。他绘声绘色地描述了一番卢浮商场和乐蓬马歇百货公司①。他还跟她说起乌有夜总会②、修道院夜总会③，以及外国人最常去的各类场所。他把本来是他鄙视的巴黎的那一面描绘得流光溢彩，他千方百计地劝她跟他去一趟。

　　"你知道，你总说你爱我，但你要是真爱我的话，你应该会想

---

① 乐蓬马歇（Le Bon Marché），意为"好市场"或"好交易"，被认为是世界上首家百货公司，一八五二年由Aristide Boucicaut及其妻子Marguerite主持在巴黎开业。
② 乌有夜总会（Le Cabaret du Néant），一八九二年开业的著名卡巴莱夜总会，位于蒙马特尔克利希大街。
③ 修道院夜总会（L'Abbaye），也是蒙马特尔一家著名的夜总会，全称德兼美修道院（L'Abbaye de Thélème）夜总会，典出拉伯雷的《巨人传》。

让我嫁给你的。可你从没有求我嫁给你。"

"你知道我经济上是负担不起的。毕竟，我现在才上一年级，六年以内我是一个便士都赚不到的。"

"哦，我并没有责怪你的意思。就算你现在就跪下来向我求婚，我也是不会嫁给你的。"

他已经不止一次想到过结婚这事儿了，但这一步他一直都不敢贸然跨出。早在巴黎的时候他就已经形成了这样一种观念：婚姻是市侩和平庸之辈的可笑习俗。他也知道，永久性的关系只会毁了他。而且他具有中产阶级的本能，觉得娶一个女招待为妻是件很可怕的事，一个地位低下的妻子会妨碍他从事体面职业的。再者说，他的钱也就只够维持到他取得医师资格，即使是决定不要小孩，他也再养不起一个妻子了。一想起克朗肖是如何跟一个粗俗的荡妇捆绑在一起的，他就不寒而栗。以米尔德丽德现在这种附庸风雅、头脑鄙陋的做派，他完全可以预见到她将来会是一副什么德性。说什么也不能跟她结婚。但这都是他理性的决定，在感情上他又觉得无论如何都得把她搞到手，假如不跟她结婚就不能把她搞到手，那就结呗；将来的事情只能到将来再说了，他的将来很可能会以灾难告终，他也顾不得了。他只要生出一个念头，他就会像着了魔一样执着一念，再也不想别的，他还有一种非同寻常的本事：只要是他想要去做的，总能让自己相信这么做是合情合理的。他发现自己正在逐条推翻之前想到的所有反对结婚的明智论点。每一天他都发现自己更加热烈地倾心于她，他那尚未得到满足的情爱已经变成了满腔愤怒和怨恨。

"老天在上，我要是真跟她结了婚，非得让她偿付我所经受的所有这些痛苦不可。"他自言自语道。

最后，他终于再也忍受不了这种极度的苦恼了。有天晚上，他们在索霍的那个小餐馆里吃完饭以后（他们现在经常去那儿吃饭），他终于对她摊牌了。

"我说，那天你对我说，就算是我向你求婚，你也不会嫁给我的，这话可是当真的？"

"是呀，怎么了？"

"因为没有你我就没法活，我想永远都跟你在一起。我努力想压下自己的这种愿望，但我就是做不到。现在我是无论如何都做不到了。我想要你嫁给我。"

她看过那么多的言情小说，不会不知道怎么应付这样的场面。

"我真的非常感激你，菲利普。你的求婚让我深感荣幸。"

"哦，别说这种废话了。你愿意嫁给我的，是不是？"

"你觉得我们在一起会幸福吗？"

"不会。但这又有什么关系呢？"

这些话几乎是违背他的意愿脱口而出的。这让她颇感意外。

"嗬，你这人倒是真够奇怪的。那你干吗还想跟我结婚呢？那天你不是说，你负担不起来吗？"

"我想我大约还剩下一千四百镑。两个人一起生活可以并不比一个人自己过更加费钱。只要精打细算，这笔钱应该可以维持到我取得医师资格，在医院里谋到一个职位，然后我就可以拿到助理医师的薪水了。"

"这也就意味着在六年之内你一个子儿都挣不到。在此期间我们每周只有大约四镑的生活费，是不是？"

"只有三镑多一点儿。我还得付学费等各种费用。"

"那在你当上助理医生以后能拿多少呢？"

"周薪三镑。"

"你的意思是说，你经年累月地寒窗苦读，还把你的那点财产全部赌上，到头来每周就只能挣个三镑？我看不出来将来的日子会比我现在有任何改善嘛。"

他一时间无言以对。

"那你的意思是不愿意嫁给我啰？"他嗓音嘶哑地问道，"我对你的一片痴情对你来说就一文不值吗？"

"在这种事情上，你是不得不为自己打算的，不是吗？结婚我是并不介意的，但如果婚后的生活并不能比现在更好，那我就不想结婚了。我看不出既然如此，结婚还有什么用。"

"你要是真喜欢我的话，就不会尽是想着这些了。"

"也许吧。"

他真是无言以对了。他喝了一杯酒，为的是把喉头的哽塞给冲下去。

"看看那个刚走出去的姑娘，"米尔德丽德道，"她身上的皮草是从布里克斯顿的乐蓬马歇①买的，我上次去那儿的时候在橱窗里

---

① 布里克斯顿（Brixton），伦敦南部兰贝斯区的一部分，这应该是巴黎乐蓬马歇百货公司在布里克斯顿开设的分店。

看到过的。"

菲利普冷冷地一笑。

"你笑什么?"她问道,"是真的。当时我还跟我姑妈说,我才不会买任何在橱窗里陈列过的东西呢,因为每个人都知道你是花多少钱买的。"

"我真是搞不懂你。你让我无比地不开心,下一秒钟你又开始扯那些跟我们正在谈的东西一点都没有关系的废话了。"

"你这人可真是难弄,"她愤愤不平地回答道,"我不由自主地注意到那些皮草,是因为我跟我姑妈说过……"

"你跟你姑妈说过什么关我屁事。"他不耐烦地打断了她的话。

"我希望你在对我说话的时候不要带脏字,菲利普。你知道我不喜欢这个。"

菲利普露出一丝笑容,眼睛里却闪着怒火。他沉默了一会儿,他恼恨地看着她。他恨她、鄙视她,却又爱她。

"如果我还有一星半点的理智的话,我就再也不会见你一面了。"最后他说道,"你要是知道我因为爱上你,我内心深处有多么鄙视自己就好了!"

"你对我说这种话可不太礼貌吧。"她气哼哼地回答道。

"那是,那是。"他呵呵一笑,"咱们去帕维莲①吧。"

"这就是你真正古怪的地方了,你就这么平白无故地笑了起

① 帕维莲 (the Pavilion),当时是著名的音乐杂耍剧场,坐落在剧院和娱乐场所云集的皮卡迪利环形广场的正北端,后改为剧院。

来，让谁都想不到。既然我搅得你那么不开心，那你干吗还想带我去帕维莲呢？我已经准备回家去了。"

"那只是因为不跟你在一起比跟你在一起让我更不开心而已。"

"我真想知道你对我到底是怎么看的。"

他纵声大笑。

"我亲爱的，你要是真知道了，就再也不会搭理我了。"

六十三

　　菲利普没能通过三月底的解剖学考试。考前他是跟邓斯福特一起准备迎考的，他们面对菲利普购置的那架人体骨骼，相互提问，一直到两个人把每一块人体骨骼上的附属物以及每个结节和凹槽的功用都记得滚瓜烂熟为止。但是一进入考场，菲利普却突然心生恐慌，对自己一下子失去了信心，因为害怕自己的答案是错的，结果果然答错了。他知道自己考砸了，第二天甚至都懒得再跑到考试大楼去看发的榜。这第二次考试失利，已经是明白无误地把他给归到他那个年级当中最无能又最懒惰的学生之列了。

　　他也并不太在乎，他还有别的事要操心。他告诉自己，米尔德丽德肯定也跟别的人一样是有理智有感觉的，问题只在于如何去唤醒它们。他自有一套关于女人的理论，她们的内心总有可乘之隙，重在攻心，只要坚持不懈，她们总有缴械投降的那一天。所以关键在于耐住性子，等待时机，用小意殷勤来消磨感化她们，趁着她们身体疲劳、渴望温存之际，使自己成为她们逃避琐细的工作烦恼的避难所。他向她谈起他那些巴黎的朋友跟他们爱慕的漂亮女性之间的各种关系。他所描绘的那种生活具有一种特殊的魅力，自有一种简单的快乐，而绝无半点粗俗之气。他在自己的回忆中揉进了咪咪和鲁道夫、米塞特[①]和其余那些人的艳史和奇遇，在他讲给米尔德丽德听的故事里，歌声和欢笑使贫穷富有了诗情画意，青春和美貌将无法无天的爱情变得无比浪漫。他从不直接批评她的那些偏见，而是旁敲侧击地暗示那都是由于孤陋寡闻而导致的鄙俗浅见。他再也不让自己因为她的漫不经心而烦恼，因为她的冷漠无情而愤恨。他认为自己以前让她感觉太无趣了，所以他现在竭力使自己显得蔼然可亲而又富有风趣。他再也不发火动气，他变得一无所求，他再也不抱怨，再也不指责。碰到她出尔反尔，订好约会马上又爽约的情况，第二天见到她，他照样笑脸相迎；碰到她强词夺理，为自己辩解的时候，他一概说没关系。他绝不让她看出她伤害了他。他认为他的相思之苦只会让她感到厌烦，他小心在意地将有可能引起一丝一毫嫌恶的情感全都隐藏起来。他的努力也真称得上艰苦卓绝了。

尽管她并没有提及这些变化——因为她这人本来也够麻木不仁的，真也未必就注意到了——这些变化仍旧对她产生了潜移默化的影响：她对他更加推心置腹了，她把种种的小委屈都向他倾诉，她对她们的女经理和某个同事，或者是她姑妈，总有这样那样的不满和抱怨。她现在已经是相当健谈了，尽管全都是些鸡毛蒜皮、小肚鸡肠的琐事，菲利普总是不厌其烦地洗耳恭听。

---

① 《波希米亚人的生活》的几个主角，参见第三十三章。

"只要你不一味地跟我谈情说爱,我还是挺喜欢你的。"有一次她这么跟他说。

"我不胜荣幸。"他呵呵笑道。

她并没有意识到她这番话是如何让他心下一沉,或者他是付出了多大努力才能回答得如此轻松的。

"哦,我不介意你时不时地吻我一下。这对我既没什么害处,又能让你那么高兴。"

有时候她甚至会主动提出要菲利普带她出去吃饭,她这样的举动总会让他欣喜若狂。

"我对别人是从来不肯这么着的,"她说,作为一种自我辩白,"我也就跟你能这么做。"

"再没有比这个更让我高兴的了。"他微笑道。

临近四月底的有天晚上,她又要他带她一起去吃饭。

"好呀,"他说,"吃完饭以后你想去哪儿?"

"哦,咱们哪儿都别去了。就坐着聊聊天吧。你不介意的,对吧?"

"那还用说。"

他心想,她准是开始对他有了几分情意了。放在三个月前,一想到一晚上的时间都花在说话上,她不烦死才怪呢。那天天清气朗,明媚的春光让菲利普的情绪更加高涨了。他现在真是非常容易满足了。

"我说,等夏天来了那该多让人开心啊。"菲利普忍不住说,他们正坐在一辆开往索霍的公共汽车的顶层上——这是米尔德丽德主动提出不该每次出行都这么铺张浪费，一定要坐出租马车。"咱们就能每个礼拜天都在泰晤士河边度过了，咱们可以带上一个装午餐的食品篮。"

她嫣然一笑，他受到了鼓励，拉住了她的手。她并没有抽回去。

"我真的觉得你已经开始有点儿喜欢我了。"他微笑道。

"你真傻，你明明知道我喜欢你的，要不然我也就不会跟你一起到这儿来了，不是吗？"

他们已经是索霍那家小餐馆的老主顾了，他们一进门，patronne①就冲他们含笑致意。那位侍应更是非常地巴结。

"今晚由我来点菜吧。"米尔德丽德道。

菲利普觉得她今天比以往更加妩媚动人，把菜单递给她，她点了几样最爱吃的菜。这家小餐馆可选的菜式并不多，可以说所有的菜式他们都已经吃过很多次了。菲利普非常快活。他凝视着她的眼睛，凝思细想她那苍白的脸颊上每一样完美之处。他们吃完饭后，米尔德丽德破例点上了一根烟。她是很少抽烟的。

"我可不喜欢看到一位女士抽烟。"她平常总这么说。

她犹豫了一会儿，然后才开了口。

"你觉得奇怪吧？今晚我主动要你带我出来，并且让你请我吃晚饭。"

"我高兴还来不及呢。"

---

① 法语：掌柜的。

"我有话要对你说，菲利普。"

他飞快地看了她一眼，他的心往下一沉，但他已经把自己训练得处乱不惊了。

"喔，有话尽请直说吧。"他说，脸上仍挂着微笑。

"你听了不会犯傻吧？事实上，我就要结婚了。"

"是吗？"菲利普道。

他再也想不出别的话可说了。他也曾常常考虑过这种可能性，并设想过自己该说些什么、做些什么。一想到他将遭受的绝望他就痛苦万分，他曾想到过自杀，想到他将怒火中烧，难以自持；不过，也许是因为他对可能经历的情感早就有了过于细致完备的准备，所以事到临头，他反倒只有一种身心俱疲之感。他好像是个病入膏肓的病人，已经生机全无，对是死是活也全都不在乎了，但求不要再有什么人来烦他。

"你知道，我就快要……"她说，"我已经二十四了，也到了安顿下来的时候了。"

他没有作声。他看了看坐在柜台后面的patronne，目光又落在一位女客帽子上插的红羽毛上。米尔德丽德有些恼了。

"你该向我道喜才对。"她说。

"我该向你道喜，可不是吗？我简直不敢相信这是真的。我倒是经常在梦里梦见。你主动要我带你出来吃饭，我还高兴得什么似的，想来也真是好笑。你要跟谁结婚？"

"米勒。"她回答道，稍微有点脸红。

"米勒？"菲利普失声叫道，简直惊呆了，"可是你已经有好几个月没见到他了呀。"

"上个礼拜有一天，他来吃午餐，正式提出了求婚。他钱赚得很多。眼下每周就能挣七镑，前景更是一片大好。"

菲利普又不作声了。他记得她是一直都很喜欢米勒的；他很会逗她开心，他的外国血统中也自有一种魅力，在她不知不觉间吸引着她。

"我想这也算是在所难免吧，"他终于说道，"你是肯定会接受那个出价最高的人的。你们打算什么时候结婚？"

"下礼拜六。我已经登出通告了。"

菲利普感觉万箭攒心。

"这么快？"

"我们打算去一家婚姻登记处登记结婚。埃米尔喜欢这样。"

菲利普感觉心力交瘁。他想赶紧脱身。他想直接上床睡觉。他叫了结账。

"我会叫辆马车把你送到维多利亚火车站。我敢说不用等很久，火车就会到的。"

"你不跟我一起去了？"

"我想我就不去了，如果你不介意的话。"

"悉听尊便，"她傲慢地回答道，"我想明天你还会来用下午茶吧？"

"不，我想咱们还是就此一刀两断的好。我就没必要再继续折磨自己了。车费我已经付好了。"

他冲她点头致意，强挤出一丝笑容，然后就跳上一辆公共汽车回家去了。上床前他抽了一斗烟，但连眼皮几乎都撑不开了。他也不觉得有什么痛苦。几乎在脑袋接触到枕头的那一刹那，就沉入了沉沉的睡眠。

六十四

但在凌晨三点钟菲利普就醒了过来，而且再也睡不着了。他开始想米尔德丽德。他竭力不再去想，但又身不由己。他反反复复地向自己重复着同一套说辞，直搅得自己头晕眼花为止：她要结婚是不可避免的，对一个不得不自己谋生的姑娘来说，生活是何其艰难；如果她找到了一个能给她一个舒适的家的男人，她接受这个男人的求婚是不该受到责备的。菲利普也承认，站在她的立场上，她要是肯嫁给他那才真是发了疯呢。唯有爱情才能让这样的贫穷变得可以忍受，而她根本就不爱他。这不是她的错，这不过是又一桩必须接受的事实而已。菲利普试图跟自己讲道理。他告诉自己，他内心深处隐藏着的无非是受辱的自尊：他的欲情本就源于受伤的虚荣，他现在大部分的不幸也都是由底子里的这种虚荣所造成的。他鄙视自己的程度就跟自己对她的鄙视不相上下。然后他又为自己的未来做出种种规划，又是翻来覆去地折腾个没完，而这些宏伟的规划又不断地被回忆所打断：他印在她那柔嫩、苍白的颊上的吻，她那讲话时那拖拖拉拉的口音。他有那么多的事情要做：在夏季学期里他要开始修读化学课，还有两门不及格的课程需要补考。他早已跟医学院里的朋友们断绝了来往，可是他现在真需要友朋的陪伴。正好有件让人开心的事儿：海沃德半个月前曾写信来说他将途经伦敦，邀他一起吃顿饭，但当时的菲利普因为不愿受到打扰而谢绝了。海沃德是为了这个社交季回伦敦来的，菲利普决定要给他写封信。

谢天谢地，钟敲了八点，他可以起来了。他面色苍白，疲惫不堪。不过等他洗了个澡、穿好衣服、用过早餐以后，他觉得自己重又融入了整个世界，他的痛苦也变得容易忍受了一点。那天上午他还不想去上课，而是去了陆海军商店①，想给米尔德丽德买件结婚礼物。在颇经过一番犹豫摇摆以后，他决定给她买个梳妆盒。那个东西要卖二十镑，大大超出了他的支付能力，但它既花哨艳丽又俗不可耐：他知道她会精确地估出它的价钱来；选择这样一件礼物既能给她带来快乐，同时又能表达自己对她的鄙夷，他不禁为此而感到一种忧伤的满足。

菲利普满怀忧惧，期待着米尔德丽德结婚那一天的到来，在他预期之中的将是一种难以忍受的痛苦。结果他礼拜六那天一早接到了海沃德写来的一封信，说他当天早上就会抵达伦敦，来了以后他会过来找菲利普，让他帮他一起去找租住的房子，这对他而言不啻是一种解脱。菲利普巴不得分散一下注意力，他查阅了

---

① 陆海军商店（Army & Navy Stores），英国一家历史悠久的商店集团，其旗舰店位于维多利亚街。

一下列车时刻表，找到了海沃德可能乘坐的唯一那班列车到站的时间，他专程去车站接他，旧雨重逢，无任欢喜。他们把行李存放在车站，就高高兴兴地出发了。不出所料，海沃德建议他们先到国家美术馆去消磨一个钟头，他已经有一段时间没有看画了，他说他需要去走马观花地看一圈，以便让自己与伦敦的生活协调起来。菲利普也有好几个月的时间身边没有个可以谈谈艺术和书籍的人了。自从去了巴黎以后，海沃德就全神贯注于法国现代的那批冒牌诗人，而在法国这种诗人又是俯拾皆是，所以他颇有几个新晋的天才要跟菲利普分享。他们在美术馆里转了一圈，分别指点着他们各自心爱的作品，话题从一个转到另一个，相谈甚欢。此时阳光明媚，天气和暖。

"咱们去海德公园坐坐吧，"海沃德道，"吃过午饭再去找房子不迟。"

公园里春意融融，景色宜人。这样的天气让人觉得，只要是活着就是种幸福。树木的新绿衬着晴空赏心悦目，淡蓝色的天空上点缀着小小的白云。那供人观赏的水景尽头，有一群身着灰色制服的皇家骑兵卫队。这种优雅整饬的园林美景具有一种十八世纪名画的魅力。它让你想起的并不是华托——华托的风景过于田园牧歌，似乎是唯有在梦境中方能一见的深林幽谷——而是更为平淡朴质无奇的让-巴蒂斯特·帕特尔①。菲利普的心情无比轻松惬

---

① 华托见第四十七章注。让-巴蒂斯特·帕特尔（Jean-Baptiste Pater，1695—1736），法国洛可可派画家，是华托的学生。

意。他意识到他之前在书里读到的东西并非虚言：艺术（因为他看待艺术的方式与他看待自然的方式是如出一辙的）确实可能把人的心灵从痛苦中解放出来。

他们去了一家意大利餐馆吃午餐，还点了一fiaschetto[①]基安蒂酒。两个人从容不迫地边吃边聊，相互提醒对方他们在海德堡认识的熟人，谈起菲利普在巴黎的那帮朋友，更少不了泛论书籍、绘画、道德和人生。菲利普突然听到时钟敲响了三点，他想起那正是米尔德丽德结婚的时间，心里一阵刺痛，一时间完全听不到海沃德在说些什么了。但是他又往酒杯里斟满了基安蒂酒。他这人一向不胜酒力，酒劲已经冲上了脑门。不管怎么说，此刻他是已经全然了无牵挂了。他那敏锐的头脑已经闲置懒散了这么多个月了，现在完全陶醉于富有智识的清谈中了。终于有个志趣相投的人跟他谈论他们共同感兴趣的话题，他感到无比庆幸。

"我说，咱们别把这么美好的时光浪费在找房子上了。今晚你先在我那儿住。你可以留到明天或者星期一再去找房子住。"

"那敢情好。咱们下面做些什么呢？"海沃德回答道。

"咱们花一个便士乘汽船到格林尼治[②]去。"

这个主意正中海沃德下怀，他们就跳上一辆出租马车，来到了威斯敏斯特大桥，正好赶在一条汽船开动前上了船。上船以后，菲利普唇角带笑道：

---

① 意大利语：(酒) 瓶。
② 格林尼治 (Greenwich)，英格兰大伦敦外围自治市，位于泰晤士河南岸，为本初子午线经过的地方。

"我记得刚到巴黎的时候，克拉顿，应该是他，有过一番正言宏论，他说'美'是由画家和诗人赋予事物的。是他们创造了'美'。在他们眼里，乔托的钟楼[①]与工厂的烟囱是没有什么高下之分的。其次，美的事物会由于它在一代代人身上激发出来的情感而变得越来越丰赡厚重。这就是为什么古老的事物要比现代的东西更加优美的原因所在。《希腊古瓮颂》[②]现在看来比它创作的当初显得更加优美隽永，是因为一百多年来情侣们一直都在读它，因为那心灵的苦痛一直都在它的诗行间获取慰藉。"

　　菲利普是有意旁敲侧击，让海沃德去咂摸到底是他们沿途的何种景色使他有此感慨的，结果他发现海沃德对他埋下的伏笔居然并无丝毫觉察，不禁暗自得意。也正是由于他长期以来所过的生活突然在他内心激起了强烈的反应，他才如此心潮起伏、感慨万千的。伦敦的大气中那种缥缈的虹彩，为建筑物的灰色石块蒙上了一层淡雅柔和的晕彩，而那一个个的码头和仓库，又有一种日本版画所特有的朴实的优雅。他们继续沿泰晤士河南下，那象征着大英帝国的辉煌的河道越来越宽，河面上百舸争流。想起那些使眼前的一切变得如此美丽的画家和诗人，他的内心充满了感激之情。眼前就是伦敦桥下的泰晤士河河段，又有谁能够描绘它

---

① 乔托的钟楼（the Campanile of Giotto），即佛罗伦萨大教堂的钟楼，著名画家乔托（Giotto di Bondone，1267—1337）一三三四年被任命为佛罗伦萨市政建设监察官，同年六月他设计了大教堂的钟楼，还为这座独立的钟楼设计了部分浮雕。
② 《希腊古瓮颂》（Ode to a Grecian Urn），英国诗人济慈（John Keats，1795—1821）创作于一八一九年的著名诗篇。

的庄严伟丽呢？他思绪万千，他激情澎湃，天知道到底是何等样人把这宽广的河面变得平静无波的，是身边总有鲍斯韦尔陪伴的约翰生博士[①]，还有正登上一艘军舰的老佩皮斯[②]——是那辉煌的英国历史，是浪漫的精神和终极的冒险。菲利普转向海沃德，眼睛里焕发着神采。

"亲爱的查尔斯·狄更斯。"他喃喃道，对自己的感情用事不免有点失笑。

"你对自己放弃绘画难道不觉得后悔吗？"海沃德问道。

"不后悔。"

"我想你是喜欢行医喽？"

"不，我讨厌医生这个行业，但也再没别的事情可做了。头两年课业繁重得简直可怕，而且不幸的是，我还没有一丁点科学家的气质。"

"喔，你可不能再见异思迁了。"

"哦，不会的。我打算坚持下去。我想，等到了病房以后，我就会更喜欢一点了。我是觉得，我对人比对这个世界上的其他任何东西都更有兴趣。而且就我所知，这也是唯一一个你能享有充

① 鲍斯韦尔（James Boswell, 1740—1795），苏格兰传记作家，他是英国著名文人和词典编纂家约翰生博士（Samuel Johnson, 1709—1784）的朋友和传记作者，他创作的《约翰生传》被公认为世界传记中的最高成就之一。

② 佩皮斯（Samuel Pepys, 1633—1703），英国文学家兼海军行政长官，以其二十七至三十六岁十年间的日记闻名于世。日记中对王政复辟、查理二世的加冕庆典、鼠疫的恐怖和伦敦大火均有淋漓尽致、深刻感人的描写，同时毫不隐晦自身的缺点和过失，由此而成为与《圣经》和《约翰生传》并列的最佳英语床边读物。

分自由的职业。专业知识装在你的脑子里，拎着你的医疗器械箱，再加上几种药品，你到哪儿都能维持生计。"

"那你不打算当一名开业医师了？"

"至少在很长一段时间内。"菲利普回答道，"我一旦谋到了医院里的职位，就去找一条海轮做随船医生；我想到东方去——马来群岛、暹罗①、中国，以及所有这样的地方，然后我就打打零工。可以做的事总会冒出来的——印度爆发了霍乱需要医生，诸如此类的。我想从一个地方到另一个地方，我想看看这个世界。一个穷人想要做到这一点，唯一的途径就是行医了。"

他们这时已经来到了格林尼治。伊尼戈·琼斯建造的那幢宏伟的大厦②堂皇地面河而立。

"我说，你看呀，那儿肯定就是可怜的杰克③跳到泥水里去找那几个便士的地方。"菲利普道。

他们在公园④里闲庭信步。衣衫褴褛的孩子们在里面嬉戏玩耍，满是他们闹哄哄的喊叫声；这里那里的，有一些年迈的海员

---

① 暹罗（Siam），泰国的旧称。

② 伊尼戈·琼斯（Inigo Jones，1573—1652），英国画家和建筑设计师，建筑古典学派的奠基人。这幢建筑是琼斯一六三七年建成的王后宫，是英格兰第一座帕拉迪奥风格的建筑，后改建为海军医院，一八七三年后此建筑成为皇家海军学院，一九三七年起成为国家海洋博物馆的一个部分。

③ 可怜的杰克（Poor Jack），是当时在泰晤士河畔泥水里讨生活的一个孩子的绰号，他让格林尼治的游客把硬币扔到水里，他负责把硬币给捡回来，有时候为了找回硬币，杰克得一直游到英法之间的海峡里去。

④ 一四二三年由格洛斯特公爵汉弗莱（Humphrey Plantagenet，Duke of Gloucester，1390—1447）围建的格林尼治公园。

在那儿闲坐负暄。有一种一百多年前的旧时气息。

"你在巴黎等于白白浪费了两年，想来也蛮可惜的。"海沃德道。

"浪费？你看看那个孩子的动作，看看太阳透过树叶留在地上的图案，看看头顶的天空——啊，我要是没去过巴黎的话，就永远都看不到这样的天空了。"

海沃德发觉菲利普的喉头发出一声哽咽，他惊讶地看了他一眼。

"你怎么啦？"

"没什么。我这么感情用事，真是有些抱歉，但是这半年以来，我一直都在渴求'美'的抚慰。"

"你过去可是一直都非常讲求实际的，听你这么说还真是挺有趣的。"

"真该死，我可不想成为什么有趣的人，"菲利普笑道，"咱们去喝杯无趣的下午茶吧。"

六十五

　　海沃德的来访对菲利普大有好处。每一天，他对米尔德丽德的思念都越来越淡。回首往事，他不胜厌恶之情。他搞不懂自己何以会陷入如此不体面的恋情当中；每次想起米尔德丽德，他都不免愤恨交加，因为是她让他蒙受了这样的奇耻大辱。如今，在他的想象中呈现出来的尽是大为夸张了的她身体和举止方面的种种缺陷，因此，一想到自己居然跟这样一个女人有过这样一段情感关系，他简直会不寒而栗。

　　"这只表明我他妈是多么苟且懦弱。"他心下暗道。这段情事就像是一个人在一次社交聚会上不慎铸成的大错，这过错是如此之可怕，你会觉得无论如何都无法使自己得到宽宥了：唯一的补救办法就是完全把它忘记。他对自己居然如此堕落所感到的深恶痛绝，倒也帮了他的忙。他就像一条正在蜕皮的蛇，满心厌恶地望着自己的旧躯壳。他因为重新拥有了自己而欣喜若狂，他深深地意识到，当他沉迷于他们称之为爱情的那种疯狂之中的时候，他丧失了多少世间的乐趣；他已经受够了，如果爱情就是这副德性的话，那他可是再也不想陷入那张情网了。菲利普把他这段痛苦的经历撮要告诉了海沃德。

"是索福克勒斯①吧，"他问道，"曾经祈祷着有朝一日他能从吞噬了他心灵琴弦的情欲野兽的爪牙之下解脱出来？"

菲利普像是真正获得了新生。他贪婪地呼吸着周遭的空气，就像从来没有呼吸过似的，他对世界上的一切都满怀一种孩童一样的兴致。他把自己那段发了疯一样的时期称为六个月的苦役。

海沃德才刚在伦敦住了几天，菲利普就收到一份由黑马厩镇转来的请柬，请他去参加某个画廊的预展。他带着海沃德一起去了，在浏览展品目录的时候，发现里面有一幅劳森的作品。

"我想这请柬就是他寄的，"菲利普道，"咱们找找他去，他肯定会在他的画作前面的。"

这幅作品，鲁思·查利斯的侧面肖像画，被挤在一个角落里，劳森确实就在它旁边不远处。他头戴一顶大软帽，一身宽松的浅色服装，在那群前来看预展的时髦人士当中显得有点茫然若失的样子。他很热情地跟菲利普打招呼，一如既往地非常健谈，告诉菲利普他已经搬来伦敦居住了，鲁思·查利斯是个荡妇，他已经租了一个画室，巴黎已经过时了，已经有人委托他画肖像了（他已经得到一幅肖像的委约），他们最好是一起吃顿饭，好好地叙叙旧。菲利普提醒他，跟海沃德之前在巴黎是见过面的，他饶有兴

---

① 索福克勒斯（Sophoclēs，约前496—前406），古希腊三大悲剧诗人之一，传世剧作有《埃阿斯》《安提戈涅》《俄狄浦斯王》等七部完整的悲剧。

趣地观察到，对于海沃德风雅的服饰和堂皇的气派劳森颇有点肃然起敬的意思。他们对海沃德的态度，与当初在劳森和菲利普合租的那间寒碜的小画室里相比，已经大为改观了。

一起吃饭的时候，劳森继续通报他那边的新闻。弗拉纳根已经回美国去了。克拉顿则人间蒸发了。克拉顿已经得出这样一个结论：一个人只要是跟艺术和艺术家搭上了关系，他就不可能做成任何事情了，唯一的办法就是赶紧走人。为了使这一步迈得更容易些，他已经跟巴黎所有的朋友都吵翻了。他养成了一种专门揭人伤疤的本事，如此一来，在他宣布他已经在巴黎待够了，他要住到赫罗纳去的时候，大家就有足够的勇气能接受这个事实了。赫罗纳是西班牙北部的一个小城镇，是他当初乘火车前往巴塞罗那的路上一见倾心的。他现在就一个人住在那里。

"我很怀疑他还能有什么出息。"菲利普道。

他对于克拉顿努力要把人的头脑中晦暗不明的那些部分表达出来的这一人性的方面深感兴趣，而正是这种努力使克拉顿变得病态和易怒。菲利普模糊地觉得自己的情况其实跟他是一样的，只不过使他感到困惑不解的是作为一个整体的生活准则。那就是他的表达自我的方式，而至于为此到底该怎么办，他还不是很清楚。但他也没有时间继续在思想上跑火车了，因为劳森已经把他跟鲁思·查利斯之间的那段情事一股脑都倒了出来。她已经离开了他，跟一个刚从英国来的年轻学生打得火热，而且行为举止非常伤风败俗。劳森真心觉得应该有人出手干预一下，把那个年轻人给救出来。她会毁了他的。菲利普感觉，劳森最不满的主要还是他们关系的破裂发生在了他正在给她画的一幅肖像的半当中。

"女人对艺术是没有真正的感觉的，"他说，"她们只是假装她们有。"不过他的结束语倒是尽够旷达的："不管怎么说，她毕竟还是让我画了她四幅肖像，至于我当时正在画的最后那一幅能否成功地完成，那还是要打个问号的。"

这位画家对恋爱情事的处理方式是如此轻松随意，真让菲利普羡慕不已。他那一年半的时间过得快活惬意，一文不花就得到了一个百里挑一的模特儿，最后在跟她分手的时候，也并无任何大不了的痛苦。

"克朗肖现在怎么样了？"菲利普问道。

"哦，他已经是完蛋了，"劳森以年轻人特有的那种没心没肺的快活劲儿回答道，"他活不了半年了，去年冬天他得了肺炎。在那家英国人开的医院里住了有七个礼拜，出院的时候人家告诉他，他要是还想活命的话，唯一的机会就是把酒给戒了。"

"可怜的家伙。"一向饮食有度的菲利普微笑道。

"他倒是真戒了一阵子。他还照常去丁香园，他可离不开那儿，但他已经改为喝热牛奶，avec de la fleur d'oranger①，他变得无比呆滞乏味了。"

"我想你们并没有向他隐瞒真相。"

"哦，他自己也知道的。不久以前他又开始喝起了威士忌。他说他已经太老了，来不及洗心革面重新做人了。他宁肯痛痛快快

---

① 法语：配上橙花水。

地过上半年就死，也不愿意半死不活地再拖上五年。然后我又想到他最近肯定是手头非常紧。你想，他一生了病就没有任何收入了，而且跟他同居的那个荡妇一直都让他的日子非常难过。"

"我记得，我第一次见到他的时候简直对他佩服得五体投地。"菲利普道，"我当时觉得他太了不起了。那庸俗的、中产阶级的德行居然要受到这样的惩罚，也是真够让人恶心的。"

"当然了，他本来也是个厥包。他是迟早会饿死在贫民窟里的。"劳森道。

菲利普有些伤心，因为劳森并不觉得这其中有什么令人痛心之处。当然了，这无非是个因果的规律，但正是在有因必有果的铁律当中埋藏着人生全部的悲剧。

"哦，我都忘了，"劳森道，"就在你刚走以后不久，他就派人送了件礼物给你。我当时以为你肯定还会回来的，就没太往心里去，然后我又觉得也不值当地特意给你寄过来；不过它也就要跟我其他的行李一起运到伦敦来了，你要是想要的话，哪天可以到我的画室里来拿一下。"

"你还没告诉我那是什么东西呢。"

"哦，只是一块破旧的小地毯。我是觉得它一个钱都不值的。有一天我还问他，他送这么个破玩意儿给你到底是什么用意。他跟我说，他是在雷恩路①的一家店铺里看到了它，花了十五法郎

---

① 雷恩路（Rue de Rennes），巴黎左岸第六区的一条著名购物街，从蒙帕纳斯塔一路延伸至圣日耳曼大街。

买下的。看上去是条波斯地毯。他说你曾问过他人生的意义何在，而那就是答案。不过他说这番话的时候已经醉得很厉害了。"

菲利普笑了。

"哦，是的，我知道了。我要来拿走它的。这是他喜欢的一个玩笑。他说我必须自己去找出答案，否则那个答案就毫无意义了。"

六十六

　　菲利普埋头用功，功课学得很好也很轻松；他要做的事情有很多，因为七月份要进行三门功课的第一次联考，这其中有两门他此前都没及格；但他觉得生活中充满了乐趣。他交上了一位新朋友。劳森在物色模特儿的时候，发现了一位在某剧院做替补演员的姑娘，为了诱使这姑娘为他当模特儿，他特意在一个礼拜天搞了一次小型的午餐会。那姑娘是带着一位女伴一起来的，为此菲利普也应邀参加，这样正好是四个人，他的任务就是负责陪同这位女伴。他发现这个任务很容易完成，因为这位女伴原来是个话匣子，为人随和、言谈风趣。事后她又请菲利普去她那儿做客，她住在文森特广场①，总是在下午五点钟用茶点；他去了，为自己受到的热情款待感到高兴，于是就成了那里的常客。内斯比特太太最多二十五岁，个头很小，一张愉快而又友善的丑脸，一双非

<hr>

① 文森特广场（Vincent Square），伦敦市中心最大的广场之一，位于威斯敏斯特市，南滨泰晤士河，北邻维多利亚火车站，东邻威斯敏斯特和圣詹姆斯宫，西邻皮姆利科区。

常明亮的眼睛，颧骨高高，嘴巴大大；她脸上各种色调的强烈对比令人想起法国某位现代画家的一幅肖像：她皮肤非常白皙，她面颊非常红润，她眉毛非常浓密，她头发乌黑油亮。整体的效果有些怪异，有一点点不自然，但绝非不讨人喜欢。她跟她丈夫分居了，靠写廉价的通俗小说维持自己和孩子的生活。有一两家出版商专出这样的小说，她能写多少就尽可以写多少。写这种小说报酬很低，写一部三万字的小说她能拿到十五镑，不过她倒也心满意足。

"毕竟，读者只花两便士就能买到，"她说，"而且他们就是喜欢同样的故事，一遍一遍地百读不厌。我只需要把里面人物的名字换一换就行了。我有时也感到厌烦，但只要想想洗衣费和房租，还有孩子买衣服的费用，我也就继续写下去了。"

此外，她还经常在几家剧院里跑跑龙套，只要被雇用了，每周就能挣到十六先令到一个几尼①。一天的工作干完以后，她真是累得筋疲力尽，睡得像个死人一样。她的人生无比艰难，她却善为自处，能够应付裕如。她那强烈的幽默感使她不论身处何种困厄逆境，依旧能够自得其乐。有时候时运不济，她发现自己已经身无分文了，她那些不值钱的家当就只能被送进沃克斯豪尔大桥路上的典当行，在境况有所好转前，她每天就只吃面包和黄油度日。她从来都不失其嘻嘻哈哈的本色。

菲利普对她这种得过且过的生活方式颇感兴趣，她对自己挣

---

① 一几尼（guinea）等于二十一先令。

扎奋斗的人生故事绘声绘色的描述逗得他开怀大笑。他问她为什么不尝试一下更高级一点的文学创作，但她知道她没有这方面的才能，她下笔千言的那些见不得人的东西不光是报酬说得过去，而且也是她能拿得出手的最好的东西了。对于未来她并无任何奢望，但求能继续过她现在的日子。她像是没有什么亲戚，她的朋友也都跟她一样穷。

"我不去考虑未来，"她说，"只要我还能付得起三个礼拜的房租，还有一两个英镑来买吃的，我就从来不庸人自扰。今天的日子就够我操心的了，要是我还为了明天瞎操心，那生活就真不值得过下去了。就算是情况糟到了不能再糟的程度，我也坚信天无绝人之路，总还有转圜的余地。"

不久，菲利普就养成了每天都去跟她一起用茶点的习惯，为了不让她本不宽裕的经济状况雪上加霜，他总带上一个蛋糕或是一磅黄油，要么就是带点茶叶。他们开始直呼对方的教名①。女性的同情让他备感新奇，他真高兴终于有人乐于倾听他诉说自己所有的烦恼了。两人共处的时间总是过得特别快，他毫不掩饰自己对她的倾慕之情。她真是个令人愉快的伴侣。他忍不住会拿她来跟米尔德丽德进行对比：一个是那么固执和愚蠢，凡是她不知道的东西一概不感兴趣，另一个则是那么才思敏捷，善解人意。他一想到自己的一生都有可能跟米尔德丽德这样的女人绑在一起，他的心就不禁猛地一沉。有天傍晚，他把自己的爱情故事原原本

———
① 参见第三十六章注。

本都讲给诺拉听了。这种经历讲出来对他的自尊并于事无补，但能收获这么可亲可爱的同情，已经足以让他无比欣慰了。

"依我看，你能从中摆脱出来实在是件幸事。"他讲完以后她这么说。

有时候她会把脑袋侧向一边，那滑稽的样子有点像一只粗毛苏格兰小猎犬。当时她坐在一把直背椅子上做针线，因为她没有一点可以偷闲的时间，而菲利普则舒舒服服地窝在她脚边。

"这件事终于结束了，我真没法向你形容我是多么心怀感激。"他感叹道。

"可怜的小东西，那段日子你肯定是度日如年。"她喃喃道，并把手放在他肩膀上以示同情。

他握住那只手，吻了一下，但她飞快地抽了回去。

"你干吗要这样？"她问道，脸一红。

"你不乐意吗？"

她用那双亮闪闪的眼睛看了他一会儿，笑了。

"倒也没有。"她道。

他跪起身来，面对着她。她定定地直望进他的眼睛，她那张阔嘴被一丝微笑所牵动。

"那么？"她道。

"你知道，你真了不起。你对我这么好，我真是感激不尽。我非常喜欢你。"

"别说傻话了。"她道。

菲利普拉住她的胳膊肘，把她拉向自己。她并没有反抗，反将身体微向前倾，他吻了她那红红的嘴唇。

"你为什么要这样做？"她又问道。

"因为这让人很舒服。"

她没再说什么，但眼睛里流露出温柔的神色，并用手轻柔地抚摸着他的头发。

"你要知道，你这种举动是其蠢无比的。我们是这么好的朋友。就保持这样的关系不是非常愉快吗？"

"你要是真想让我放规矩点儿，"菲利普回答道，"你最好就不要再像现在这样抚摸我的面颊了。"

她扑哧一笑，但并没有住手。

"我这么做很不应该，是不是？"她道。

菲利普觉得又惊讶又有点好笑，直视着她的眼睛，眼看着它们柔和下来，变得愈发清澈明亮，那其中有一种表情使得他不禁心醉神迷。他内心突然猛地一颤，泪水涌进了他的眼眶。

"诺拉，你并不喜欢我，是不是？"他满腹狐疑地问道。

"你这个聪明的孩子，怎么问出这么愚蠢的问题来？"

"哦，我亲爱的，我从来都没觉得你会喜欢我。"

他伸出双臂搂住她，吻她，她则是笑着，红着脸，又哭着，心甘情愿地投入他的怀抱。

不一会儿他放开她，向后坐在自己的脚后跟上，好奇地端详着她。

"哎呀，我真该死！"他说。

"为什么？"

"我真是目瞪口呆。"

"还很高兴?"

"喜出望外,"他发自内心地叫道,"而且无比骄傲,万分高兴,感激涕零。"

他抓住她的手,在上面盖满了亲吻。对菲利普而言,一种既坚实又持久的幸福由此就开始了。他们成了情侣,但仍旧是朋友。诺拉有一种母性的本能,在她对菲利普的爱中获得了满足;她需要找个人让她宠爱、责骂和大惊小怪;她有一种喜欢操持家务的气质,以照顾他的健康和为他缝补浆洗为乐。她同情他的残疾,对此他是无比敏感,她的同情是以一种温存体贴的方式本能地表现出来的。她年轻力壮,身体健康,对她来说,奉献自己的爱情像是非常自然、理所应当的。她兴致高昂、天性愉快。她喜欢菲利普是因为生活中她喜欢的所有赏心乐事,他都会跟她一起欢笑开怀,而最重要的是,她喜欢他就因为他不是别人,就是菲利普。

她这么告诉他的时候,他高兴地回答道:

"胡说八道。你喜欢我是因为我这人不爱说话,从来不想插嘴。"

菲利普根本就不爱她。他只是非常喜欢她,高兴跟她待在一起,喜欢听她说话,听得兴味盎然。她使他重新恢复了对自己的信心,真可谓为他所有心灵的创伤都抹上了愈合的油膏。她对他的关心让他无比感动,受宠若惊。他钦佩她的勇气,她的乐观精神,她对命运大无畏的蔑视;她有属于她自己的一点点人生哲学,诚实坦白而又敦本务实。

"你知道，我是不信教堂、牧师那套东西的。"她说，"但我信上帝，只要你还能勉强对付得下去，还能帮一只瘸腿的狗翻越一道篱笆，我就不相信祂还会去操心你的所作所为。我认为，总的来说人都还是很善良的，对那些不善之辈，我只为他们感到遗憾。"

　　"那么然后呢?"菲利普问道。

　　"哦，那我可就没有把握了，你知道的。"她微微一笑，"但我抱着最乐观的希望。反正，总会有不需要再付房租，也不用再写通俗小说的那一天的。"

　　她有女性所特有的那种巧妙地恭维别人的天赋。她认为菲利普在认识到自己无法成为一个伟大的画家以后就毅然离开巴黎，称得上是一桩大勇之举；她对他此举的热情称颂使他心醉神迷。他一直都不太能确定，他这一举动到底是说明自己很有勇气呢，还是意志薄弱。她既然认定这是一种英雄之举，他也就终于无比欣慰地放下心来。她还大胆地跟他谈起他所有的朋友都本能地避之唯恐不及的那个话题。

　　"你对你的畸形足居然如此敏感，实在是太傻了。"她说。她明明看到他已经脸涨得通红，还是继续说下去。"你要知道，对此，人们根本就不会像你那样想得那么多。他们在头一次见到你的时候会多少注意到，这之后就完全忘到脑后了。"

　　他不肯说话。

　　"你没生我的气吧?"

　　"没。"

她用胳膊搂住他的脖子。

"你知道的，我是因为爱你才跟你说这个的。我不是想惹得你不高兴。"

"我想，你愿意跟我讲什么都没问题，"他回答道，面带微笑，"真希望我能做点什么，好表达一下我对你是多么感激。"

她又用别的办法把他握在手心里。她不让他有粗鲁的言行，他一发脾气她就嘲笑他。她把他管教得更加温文有礼了。

"你能让我做你想让我做的任何事情。"有一次他这么对她说。

"你介意吗？"

"不，我想做你要我做的事。"

他不是个傻子，当然认识到他有多幸福。在他看来，她把一个妻子所能给予丈夫的一切都给了他，而他还能保有自己的自由；她是他交到的最迷人的朋友，她有他在任何男性身上都从没发现过的同情心。两性关系不过是他们的友谊当中最牢固的纽带。它使它得到了完善，又并非必不可少。由于菲利普的欲望得到了满足，他也就变得更心平气和，更容易相处了。他觉得完全掌控住了自己。他有时会想起那个冬天，他是如何沉迷于丑恶的情欲，每念及此，他内心就充满了对米尔德丽德的厌恶和对自己的憎恶。

他的考期临近了，诺拉对这几门考试的关切并不亚于他。她的热心让他备感高兴又大受感动。她要他保证，考完以后马上到她这儿来，把结果告诉她。这一次他顺顺当当地通过了全部三门功课的考试，他跑来告诉她的时候，她喜极而泣。

"哦，我太高兴了，我担了多大的心啊！"

"你这个小傻瓜。"他笑道，然后就哽咽了。

"那你现在打算干点什么呢？"她问道。

"我可以问心无愧地休个假了。到十月份的冬季学期开学前，我都没有任何需要忙碌的功课。"

"我想你会去黑马厩镇你大伯那儿吧？"

"那你就想错了。我打算待在伦敦跟你一起玩儿。"

"我倒是希望你离开一段时间。"

"为什么？你对我感到厌烦了？"

"因为你最近太用功了，你看起来真是身心俱疲了。你需要新鲜空气，需要好好休息一下。去吧。"

他一时间没有说话。他用充满爱意的眼睛望着她。

"你知道，我相信除了你，再没有别人会说出这样的一番话了。你只为我着想。真不知道你究竟看中了我哪一点。"

"对我给你放的这一个月的假，你会给我好评吗？"

"我会说你待人厚道，为人体贴，而且你从不瞎苛求，从不乱操心，你从不给人添麻烦，而且给你点阳光你就灿烂。"

"尽是胡说八道，"她说，"不过我可以告诉你一件事：我这辈子绝少见到能从生活中汲取经验的人，而不才就是其中一位。"

六十七

菲利普急不可耐地盼着早点返回伦敦。他在黑马厩镇度过的那两个月里，诺拉经常给他写信，用粗大的字体写就的长信。在信里，她用开朗幽默的笔调，详细描述了日常生活的琐事、房东太太的家务难题、无比丰富的趣闻笑料、排练当中各种喜剧性的烦恼——她正在伦敦戏剧界一场非常重要的盛大演出中担任配角——以及她跟通俗小说出版商打交道时碰到的种种奇遇。菲利普读了很多书、洗海水浴、打网球、航海。十月初，他回到伦敦，收敛心神为第二次联考努力用功。他急欲通过考试，通过考试后那些繁重而又枯燥的课业也就告一段落了；这些课业结束后，学生便要开始在医院的门诊部实习，除了跟课本以外，也同样要跟男男女女打交道了。菲利普每天都跟诺拉见面。

这个夏天劳森是在普尔①度过的，画了不少海港和海滩的速

---

① 普尔（Poole），英格兰多塞特郡自治市，毗邻全国主要的海滨旅游胜地伯恩茅斯，旧城位于被陆地环抱的宽阔的潮汐港湾北岸。

写。他得到几幅肖像的委约，打算在伦敦一直待到自然光线已经不适宜作画时再作打算。海沃德也在伦敦，本打算去国外过冬，纯粹是由于下不了动身的决心，于是就这么一周接一周地淹留下来。海沃德这两三年来已经大为发福——菲利普在海德堡跟他认识已经是五年前的事了——而且过早地谢了顶。对此他异常敏感，特意把头发留长，以遮掩头顶心那块不雅观的秃迹。他唯一的安慰就是他的眉毛现在仍旧非常高贵。他蓝色的眼眸已经黯然失色，眼皮无精打采地垂了下来；他的嘴唇也失去了年轻时候的丰润，显得萎弱而又苍白。他仍旧含糊地谈论着他将来打算要做的事情，但越来越信心不足了；他也意识到了他的朋友们已经不再相信他；他在两三杯下肚以后，就会变得戚戚哀哀。

"我是个失败者，"他喃喃道，"我适应不了人生斗争的残酷。我能做的唯有靠边站，让那些庸俗之辈蜂拥而过，去追名逐利。"

他给你的印象是：相对于成功而言，失败反倒是一件更为精雅和优美的事。他给人的暗示是：他的冷漠超然是源自对于一切凡俗而又浅陋事物的厌恶。他舌灿莲花地谈说着柏拉图。

"我还以为你早已不再痴迷于柏拉图了呢。"菲利普不耐烦地道。

"你这样想吗?"他问道，把眉毛一抬。

他不想再继续这个话题。他近来已经发现，沉默是保持尊严的有效途径。

"我不明白总是翻来覆去地读同样的东西有什么意义，"菲利普道，"那只是一种披着勤勉外衣的无所事事。"

“但你真觉得你有那么伟大的头脑，只读一遍就能理解这位最渊深的作家吗？”

“我并不想理解他，我又不是个评论家。我对他感兴趣的缘由不是为了他，而是为了我自己。”

“那你为什么还要读书呢？”

“部分是为了消遣，因为这就是一种习惯，不读书对我来说就像不抽烟一样让人难受，而部分则是为了了解我自己。我在读一本书的时候，貌似只是用眼睛在看，但偶尔我会碰到一段文字，可能只是一种说法，对**我**来说别具意味，我将其吸收利用，就变成了我的一部分；而既然我已经把书中所有对我有用的东西全都汲取了出来，那我就是再读上个十几遍，也不会得到更多的东西了。你看，对我来说，一个人就好像是朵尚未绽放的蓓蕾，你读到的以及你所做的绝大部分东西对这个花苞都是毫无作用的；但有些特定的东西却对他具有某种特别的意义，它们就能使这个蓓蕾张开一个花瓣；花瓣一个接一个地张开，最后才终于绽放成一朵鲜花。”

菲利普对自己的这个比喻并不满意，但除此以外，他也就不知道还有什么别的方法可以表达出他有所感觉却又不甚了了的这种感受了。

“你想有所作为，你想出人头地，”海沃德道，耸了耸肩膀，“真够庸俗的。”

菲利普现在已经是非常了解海沃德了。他这人既软弱又虚荣，他虚荣得无以复加，你得时时刻刻留心在意，可别伤害了他的情感；他将懒散和理想主义混为一体，没法将其区分开来。有一天，他在劳森的画室里遇到了一位记者，此人被他的舌灿莲花给迷住了，一个礼拜后，一家报纸的编辑就写信给他，建议他为他们的报纸写些评论文章。为此，海沃德足有四十八个钟头都处在一种委决不下的痛苦中。已经有那么长的时间，他一直都在谈论，想要谋求这样的一种职位，所以他实在是没脸断然加以拒绝，但一想到要踏踏实实地去做任何一件事情，他就满心忧惧、无比恐慌。最后，他还是谢绝了这一邀约，这才终于可以畅快地呼吸了。

"那会干扰我的工作的。"他这么跟菲利普说。

"什么工作？"菲利普丝毫不给面子地问道。

"我的内心生活。"他回答道。

然后他就继续绘声绘色地讲起那位日内瓦的教授阿米尔的轶事，他才华横溢却并未取得与之相称的成就，直到他去世的那一刻，他貌似失败的一生的原因才被揭示出来，也最终得以计功补过：那就是在他身后的文件中发现的那部绝妙的日记①。海沃德令人捉摸不透地微微一笑。

不过海沃德仍旧能够兴致勃勃地谈论书籍，他趣味精雅，识力超群，而且对于理念具有一以贯之的兴趣，这使他成为一个令人愉快的伙伴。理念其实对他并无任何实际的意义，因为它们从

———————

① 阿米尔（Henri Frédéric Amiel，1821—1881），瑞士日记作者，因其自我分析的杰作《私人日记》而闻名。尽管他在日内瓦先后担任过美学和哲学教授，他仍觉得自己是个失败者，由于被迫蛰居，他等于生活在自己的日记里，他的日记从一八四七年起一直记到他去世。

不曾对他有过什么真正的影响；他对待它们的态度像是在拍卖行里面对着精美的瓷器：他兴致勃勃地把玩它们的器型和釉质，在心里掂量它们的价值；然后就把它们放回到匣子里，再也不去想它们了。

而正是海沃德有了一个重大的发现。有天傍晚，在经过必要的准备后，他带菲利普和劳森去了一家坐落于比克街①上的酒馆。这家馆子的不同凡响不仅在于其店面的堂皇以及历史的悠久——它拥有十八世纪荣光的陈迹，颇能令人发思古之幽情——他们还提供伦敦品质最优的鼻烟，而最负盛名的则是他们的潘趣酒②。海沃德领他们进入一个巨大狭长的房间，昏暗而又宏丽，颇有种黯淡大家风，墙上是巨幅的裸女像，本来都是海登③派的大型寓意画，但多年烟尘雾气、煤气灯和伦敦特有空气的熏染为它们蒙上了一层特别的丰采，看来竟仿佛是古典绘画大师的真迹。那暗色的嵌板，那巨大厚重、黯然失色的镀金飞檐，那桃花心木的餐桌，使房间里显得既豪华又安逸，沿墙一排真皮包面的座椅柔软而又舒适。正对房门的桌子上摆着一只公羊头，那遐迩闻名的鼻烟就盛在那里面。他们点了潘趣酒，喝了下去。那是掺了朗姆酒的热潘趣。要想描述它的佳妙之处，我手里的笔只会畏缩抖颤；只靠清醒的词汇和有限的修饰语是远远难以胜任的；唯有镂金错彩的

① 比克街（Beak Street），伦敦索霍地区的一条大体上东西向的街道，位于摄政街和列克星顿街之间。
② 潘趣酒（punch），用酒、果汁、牛奶等调和而成的饮料，其组成成分变化很大。
③ 海登（Benjamin Robert Haydon，1786—1846），英国历史画家和作家。

语汇和珠围翠绕、异国风情的辞藻才能与逸兴遄飞的奇情异想正相匹配。它温暖了血液，澄清了头脑，它使人的心灵福乐康永；它使人的头脑有如神助，马上就能咳珠唾玉，对别人的妙语也能神会心契；它既有音乐的捉摸不定，又有数学的精确严密。其中只有一种特质能跟别的东西作一比附：它就像慈悲的心肠一样能予人温暖，但它的味道、它的香气以及它给人的感受，言语都无法传达其万一。查尔斯·兰姆①如果想小试牛刀，以他斫轮老手的鬼斧神工，当能描画出他那个时代日常生活的迷人画面；拜伦勋爵如果想一逞绝技，在《唐璜》的一节诗篇中，想能呈现其超群拔俗的俊逸丰神；奥斯卡·王尔德如果将伊斯法罕②的珠宝堆积在拜占庭③的织锦上，或可成就一种乱人心神之美。心念及此，脑海中不觉闪现出埃拉加巴卢斯④盛宴的幻景，令人目眩神迷；耳中不禁传来德彪西⑤那精妙的和声，与其混杂在一起的，还有不知哪一代存放旧衣、皱领、紧身裤和上衣的衣橱散发出来的带有霉味

①　查尔斯·兰姆（Charles Lamb，1775—1834），英国散文家、评论家，以伊利亚（Elia）为笔名发表的《伊利亚随笔》笔端常带感情，触及社会矛盾，与其姊玛丽·兰姆合编《莎士比亚故事集》。

②　伊斯法罕（Ispahan），伊朗中西部城市，著名的古都和古丝绸之路的南路要站，建城历史长达两千五百年。

③　拜占庭（Byzantium），公元前七世纪为希腊人所建之殖民城市，公元三三〇年罗马帝国皇帝君士坦丁大帝迁都于此，改名君士坦丁堡，三九五年罗马帝国分裂为东西两部分后，成为东罗马帝国（拜占庭帝国）都城。

④　埃拉加巴卢斯（Elagabalus，204—222），罗马皇帝，以秽乱荒淫著称。

⑤　德彪西（Claude Achille Debussy，1862—1918），法国作曲家、印象派音乐奠基人之一，主要作品有管弦乐序曲《牧神的午后》、歌剧《佩利亚斯与梅丽桑德》、钢琴曲《意象集》等。

和馨香的浪漫气息，以及幽谷百合的淡淡幽香和切达奶酪①的独特风味。

　　海沃德之所以能发现这家能够得到此种无价饮品的酒馆，是因为他有一次在街上偶遇了一位剑桥的同窗。此人名叫麦卡利斯特，是位股票经纪人，同时又是位哲学家，他习惯于每周都光顾一趟这家酒馆。不久，菲利普、劳森和海沃德也养成了每周二傍晚都在那儿聚首的习惯：社会风习的改变已经使得这家酒馆变得门可罗雀了，不过这对喜欢享受闲谈乐趣的顾客来说反倒成了一种优势。麦卡利斯特是个骨骼粗大的伙计，对他宽阔的身板而言，个头太矮了一点，一张肉墩墩的大脸，讲起话来却柔声细气。他是康德的门生，判断一切事物都从纯粹理性的立场出发。他随时随地都很乐于阐发他信奉的学说。菲利普听得兴味盎然。他老早就得出结论，认为再没有比形而上学更让他感觉有趣的了，但对于形而上学在解决人生世事方面的有效性还不太有把握。他在黑马厩镇期间苦思冥想所形成的那一套简便易行的小小的思想体系，在他很不明智地痴迷于米尔德丽德期间也并没有起到显而易见的作用。他并不能确定理性对于为人处世会有多大帮助。他倒是觉得生活自有其不以人的意志为转移的规律。他仍旧活灵活现地记得之前那把他牢牢地攥在手心里的情感的暴力，他就像是被绳子死死地捆在地上，完全无力对其进行任何反抗。他在书里读

① 切达奶酪（Cheddar cheese），一种硬质牛奶奶酪，以原产地英国萨默塞特郡东南区切达地方命名，是英国最古老的奶酪品种之一。

到过那么多明智的道理，却只能从自己的经验出发对事物做出判断（他不知道别人是否也是这样）；他在采取一种行为的时候并没有从正反两方面对其进行测算，也从没有考虑过做与不做的利害得失；他的整个人是被一种无法抗拒的力量所驱使的。一旦行动起来，他就不是走一步看一步，而是整个人都被裹挟进去，再也没办法叫停。那掌控了他的力量似乎跟理性没有任何关系：理性在其中所能起到的作用，无非是向他指出要想得到他全心全意都在渴求的那样东西他该采取的措施罢了。

麦卡利斯特提醒他那著名的"绝对命令"①论：

"你应该如此行动，使你的每一个行为都可以拿来作为所有人行为的普遍准则。"

"在我看来这纯属无稽之谈。"菲利普道。

"对伊曼纽尔·康德的任何观点，你竟敢说出这种话来，真是胆大妄为。"麦卡利斯特驳斥道。

"有何不可呢？对某人说的话顶礼膜拜是一种荒谬愚蠢的品性：当今世上顶礼膜拜的现象实在是太多了。康德之所以对各种问题进行思考，并非因为它们都是合理的，而是因为他是康德。"

"喔，那么你对绝对命令有什么异议吗？"

（他们无比认真地讨论着，就像大英帝国的命运全系于此似的。）

"它表明一个人可以凭意志力来选择自己的道路。它还表明理

---

① 参见第四十五章注。

性是最为可靠的向导。可是为什么理性的命令就一定比激情的命令强呢？它们只是不一样，仅此而已。"

"你好像就心甘情愿地在充当激情的奴隶。"

"说是奴隶也不假，因为我完全身不由己，但绝不是心甘情愿的。"菲利普笑道。

说这番话的时候，他不由得想起驱使他去追求米尔德丽德的那股疯癫的热狂。想起对此他是多么怒不可遏，又是如何真切地感受到这是一种无比的堕落。

"感谢上帝，我终于完全从其中解脱出来了。"他如释重负地想道。

尽管他嘴上这么说，他还是不能完全肯定他说的是真心话。当他处在情欲的影响之下时，他感受到的是一种非同一般的活力，他的头脑也异乎寻常地敏捷活跃。当时的他更加生机勃勃，他感受到一种无比纯粹的兴奋，一种灵魂的强烈的饥渴，而这些都使得现在的生活显得琐碎而又乏味。尽管他忍受了那么多的苦痛，在某种意义上来说，那种无比匆促、势不可挡的生活本身就是一种补偿。

不过，菲利普这番不幸的表述却使他卷入了一场有关意志自由的讨论中，麦卡利斯特博闻强识，抛出了一个又一个论点。他非常喜欢玩弄论辩术，把菲利普逼得自相矛盾起来；他最终逼得菲利普无路可走，只能通过做出对自己有害的妥协让步才能摆脱困境；他以逻辑推演使他寸步难行，又引经据典把他驳得体无完肤。

菲利普最后道：

"喔，对于别人我无话可说。我只能说说自己的情况。自由意志的幻觉在我的意识中是如此强大，我根本没办法将它摆脱，但我相信这仍旧只是个幻觉而已。但这个幻觉又是我所有行为最强大的动机之一。在我做任何事之前，我都觉得我是有选择权的，这种感觉直接影响到我具体的行为；但在之后，在事情已经做过以后，在永恒的意义上而言，我又相信那是无可避免的。"

"那你从中得出怎样的推论呢?"海沃德问道。

"噢，只不过是后悔的全无意义。泼洒了牛奶，哭也没用，因为宇宙间的所有力量都一心想要把它泼洒出来。"

六十八

有天早上，菲利普起床的时候觉得头晕目眩，重新躺回去以后才蓦然发现自己生病了。他四肢酸痛，浑身直打冷战。房东太太把早餐端来的时候，他透过敞开的房门对她说，他身体欠安，要她给他送杯茶和一片吐司来。几分钟后，有人敲门，格里菲思走了进来。他们住在同一幢房子里已经一年多了，除了在过道里点头致意以外，再无任何深交。

"我说，听说你不舒服，"格里菲思道，"我就想应该来看看你到底是怎么了。"

菲利普没有来由地涨红了脸，对自己的状况轻描淡写，说他过一两个钟头就会好的。

"喔，那你最好让我给你量量体温。"格里菲思道。

"完全没有必要。"菲利普有些急躁地道。

"还是量一下吧。"

菲利普把体温计放进嘴里。格里菲思坐在床边上，兴致勃勃地跟他聊了一会儿，然后把体温计拿出来看了看。

"喏，你看看，老伙计，你必须卧床了，我去把老迪肯带来看看你。"

"瞎说，"菲利普道，"根本就没事的。你就别替我瞎操心了。"

"可这谈不上什么操心。你已经发烧了，必须卧床静养。你会听话的，是不是？"

他的举止中有种特别的魅力，既庄严肃穆又蔼然可亲，显得极为动人。

"你对病人的态度真是妙不可言。"菲利普喃喃道，面带微笑把眼睛闭上了。

格里菲思帮他把枕头抖抖松，利落地把卧具铺平整，把被角塞紧。他走进菲利普的起居室想找个虹吸瓶，没找着，就回自己的房间去拿了一个来。他把百叶窗拉了下来。

"现在先睡一觉，等老迪肯一查完病房，我就把他带到这儿来。"

感觉过了好几个钟头才又有人来。菲利普觉得自己的脑袋就像要裂开似的，四肢剧痛不已，他真怕自己就要哭出来了。这时有人敲了一下门，格里菲思走了进来，他是那么健康、强壮而又开朗。

"迪肯医生来了。"他说。

那位内科医生走上前来，他是位态度蔼然的长者，菲利普只是觉得面熟，跟他并无任何交往。问几个问题，简单地检查了一下，然后就是诊断了。

"你看这是怎么回事？"他问格里菲思，面带微笑。

"流行性感冒。"

"很对。"

迪肯医生打量了一下这个昏暗的公寓房间。

"你不愿意住到医院里去吗？他们会安排你住单人病房，比你在这儿能得到更好的照顾。"

"我还是宁肯待在这里。"菲利普道。

他是不想受人打扰，对陌生的环境他总是心怀顾虑。他并不喜欢护士们为了他而忙这忙那的，也不喜欢医院里那种沉闷的一尘不染的环境。

"我可以负责照顾他，先生。"格里菲思立刻道。

"哦，那很好。"

他开了药方，指示了几点注意事项，就走了。

"现在，你一切可都得听我的了，"格里菲思道，"我是日间和晚间护士集于一身了。"

"你对我真是太好了，可我什么都不需要。"菲利普道。

格里菲思把手放在菲利普的前额上试了试，那是只凉丝丝、干干的大手，这一接触倒是让他觉得很舒服。

"我这就拿这个方子去药房配药，配好后马上回来。"

不一会儿，他就把药拿来了，马上给菲利普吃了一剂。然后他上楼去拿他的书本。

"你不介意我下午就在你这儿准备功课吧？"他从楼上回来以后道，"我把这扇门开着，你要是有什么需要就尽管叫我。"

当天的晚些时候，菲利普迷迷糊糊地打了个盹以后，听到他的起居室里有说话声。是格里菲思的一个朋友过来找他。

"我说，今晚你最好就别过来了。"他听到格里菲思说道。

过了一两分钟，又有个人进了屋，表示没想到在这儿找到格里菲思。菲利普听到他解释道：

"我是在照顾一个二年级的学生，这是他的住处。这可怜的家伙因为流感躺倒了。今晚就不能打惠斯特①了，老兄。"

很快便只剩格里菲思一个人了，菲利普就叫了他一声。

"我说，你不会是把今晚的聚会给推迟了吧？"他问道。

"并不是为了你。我必须在外科学上用点功了。"

"还是不要推迟吧。我很快就好起来了。你不必为我操心。"

"没关系的。"

结果，菲利普的病情加重了。到了晚上，他有些轻度的神志不清了，不过在将近清晨的时候，他从很不安宁的睡眠中醒了过来。他看到格里菲思从一把扶手椅上起来，双膝跪下，用手指把煤一块块小心地往壁炉里添。他穿了套睡衣，外面披了件晨衣。

"你这是在干什么？"他问道。

"把你吵醒了？我想把火生起来，又不想弄得乒乒嘭嘭的。"

"你为什么不在床上睡？几点了？"

"大约五点钟了。我想今晚最好还是守在你身边。我就搬进来一把扶手椅，因为我想要是铺下一张床垫的话，我会睡得太熟，你要是需要什么的话，我就听不见你叫我了。"

---

① 惠斯特（whist），类似桥牌的一种四人牌戏。

"我希望你别对我这么好，"菲利普呻吟道，"你要是被我传染了可怎么办？"

"那你就要来护理我了，老兄。"格里菲思道，呵呵一笑。

到了早晨，格里菲思把百叶窗拉了起来。由于守了一整夜，他看起来面色苍白，非常疲倦，但仍旧精神饱满。

"现在我就来给你擦洗一下。"他开开心心地对菲利普道。

"我自己能洗。"菲利普道，很有些不好意思。

"胡说。你要是躺在小病房里，护士也会帮你擦洗的，我能做得跟护士一样好。"

菲利普因为过于虚弱和难受，没有力气再去抵拒，就让格里菲思为他洗了手和脸，洗了脚，又为他擦洗了前胸和后背。他的动作非常温柔体贴，一边帮他洗一边还亲切友好地跟他聊着天；然后他又换了床单，就跟医院里的做法一样，把枕头抖抖松，把卧具整理好。

"我真希望阿瑟护士长能过来看看，管保她会大吃一惊的。迪肯医生一早就会过来看你。"

"我真不明白你为什么要对我这么好。"菲利普道。

"这对我是很好的实习机会。有个病人多好玩啊。"

格里菲思把早饭给菲利普端了来，然后上楼去穿好衣服、吃了点东西。差几分钟十点的时候他又回来了，带来了一串葡萄和几枝鲜花。

"你真是太好了。"菲利普道。

他在床上一连躺了五天。

诺拉和格里菲思轮流护理他。虽说格里菲思跟菲利普年龄相仿，对他却采取了一种带点诙谐的母亲般的态度。他是个很能体贴人的小伙子，温文尔雅又能鼓舞人心；但他最大的特点还在于他有一种勃勃的生气，简直像是能给每一个跟他相处的人都带来健康活力。菲利普很不习惯于大多数人从母亲或姐妹那儿得到的那种爱抚，这个强壮的小伙子表现出来的女性化的温柔让他大受感动。菲利普日见好转，这时候的格里菲思无所事事地坐在菲利普的房间里，专讲些男欢女爱的风流艳史来给他消愁破闷。他是个风流情种，能同时维持三四段情事；他为了摆脱女性的纠缠而不得不挖空心思想出来的巧妙伎俩，经他这么一讲实在煞是动听。他有一种本事，能为发生在他身上的每一件事情都蒙上一层罗曼蒂克的色彩。他负债累累，把所有但凡值一点钱的东西全都拿去典当了，但他又一直都能做到开开心心、大手大脚和慷慨大度。他是个天生的冒险家。他喜欢那些职业不三不四、为人朝秦暮楚的人；经常出没于伦敦各个酒吧里的那帮乌合之众，有很多都是他的相与。放荡的女人把他当作知己，向他诉说她们生活中的烦恼、艰辛和成功；那些专门出老千的，尊敬他的身无分文，主动请他吃饭，借给他的钱一出手就是五镑。他考试一次又一次挂科，他全都开开心心地接受，对父母的训诫他总恭恭敬敬地听从，使得他那在利兹[①]开业行医的父亲也都不忍心正颜厉色地跟他发火了。

[①]　利兹（Leeds），英格兰北部城市。

"我在书本上是个笨蛋，"他开开心心地道，"可我**就是**学不进去。"

生活实在是太快乐了。但有一点是很清楚的，在度过他那激情四溢、生气勃勃的青春期，最终取得医师资格以后，他肯定能在行医实践中大获成功。单凭他那迷人的举止和翩翩的风度，就能把人的病痛医好。

菲利普崇拜他，就像当初在学校里崇拜那些人高马大、为人正直、神采飞扬的男孩子一样。等他的病好了，他跟格里菲思也就成了情同手足的好朋友。看到格里菲思像是很喜欢坐在他那个小小的客厅里，喋喋不休地跟他畅快地闲聊，同时抽掉无数根香烟，菲利普真感到无比地心满意足。菲利普有时候也带他去摄政街附近的那家酒馆。海沃德觉得他这人很蠢，劳森却一眼就看出了他那特殊的魅力，很想为他画一幅肖像：他真是个可以入画的妙人，碧蓝的眼睛、雪白的皮肤，再加上拳曲的秀发。他们讨论的问题他经常是一无所知的，碰到这种时候他就安静地端坐一旁，俊美的脸上带一抹温厚的微笑，满有把握而又恰如其分地觉得他的在场本身就足以让在座的各位畅意开怀。当他知道麦卡利斯特是个股票经纪人以后，就很想从他那里得到一点投资的内情；而麦卡利斯特就会面带俨然的笑容告诉他，如果他在某时某刻买进了某一只特定的股票，那他就会发多大的一笔财。这也让菲利普有些眼馋，因为在某种程度上他总有些入不敷出，如果能按照麦卡利斯特指点的窍门轻易地赚上一小笔，那对他当然是再好不过了。

"下次我如果听到有什么真正的好机会，一定让你们知道。"这位股票经纪人道，"有时候是会有好运临头的，就只是个等待时机的问题。"

菲利普忍不住想，要是能赚上个五十镑那该有多好，这样他就能为诺拉添置一件她寒冬亟需的毛皮大衣了。他望着摄政街上几家商店的橱窗，已经把用这笔钱能够购买的物品都挑选了出来。她享用多好的东西都不为过。她使得他的生活变得如此快乐。

六十九

　　一天下午，菲利普从医院回到他的住处，一如既往，准备在去跟诺拉共用茶点前先梳洗整理一下，正要拿钥匙开门的时候，他的房东太太替他把门开开了。

　　"有位女士等着要见你。"她说。

　　"见我？"菲利普惊叫道。

　　他非常讶异。那只可能是诺拉，他不知道她这时候过来到底是出了什么事。

　　"我本不该让她进来的，只是她已经来过三趟了，而没有找到你她又显得那么仓皇失措，所以我就让她进来等你了。"

　　他从正在解释的房东太太旁边挤过去，冲进了房间。他心里一阵厌恶：是米尔德丽德。她正准备坐下来，一看到他进来，忙不迭地又站了起来。她既没有向他走来，也没有开口说话。他惊呆了，一时间不知道该说什么才好。

　　"你到底想要干吗？"他问道。

　　她没有吱声，却哭了起来。她并没有用手捂住眼睛，而是垂

586

在身体两侧。她看起来就像是个求职的女仆，形容举止显得无比谦卑。菲利普自己都不知道心里是种什么滋味。他突然有一种冲动，真想扭头赶紧从这里逃出去。

"我没想到还会见到你。"他终于道。

"我要是死了就好了。"她呻吟道。

菲利普就让她站在那儿。眼下他只想着赶紧镇定下来。他的双膝在抖颤。他看了看她，绝望地呻吟了一声。

"出什么事了？"他道。

"他抛弃我了——埃米尔。"

菲利普的心猛地一跳。这时，他知道他仍像之前那样狂热地爱着她。他从来就没有停止过爱她。她现在站在他面前，如此谦卑、百依百顺。他真想把她搂在怀里，在她那满是泪痕的脸上印满他的吻。哦，他们已经分开多久了！他真不知道他是怎么能够熬过来的。

"你最好还是坐下。我来给你倒杯喝的。"

他把那把椅子往壁炉前挪了挪，她坐了下来。他为她调了一杯威士忌加苏打水，她仍旧抽抽搭搭地把那杯酒喝了下去。她用那双悲哀的大眼睛看了看他。眼睛下面有很大的黑眼圈。相比上次见到她，她更瘦也更苍白了。

"你向我求婚的时候，我要是嫁给你就好了。"她说。

菲利普不知道为什么，这句话像是一下子就使他的心涨得满满的。他没办法再像他强迫自己的那样跟她保持距离了。他把一只手放到她的肩上。

"我为你陷入困境深感难过。"

她把头埋进他的怀里，歇斯底里地大哭起来。她的帽子有些碍事，她就把它摘了下来。他真是从没想到她能哭成这样。他吻了她一遍又一遍。这似乎使她稍稍平静了一点。

"你对我一直都很好，菲利普，"她说，"所以我知道我可以来找你。"

"告诉我到底出了什么事。"

"哦，我不能说，我不能说。"她叫喊道，从他怀里挣脱出来。

他在她身边跪下，把自己的脸贴在她的脸颊上。

"你难道不知道，无论什么事你都可以告诉我吗？我是绝不会怪罪你的。"

她把事情的经过一点一点地告诉了他，有时候抽抽搭搭得实在太厉害，他几乎都听不懂她在说什么。

"上个礼拜一，他去了伯明翰，本来说定周四一定回来的，但没有，一直到周五都没回来，我就写信问他出了什么事，可他连信都不回。于是我又写了一封信，讲明他要是再不回信的话，我就到伯明翰找他去了，结果今天早上我收到一个律师的信函，上面说我对他并不拥有任何权利，如果再骚扰他，他就要寻求法律的保护了。"

"真是岂有此理！"菲利普叫道，"一个男人绝不能这样对待自己的妻子。你们之前吵过架吗？"

"哦，吵过，我们是在礼拜天拌过嘴，他说他已经对我感到厌烦，可是他之前就这么说过的，后来还是好好地回家的。我并没有想到他这话是当真的。他这次是被吓到了，因为我跟他说我已经怀了孩子。本来我是一直都瞒着他的，这时候我也不得不告诉他了。他说这是我的错，说我本来应该更知道好歹的。你就听听，他对我说的都是些什么话！不过我早就发现他根本就不是个绅士了。他一个便士都没留给我。他连房租都没付，我又没钱去付，负责照管房子的那个女人跟我说的那些话——哎哟，照她的说法，我简直就是个贼了。"

"我还以为你们要买下一套公寓房呢。"

"他是这么说的，但我们只是在海布里①租了套带家具的公寓。他就是这么小气。他说我挥霍浪费，可他并没有给我任何可以挥霍浪费的东西。"

她真是天赋异禀，事无巨细，全都掺和到一起来说。菲利普都听糊涂了。这整桩事情真是难以理解。

"没有一个男人会这么混账的。"

"你不了解他。现在，就算他跑过来跪在我面前求我回去，我也不回去了。我当时可真傻，怎么会想到要跟他在一起的呢？而且他赚的钱也没他说的那么多。他对我花言巧语，全都是鬼话！"

菲利普想了一两分钟。他为她的不幸深深触动，根本就想不到自己了。

"需要我去一趟伯明翰吗？我可以去见他一面，设法把事态挽回一下。"

---

① 海布里（Highbury），大伦敦伊斯灵顿自治市的一个区。

"哦，完全没希望了。他现在是绝不会回心转意了，我了解他。"

"可是他必须赡养你啊。这是他推脱不掉的。这方面的事情我也是一无所知，你最好还是去找个律师。"

"我怎么找啊？我又没有钱。"

"这方面的费用都由我来承担。我给我的律师写个便签吧，就是那位担任我父亲遗嘱执行人的运动家。你希望我现在就陪你一起去吗？我估计他还在事务所里。"

"不，就写封信由我带去吧。我一个人去。"

她现在平静些了。他坐下来写了个便签。随即他想起她身上没有钱，幸好他前天刚兑出了一张支票，能够一下子就给她五镑。

"你对我真好，菲利普。"她说。

"能为你做点事情，我感到非常高兴。"

"你还喜欢我吗？"

"就跟过去一样地喜欢。"

她抬起嘴唇，他吻了她。在这一举动中，有一种他之前在她身上从没见到过的曲意顺从。就凭这一点，他遭受的所有苦痛就都值了。

她走了，他这才发现她已经在他这儿待了有两个钟头了。他感到无比高兴。

"可怜的人儿，可怜的人儿。"他喃喃自语道，他内心燃烧着比此前所能感受到的更强烈的爱情。

大约八点钟的时候他接到一份电报，在此之前他压根就没再想到过诺拉。电报打开前他就知道是她发来的。

　　出什么事了吗？诺拉。

　　他不知道该怎么办，该怎么回复。他本可以在她跑龙套的那出戏演完以后去接她，像有些时候那样陪她一起漫步回家；但一想到要在那个晚上见到她，他就打心眼里不想这么做。他想给她写封信，但他没办法像往常那样称呼她**最亲爱的诺拉**。他决定也给她拍个电报。

　　抱歉。走不开。菲利普。

　　他想象着她的模样。她那张丑陋的小脸，那高高的颧骨和鄙俗的面色让他微微有些厌恶。她的皮肤那粗糙的质感让他有点起鸡皮疙瘩。他知道电报发出以后，他这边也得有某种行动再跟上去，但毕竟可以暂缓一下。

　　第二天，他又发了份电报。

　　遗憾，不能来。详见信。

　　米尔德丽德已经提出下午四点钟会过来，他不愿告诉她这个时间不方便。毕竟先来的是她。他焦急地等着她。他站在窗前守望，抢先为她把房门打开。

"怎么样？见过尼克松了？"

"嗯，"她回答道，"他说没什么用。没什么可做的了。我必须咬紧牙关默默忍受。"

"但这不可能呀。"菲利普叫道。

她疲惫不堪地坐下。

"他给出过任何理由吗？"他问。

她给了他一封揉皱了的信。

"这是你那封信，菲利普。我根本就没带过去。昨天我没法跟你说，我真的做不到。埃米尔并没有跟我结婚。他不能。他已经有一个老婆和三个孩子了。"

一阵妒恨交集的剧痛猛地袭上菲利普的心头。他一时间简直无法忍受。

"这也是我不能回我姑妈家的缘故。除了你，我是没有一个人可以投奔了。"

"那你到底为什么要跟了他呢？"菲利普低声问道，竭力让自己的嗓音保持平稳。

"我也不知道。一开始我并不知道他是结过婚的，在他告诉我的时候，我狠狠地骂了他一顿。后来他就好几个月都没露面，等他再次回到店里来并向我求婚的时候，我都不知道我是怎么鬼迷了心窍的。我就是觉得像是身不由己，不得不跟他走一样。"

"那时你爱他吗？"

"我不知道。他一开口跟我讲话，我几乎就忍不住要发笑。还有一些别的因素——他说我是绝对不会后悔的，他许诺每周都给我七英镑——他说他一周能挣十五镑，那全是扯谎，他根本挣不到那么多。而且那时候我也实在是厌烦了每天一大早都去店里上班，我跟我姑妈又处得不太好：她待我一点都不亲，倒想把我当个用人使唤，说我的房间应该由我自己负责打扫，我要是自己不肯干，就没人会帮我干的。哦，我真希望当初没上他的当。可是当他来到店里向我求婚的时候，我就是觉得身不由己，只能答应他。"

菲利普从她身边走开。他在桌前坐下，用手把脸捂起来。他觉得自己蒙受了奇耻大辱。

"你没生我的气吧，菲利普？"她可怜巴巴地问道。

"没有，"他回答道，抬起头，但并没有看她，"我只是非常受伤。"

"为什么？"

"你也知道，我当时有多爱你。为了能让你喜欢我，所有能做的我全都做了。我还以为你是不会爱上任何人的。现在知道，为了那个暴发户，你居然甘愿牺牲自己的一切，这对我来说真是太可怕了。真不知道你到底看上了他哪一点。"

"我真是太抱歉了，菲利普。后来我也是后悔莫及，这一点我可以向你保证。"

他想起了埃米尔·米勒，想起他那面团一样不健康的气色，他那双诡诈的蓝眼睛，以及他那副俗不可耐的精明相，身上总穿一件亮红色的针织背心。菲利普叹了口气。米尔德丽德站起来朝他走来。她伸出手臂搂住了他的脖子。

"我永远不会忘记你主动提出要娶我为妻,菲利普。"

他握住她的手,抬头看着她。她俯下身来吻了吻他。

"菲利普,你要是还想要我的话,你要我做什么我都愿意。我知道你是个彻头彻尾、货真价实的绅士。"

他的心像是一下子停止了跳动。她这话让他觉得有点恶心。

"你这么说真是太好了,但我不能这么做。"

"难道你不再喜欢我了吗?"

"我全心全意爱着你。"

"那我们为什么不能趁机好好地开心一下呢?你要知道,现在是一点关系都没有了。"

他从她的怀抱里挣脱了出来。

"你不明白。自从我见到你,我就对你害上了相思病,可是现在——那个男人。我这人不幸生来就想象力超群。一想到这件事我就感到无比厌恶。"

"你可真滑稽。"她道。

他再次握住她的手,对她微微一笑。

"你可千万不要认为是我不领情。我对你真是感激不尽,但是,你也知道,那种感情比我自身都更强大。"

"你是个好朋友,菲利普。"

他们继续谈谈讲讲,很快就恢复到旧日那种熟悉而又亲密的关系中了。天色渐晚,菲利普建议他们一起出去吃个饭,然后再去个歌舞杂耍剧院。她需要一些劝说工作,因为她想装出一副与当前的处境相称的姿态,她本能地觉得,这时候出入娱乐场所跟她目前不幸的遭遇是不相匹配的。最后，菲利普求她就为了让他高兴而勉为其难地去一趟，一直到她可以把它当作一种自我牺牲的举动时，她才总算是接受了。她还提出了一个非常体贴的新想法，这让菲利普非常高兴：她要他带她去他们之前经常光顾的那家索霍区的小餐馆，为此他对她真是感激不尽，因为她的这个建议表明她对这家餐馆也是怀有美好的记忆的。在吃饭的过程中，她渐渐变得比原来开心多了。从街角的酒馆里买来的勃艮第葡萄酒温暖了她的心，她都忘了应该保持一种忧伤的表情了。菲利普觉得，这时候可以安全地跟她谈谈将来的打算了。

"我猜想，你身上是一文不名了，是不是？"他逮住机会问道。

"就只有你昨天给的那五镑，我还得付给房东太太三镑。"

"那么，我最好再给你个十镑，你先凑合着用。我去找我的律师，让他给米勒写信交涉。我们是能让他付出一笔钱来的，我肯定。要是我们能从他那里弄到个一百镑，那就足可以维持到你把孩子生下来了。"

"我一个便士都不会要他的。我宁肯饿死。"

"但他就这样把你扔下不管，也真是太不像话了。"

"我也有我的自尊心。"

这就让菲利普有点为难了。他需要撙节开支、严格地节省才能使他的那点钱维持到他获得医师资格，他还得预留一笔钱，作为他在自己的或是其他医院里担任一年的住院内科或外科医生所需的生活费用。但米尔德丽德开口闭口就是埋怨埃米尔的为人如何悭吝啬刻，他也不敢过分规劝，免得她也指责他不够慷慨大度。

"我是不会拿他一个便士的。我宁肯去讨饭吃。老早前我就想去找个工作做了，只不过我现在这种状况不太相宜。你也得考虑自己的健康的，是不是？"

"现在你还不必操心，"菲利普道，"在你适合工作之前，我会满足你一切需要的。"

"我就知道我可以仰赖你。我跟埃米尔说过，别以为我就没有人可以去投奔了。我跟他说过，你是个彻头彻尾、货真价实的绅士。"

菲利普也一点点地了解到他们到底是怎么闹到分手的。看来是那个家伙的妻子发现了他定期到伦敦出差期间所干的勾当，于是去找了他所服务的那家公司的老板。她威胁要跟他离婚，而公司方面则宣称她要是真跟他离了婚，那他们就要把他解雇。他倒是非常疼爱他那几个孩子，完全受不了要跟他们分开的想法。当他必须在妻子和情妇间做出抉择的时候，他选择了妻子。他一直都很担心，这边如果有了孩子会让本就难缠的事态变得更为复杂；当米尔德丽德再也没法隐瞒下去，把怀了孩子的事实告诉他的时候，他一下子陷入了恐慌。他找碴跟她吵了一架后就干脆利落地把她给遗弃了。

"你预产期是什么时候？"菲利普问道。

"在三月初。"

"那还有三个月。"

是有必要筹划一下了。米尔德丽德声称她不想再住海布里的公寓了，而菲利普也觉得她应该住得离他更近一点，这样更方便些。他答应第二天就去帮她找房子。她提出沃克斯豪尔大桥路是个比较理想的住处。

"对以后来说，那儿也很近。"她说。

"离哪儿很近?"

"喔，我只能在那儿住两个月或稍长一点的时间，然后我就得搬进一幢我已经看好的房子里了。我知道一处非常体面的地方，那里住的都是最有身份的人，每周的房费是四几尼，没有其他的杂费。当然了，医生的费用还要另付，但仅此而已了。我的一个朋友去过一趟了，管房子的是位很严谨周到的太太。我是想告诉她我丈夫是位驻印度的官员，我是到伦敦来生孩子的，因为这对我的健康更有利。"

听她用这种方式说话，菲利普真觉得挺特别的。她那小小的精致的五官和她苍白的小脸看起来显得冷冰冰的，像个少女一样。而当他想到她胸中居然燃烧着这样的情火，如此出人意料，他的内心感觉乱糟糟的很不是滋味。他的脉搏跳得飞快。

七十

菲利普料想他回到自己的住处应该能收到诺拉的一封信，但并没有，第二天上午也没有。这种音信全无让他有些恼火，同时又有些惊慌。自从去年六月份他回到伦敦后，他们每天都见面，他这么一连两天都没去见她，而且也没提供他不能去的理由，在她看来肯定会很奇怪的；他怀疑，是不是事不凑巧，被她看到他跟米尔德丽德在一起了。想到她会伤心和不快，他就于心不忍，于是决定当天下午便去见她。他几乎都有点埋怨她的意思，因为他居然容许自己跟她保持这么亲昵的关系。一想到还要继续保持这种关系，他心里就充满了厌恶。

他在沃克斯豪尔大桥路上一幢房子的三楼，为米尔德丽德找到了两个房间。那地方噪声很大，但他知道她喜欢窗外来往车辆的喧闹声。

"我可不喜欢那种半死不活的街道，一整天连个人影都看不见，"她说过，"给我点生活的气息吧。"

然后，他就硬着头皮去了文森特广场。按铃的时候他真是满心忧惧。他有一种不安的感觉，觉得自己错待了诺拉；他怕她会责怪他，他知道她是个急性子，而他痛恨吵吵闹闹；也许最好的办法就是坦白告诉她，米尔德丽德已经重新回到他身边，而他对她的爱仍旧如先前一般强烈；他感到很抱歉，但他跟诺拉的关系只能到此为止了。然后他又想到诺拉的痛苦，因为他知道她是爱他的；之前这让他感到非常荣幸，让他感激不尽；但现在却变得非常可怕。他使她遭受的痛苦不是她该当承受的。他心里犯嘀咕，不知道这次她会怎么接待自己，他沿着楼梯往上走的时候，她所有可能的行为方式都在他脑子里转了个遍。他敲了敲门。他觉得自己脸色发白，不知道该如何隐藏自己的紧张。

她正在埋头写作，奋笔疾书，但他一进来，她就马上跳了起来。

"我听出了你的脚步声，"她叫道，"你这几天躲到哪儿去了，你这淘气的孩子？"

她欢天喜地地朝他走过来，伸出胳膊搂住他的脖子。见到他，她非常高兴。他吻了吻她，然后，为了让自己沉住气，说他巴不得赶紧来一杯茶。她于是忙不迭地去生火，把壶里的水烧开。

"这几天我忙得不可开交。"他勉强地解释道。

她开始以她那种欢快的方式闲扯起来，告诉他她得到了从没合作过的一家出版公司的委约，为他们写一部中篇小说。为此她能拿到十五几尼的稿费。

"这是从天上掉下来的一笔钱。我来告诉你咱们怎么办吧，咱们来个短途旅行，出去玩一趟。咱们去牛津待上一天好不好？我想看看它们的几个学院。"

他看了看她，看她眼睛里是否有责怪的阴影；但它们就像平时一样坦率和愉快。见到他，她真是高兴极了。他的心沉了下去。他不能告诉她那个残酷的事实。她为他烤了几片吐司，切成一小块一小块的再端给他，就像他还是个孩子一样。

"小坏蛋吃饱了吗？"她问道。

他点点头，莞尔一笑，她又为他点了一根烟。然后，像她平时喜欢的那样，走过来坐在他的腿上。她身体很轻盈。她往后一靠，偎在他的怀抱里，幸福甜蜜地发出一声轻叹。

"跟我说点好听的。"她喃喃道。

"我该说些什么？"

"你可以通过想象的努力，说你非常喜欢我。"

"这是事实，你知道的。"

他实在不忍心这时候就告诉她。不管怎么说，今天他也得让她安安心心地度过，也许他可以写信告诉她。这种方式会比较容易些。一想到她痛哭流涕的样子，他就于心不忍。她要他吻她，在吻她的时候，他不禁想起米尔德丽德和米尔德丽德那苍白、削薄的嘴唇。对米尔德丽德的回忆每时每刻都缠绕着他，就像是一种非物质的形体，然而又比影子更为实在；这个形体不断地在扰乱他的注意力。

"你今天可真够安静的。"诺拉道。

她的聒噪饶舌是他们之间一个常说常新的笑柄，他于是回答道：

"你从来都不给我插一句嘴的机会，我都已经没有说话的习惯了。"

"可你也并没有在听我说话，这样做可很没礼貌。"

他有点脸红，疑心她是否已经有点察觉他内心的秘密，他有些不自在地移开了自己的目光。她的体重今天下午让他觉得颇为讨厌，他不想让她碰到自己。

"我的脚都麻了。"他说。

"真对不起，"她叫道，从他身上跳下来，"要是改不掉这个往绅士们腿上坐的习惯，那就非得节食减肥了。"

他故意在地板上跺了跺脚，还走了几步。然后他就在壁炉前站定，免得她再坐回到他腿上。在诺拉侃侃而谈的时候，他感觉她比米尔德丽德要强十倍，她给他带来的乐趣要多得多，跟她谈话也愉快得多；她更聪明，性情也更可爱。她是个善良、勇敢、诚实的小女人；而米尔德丽德呢，他不禁苦涩地暗想，这几个形容词她一个都配不上。他要是还有一丁点理性的话，他就该矢志不渝地跟诺拉在一起，她一定会让他比跟米尔德丽德在一起幸福得多；毕竟她爱他，而米尔德丽德只是对他的雪中送炭心怀感激。但归根结底，爱人比被爱更加重要，而且他的整个灵魂都在渴望得到米尔德丽德。他宁肯跟她只待十分钟，也强似跟诺拉待一整个下午，她冷冰冰的嘴唇给他的一个吻，他看得比诺拉能够给他的一切都更珍贵。

"我实在是身不由己，"他暗自想道，"她已经深入到我的骨髓中了。"

他不在乎她是不是全无心肝、品性不端、俗不可耐、蠢不可及、贪得无厌，他就是爱她。他宁肯跟这一个在一起吃苦受罪，也不愿意跟另一个在一起舒心享福。

他站起来要走的时候，诺拉很随意地说了一句：

"哎，明天应该能见到你的，是吧？"

"是的。"他回答道。

他明知他是来不了的，因为他要帮米尔德丽德搬家，但他没有这个勇气说出口。他打定主意到时候给诺拉发个电报。米尔德丽德上午去看了房子，觉得挺满意的，吃过午饭后，菲利普陪她一起回到海布里。她有一个箱子用来装衣服，另一个箱子装零碎杂物以及坐垫、灯罩、相框等，用这些东西赋予租住的房子一点家的气息。此外她还有两三个大纸板箱，不过所有这些东西加起来，都堆在一辆四轮出租马车的车顶上，那上面还绰绰有余。他们在经过维多利亚大街的时候，菲利普尽量往马车后面的座位上靠，以免诺拉碰巧路过，被她撞到。他还没找到机会去发那个电报，而且他不能从沃克斯豪尔大桥路的邮局里发，因为她会怀疑他跑到那儿干什么去了；而如果他人都已经到了那里，那就更没有道理不去近在咫尺的她的住处了。他决定，最好还是花上半个钟头去见她一面；但这件不得不做的事搅得他心烦意乱：他生诺拉的气，因为是她逼得他只能出此粗俗而又卑鄙之下策。但他很高兴能跟米尔德丽德待在一起。帮她开包整理对他而言是件赏心乐事，而且把她安置在他亲自为她找到并且全部由他来出钱的寓所里，还让他体会到一种心醉神迷的占有感。他不愿意让她自己动手。为她做点事在他是种乐趣，而既然有旁人巴不得为她效劳，她也就乐得坐享其成了。他帮她把衣服取出来，归置好。她不想再出去了，他就把她的拖鞋拿过来，替她把靴子脱掉。为她代操仆佣之贱役，他倒是感觉非常开心。

"你可是真把我给惯坏了。"她道，他跪下来给她解开靴子的扣襻时，她满怀柔情地用手指抚弄着他的头发。

他握住她的双手，吻着它们。

"有你在这儿，真是太好了。"

他把坐垫和相框都放好。她还有几个绿色的陶瓶。

"等我买些花来插瓶。"他说。

他不无得意地环顾了一下自己工作的成绩。

"既然我不打算再出去了，我想就穿上件茶会袍子吧，"她说，"帮我解一下背后的扣子好吗？"

她转过身去，那毫不在乎的样子就像他也是个女人似的。她根本就没把他的性别放在心上。但他心里却对她这一要求体现出来的亲密无间充满了感激。他用笨拙的手指帮她把几个钩眼扣解开。

"在我走进你们茶点店的第一天，我说什么也想不到今天会帮你做这种事情。"他说，强颜一笑。

"总得有人做。"她回答道。

她走进卧室，套上一件装饰着大量廉价蕾丝的淡蓝色茶会女袍。然后，菲利普就把她安顿在一张沙发上，为她沏茶。

"恐怕我不能留下来跟你一起用茶点了，"他遗憾地道，"我有个讨厌的约会。不过我半小时后就回来。"

他不知道她要是问起是个什么约会的话他该怎么回答，但她并没有流露出丝毫的好奇。他在租定房间的时候就已经预订了两人份的晚饭，本来打算安安静静地跟她共度这个晚上的。他一心急着赶回来，他跳上一辆途经沃克斯豪尔大桥路的电车。他想他最好是一见面就跟诺拉讲明，他只能待几分钟。

"我说，我只有跟你打声招呼的时间，"他一走进她的家门就说道，"我真要忙死了。"

她的脸沉了下来。

"为什么，怎么了？"

他对她逼着他说谎非常恼火，他也知道他在回答说医院里有一场手术示范他一定得去参加时，他的脸已经红了。他感觉她的表情像是并不相信他的话，这就更让他怒火中烧了。

"哦，好吧，没关系。"她道，"反正明天你会跟我待一整天呢。"

他茫然若失地看着她。明天是礼拜天，他一直都期待着跟米尔德丽德一起共度的。他告诉自己，出于最起码的礼貌他也必须这么做：她刚搬过来，他可不能把她一个人撇在一幢陌生的房子里。

"我真是太抱歉了，明天我有约了。"

他知道一场争吵就要开始了，而他原本是不惜一切代价都想避免的。诺拉两颊的红润变得更深了。

"可我已经邀请戈登夫妇来吃午饭了，"——这对演员夫妇正

604

在外省巡演，要来伦敦度周末——"我一个礼拜前就告诉你了。"

"我真是太抱歉了，我忘了。"他迟疑道，"我恐怕是来不了了。你能找个替代的人吗？"

"那你明天到底要干吗呢？"

"我希望你不要盘问我。"

"你难道不想告诉我？"

"我完全不介意告诉你，但要被迫说明一个人的一举一动，也实在够烦人的。"

诺拉的脸色突然变了。她尽力控制了一下，这才总算没有发火。她走上前来握住他的手。

"别让我明天失望吧，菲利普，我是多么盼望能和你共度这一天。戈登夫妇很想见见你，我们一起肯定会过得非常愉快的。"

"要是能来我当然是很高兴来的。"

"我这人还不算太苛求吧？我并不经常要求你去做任何你觉得麻烦的事。你就不能取消那个讨厌的约会吗——就这一次？"

"我真是太抱歉了，我不知道怎么能取消得了。"他面沉似水地回答道。

"告诉我是个什么样的约会。"她用甘言哄诱的口吻道。

他抓紧时间编造个理由出来。

"格里菲思的两个妹妹要来伦敦度周末，我们说好了要带她们出去玩玩。"

"就这个？"她高兴地道，"格里菲思找个人替你那还不是容易得很嘛。"

他后悔没想出个更为紧迫的事来。这个谎话编得太笨拙了。

"不行，我真是太抱歉了，我不能——我已经许诺过了，我就得信守诺言。"

"但你也许诺我了呀。而且我肯定还是在前头的。"

"希望你别再坚持了。"他说。

她勃然大怒。

"你不能来是因为你不想来。我不知道最近这几天你都在干什么，你跟之前可是大不一样了。"

他看了看手表。

"恐怕我得走了。"他说。

"明天你不来吗？"

"不来。"

"那你就永远都用不着再来了。"她叫道，一下子怒不可遏了。

"那就悉听尊便了。"他回答道。

"那就别让我再耽搁你了。"她满怀嘲讽地加了一句。

他耸耸肩膀，走了出去。他松了一口气，总算还没闹得太不像话。还没出现哭天抢地的局面。在往回走的路上，他暗自庆幸居然这么容易就从这桩情事中解脱了出来。他走到维多利亚大街的时候，买了几枝花带回去送给米尔德丽德。

他们那小小的晚餐大获成功。他早就送来了一小罐鱼子酱，他知道她就喜欢这种玩意儿，房东太太给他们端上来几块炸肉排配蔬菜，还有一道甜点。菲利普已经预订了勃艮第葡萄酒，也是她的最爱。把窗帘一拉，把火一生，把米尔德丽德的灯罩往灯上一罩，那房间给人的感觉还是很温暖惬意的。

"这真像是个家了。"菲利普微笑道。

"我可能会每况愈下的，会不会？"她回答道。

吃完晚饭后，菲利普把两把扶手椅拉到炉火前面，他们坐下来。他舒舒服服地抽着烟斗。他感觉很幸福又很慷慨。

"明天你想干点什么？"他问道。

"哦，我要去趟塔尔斯山[①]。你还记得我们店里的那位女经理吧？喔，她已经结婚了，她请我去她家过个礼拜天。当然啦，她以为我也结婚了。"

菲利普的心沉了下来。

"可我特意拒绝了一个邀约，就为了能跟你一起过这个礼拜天。"

他以为，如果她爱他的话，她就会说，既然如此，那她就跟他待在一起。他知道得很清楚，如果是诺拉，她是肯定不会犹豫的。

"喔，你这么做可就太傻了。我可是三个多礼拜前就答应要去的。"

"可是你怎么能一个人去呢？"

"哦，我会说埃米尔出差去了。她丈夫是做手套生意的，可是个非常出众的家伙。"

菲利普沉默了，心里涌起一股酸楚。米尔德丽德斜瞟了他

---

① 塔尔斯山（Tulse Hill），大伦敦南部兰贝斯自治市的一个区。

一眼。

"你不会连这么一点乐趣都不让我享受吧，菲利普？你也知道，这是我还能出去走走的最后一次机会了，等到能再出去的时候，谁知道还要等多久呢？而且我也已经答应人家了。"

他握住她的手，微微一笑。

"当然不会了，亲爱的。我想让你尽可能玩得开心。我只想让你事事都幸福快乐。"

有一本蓝色纸面装订的小书打开来倒扣在沙发上，菲利普随手把它拿了起来。那是一本只卖两便士的廉价中篇小说，作者叫考特尼·佩吉特。那就是诺拉写小说时用的笔名。

"我真喜欢他的书，"米尔德丽德道，"他的书我全都读过。写得特别优雅考究。"

他还记得诺拉是如何说到她自己的。

"我在那些厨房的女佣当中可是大受欢迎。她们都觉得我可有教养了。"

七十一

有感于格里菲思对他的推心置腹，作为回报，菲利普也把自己恋情上这些个缠杂不清的琐细头绪一五一十都告诉了他。礼拜天上午用过早饭后，他们俩穿着晨衣舒舒服服地坐在壁炉前抽烟，他就把昨天跟诺拉吵翻了的情形描述了一番。格里菲思向他表示祝贺，因为他这么轻而易举地摆脱了恋情的困境。

"勾搭上一个女人是这世界上最容易不过的事儿了，"他又讲起了他的至理名言，"可要想全身而退，那可就麻烦大发啦。"

一想到他了结这桩麻烦的手腕，菲利普真忍不住想要拍拍自己的后背以示嘉许。不管怎么说，他可真是大大地松了一口气。又想到米尔德丽德今天在塔尔斯山肯定会宾主尽欢，他发现自己因为她过得很开心而真正感到心满意足了。尽管对他而言这是种自我牺牲，他却并没有对她心怀怨恨，尽管她的开心是用他自己的失望换来的，他内心中反而充满了一种舒心快慰的欢喜之情。

可是到了礼拜一上午，他在桌子上发现了一封诺拉的来信。信中写道：

最亲爱的：

很抱歉礼拜六我发了脾气。原谅我，今天下午还是照常过来用茶点吧。我爱你。

你的诺拉

他的心一沉，不知道该如何是好。他把这个字条拿给格里菲思去看。

"你最好是置之不理，不要回复。"他说。

"哦，我做不到，"菲利普叫道，"只要我一想到她在那儿等呀盼的，我内心就会痛苦不堪。你是不知道，一心巴望着邮递员来敲门是种什么滋味。我是知道的，我可不能让别的人也去忍受这样的折磨。"

"我亲爱的伙计，你不想让任何一方伤心难过，可是没办法拗断这种感情纠葛的。你必须狠得下心来，咬牙坚持。不过好在，这种痛苦也是不会持久的。"

菲利普觉得诺拉不应该忍受由他给她带来的痛苦，而且格里菲思又如何能知道她苦痛伤心的程度呢？他还记得米尔德丽德在告诉他她要结婚时，他自己感到的痛苦。他可不想让任何人再来经受当时他所经受的那种痛苦。

"你要是这么不愿意给她带来痛苦，那就回去找她好啦。"格里菲思道。

"我不能这么做啊。"

他站起身，在屋里焦躁不安地来回踱着步。他很生诺拉的气，因为她不肯就此罢休。她应该已经看出他对她已再无爱情可言了。人家都说女人对这种事是异常敏感的。

"你再帮帮我呀。"他对格里菲思道。

"我亲爱的伙计，别这么大惊小怪的。人没有过不去的坎儿，你知道的。而且她也可能并没有你想的那么对你一往情深。人嘛，也总是会夸大自己在人家身上激发出来的热情。"

他停住话头，饶有兴致地看了看菲利普。

"你听我说，你该做的就只有一件：写信告诉她，你们的关系已经到此结束了。话要说得斩钉截铁，不要让她有任何心存侥幸的余地。这会伤害她，但相比于任何黏黏糊糊的办法，你做得越是狠心，对她的伤害反倒更少。"

菲利普于是坐下来，写了如下的一封信：

我亲爱的诺拉：

我很抱歉，使你不开心了，但我想我们最好还是就让我们的关系停留在礼拜六的那个状态吧。我不认为在我们的关系已经不再有任何乐趣可言的情况下，继续往下拖还有什么用。你让我走，我就走了。我也就不想再回头了。再见了。

菲利普·凯里

他把这封信拿给格里菲思看，征求他的意见。格里菲思看了一遍，眼睛一闪一闪地看了看他。他并没说他觉得怎么样。

"我看这封信能达到目的。"他只说。

菲利普出门把信付邮了。整个上午，他的感觉都挺不自在的，因为他栩栩如生地想象着诺拉收到他这封信以后的感受。一想到她会痛哭失声他就觉得五内俱焚，可与此同时他又觉得松了一口气。想象中的悲伤总比亲眼所见的要更容易接受一些，而且他终于能够自由自在、全心全意地去爱米尔德丽德了。一想到医院的工作一结束，当天下午就能见到她，他的心便高兴得怦怦直跳。

跟往常一样，他先回自己的房间去梳洗一下的时候，刚把钥匙插进锁孔，就听到背后有人说话的声音。

"我可以进来吗？我已经等了你半个钟头了。"

是诺拉。他觉得自己的脸一直红到了头发根。她讲话的声调很轻松，并没有丝毫怨恨的影子，也听不出两人之间有任何决裂的端倪。他觉得自己真是走投无路了。他怕得要死，但他还是费尽力气挤出了一丝笑容。

"当然，进来吧。"他说。

他打开房门，她抢先走进了他的起居室。他很紧张，为了让自己沉住气，他递给她一支香烟，自己也点了一支。她满心愉快地看着他。

"你为什么给我写来一封那么可怕的信，你这个淘气的孩子？我要是把它当了真的话，那我可真是要难过死了。"

"我是认真的。"他语气严峻地说。

"别这么犯傻了。那天我是冲你发了火，我也写信来道过歉了。你还是气不顺，嗒，我这不是亲自登门赔礼来了嘛。不过当然了，你是你自己的主人，我是无权对你提出任何要求的。我并不想让你去做任何你不高兴做的事。"

感情冲动之下，她从椅子上站起来，伸出双手，朝他走来。

"让我们重归于好吧，菲利普。如果我冒犯了你，我真心诚意地向你道歉。"

他没办法不让她握住自己的手，但他也没办法正视她的眼睛。

"恐怕是太迟了。"他说。

她挨着他在地板上坐下，紧紧抱住他的膝盖。

"菲利普，别傻了。我也是个急脾气，我能理解是我伤害了你，可是为了这个生气就太愚蠢了。搞得我们两个都不开心又有什么好处了？我们的友谊一直以来都是多么令人愉快啊。"她用手指轻柔地抚弄着他的手，"我爱你，菲利普。"

他站起来，挣脱开她，走到房间的另一头。

"我真是非常抱歉，我无能为力了。我们整个的关系已经结束了。"

"你是说你不再爱我了？"

"恐怕是的。"

"你一直都在找机会把我给甩了，现在终于抓到手了？"

他没作声。她定定地看着他，看了好一会儿，这一刻简直令人难以忍受。她仍旧像刚才他挣脱开她时那样坐在地板上，倚着那把扶手椅。她开始无声地哭起来，并没有想要捂住她的脸，巨大的泪珠一颗接一颗地从她面颊上滚落。她没有抽泣。看到她这样，真让人无比痛苦。菲利普把头扭了过去。

她挨着他在地板上坐下，紧紧抱住他的膝盖。

"非常抱歉，伤了你的心。如果说我不爱你，那也不是我的错。"

她没作声。她只是坐在那里，像是已经身不由己，泪水不断地从面颊上滚落。她要是把他大骂一顿，他反倒更容易忍受一点。他原以为她会忍不住大发脾气，他也做好了思想准备。在他内心深处有种感觉：大吵一次，相互撕破脸痛骂对方一番，在某种程度上反而能为他的行为开脱一定的责任。时间在流逝。最后他开始为她这种无声的哭泣害怕起来，他走进卧室，倒了一杯水，朝她俯下身去。

"你不想喝点水吗？这会让你好受一点的。"

她无精打采地把杯子举到唇边，喝了两三口。然后，精疲力竭地低声向他要一条手帕。她把眼泪擦干。

"当然，我是知道的，你爱我从来就没有像我爱你那样深。"她呻吟道。

"恐怕情况往往都是这样子的，"他说，"总是有一个人去爱，另一个人接受这个爱。"

他想起了米尔德丽德，一阵苦痛从心头掠过。诺拉有很长时间都没作声。

"我一直都是那么悲惨不幸，我的人生非常可憎可恶。"最后她终于道。

她这话不是向他说，而是自言自语。在此之前他没听她抱怨过当初她跟她丈夫在一起时候的生活，她对自己的贫困也从无怨言。他对她勇敢地直面这个世界的态度一向都钦佩有加。

"后来你出现了，而且你对我又那么好。我仰慕你，因为你很聪明，而且，终于有了个可以全心信赖的人，那简直如天堂般美好。我爱你。我从没想到这爱还会终结。而且根本就不是我的错。"

她的眼泪又涌了出来，不过现在她稍稍能控制自己了，她用菲利普那条手帕掩住脸。她拼尽全力想控制住自己。

"再给我倒点水。"她说。

她擦了擦眼睛。

"抱歉，我竟然出了这么大个洋相。我事先没有一点思想准备。"

"应该抱歉的是我，诺拉。我想让你知道，我非常感激你为我所做的一切。"

他也不知道她究竟看上了他哪一点。

"哦，一直都是这一个德性。"她叹道，"你要是想让男人对你好，你就得不把他们当人；你要是温存体贴地待他们，他们就给你罪受。"

她从地板上站起来，说她得走了。她定定地看了菲利普良久。然后她叹了口气。

"这真是太令人费解了。这一切到底是为了什么？"

菲利普突然间打定了主意。

"我想还是实话告诉你的好，我不想让你把我想得太坏了，我想让你明白我也是身不由己。米尔德丽德回来了。"

她涨红了脸。

"那你干吗不马上告诉我呢？我肯定是有权知道这个的。"

"我不敢告诉你。"

她在镜子里照了照，把帽子戴戴正。

"你能给我叫辆马车吗?"她说,"我感觉**走不动**了。"

他来到门口,叫住了一辆经过的出租马车;但她跟他来到大街上的时候,他非常震惊地发现她面色惨白得吓人。她举手投足都格外沉重,仿佛一下子就老了好多岁。她整个的气色实在是太难看了,他真不忍心就这么让她一个人回去。

"你要是不介意的话,我把你送回家去。"

她没作声,他就也上了马车。他们在沉默中过了桥,经过一条条穷街陋巷,路上有孩子在玩耍,传来阵阵刺耳的尖叫声。等他们来到她寓所的门前时,她并没有马上就从车上下来。她好像没办法积聚起足够的力气把两腿挪动起来似的。

"希望你能宽恕我,诺拉。"他说。

她把目光转向他,他看到她眼睛里又闪烁起了晶莹的泪花,但她强迫自己的唇角露出了一抹微笑。

"可怜的家伙,你还挺为我操心的。千万别再费心了。我不怪你。我会熬过这一关的。"

她轻轻地、飞快地抚摸了一下他的面颊,以表示对他并无怨愤之情,这个姿态也就仅止于暗示而已;然后她就跳下马车,走进了公寓。

菲利普付了车钱,朝米尔德丽德的寓所走去。他的心情反倒异常沉重。他真想把自己大骂一顿。可这是为什么呢?他并不知道除此以外他还能怎么做。路过一家水果店的时候,他想起米尔德丽德很喜欢吃葡萄。他很高兴,他能想得起她的每一次心血来潮,而由此可以表现出他是多么爱她。

七十二

接下来的三个月里，菲利普每天都去看望米尔德丽德。去的时候他把书本也带上，用过茶点以后就继续用功，米尔德丽德则躺在沙发上看小说。间或他会抬起头来，注视她一会儿，一丝幸福的微笑就会掠过他的唇角。她也会感觉到他凝视她的目光。

"别浪费时间看我了，傻瓜。继续温习你的功课吧。"她说。

"暴君。"他愉快地回上一句。

等到房东太太进来铺设晚餐的台布时，他就会放下书本，饶有兴致地跟她打趣逗乐。她是个个头矮小的伦敦佬，已届中年，为人风趣幽默，说起话来伶牙俐齿。米尔德丽德跟她已经成了好朋友，煞费苦心地向她编造了一套复杂而又巧妙的说辞，说明她是何以落到如今这种不尴不尬的境地的。这位好心肠的小女人深受感动，不辞劳苦地一心想使米尔德丽德的日子过得舒适称心。米尔德丽德出于面子上的考虑，建议菲利普以她兄长的名义出现。他们一起吃晚饭，要是碰到点的菜碰巧勾起了米尔德丽德那反复无常的胃口，菲利普就会特别高兴。看到她就坐在自己对面，他简直是心醉神迷，因为按捺不住内心的喜悦，他时不时就忍不住拉起她的手，紧紧地握一下。饭后，她在壁炉前的扶手椅里就座，他就挨着她坐在地板上，倚着她的膝盖，抽一斗烟。经常，他们一句话都不说，有时候菲利普注意到她瞌睡过去了，这时候他就一动都不敢动，生怕惊醒了她。他就非常安静地坐在那儿，懒洋洋地望着炉火，尽情享受他的幸福。

"美美地睡了一小觉？"她醒了以后，他微笑道。

她从不肯承认她是睡着了。她生性冷漠迟钝，她的处境也并没让她觉得有什么特别不方便的地方。她对自己的健康煞费苦心，只要是养生之道，不管是出自谁的建议，她一概言听计从。只要是天气好，每天上午她都出去进行一次"保健散步"，并在外面待上一段固定的时间。在天不是很冷的时候，她就去圣詹姆斯公园里坐坐。不过一天当中的所有其余的时间，她都高高兴兴地在沙发上度过，一本接一本地看小说，要么就跟房东太太扯闲天。她对闲言碎语、小道消息拥有永不消歇的浓厚兴趣，房东太太也好，带起居室那一层的几个住户也罢，乃至左右两幢房子里的住户，对他们的身世背景她无不了如指掌，并巨细靡遗地一一讲给菲利普听。她时不时会突然陷入恐慌，向菲利普尽情倾吐她是如何害怕分娩的痛苦，而且生怕她会死在这上头；她向菲利普详详细细地讲述了房东太太和那位住起居室那一层的太太生孩子的过程（米尔德丽德并不认识那位太太，"我这个人可不爱交际，"她说，"可不是那种跟谁都随便搭讪的人。"），既万分恐惧又津津有味地把个中的细节一一道来；不过在大部分时间里，她还是相当镇定地静待这件大事的到来。

"毕竟，我又不是头一个生孩子的女人，对吧？而且医生也说，我不会有什么问题的。你瞧，我也并不是那种不适合生育的女人。"

欧文太太，她坐月子打算搬去居住的那幢房子的房东，给她推荐了一位医生，米尔德丽德每周去他那儿检查一次，每次的诊费是十五几尼。

"当然，我也可以找个便宜点的，但这是欧文太太极力推荐的，而且我想为了省点小钱而坏了大事也不值当的。"

"只要你觉得高兴和舒适，我是一点都不在乎花销的。"菲利普道。

她心安理得地接受了菲利普为她所做的一切，就仿佛这是世上最自然的事情，而就他这方面而言，他高兴在她身上花钱：给她的每一张五英镑的钞票，都能激起他一阵幸福和自豪的战栗；他给出去的钞票可真是不少，因为她这人用钱散漫，一点都没有经济头脑。

"我也不知道钱都去了哪里，"她自己也这么说，"就像水一样从手指缝里溜走了。"

"没关系的，"菲利普道，"只要是我能够为你做的，我高兴还来不及呢。"

她做不大来女红针线，也并没有为即将到来的婴儿做好必要的准备；她跟菲利普说，需要的时候去买，比自己做还要便宜得多。菲利普把钱全都投入了抵押债券，最近他卖掉了一笔，眼下有了五百镑放在银行里等着投资到某种更容易获利的事业中，他觉得自己简直是无比富有。他们经常谈到将来的安排。菲利普很希望米尔德丽德能自己来带孩子，但她拒绝了：她自己要挣钱活命，要是没个孩子拖累，找个工作还能容易一点。她是打算重回之前工作过的那个公司，再找一家店面当女招待，孩子可以在乡下找个正派女人，交给她代为抚养。

"以一周七先令六便士的费用，我不难找个人把孩子照看得好好的。这无论是对孩子还是对我都要更好。"

在菲利普看来这未免有些冷酷无情，不过在他试着规劝她的时候，她却假装认为他只是在肉疼这笔花销。

"这个你无须担心，"她说，"我是不会让你来付这笔钱的。"

"你明知我是根本不在乎花多少钱的。"

在她心底里，她其实巴不得这个孩子是个死胎。这话她并没有明说，但菲利普看得出她的这番心思。一开始他大为震惊，然后，在经过一番认真思量以后，他也不得不承认，考虑到方方面面、各种因素，这倒也不失为一个求之不得的结果。

"站着说话不腰疼，"米尔德丽德怨恨道，"你可知道一个姑娘家要想自谋生计有多难吗？再带上个拖油瓶，那就更是难上加难了。"

"幸运的是你有我这个坚强的后盾。"菲利普微笑道，拉起她的手。

"你待我一向都很好，菲利普。"

"哦，瞎说八道！"

“你也不能说，我并没有对你的好意做出任何回报吧。”

“老天爷，我并不要你的回报。如果说我确实为你做了一点什么的话，那也是因为我爱你才这么做的。你不欠我任何东西。我不想要你为我做任何事，除非是因为你爱我。”

她竟然觉得她的身体就是件商品，她可以随随便便地拿来用于酬报别人对她的好意，这想法有点把他给吓到了。

“但我确实是想这么做，菲利普。你一直都对我这么好。”

“既然如此，再等一段时间也没什么害处。等你身体都恢复了以后，咱们就度个小蜜月去。”

“淘气鬼。”她说，微微一笑。

米尔德丽德预期在三月初分娩，一俟她身体恢复得差不多了，就去海边休养两周：这可以让菲利普不受干扰地复习应考，这之后就是复活节假期，他们预备一起去趟巴黎。菲利普没完没了地谈论着他们可以做的各种事情。那时候的巴黎是相当令人愉快的。他们可以在拉丁区他熟悉的小旅馆里订个房间，去各式各样迷人的小餐馆里吃饭；他们可以去看戏，他要带她去歌舞杂耍剧场见识见识。去见见他当初的那些朋友也会是件赏心乐事：他已经跟她说起过克朗肖，她就会见到他的；还有劳森，他已经去巴黎有几个月的时间了。他们还要去比利耶舞厅跳舞，去巴黎周边远足，他们将去游览凡尔赛、沙特尔①和枫丹白露。

①　沙特尔（Chartres），巴黎西南九十公里处的市镇，以建造于十二至十三世纪的哥特式大教堂闻名于世。

"那会花很多钱的。"她说。

"哦，管它花多少钱呢。你不想想我有多盼望这一天的到来，难道你不知道这对我意味着什么吗？除了你，我就从没爱过任何人，以后也再不会这么爱一个人了。"

她笑眯眯地听着他这番热情的陈词。他觉得在她的目光中看出了一种全新的柔情，他非常感激。她可是比过去要温柔得多了。在她身上已经不再有那种让他很是恼怒的目空一切的傲慢态度。她现在对他已经完全习以为常，也就不再煞费苦心在他面前装模作样了。她已经不像从前那样每次都把头发精心梳理成某种发式，而只是随意地一挽一扎，以前一直留的那种浓密的刘海也不再留了：这种随随便便的风格反倒更适合她。她那张脸那么瘦，显得那双眼睛特别大地大；眼睛下面有很深的纹路，那苍白的面色把那纹路衬得越发深了。她有一种充满渴念的神情，这让她显得特别可怜见的。在菲利普眼里，她身上倒有一种圣母马利亚的调调。他唯愿她一直都保有这样的容颜。他这辈子还从没这么幸福过。

每天晚上，他通常都在十点钟离开她，一是因为她喜欢早早地就寝，再者他回去还得再用一两个小时的功，好把晚上耽误的功课补回来。临走之前，他总要替她梳理一下头发。跟她吻别的时候，他自有一套已经仪式化了的程序：先要吻她的手掌心（她的手指是何等纤瘦，手指甲又是多么漂亮，因为她不惜花费巨量的时间来做美甲），然后吻她闭上的双眼，先右后左，最后，才吻她的嘴唇。回家的路上，他一颗心里满溢着爱情。他渴望着能有个机会，能满足他那销魂蚀骨的自我牺牲的热望。

不多久，米尔德丽德搬到护理院去分娩的时间就到了。这以后菲利普就只能在下午去探视她了。米尔德丽德又换了一套说辞，说她是一位随团派驻印度的士兵的妻子，而把菲利普当作自己的小叔子介绍给护理院的女院长。

　　"我说起话来可得非常地小心，"她告诉他，"因为这儿还有位丈夫在印度担任文职的太太。"

　　"我要是你的话，才不会去费这个心呢，"菲利普道，"我相信她丈夫跟你丈夫是搭乘同一艘船去的印度。"

　　"什么船？"她天真地问道。

　　"漂泊的荷兰人①的船呗。"

　　米尔德丽德平安地产下一个女婴，等到菲利普被允许去探视的时候，那婴儿就躺在她身边。米尔德丽德非常虚弱，但因为一切都熬过去了而如释重负。她把孩子抱给他看，她自己也好奇地看着她。

　　"真是个样子滑稽的小东西，是不是？真无法相信她是我生下来的。"

　　那婴儿浑身红通通、皱巴巴的，是挺古怪的。菲利普看着她的时候忍不住微笑起来，他不知道该说什么才好，他觉得有点尴尬，因为拥有这家护理院的那位护士就站在他身边。从她看他的那副眼神里，他觉得她并不相信米尔德丽德那套复杂的说辞，她

---

① 漂泊的荷兰人（the Flying Dutchman），传说中被判在海上航行直至上帝最后审判日的荷兰水手。菲利普是在开玩笑，意思是说那位所谓的文官太太跟米尔德丽德的情况是一样的，他们远在印度的丈夫都是子虚乌有，编造出来的。

觉得他就是孩子的父亲。

"你打算给她起个什么名字？"菲利普问道。

"我拿不定主意是叫她玛德琳还是塞茜莉亚好。"

护士离开房间，让他们单独待了几分钟，菲利普俯下身来吻了吻米尔德丽德的嘴唇。

"真高兴一切都顺利地过去了，亲爱的。"

她伸出瘦削的胳膊搂住他的脖子。

"你一直都是我最贴心的依靠，菲尔^①亲爱的。"

"现在，我觉得你终于是我的了。我一直都在等你，等了你这么久，我亲爱的。"

门口传来护士的脚步声，菲利普慌忙直起身来。护士进来了，嘴角挂着一丝淡淡的微笑。

————————

① 菲利普的昵称。

七十三

三个礼拜以后，米尔德丽德带着孩子去布赖顿[①]，菲利普去车站为她们送行。她恢复得很快，气色看上去比以往任何时候都要好。她打算住在一家此前曾跟埃米尔·米勒去度过几个周末的膳宿公寓，已经预先写了信去，说她丈夫因工作需要不得不去了德国，她一个人带着孩子过去。她以虚构事实为乐，在编造细节方面还表现出了一定的创造力。米尔德丽德打算在布赖顿找到个愿意帮她照顾孩子的女人。她这么急于摆脱这个孩子，菲利普颇为这种冷酷无情感到震惊，但她从常识出发辩解说，在尚未习惯于跟母亲相处前就把她安置好，这对孩子只有更好。菲利普原本期望在孩子出生两三个礼拜以后，她自然会生出强烈的母性本能，本来指望这种本能可以帮助自己说服她把孩子留下的，但根本就没有这样的事。米尔德丽德对孩子也不能说不好，该做的她都做到了；有时候孩子还让她挺开心的，而且张口闭口都离不开这孩

_____

① 布赖顿（Brighton），英格兰东南部港市，游憩胜地。

626

子，但在内心深处，这孩子对她来说仍旧是可有可无的。她没办法把她视作自己的亲生骨肉，她觉得她已经长得像她父亲了。她不断地焦心等孩子长得大一些以后她该怎么办，她恨自己怎么这么傻，当初根本就不该怀上这个孩子。

"当初要是能像现在这么懂事就好了。"她说。

她笑话菲利普居然这么为孩子的安康而操心。

"哪怕你就是孩子的父亲，也不会比你现在更大惊小怪了，"她说，"我倒很想看看埃米尔为了她抓瞎坐蜡的德性呢。"

菲利普的脑子里充满了他听来的育婴堂里的故事：那些自私残忍的父母往里一扔就不管了，而可怜的孩子们又是如何惨遭那些虐待狂们的虐待的。

"别犯傻了，"米尔德丽德道，"这是你把孩子丢给人家又不舍得给钱的情况下才可能有的。你现在一周肯给这么多钱，那照看孩子的女人出于自己的利益也会把他们照看得好好的。"

菲利普坚持要米尔德丽德把孩子寄养在自己没有孩子，而且答应不会再领养别的孩子的人家。

"不要讨价还价，"他说，"我宁肯一个礼拜付半个几尼①，也不想让孩子承受任何挨打受饿的风险。"

"你真是个滑稽的老家伙，菲利普。"她笑道。

孩子的无助在他看来有一种非常动人的特质。她那么小，那么丑，情绪那么阴晴不定。她是在母亲的屈辱和痛苦中降生的。

---

① 半个几尼合十先令六便士。

谁都不想要她。她得仰赖他这个陌生人给她食物、给她庇护，给她衣物遮蔽赤裸的身体。

火车开动时，他吻了吻米尔德丽德。他本来也想吻一下那孩子的，但又怕会遭她嘲笑。

"你会给我写信的，是不是？我盼着你早点回来，哦！我都等不及了。"

"你还是先操心你的功课，把考试都通过吧。"

这一向以来，他都很用功地学习备考，现在距离考试就只有十天时间，他想最后再加一把劲。他迫不及待地想通过考试，这首先是能够为他节省时间和开销，因为这最后四个月来，钱以令人难以置信的速度从他指缝间溜走了；其次，这轮考试也意味着那些单调沉闷的必修课可以告一段落，考试通过以后学生们就可以正式接触药学、产科和外科了，这可都比他迄今一直在疲于应付的解剖和生理学生动、有趣得多了。菲利普颇有兴趣地期待着余下的这几门课程。再者说，他可不想临到最后不得不向米尔德丽德承认自己考试又没有及格，虽说考试很难，大部分考生第一次应考都会挂科。他知道要是他应考失利的话，米尔德丽德肯定会小看于他，而她在表明自己的看法时，其方式又特别地让人感到羞辱。

米尔德丽德给他寄来一张明信片，宣布她已平安到达，他则是每天都挤出半小时的时间给她写一封长信。他在开口讲话、表情达意时总带有某种羞涩，但他发现只要一支笔在手，他就能毫无顾忌地向她讲述平时拙于言辞、羞于启齿的各种事情。得益于这一发现，他开始向她倾心吐胆、畅所欲言。此前，他从未能够告诉她，对她的爱慕是如何充溢了他全身上下的每一个部分，他所有的一举一动，他所有的所思所想，都无不盖上了这一爱慕的印记。他谈到对于未来的憧憬，那铺展在他面前的幸福前景，以及他对她的感激之情。他扪心自问（在诉诸文字之前他就多次追问过自己），她到底何德何能，竟能使他浑身上下、四肢百骸都感到无上的快乐？他不知道。他只知道只要有她跟他在一起，他就觉得幸福，而一旦她离他而去，整个世界突然间就会变得灰暗阴冷；他只知道，只要一想起她，他的心就仿佛骤然间胀得很大，一阵阵地悸动，连呼吸都变得困难起来（就像是那颗心在挤压他的肺），于是，见到她的快乐几乎就成为一种痛苦；他双膝抖颤，他感觉非常虚弱，就像是没有吃饭，有些饿晕了似的。他急切地盼着她回信。他并不指望她能经常来信，因为她知道写信对她来说殊非易事，他给她写四封信，能收到她一封字迹歪歪扭扭的短简就已经很满足了。她在信上说起她在其中租了一个房间的那家膳宿公寓，说起天气和孩子；告诉他她跟一位在膳宿公寓里结交的太太一起去海滨的步道上散了一次步，那位太太有多喜欢孩子，告诉他礼拜六晚上她要去一家剧院看戏，而布赖顿简直到处人满为患。这封信写得是那么就事论事，平淡无奇，反倒深深打动了菲利普。那潦草难认的字迹，那拘谨正式的行文，反倒让他产生了一种奇怪的欲望，既忍不住要发笑，又恨不能把她搂在怀里亲个够。

他满怀信心，愉快地步入了考场。两门功课的笔试试卷都没有题目能把他难倒。他知道他考得很不错，虽然作为考试第二部分的viva voce①让他更为紧张一些，他也尽量恰如其分地回答了考官提出的各个问题。考试成绩张榜公布以后，他给米尔德丽德发了一封报捷的电报。

回到自己的住处后，菲利普发现有一封她写来的信，信上说她觉得她最好还是在布赖顿再多待上一个礼拜。她已经找到一个女人，很愿意以每周七先令的报酬照顾她的孩子，但她还想再摸摸这人的底细，而海边的空气对她自己也是大有裨益，她相信如果再多待上几天，她的身体肯定会受益无穷的。她很不愿意伸手向菲利普要钱，但如果他能给她寄点钱来那就再好也不过了，因为她必须给自己买顶新帽子，她不能老戴着同一顶帽子跟她那位太太女友一起出门啊，何况她这位女友的穿戴又是非常讲究的。菲利普一时间备感失望的痛苦，这种失望把通过考试的所有喜悦都一扫而光了。

"只要她爱我的程度有我爱她的四分之一，她也就不会忍心在没有必要的情况下多离开我一天的时间了。"

他很快就把这个念头赶到了一边，这纯粹是自私自利，她的健康当然比别的任何东西都更重要。但他现在已经没有任何事情需要去做了，他可以跟她在布赖顿共度这个礼拜，他们可以整天都厮守在一起。他的心因为这个想法而狂跳不已。突然出现在她面前，跟她说他已经在同一所膳食公寓里租下了一个房间，那情

---

① 拉丁文：(作为笔试附加的) 口试。

景该多有趣啊。他都开始查阅列车时刻表了，又踌躇了起来。他不能确定她见到他会很高兴，她在布赖顿已经有了朋友；他生性文静、少言寡语，她却喜欢热热闹闹地寻开心；他已经意识到，跟别的人在一起比跟他一个人待着更让她舒心快活。只要他有一瞬间感觉自己在碍她的事，那就他而言就不啻于一种折磨。他真不敢去冒这个险。他甚至不敢写信提这个建议：既然他在城里也没有必须要做的事了，他想去那个每天都能见到她的地方度过这个礼拜。他已经没什么要做的事了，这她是知道的，如果她想让他去的话，她早就提出来了。要是他说自己愿意过去而她又找各种借口不让他去的话，那他肯定会无比痛苦的，这个险他宁可不冒。

第二天他给她写了封回信，随信寄上了一张五镑的钞票，在信的最后他说，要是她大发慈悲，愿意在本周末见见他的话，他会很高兴跑去布赖顿的，但她可千万不要为此而改变任何既定的计划。他迫不及待地等着她的回音。她的回信上说，她要是早知道的话，就能为此做好安排了，但她已经答应了人家礼拜六晚上去一家歌舞杂耍剧场；而且，要是他也住在那里的话，膳宿公寓里的人会讲闲话的。他干吗不等到礼拜天上午再来，在那儿过一个白天呢？他们可以到大都会饭店去吃午饭，饭后她想带他去见见那位打算帮她照顾孩子的女人，那人真是气派十足，就像是贵妇人似的。

礼拜天。上帝保佑，那天天气晴好。火车即将抵达布赖顿的时候，阳光正透过车厢的窗户照进来。米尔德丽德在站台上接他。

"你特意过来接我，真太让人高兴了！"他握住她的手叫道。

"你期望我来的，不是吗？"

"我是希望你能来的。我说，你看起来气色好极了。"

"海边的空气对我的好处太大了，所以我想尽可能多待几天，这是很明智的做法。而且膳宿公寓里住的都是些社会阶层非常不错的人。这好几个月来我什么人都见不到，我真需要好好振作一下了。真是闷死个人啦。"

她戴了顶新帽子，样子非常漂亮。那是顶黑色的大草帽，上面有很多并不贵的花朵，她脖子上有一条仿天鹅绒的长围巾，迎风飘扬。她人还是很瘦，走起路来有点驼着个背（她一贯都是这样），但她的眼睛看起来没有那么大了，而且她脸上虽然从来就没什么血色，至少原来的那种菜色已经是褪掉了。他们向海边走去。菲利普一想到已经有好几个月都没跟她一起散过步了，骤然就意识到了自己的跛足，为了掩饰这一点，他的步子就迈得格外僵硬。

"见到我你高兴吗？"他问道，心里跃动着爱情的火焰。

"我当然高兴了。你不需要有此一问。"

"说起来了，格里菲思要我转致他的爱意。"

"脸皮真厚！"

他跟她讲过很多格里菲思的事情。他跟她说过他为人是多么轻浮，经常拿格里菲思的风流韵事来逗她开心，而这些艳遇原是格里菲思在他一定要保守秘密的前提下才讲给他听的。米尔德丽德听得津津有味，有时候故作厌恶，不过通常都满怀好奇；而菲利普出于仰慕，又不免绘声绘色地夸大了一番他这位朋友那漂亮的容颜和迷人的魅力。

"我敢保证你会像我一样喜欢他的。他那么讨人喜欢,而且他这人别提有多好了。"

菲利普跟她讲过,当初他们还素不相识的时候,格里菲思是如何悉心照顾病倒的自己的,不遗余力地把格里菲思那自我牺牲的精神描述得无比淋漓尽致。

"你会情不自禁地喜欢上他的。"菲利普道。

"我不喜欢长得漂亮的男人,"米尔德丽德道,"在我看来,他们都太自高自大了。"

"他很想能认识你。我跟他讲了你的好多事。"

"你都讲了些什么?"米尔德丽德问道。

除了格里菲思,菲利普没有别的人可以倾诉他对米尔德丽德的爱情,今天一点,明天一点,渐渐地他就把他跟她的关系全盘都讲给他听了。他跟他描述她的相貌已经不下五十次了,满怀热情地把每个细节都讲给他听。格里菲思对她那双纤瘦的手到底是个什么模样,她那张脸又是何等苍白简直是了如指掌,而每当菲利普说起她那苍白、削薄的嘴唇是多么富有魅力时,格里菲思都忍不住会取笑他。

"老天在上,真高兴我不需要消受这么贫薄的女人,"他说,"否则这日子可就真不值得过了。"

菲利普微微一笑。格里菲思何曾知道狂热地爱一个人的快乐,那就像是酒、肉和呼吸的空气一样,是人的生存须臾不可缺少的基本要素。格里菲思知道菲利普在这姑娘怀孕期间照顾过她,而现在就要跟她一起去度假了。

"喔，说起来你也是理应得到点报偿了，"他评论道，"这肯定花了你很多钱了吧？幸亏你还能花得起。"

"我花不起，"菲利普道，"可我根本不在乎！"

由于吃午饭还为时尚早，菲利普和米尔德丽德就在广场的一个亭子里坐下来，晒晒太阳，看看过往的行人。有三三两两挥舞着手杖的布赖顿的男店员，有一群群叽叽咯咯、嘻嘻哈哈、追追打打的布赖顿的女店员。他们可以看得出哪些人是从伦敦过来过礼拜天的，清爽料峭的空气使他们疲乏的神情为之一振。有很多犹太人，珠光宝气、身穿紧身缎子礼服的粗壮女人，指手画脚、吆五喝六的小个子肥胖男人。有到这儿的豪华宾馆来度个周末的中年绅士，考究的衣服穿得一丝不苟，在一顿过于丰盛的早餐后不辞劳苦地出来散步，以便为一顿过于丰盛的午餐留出胃口：他们跟朋友们相互寒暄，谈着布赖顿堪比一位良医，就好比海边的伦敦之类的套话。偶尔会有一位著名的男演员走过去，故意摆出一副对自己引起的瞩目浑然不觉的样子：有时脚蹬一双漆皮长靴，身披一件镶俄国羔皮领子的外套，手拿一柄银质圆头手杖；有时又像是打了一天猎刚回来，身穿灯笼裤和海力斯粗花呢的乌尔斯特大衣，脑后歪戴着一顶粗花呢帽。阳光在蔚蓝的大海上闪闪发光，大海波平浪静，镜面般规整。

吃过午饭后，他们一起去霍夫①见那个要帮忙照管孩子的女

——————
① 霍夫（Hove），布赖顿的重要组成部分，布赖顿全称即"布赖顿与霍夫"（Brighton and Hove）。

634

人。她住在一条边街陋巷的一幢小房子里，但收拾得既干净又整齐。她叫哈丁太太，是个上了年纪的粗壮女人，灰白的头发，一张红润的胖脸。戴一顶帽子的她一副慈母相，菲利普觉得她很像是位人善心慈的好太太。

"你不觉得照看一个婴儿是件很烦心的苦差事吗？"菲利普问她。

她解释说她丈夫是位副牧师，年纪比她大很多，很难找到永久性的工作，因为教区牧师们都喜欢用年轻人当他们的副手；只有在人家去度假或者生病的时候，他才能去做一段时间的临时代理，一个慈善机构给他们提供一小笔补助金①；但她的生活相当寂寞，有个孩子可以照看总算是有点事情做，每周拿到的那几个先令对他们的家计也不无小补。她向他们保证孩子会得到很好的喂养。

"挺像个贵妇人的，是吧？"出来以后米尔德丽德道。

他们回到大都会饭店去用茶点。米尔德丽德喜欢那里乌泱泱的人群和乐队。菲利普懒得多说话，在米尔德丽德兴味盎然地盯着走进来的女宾身上的衣着看个不停时，他就端详着她那张脸。她目光毒辣，一眼就能估量出某样衣着和配饰到底值多少钱，她时不时地凑到他耳朵边，悄声告诉她估算出来的结果。

"看到那边那个女人头上的羽饰了吧？每根羽毛就要值七个

---

① 在英国，副牧师通常是没有固定教职的，需要教区长或教区牧师雇用其担任副手，由教区长或教区牧师从其固定收入里分一部分作为他们的薪酬，没有其他生活来源的副牧师如果只靠这点收入，生活经常是极端贫困的。

几尼！"

不然就是："看看那个女人身上的那件白鼬皮大衣，菲利普。那是兔皮，那是——那根本就不是白鼬皮。"她得意扬扬地笑道，"隔着一英里我就能看得出。"

菲利普愉快地微笑着。看到她开心，他也很高兴，而且她讲话时那种率真的态度让他感觉饶有兴味，甚至深受感动。乐队一直奏着感伤动人的乐曲。

一起用过晚饭后，他们走向车站，菲利普挽着她的手臂。他告诉她他已经为他们的巴黎之行都做好了哪些准备。她本该在本周末回伦敦的，但她说她得到下周六才能动身。他已经在巴黎的一家宾馆里订好了房间，正迫不及待地盼望着早日拿到车票。

"你不介意乘坐二等车厢的，对吧？咱们可不能太大手大脚了，钱要花在刀刃上，最重要的是到了那里之后尽可能玩得舒适开心。"

他跟她念叨拉丁区已经有不下一百趟了。他们将在那些令人愉快的古意盎然的街道上漫步徜徉，他们将懒洋洋地在卢森堡宫那迷人的花园里闲坐着消磨时光。如果天公作美，巴黎又玩得差不多了，他们也许还可以去枫丹白露远足。这时候树木将刚刚绽出新叶，春天的森林一片新绿，那景致真是比什么都要美；它就像是一首歌，就像是既让人幸福又令人苦痛的爱情。米尔德丽德安静地听着。他转过身来，想看透她目光的深处。

"你确实想去的，是不是？"他说。

"我当然想去。"她微笑道。

"你不知道我是多么盼着这一天的到来。我都不知道该怎么才能熬过接下来的这几天了。我真怕会横生枝节，导致我美梦落空。我没法告诉你我有多爱你，有时候这简直要把我逼疯了。现在终于，终于……"

他突然说不下去了。他们已经来到了车站，但刚才在路上耽搁得太久了，他几乎都来不及跟她道别了。他飞快地吻了她一下，尽可能快地朝售票口跑去。她站在原地没动。他跑起来的样子真是怪极了。

七十四

下礼拜六，米尔德丽德回来了，那个晚上他们是一起度过的。他买好了戏票，他们晚餐时还喝了香槟。这是在伦敦好长时间以来她第一次出来参加娱乐活动，她很尽兴地享受着每一项节目的乐趣。看完戏他们乘马车前往他为她在皮姆利科①租下的住处时，她蜷缩着身体紧紧依偎着菲利普。

"我真的相信你很高兴见到我了。"他说。

她没作声，不过温柔地捏了捏他的手。真情的表露在她身上是如此罕见，菲利普真感到心醉神迷。

"我已经邀请了格里菲思明天跟我们一起吃饭。"他告诉她。

礼拜天晚上没有什么娱乐场所可以带她去消遣，菲利普怕她如果整天都只跟他一个人在一起会觉得腻烦。格里菲思很会逗人开心，他肯定能助他们一臂之力，开开心心地消磨掉这个晚上；

---

① 皮姆利科（Pimlico），伦敦中心城区威斯敏斯特市向南延伸的一个小地区名，以其宏伟的花园广场和摄政时期的建筑著称。

而且菲利普又是那么喜欢他们俩，很希望他们能相互认识，并喜欢上对方。他离开米尔德丽德的时候说了这么句话：

"就只剩六天时间了。"

他们预备礼拜天在罗马诺餐馆的凉廊里用餐，因为那儿的餐食美味可口，看着要比它实际上的花销昂贵不少。菲利普和米尔德丽德先到了一步，只得等了格里菲思一会儿。

"他这家伙总是不准时，"菲利普道，"他的情人数不胜数，有可能正跟其中的哪一位耳鬓厮磨呢。"

不过他很快就出现了。他真是个英俊的美男子：瘦高个儿，头身比非常好，端端正正地安放在肩膀上，给他一副无往而不利的派头，非常引人瞩目；而且他那头拳曲的秀发，那双既大胆又友善的碧蓝的眼睛，他那红润的嘴唇，无不散发着迷人的魅力。菲利普看到米尔德丽德颇为赞赏地打量着他，心里感到一种不同寻常的满足。格里菲思满面春风地跟他们打招呼。

"久仰大名了。"他跟米尔德丽德握手时道。

"我才真是久仰大名，如雷贯耳呢。"她回答道。

"而且是臭名昭著。"菲利普道。

"他一直都在抹黑我的人品吗？"

格里菲思哈哈一笑，而菲利普看到米尔德丽德已经留意到他的牙齿多白多整齐，他的笑容又是多令人愉快。

"你们应该感觉像是老朋友才对，"菲利普道，"我已经分别都跟你们讲过对方那么多的情况了。"

格里菲思的心情是再好也没有了，因为他终于通过了结业考试，已经取得医师资格，并已被任命为伦敦北部一家医院的住院外科医生。他将于五月初正式赴任，而且在此之前还要回乡度个假期；这是他在城里的最后一个礼拜了，他下定决心尽情尽兴地玩个痛快。他开心快活地胡说八道起来，菲利普最羡慕他这个本事，因为他完全模仿不来。他说的话里面其实没什么内容，但他的勃勃生气为它赋予了意义。他身上洋溢着一种生命力，感染着每个认识他的人，那简直就像是身体的温暖一样可以切实感受到。菲利普还从没见到米尔德丽德有这么活泼愉快过，他为自己这个小聚会获得成功而大为高兴。米尔德丽德真称得上是欢天喜地了，她笑得越来越大声，她把已经成为她第二天性的装模作样的矜持和斯文全都抛到九霄云外去了。

这时，格里菲思说道：

"我说，要我称呼你米勒太太真是太不习惯了。菲利普就一向只叫你米尔德丽德。"

"你要是也这么叫她，我敢说她是不会把你的眼珠子给抠出来的。"菲利普呵呵笑道。

"那她也必须得叫我哈里。"

菲利普默不作声地看着他们喊喊喳喳地聊个没完，心里不由地想道：看着别人开心是件多好的事啊。时不时地，格里菲思会取笑他一两句，当然是善意地，因为他总是那么一本正经，不苟言笑。

"我相信他是真心喜欢你，菲利普。"米尔德丽德微笑道。

"他是个不坏的老伙计。"格里菲思回答道，抓起菲利普的一只手快活地晃个不停。

格里菲思喜欢菲利普这件事似乎使他的魅力指数又增加了一成。平常大家都是不怎么喝酒的，这一回几杯一下肚，马上就上了头。格里菲思变得更加健谈了，简直到了口若悬河、吆五喝六的程度，菲利普在无比开心之余，也不得不恳请他稍稍收敛一下。他天生是个讲故事的行家里手，他的那些风流韵事、性爱历险由他讲来，丝毫都不会丧失其中的浪漫情调和丰富的笑料。他在这些艳遇当中扮演的一直都是一个英勇豪侠而又诙谐幽默的角色。米尔德丽德两眼激动得放光，不断催促他继续讲下去。格里菲思则是倾筐倒箧，趣闻轶事桩桩件件，汩汩滔滔地讲个没完。等到餐馆的灯光都开始熄灭的时候，米尔德丽德大吃了一惊。

"哎呀，今晚过得可真太快了。我还以为不会超过九点半呢。"

他们起身离座，步出餐厅，道别的时候她临时加了一句：

"明天我要来菲利普的房间用茶点，你要是有空就顺道下来。"

"好呀。"他微笑道。

在回皮姆利科的路上，米尔德丽德口口声声，一句都没离开格里菲思。他堂堂的仪表、他剪裁得体的服装，他悦耳的嗓音，他欢快的性格简直把她给迷住了。

"你喜欢他我**真**高兴，"菲利普道，"你还记得当初你对于跟他见面还是嗤之以鼻的吗？"

"我觉得他这么喜欢你，人真是太好了，菲利普。他绝对是你应该结交的那种好朋友。"

她扬起脸来让菲利普亲吻，这在她是极为少见的举动。

"今天晚上我过得很愉快，菲利普。太感谢你了。"

"别胡说了。"他笑道。她的赞赏深深打动了他，他觉得眼睛都湿润了。

她打开自己的房门，在进去之前又转过身来面向菲利普。

"告诉哈里，我已经疯狂地爱上了他。"她说。

"好的，"他呵呵一笑，"晚安。"

第二天，他们正在用茶点的时候，格里菲思走了进来。他懒洋洋地坐进一把扶手椅。在他长手大脚那慢吞吞的动作当中有某种非同寻常的肉感。在他们俩喊喊喳喳说个没完的时候，菲利普在一旁默不作声，不过他心里很高兴。他对这两个人都满怀爱慕之情，所以在他看来，他们俩也相互爱慕是非常自然的事情。他并不在乎米尔德丽德的全副心思是不是都被格里菲思给吸引过去了，因为在整个晚上她都会只归他一人所有；他的态度有点像个钟情的丈夫，由于对妻子的感情坚信不疑，反倒饶有兴致地看着她无伤大雅地跟一个陌生男人调情。但时间已经到了七点半，他看看表说道：

"咱们差不多该出去吃晚饭了，米尔德丽德。"

一时间一阵沉默，格里菲思像是在考虑该怎么表述。

"喔，我是该走了，"他终于说道，"都不知道有这么晚了。"

"今晚你有什么事要做吗？"米尔德丽德问道。

"没有。"

又是一阵沉默。菲利普有点不高兴了。

"我这就去洗个手，"他说，然后又对米尔德丽德加了一句，

"你要不要也去洗个手?"

她没搭理他。

"你干吗不跟我们一起吃饭去呢?"她对格里菲思道。

格里菲思看了菲利普一眼,见他正面色阴沉地盯着他呢。

"昨晚我就是跟你们一起吃的饭,"他笑道,"我会碍你们的事的。"

"哦,没有这回事。"米尔德丽德坚持道,"叫他来嘛,菲利普。他是不会碍我们的事的,对不对?"

"只要他乐意,那就务必跟我们一起吧。"

"那好吧,"格里菲思立马说道,"我这就上楼去捯饬一下。"

他一离开房间,菲利普就怒冲冲地转向米尔德丽德。

"你到底为什么要请他跟我们一起吃饭?"

"我一时没忍住嘛。他都说他晚上没有任何要做的事了,我们再一声不吭,也未免太奇怪了。"

"哦,真是废话!那你干吗要问他有没有什么事要做呢?"

米尔德丽德那苍白的嘴唇抿紧了一点点。

"有时候我也需要一点点娱乐吧。总是只跟你摽在一起,我真觉得腻味了。"

他们听到格里菲思从楼上下来的沉重的脚步声,菲利普回自己的卧室梳洗去了。他们就在附近的一家意大利餐馆吃晚饭。菲利普生着闷气,一声不吭,但很快就意识到他这正好显示出跟格里菲思相比的不利之处,于是他强压下自己的不开心。他喝了不少酒,借以麻木那正在咬啮他内心的苦痛,他强打起精神来开口讲话。米尔德丽德像是对自己说过的话有些后悔了，尽可能地曲意逢迎，让他高兴。她表现得既温柔体贴又情深意切。于是很快，菲利普也便觉得他竟然开始拈酸吃醋，实在是有点傻气。晚饭后，他们上了辆出租马车去一家歌舞杂耍剧场，米尔德丽德坐在他们俩中间，主动伸出一只手来让他握着。他的怒火完全烟消云散了。蓦然间，也不知怎的，他意识到格里菲思也正握着她的另一只手呢。痛苦再次一把将他攫住，真实得简直像是肉体的疼痛，无比恐慌之下，他开始扪心自问：米尔德丽德和格里菲思是否爱上了对方？而这个问题也许他早就该问了。眼前像是挡着一层怀疑、愤怒、沮丧和悲惨的迷雾，台上演的什么他完全看不到；但他强迫自己做出一副若无其事的样子，继续跟他们有说有笑。然后，他突然生出一种想要折磨自己的奇怪的欲望，他站起来，说他想去喝点什么。米尔德丽德和格里菲思此前还从未曾单独地相处过，他就是想让他们单独在一起。

"我也去，"格里菲思道，"我口渴得很。"

"哦，胡说，你留下来陪米尔德丽德说说话。"

菲利普也不知道自己怎么会说出这样的话来。他这等于是把他们俩抛在一起，而使他他自己遭受的痛苦更加难以忍受。他并没有去吧台，而是来到了楼座上，从那儿他可以观察他们又不会被发现。他们的眼睛已经不再往舞台上看了，而是在微笑地注视着对方。格里菲思仍像平常那样眉飞色舞地侃侃而谈，而米尔德丽德则似乎听得入了神。菲利普开始觉得头痛欲裂。他一动不动地木然站在那里。他知道他要是回去的话就会碍他们的事。没有他在场，他们别提有多开心了，而他却在受苦、遭罪、备受折磨。时间在一分分过去，现在他觉得更是羞于再回到他们身边了。他知道他们压根儿就没有想到他，而他则苦涩地想到，晚饭和剧场的票子还都是他请的客。他们真是把他当个傻子一样耍！他羞愤交加，面红耳赤，浑身燥热。他看得出来，没有了他，他们是多么快活。他本想扔下他们自己回家去，但他的帽子和外套还在那儿，而且事后不知道又得费多少口舌来解释。他还是回去了。他感觉米尔德丽德在看到他的时候，眼睛里闪过一丝恼恨的阴影，他的心猛地往下一沉。

"你这家伙可真不守时。"格里菲思道，露出一丝欢迎的微笑。

"碰上了几个认识的人。跟他们说了几句话，一时不得脱身。我觉得你们在一起一定不会觉得闷的。"

"我过得一直都很开心，"格里菲思道，"不知道米尔德丽德觉得怎么样。"

她发出一声志得意满的短促笑声，那笑声中透出来的粗鄙简直吓了菲利普一跳。他提议他们该回去了。

"走吧，"格里菲思道，"我们俩一起送你回去。"

菲利普疑心这是她出的主意，以免单独跟他在一起。上了马车以后，他并没有去握她的手，她也没把手伸给他，可是他知道自始至终她一直都握着格里菲思的手。而他想的主要是：所有这一切粗鄙得有多么可怕。一路上他忍不住暗想，他们都制定了什么样的计划，好背着他暗中私会？他骂自己不该单独把他们留在一起，他这一走事实上等于自己让出机会好让他们背着他幽期密约。

"把马车留着吧，"他们来到米尔德丽德的住处以后，菲利普道，"我太累了，不想再走回去了。"

回公寓的路上，格里菲思仍旧谈笑风生，像是根本就没注意到菲利普每次都只是嗯嗯啊啊地敷衍应付他。菲利普觉得他肯定也注意到出什么问题了。菲利普的沉默已经变得过于引人注目，就连格里菲思都没办法再视而不见了，他骤然间也局促不安起来，不再讲下去了。菲利普想说点什么，但实在是羞于启齿，可是机不可失，时不我待，错过了就再难挽回了，最好是立刻就弄清事实真相。他硬着头皮开了口。

"你是爱上米尔德丽德了吧？"他突然问道。

"我？"格里菲思笑道，"今天晚上你这么别别扭扭的就是为了这个？我当然没有。我亲爱的老伙计。"

他想伸手挽住菲利普的胳膊，但菲利普躲开了。他知道格里菲思这是在撒谎。但他又下不了这个决心，逼着格里菲思向他保证他并没有握过米尔德丽德的手。他骤然觉得身心俱疲、万念俱灰。

"这对你来说算不得什么，哈里。"他说，"你已经有那么多的女人了——别把她从我这儿抢走吧。这就等于是我的整个生命。我已经够悲惨够可怜的啦。"

他说不下去了，他再也忍不住那从内部撕扯着他的哽咽。他深以为耻，简直无地自容。

"我亲爱的老伙计，你知道我是不会去做任何伤害到你的事情的。我是太喜欢你了，绝不至于此。我这可真是做了傻事。我要是知道你会这么想的话，我就不会这么不小心了。"

"此话当真？"菲利普问道。

"我压根就没把她放在心上。我以我的名誉担保。"

菲利普如释重负，长出了一口气。马车在他们的公寓门前停了下来。

七十五

第二天，菲利普心情颇佳。他生怕自己过多地跟米尔德丽德待在一起会让她感到腻烦，于是跟她约好，直到吃晚饭的时候才去见她。他去接她的时候她已经准备好了，他拿她这回难得的守时打趣了几句。她穿了件他送给她的新裙子。他恭维她这裙子很时髦。

"我得送回去再改一下，"她说，"裙子的下摆收得完全不合适。"

"那你可得让裁缝抓紧点儿了，如果你想把它带到巴黎去穿的话。"

"肯定来得及的。"

"就只有三个整天了。咱们到时候乘十一点钟的火车，好吗？"

"你高兴就好。"

她就要有差不多一整个月的时间完全归他所有了。他的目光饥渴而又爱慕地停留在她身上。对自己的这番激情，他还是有这个自知之明，能够带点嘲笑的眼光去看的。

"真不知道我到底看上了你哪一点。"他微笑道。

"这种话你也说得出口。"她回答道。

她的身体瘦得几乎都能看到骨头架子。她的胸就像个男孩子一样扁平。她的嘴因为那两片削薄苍白的嘴唇，丑得很，而且她的皮肤呈一种隐隐的菜色。

"到了巴黎以后，我就拼命给你吃布劳氏丸①，"菲利普呵呵笑道，"等你回来的时候，肯定让你变得丰满而又红润。"

"我可不想长胖。"她说。

她并没有提起格里菲思，过后不久在他们吃晚饭的时候，菲利普由于自信能够拿得住她，就一半出于恶意地故意说道：

"看来昨天晚上你跟哈里倒是打情骂俏了一番吧？"

"我告诉过你我爱上他了嘛。"她笑道。

"我很高兴地得知他可并没有爱上你。"

"你又是怎么知道的？"

"我问过他。"

她犹豫了一会儿，看着菲利普，眼睛里闪过一丝好奇的光芒。

"你想看看我今天上午收到的他写给我的信吗？"

她递给他一个信封，菲利普认出了格里菲思那粗大而又清晰的字体。信足足写了有八页纸。写得很好，坦率而又迷人，是一个惯于跟女人谈情说爱的情场高手写出来的那种信。他告诉米尔

---

① 布劳氏丸（Bland's Pills），适用于缺铁性贫血症的补血药丸。

德丽德他狂热地爱上了她，他从见到她的那一刻起就爱上了她；他并不想爱上她的，因为他知道菲利普是多么喜欢她，但他就是身不由己。菲利普是一个多么可爱的人儿，他很为自己感到羞愧，但这不是他的错，他实在是身不由己。他对她说了一大串甜言蜜语的恭维之词。最后他感谢她同意第二天跟他共进午餐，说他是多么急不可耐地想见到她。菲利普注意到信上的日期写的是昨天晚上，格里菲思一定是在离开菲利普以后写的这封信，而且不辞劳苦地又跑出来付邮，而菲利普还以为他早就上床睡觉了呢。

他看信的时候，那颗心就像要从腔子里跳出来一样，头晕目眩，但并没有什么惊惶的外在表现。他相当平静地把信递还给米尔德丽德，还面带着微笑。

"你们午饭吃得开心吗？"

"很开心。"她断然道。

他觉得自己那双手忍不住地哆嗦，于是就藏到了桌子底下。

"你可千万别跟格里菲思太认真了。他就是个花蝴蝶一样的登徒子，这你也知道的。"

她拿起那封信，又看了看。

"我也是情不自禁啊，"她说，竭力采用一种满不在乎的口气，"我也不知道我这是中了什么邪。"

"这对我来说可是有点小尴尬的，不是吗？"菲利普道。

她飞快地瞟了他一眼。

"你对待这件事的态度倒是挺冷静的，我得说。"

"那你期望我会怎么做呢？你想看到我一把一把地把头发往

下扯?"

"我原以为你会很生我的气。"

"奇怪的是,我一点都没有生气。我早该料到会发生这种事的。把你们俩拉到一起,我真是个傻瓜。我心里明镜似的,他在哪一方面都比我强:他生性快活,他仪表堂堂,他风趣幽默,他一开口就是那些能逗你开心、让你感兴趣的事。"

"我不知道你说这些是什么意思。我这人是不聪明,这也是没办法的事,可我也不是你以为的那种傻瓜,而且还远没有那么傻呢,我可以告诉你。你未免有点太自以为是,太小瞧我了,我年轻的朋友。"

"你这是想要跟我吵架吗?"他婉转地道。

"不,但我不明白你为什么这样对待我,就好像我是——我也不知道的什么东西似的。"

"对不起,我不是有意要冒犯你的。我只是想心平气和地把事情谈一谈。只要我们能做得到,都不想把事情弄成一团糟。我看出你受到了他的吸引,而在我看来这是很自然的。唯一真正让我伤心的是,他竟然还鼓励你这么做。他是知道我对你是多么情深意切的。他口口声声跟我说他压根儿没有把你放在心上,可是五分钟后却又给你写了这么一封信,我觉得他这种做法是挺卑鄙的。"

"要是你认为在我面前说他几句坏话,我对他的喜爱就会有任何减少的话,那你可就想错了。"

菲利普沉吟了片刻。他不知道他到底该怎么表述,才能让她明白他的意思。他想尽可能说得冷静一些、深思熟虑一些，但眼下正当他六神无主、心乱如麻之际，他实在是理不清自己的思绪。

"为了你明知无法持久的一时的迷恋而不惜牺牲自己的一切，这未免有些不值得。说到底，他对任何人的喜欢都不会超过十天时间，而你又生性冷漠，这种事对你来说也并没有什么大不了的。"

"这只是你的想法罢了。"

她这么说倒使他更不容易情绪用事了。

"如果说你爱上了他，这也是你没有办法的事。我也只能尽我的可能来忍受它。咱们一直都处得很好，你和我，而且我从来就没有错待过你，是不是？我一直都知道你并不爱我，不过你还是挺喜欢我的，等咱们到了巴黎以后，你就会把格里菲思忘掉的。只要你下定决心不再去想他，你会发现做到这一点也并不会很难，你想想我一直以来是怎么待你的，这总归也值得你为了我做一点牺牲吧？"

她没有作声，他们就继续吃他们的饭。当沉默变得越来越有压迫性的时候，菲利普开始谈起了一些不相干的闲话。他假装并没有注意到米尔德丽德的心不在焉。她只是敷衍塞责地应个一两声，从不主动开口。最后，她突然打断了他的话头。

"菲利普，礼拜六我恐怕不能跟你一起去了。医生说我不该这么轻举妄动。"

他知道这只是托词，但嘴上说：

"那你什么时候能够动身呢？"

她瞥了他一眼，见他面色发白，神情严峻，紧张地赶紧把目光躲闪开了，在那一刻她还真有点怕他。

"我还是实话实说，把这事了结了吧。我根本就不能跟你去了。"

"我就知道你在打这个算盘。现在再改主意可是为时已晚了。我已经买好了票，一切都安排好了。"

"你说过除非我真心想去，要不然你是不会勉强我的。我不想去了。"

"我已经改主意了。我不想再让人家来耍弄我了。你必须去。"

"我一直都很喜欢你，菲利普，作为一个朋友。但仅此而已，超出这个限度我可就忍受不了了。我并不是以那种方式喜欢你的。我就是做不到，菲利普。"

"一个礼拜前你可是很愿意去的。"

"那时候不一样。"

"你还没遇到格里菲思。"

"你自己不是也说，如果我爱上了他的话，这也是没有办法的事吗？"

她面沉似水，目光只管盯着面前的盘子。菲利普气得脸色煞白。他真恨不得攥紧拳头给她脸上来一下，而且想象着她一只眼睛乌青以后该是一副什么尊容。旁边一张桌子上有两个十八岁的小伙子在用餐，他们时不时地会瞧上米尔德丽德一眼；他在想，他们会不会羡慕他跟一位漂亮姑娘一起用餐，也可能他们巴不得取代他的位置呢。还是米尔德丽德打破了沉默。

“一起去又有什么好处？我会一直想着他的。对你来说也没多大乐趣。”

“那是我的事。”他回答道。

她把他答话的含义仔细琢磨了一下，不由得脸红了。

“但这是很残忍的。”

“这又有什么关系？”

“我原以为你是个彻头彻尾、货真价实的绅士呢。”

“你看错人了。”

这回答他自己都觉得好笑，说出来以后不由得大笑起来。

“看在上帝的分上不要笑了，”她叫道，“我不能跟你一起去，菲利普。我非常非常抱歉。我知道我对你一向都不够好，但人是不能强迫自己的。”

“难道你忘了，在你走投无路的时候，所有的一切全都是我帮你做的？我二话没说马上就拿出钱来养活你，一直到你的孩子出世，你看医生和其他所有的费用都是我支付的，你去布赖顿疗养是我支付的，我现在还在付钱养你的孩子，我还在付钱给你买衣服，你现在身上穿的一丝一缕全都是我付钱给你买的。”

“你要是个绅士的话，你就不会把你为我做过的一切直接扔到我脸上。”

“哦，看在老天爷的分上，闭嘴吧！你以为我还在乎自己是不是个绅士吗？我要真是个绅士的话，我才不会把时间浪费在你这么个粗俗的淫妇身上呢。我他妈才不在乎你喜不喜欢我呢。我已经受够了被人当该死的傻子耍了。礼拜六你乖乖地跟我去巴黎那咱们一切都还好说，要不然的话，所有的后果你一人承担。"

她气得满脸通红，开口讲话的时候声音显得生硬而又粗俗，而平常她吐字发音一直都装得温文尔雅的。

"我从来就没喜欢过你，从一开始就是这样，都是你把自己强加给我的，你亲我的时候我一直都满心厌恶。从现在开始，就算是饿死，我也不许你再碰我一下了。"

菲利普想把盘子里的食物咽下去，但他喉咙的肌肉拒不配合。他把杯子里的酒一口吞下，点了一支烟。他浑身上下都在哆嗦。他没说话。他等着她起身站起来，但她泥塑木雕一样坐在那儿，盯着面前的白桌布。他们要是单独在一起的话，他就会伸出双臂把她搂在怀里，狂热地亲吻她了；他想象着他用自己的嘴唇紧紧压在她的嘴上时，她朝后仰起来的那长长的雪白的脖子。他们就这样默不作声地端坐了一个钟头，最后，菲利普觉得那个侍应都开始好奇地打量起他们来了，他于是叫了买单。

"咱们走吧？"然后他平心静气地说道。

她没作声，但收拾起她的手提包和手套。她穿上了外套。

"你什么时候再跟格里菲思见面？"

"明天。"她漠然回答道。

"你最好把这件事跟他好好商量一下。"

她下意识地打开手提包，看到里面有张纸条。她取了出来。

"这是这条裙子的账单。"她结结巴巴地道。

"那又怎样？"

"我答应过明天一定付钱的。"

"是吗?"

"我买这条裙子是经过你同意的,你的意思是你不打算付钱了?"

"是这个意思。"

"那我叫哈里去付。"她说,脸一下子红了。

"他会很高兴帮你的。眼下他还欠我七镑钱,就在上个礼拜他把自己的显微镜都当掉了,因为他已经身无分文了。"

"你不要以为这样就能吓唬我。我完全能够挣钱养活自己。"

"你最好能够做得到。我一个子儿也不再给你了。"

她想到礼拜六就该付的房租和孩子的抚养费,但她什么都没说。他们走出餐馆,在大街上菲利普问她:

"要我为你叫辆出租马车吗?我打算散散步。"

"我一个钱都没有。今天下午还得付一笔账。"

"走几步对你不会有什么害处的。明天你要是想见我,用茶点的时候我在家。"

他脱帽道别,溜达着走开了。走了几步他回头一看,见她无助地站在原地,看着过往的车辆。他折回来,呵呵一笑,把一枚硬币塞到她手里。

"这是两先令,够你付车马费的了。"

没等她开口,他已匆匆离去。

七十六

第二天下午，菲利普在自己的房间里坐着，惦记着米尔德丽德会不会来。昨晚他睡得很不好。上午的时间他是在医学院的俱乐部里度过的，无非是一份接一份地看报。已经放假了，他熟识的同学极少还有人在伦敦，不过也找到了一两个可以说说话的人，他跟他们下了一会儿棋，以此来打发难熬的时光。午饭后他觉得非常疲惫，头痛欲裂，就回到寓所躺了下来，想看看小说。他一直都没见到格里菲思。昨晚菲利普回来的时候他不在家，他听到他回来了，但他没像往常那样顺道到菲利普的房间来看看他是不是睡了，而早上菲利普听见他又很早就出去了。他明显是在躲着他。突然，传来了轻轻的叩门声。菲利普一跃而起，把门打开。米尔德丽德站在门口。她没有动。

"进来吧。"菲利普道。

随后他把门关上。她坐下来。她犹豫了一下该如何开口。

"谢谢你昨晚给我的那两个先令。"她说。

"哦，那没什么。"

她对他惨淡地一笑。这不禁让菲利普想起一只小狗因为淘气被打以后，想要跟主人重归于好时流露出的胆怯而又巴结的表情。

"我跟哈里一起吃午饭来着。"她说。

"哦，是吗？"

"你要是还想让我礼拜六跟你一起去的话，菲利普，我愿意跟你去。"

他心头涌起一阵胜利的狂喜，但这种感觉转瞬即逝，随之而来的是一团疑云。

"是因为钱？"他问道。

"部分是。"她要言不烦，"哈里什么都无能为力。他欠了这儿五个礼拜的房租，他还欠了你七镑钱，他的裁缝整天逼着他要钱。他准备把所有能够典当的全都拿去当了，但他已经全都当掉了。我费了番口舌才把我那条新裙子的女裁缝先支应走，礼拜六我就该付房租了，我又不可能在五分钟之内就找到份工作。你总得等上一段时间才会有个空缺的。"

这些话她都是以一种平和的抱怨口吻说的，就仿佛她在细数命运的种种不公，但她又不得不作为自然秩序的一部分逆来顺受。菲利普没声。她说的这些他已经都知道了。

"你刚才说'部分是'。"他最后这么说。

"喔，哈里说，你对我们俩一直都很好，你是他真正的好朋友，他说，而你为我做的这一切恐怕这世上再没有第二个男人肯做了。我们做人要正派，他说。他还说了你讲他的那些话，说他自己天性喜新厌旧，说他不像你，我为了他而抛弃你是个十足的傻瓜。他用情不专，而你则是坚贞不渝的，这都是他自己说的。"

"你想跟我一起去吗？"菲利普问道。

"我不介意。"

他看着她，嘴角痛苦地垂下来。他确实是大获全胜了，他可以为所欲为了。他短促地一笑，嘲笑自己蒙受的耻辱。她飞快地瞟了他一眼，但没有说话。

"我全心全意期盼着跟你一起前往巴黎，我原以为，在历经了所有那些悲惨不幸之后，我终于能够获得幸福了……"

他还没有说完本想说的那句话，这时候突然之间，毫无预兆地，米尔德丽德号啕大哭了起来。她正坐在诺拉曾坐在上面哭泣过的那把椅子上，而且也像她那样把脸埋在椅子的靠背上，头朝向椅背中间平常脑袋靠着的凹陷部分所形成的那个小小的隆起部分。

"我的女人运是真差。"菲利普不禁暗想。

她那瘦伶伶的身体因为猛烈的啜泣而抖个不停。菲利普还从未见过一个女人如此肆无忌惮地痛哭过。这太让人痛苦了，他的心像是被撕裂了。还没意识到自己这是在干吗，他就走上前去，伸出臂膀搂住了她。她并没有反抗，而是在这心碎肠断的时刻任由自己接受他的安慰。他喃喃地在她耳边念叨着抚慰的话语，也不知道自己到底说的是些什么，他俯下身，不停地亲吻着她。

"你非常非常难过吗？"他最后道。

"我真巴不得已经死了，"她呻吟道，"真巴不得生孩子的时候就死了。"

她的帽子碍手碍脚的，菲利普替她摘了下来。他把她的头更舒适地靠在椅背上，然后走回去在桌边坐下，看着她。

"真可怕，这个爱情，是不是？"他道，"真想不到还会有任何人想要恋爱。"

不一会儿，她那阵猛烈的啜泣也就止住了，她瘫坐在椅子里，筋疲力尽，头靠在后面，两只胳膊垂在两边。她那古怪的样子活像是画家们用来悬挂织物布匹的人体模型。

"我还不知道你爱他居然到了这种程度。"菲利普道。

他对格里菲思的爱情有充分的认识，因为他可以设身处地，用格里菲思的眼睛去看，用他的手去触摸；他可以想格里菲思之所想，用他的嘴唇去亲吻，用他那双盈盈含笑的蓝眼睛冲着她微笑。让他吃了一惊的是她的感情。他从未曾想到她居然也会有狂热的激情，这就是激情：毫无疑问，如假包换。他内心当中有某种东西似乎正在坍塌；他真的感觉像是有某种东西正在分崩离析，他觉得异乎寻常地虚弱不堪。

"我不想搞得你伤心难过。如果你不想去，你也就没必要跟我一起去。钱我照样还是会给你的。"

她摇了摇头。

"不，我说过我要去，我就会跟你去的。"

"那又有什么好处呢，如果你还是一心痴恋着他？"

"是呀，一点都没错。我确实一心痴恋着他。我知道这是不会长久的，对此我跟他一样清清楚楚，可是眼下……"

她说不下去了，闭上了眼睛，就像要昏过去似的。菲利普突然生出一个奇怪的念头，而且不假思索，马上就说了出来。

"你干吗不跟他一起去呢？"

"这怎么可能？你知道我们都没钱啊。"

"我给你们钱。"

"你？"

她坐直身体，看着他。她的眼睛开始亮了起来，她的脸颊也有了血色。

"也许最好的办法就是熬过这段情热的时间，然后你再回到我身边。"

既然已经提出了这个建议，他真是五内俱焚、心如刀绞，然而这种痛苦的折磨却又给他带来一种奇怪的、微妙的快感。她瞪大眼睛望着他。

"哦，我们怎么能，用你的钱？哈里连想都不会这么想的。"

"哦，他会的，只要你好言相劝。"

她的反对使他更加坚持了，虽然他打心眼里希望她能断然拒绝这个建议。

"我给你五镑，这样你们可以从礼拜六一直待到礼拜一。就玩这么几天钱是肯定够的。到了礼拜一，他便要回乡探亲，一直待到他去伦敦北部的医院就职为止。"

"哦，菲利普，你此话当真？"她忍不住拍手叫道，"只要你让我们走——回来以后我会真心爱你的，我会为你做任何事情的。只要你肯这么做，我是一定会度过这段情热期的。你真的愿意给我们钱？"

"真的。"他说。

她一下子完全变成了另外一个人。她开心地笑了。他看得出她简直是欣喜若狂。她站起来，在菲利普身边跪下，握住他的手。

"你真好，菲利普。你是我见过的最好的人。事后你不会生我的气吗？"

他摇了摇头，面带微笑，可他内心是多么痛苦！

"我可以现在就去告诉哈里吗？我能跟他说你并不介意吗？除非你保证你不会介意，否则他是不会同意的。哦，你不知道我有多爱他！事后你让我干什么我都愿意。礼拜一我就跟你一起去巴黎，去哪儿都行。"

她站起来，戴上帽子。

"你要去哪儿？"

"我去问问他会不会带我一起走。"

"这么急？"

"你想让我留下吗？你要我留下我就先不走。"

她又坐下，但他短促地一笑。

"不，没关系，你还是马上就去吧。只有一件事：现在见到格里菲思我还有些受不了，会让我心里太难过的。你跟他说，我对他并无任何类似敌意的态度，只是请他暂时离我远一点。"

"没问题，"她一跃而起，戴上手套，"我会把他的回话转告给你。"

"今晚你最好是跟我一起吃饭。"

"很好。"

她仰起脸来让他亲吻，当他亲吻她嘴唇时，她张开双臂搂住了他的脖子。

"你可真可爱，菲利普。"

一两个钟头以后她给他送了张条子过来，说她头痛，不能跟他一起吃饭了。她这一手菲利普差不多也完全料到了。他知道她这时候正跟格里菲思一起吃饭呢。他嫉妒得要命，但一下子攫住了这两人的激情就像是从外头闯进来的一样，就仿佛是一位神祇带着这份激情造访了他们，他深感无能为力，也真是无可奈何。他们相爱给人的感觉是如此自然而然。他看到了格里菲思胜过他自己的所有优长之处，并且承认，如果自己处在米尔德丽德的位置，也会像她那样去做的。伤他最重的是格里菲思的背信弃义，他们一直都是这么好的朋友，格里菲思也知道他对米尔德丽德的感情有多么热烈深厚：他应该放他一马才对啊。

直到礼拜五他才又见到米尔德丽德。他渴盼见她一面，可她真正出现的时候，他意识到她心里根本就没有他，因为她心心念念的全都是格里菲思，他突然对他无比愤恨。他现在看明白了她跟格里菲思为什么会爱上对方了：格里菲思是个蠢人，哦，蠢不可及！他其实一直都知道的，只不过闭着眼睛假装没看见罢了：愚蠢而且头脑空空。他的魅力掩盖了他十足的自私，为了满足自己的私欲，他任何人都愿意牺牲。他过的生活是多么空虚无聊：在酒吧间里闲逛，在歌舞杂耍剧场里滥饮，从一桩轻浮的恋情转到另一桩！他从来没有读过一本书，除了那些轻佻和庸俗的东西以外，他一概视而不见；他从未有过任何高尚精雅的念头，最常挂在嘴边的字眼就是"漂亮"，那便是无论对于男女他最高的赞词。漂亮！也难怪他能讨米尔德丽德的欢心。他们俩真不愧是天生的一对，地造的一双。

菲利普跟米尔德丽德谈的都是些跟他们俩全都无关的琐事。他知道她想提起格里菲思，但他偏不给她机会。他也并不提及两天前的晚上她随便找个借口就不跟他一起吃饭的事。他对待她的态度漫不经心的，竭力让她以为他突然间变得无所谓了；而且他练就了一种特别的技巧，专讲些他知道能够伤到她的琐碎小事，与此同时又说得避重就轻，说得绵里藏针，叫她听了也只能是哑巴吃黄连，有火发不出。最后，她耐不住性子站了起来。

"我想我得走了。"她说。

"我敢说你是有很多事情要做。"他回答道。

她伸出手来，他握了一下，道了再见，并为她打开房门。他知道她想要说的是什么，他也知道他那冰冷、嘲讽的态度把她震慑住了。经常，他的羞涩会使他显得无比冷淡，这反倒无意中会让人感到害怕，既经发现了这一点之后，碰到必要的场合他便能随时摆出类似的姿态。

"你答应过的事情没有忘吧？"他扶着打开的房门等她往外走的时候，她这才鼓起勇气说道。

"什么事啊？"

"钱的事。"

"你想要多少？"

他故意用一种冰冷而又从容不迫的口气，这使他说出来的话格外戳人心窝子。米尔德丽德脸涨得通红。他知道此刻她对他恨之入骨，他这方面也不由得对她的自控力感到意外，她居然能强忍着没对他破口大骂。他就是想让她难受一下的。

"就是那条裙子和明天要付的房租。就这些了。哈里不去了，我们也就不需要那笔钱了。"

菲利普的心砰地撞了肋骨一下，他松开了门把手。门又关上了。

"为什么又不去了呢?"

"他说我们不能这样做，不能用你的钱。"

一个魔鬼抓住了菲利普，这是个一直潜伏在他内心自我折磨的魔鬼，虽然他打心眼里不希望格里菲思和米尔德丽德离开他双栖双宿，他却又无法自控地一心想通过米尔德丽德去说服格里菲思。

"这我就不明白了，既然是我自己愿意，又有什么不可以的呢?"

"我也是这么跟他说的。"

"我原本还以为，如果他是真心想去，他就不会犹豫不决呢。"

"哦，不是那么回事，他肯定是想去的。他要是有钱的话，他马上就会动身的。"

"他要是这么抹不开面子的话，我就把钱给**你**吧。"

"我都说过了，要是他愿意，就全当是向你借的，我们一有了钱就马上奉还。"

"你如今都要跪下身来求一个男人带你外出去度周末了，变化还真是不小哇。"

"还真是的。"她说，毫无羞耻地短促地一笑。

菲利普脊梁沟里打了个寒噤。

"那你打算怎么办？"他问道。

"毫无办法。他明天就回家去了。他必须回去。"

这下菲利普可就得救了。没有格里菲思挡在路上，他就能把米尔德丽德赢回来了。她在伦敦谁都不认识，也只能再回来找他，只要他们俩单独在一起，他便能让她忘掉这段一时的痴恋。只要他不再多言，他就安全了。但他有一种难以克制的欲念，一心想打消他们的顾忌，他想见识一下他们对他究竟能下作到什么程度。如果他稍加诱惑他们就屈服让步的话，一想到他们这么没有廉耻，他就感到一种无比强烈的快感。虽然他说出来的每一个字对自己都是一种折磨，但在这种折磨当中他又体会到了一种可怕的喜悦。

"看来是已经到了机不可失，时不我待的时候了。"

"我也是这么跟他说的。"她说。

她说话的语气里那种狂热的调调不禁让菲利普为之一怔。他神经质地咬着自己的指甲。

"你们本来想去哪儿来着？"

"哦，去牛津。他在那儿上过大学，你知道的。他说他想带我到各个学院里转转。"

菲利普记得有一次他曾提议去牛津玩上一天，而她坚决表示，一想到那里的景致她就无比厌烦。

"而且你们看来会碰到好天气的，再说眼下那里应该也正是赏心悦目的好时候。"

"为了说服他，我嘴皮子都快磨破了。"

"你干吗不再试试呢？"

"我能说是你想让我们去的吗？"

"我觉得还没必要把话说到这种程度。"菲利普道。

她沉吟了一两分钟，眼睛望着他。菲利普迫使自己以一种友好的方式来看待她。他恨她，他鄙视她，他又全心全意地爱着她。

"告诉你我打算怎么做吧，我打算再去看看他是否能够成行。然后，要是他答应了的话，我明天再来拿钱。你什么时候在家？"

"吃过午饭后我就回来等你。"

"那好。"

"我现在就把裁缝和房租的钱给你。"

他走到书桌前，从抽屉里把手头所有的钱都拿了出来。那条裙子是六几尼，除了她的房钱和饭钱以外，还有孩子一个礼拜的抚养费。他一共给了她八镑十先令。

"非常感谢。"她说。

然后她就离开了他。

七十七

在医学院的地下餐厅吃了午饭后,菲利普回到自己的寓所。那是礼拜六的下午,房东太太正在打扫楼梯。

"格里菲思先生在家吗?"他问。

"不在,先生。他上午在你出门后不久就出去了。"

"他不回来了吗?"

"我想是的,先生。他带了自己的行李。"

菲利普不知道他葫芦里这是卖的什么药。他拿起一本书开始读。那是伯顿①的《麦加之行》,他刚从威斯敏斯特公共图书馆借来的;他读完了第一页,却不知所云,因为他的心思完全不在这上头,他一直在注意听有没有人按门铃。格里菲思没有带上米尔德丽德,已经一个人回坎伯兰②的老家了吗?他不敢存此奢望。米尔

---

① 伯顿(Sir Richard Burton, 1821—1890),英国探险家、作家,多次到亚、非地区探险,考察过伊斯兰教圣地麦加和麦地那,发现非洲坦噶尼喀湖,翻译出版全本《一千零一夜》。

② 坎伯兰(Cumberland),英格兰西北部原郡名,一九七四年,坎伯兰和威斯(转下页)

德丽德很快就要来拿钱了。他咬紧牙关继续往下读，拼尽全力把注意力集中到书上；经过他硬性的努力，那些句子倒是深深刻进了他的脑子里，但意思却因为他忍受的痛苦而受到了歪曲。他真巴不得他压根就没提过由他出钱给他们的那个可怕的建议，但现在一言既出，他也就再没有勇气反悔了，而且不是为了米尔德丽德的缘故，而是过不了自己这道坎儿。他具有一种病态的固执天性：已经决定的事情是硬着头皮一定要去做的。他发现已经读过的那三页书并没有在脑子里留下任何印象，于是他又回过头来重新读起：他发现自己反反复复总在读同一个句子，而且句子的意思跟自己的思绪搅在了一起，非常可怕，就像是噩梦里的那种习惯套路。有件事是他还可以去做的，那就是干脆躲出去，午夜过后再回来，这么一来他们也就走不了了，他仿佛看到他们每隔一个钟头就跑来打听一下他是不是回来了。一想到他们大失所望的样子，他就不禁喜上心头。下意识地，他又把那个句子重读了一遍。但他不能这么做。就让他们来把钱拿走吧，这样他就能知道人类能够寡廉鲜耻到何等地步了。到了这时候，书他是根本读不下去了。那一个个的单词他简直是视而不见了。他往椅背上一靠，闭上眼睛，痛苦得都有些麻木了，静候米尔德丽德的到来。

房东太太进来了。

"你想见米勒太太吗，先生？"

（接上页）特摩兰郡、兰开夏郡、约克郡的一部分地区合并，成为新的坎布里亚郡，坎伯兰仍作为一个地理名词和文化名词继续使用。

"请她进来。"

菲利普强打起精神来接待他，不露出丝毫内心的波澜。他有一种冲动，想要跪下来，拉住她的双手，苦苦哀求她不要走，但他知道他是没有办法打动她的，她只会把他的言语和举动当笑话一样讲给格里菲思听。他深感耻辱。

"那么，你们那小小的远行怎么样了？"他愉快地道。

"我们就要动身了。哈里在外头。我跟他说过你不想见到他，所以他也就一直躲着你。但他想知道能不能就让他进来一分钟，亲自跟你道个别。"

"不，我不想见他。"菲利普道。

他看得出来，他见不见格里菲思她根本不在乎。现在她终于来到他面前了，他又巴不得赶紧把她打发走。

"给，这是五镑。希望你们现在就走吧。"

她接过钱，道了声谢，掉头就要走了。

"你什么时候回来？"他问道。

"哦，礼拜一。那时候哈里就得回家了。"

他知道他要说出口的话肯定是丢人现眼的，但在炉火和欲火的夹攻下，他已经顾不得这许多了。

"然后我就能见到你了，是不是？"

他控制不住，话音中还是带上了恳求的语气。

"当然。我一回来就会让你知道的。"

他跟她握手道别。透过窗帘，他看到她跳进一辆停在门口的四轮出租马车。马车辚辚地驶走了。他一头扑倒在床上，用手捂住脸。泪水涌进了眼眶，他很生自己的气；他握紧拳头，蜷缩起身体强忍住哭泣，但他还是忍不住，终于爆发出一阵心碎肠断般痛苦的啜泣。

他终于从床上爬了起来，感到身心交瘁又无地自容，他洗了一把脸。他给自己兑了一杯高强度的威士忌加苏打水，喝下去后觉得稍好了一点。这时，他看到了放在壁炉架上的去巴黎的车票，他一把抓起来，狂怒之下把它们扔到了火里。他知道票子退了以后是可以把钱拿回来的，但一把火烧掉方才觉得解恨。然后他出了门，想找个人做做伴。但学校的俱乐部里空无一人。他觉得一定得找个人说说话，要不然他准会发疯的；但劳森还在国外，他找到海沃德的住处，开门的女仆跟他说，他已经去布赖顿度周末了。然后菲利普去了一家美术馆，但发现它刚刚闭馆。他不知道该如何是好。他六神无主。他想到这时候格里菲思和米尔德丽德正在前往牛津的路上，面对面坐在火车车厢里，高兴得很。他回到自己的寓所，但那几个房间让他满怀恐惧，因为正是在这里面，他惨遭不幸。他再次尝试阅读伯顿的那本书，但一边读一边在心里一遍又一遍地数说着自己是个多大的傻瓜：是他主动提议他们何妨联袂出行，是他主动给他们提供旅费，而且等于是硬塞到他们手里的；当初把格里菲思介绍给米尔德丽德的时候他就该想到会有什么事情发生的，他自己那热烈的情火便足以激起格里菲思的欲念了。这时候他们应该已经抵达牛津了。他们会住到约翰街上的一家膳宿公寓里。菲利普还没去过牛津，但格里菲思跟他说过那么多牛津的情况，他可以说已经对那里了如指掌了，完全知道他们都会去些什么地方。他们会去克拉伦登饭店用餐：格里菲思想要寻欢作乐的时候总是会去那里狂饮大嚼的。菲利普在查令十字附近的一家餐馆里胡乱吃了点东西，他已经决定去看场戏了，吃完以后他挤进了一家剧院的正厅后座，那天上演的是奥斯卡·王尔德的一出戏。他在想，不知米尔德丽德和格里菲思当晚会不会也去看戏：他们反正是得想法子打发掉这个晚上的时光，而他们又都太蠢，俩人都一个德性，是不会满足于单单对坐清谈的；想起他们俩的旨趣全都那么鄙俗下流，俩人是那么登对般配，他不由得大感开心。他心不在焉地看着那出戏的演出，每次幕间休息都去喝一点威士忌提振心情，让自己高兴起来；他本不惯于饮酒，酒性很快便发作起来，但他醉酒的感觉却既是来势汹汹又是借酒消愁愁更愁。戏散场后他又去喝了一杯。他不能回去睡觉，他知道根本睡不着，而且又害怕他那生动的想象展现在他面前的种种可怕的画面。他竭尽所能不去想他们。他知道他喝得太多了。他现在被一种强烈的欲望紧紧攥住了：他想去做些可怕、下流的事情，他想倒在路边的臭水沟里打滚，他整个身心都渴望着要一逞兽欲，他想在地上爬行。

他拖着那只畸形足，醉得昏昏沉沉，沿着皮卡迪利大街跟跄前行，满腔愤恨悲凉。一个涂脂抹粉的妓女拦住了他，伸手去挽他的胳膊，他破口大骂，恶狠狠地把她推开了。他走了几步后又停了下来。她跟另外那一位又有什么不同！他很后悔对她说话那么难听。他又走回到她跟前。

"我说。"他开口道。

"见鬼去吧。"她说。

菲利普嘿嘿一笑。

"我只想请问，你今晚能否赏个光，跟我共进晚餐？"

她大感惊讶地看了看他，犹豫了一会儿。她看出他是喝醉了。

"我不介意。"

听到这句经常挂在米尔德丽德嘴边的措辞，他真被逗乐了。他带她去了一家习惯于跟米尔德丽德一起光顾的餐馆。他注意到他们往前走的时候，她不时地朝下看看他的腿。

"我长了只畸形足，"他说，"你有什么意见吗？"

"你真是个怪人。"她呵呵一笑。

他回到家的时候，浑身的骨头都疼，脑袋里像是有把榔头在敲，他简直忍不住要发出痛苦的尖叫了。他又喝了一杯威士忌加苏打水，镇定一下自己，然后爬上床去，沉入了无梦的睡眠，一觉睡到第二天中午。

七十八

礼拜一终于到了，菲利普心想：这漫长的折磨总算是结束了。查阅了一下列车时刻表，他发现格里菲思当天晚上能够赶回家的最后一班列车是下午一点过后不久从牛津开出的，他估摸着米尔德丽德会搭乘再晚几分钟发车的那班列车返回伦敦。他原想去车站接车，但又想，米尔德丽德可能希望单独待上一天；她可能会在当天傍晚给他来封短信，说她已经回来了，如果他没收到来信，他就第二天上午去她的住处见她。他真有点胆战心惊。他对格里菲思是恨之入骨，但对米尔德丽德，尽管发生过这么多事情，却只有一种悲惨的欲望。现在他倒是庆幸于上个礼拜六下午海沃德并不在伦敦了，当时的他悲痛欲绝之下只想找到点人与人之间的安慰，肯定会把一切都跟他和盘托出，而海沃德则肯定会对他的懦弱无能大为吃惊。他肯定会鄙视他，也可能对他竟在米尔德丽德委身于别的男人以后仍愿意接纳她做自己的情妇而感到震惊或是厌恶。管它到底是不是令人震惊或是厌恶呢，他根本就不在乎。只要是能满足自己的欲望，他情愿做出任何妥协，哪怕是更加有辱人格的羞辱，他也准备承受。

临近傍晚的时候，他的脚步违背他的意愿，把他带到了她的寓所门外。他抬头看了看她房间的窗户，里面并没有透出灯光。他不敢贸然去打听她是不是回来了。他还是相信她的许诺的。但第二天上午他还没有收到她的信，快到中午的时候他亲自跑了去，女仆却告诉他她并没有回来。这下他可就搞不懂了。他知道格里菲思前一天是一定得回老家的，因为他是一个婚礼的伴郎，而米尔德丽德又没有钱。他在脑子里反复思考了每一种有可能发生的状况。下午他又去了一趟，留了个字条，请她晚上跟他一起吃饭，语气平和，就全当这半个月来什么事都没发生过。他写明了碰面的时间和地点，仍旧抱着一线她会赴约的希望：结果他白等了一个钟头，她并没有出现。礼拜三上午，他因为不好意思再次跑了去，就差一个信童带一封信过去，吩咐他带个回信回来；但一个钟头以后，信童把菲利普的信原封不动又拿了回来，说是那位太太还没有从乡下回来。他简直精神错乱了。这最后的欺骗已经超出了他能够忍受的限度。他一遍又一遍地向自己重复，说他厌恶这个女人，而且将这一新的失意怪在了格里菲思头上，他对他恨入了骨髓，恨不能一刀宰了他：他在屋里来回转圈圈，琢磨着在一个月黑风高之夜，他如何扑向他，将一把匕首捅进他的咽喉，就扎在颈动脉的位置，让他像条狗一样暴尸街头，那感觉该有多爽！菲利普在悲伤和愤怒的交攻之下已经完全丧失了理智。他并不喜欢威士忌，但他灌下去以求麻醉自己。礼拜二和礼拜三晚上，他都是喝得醉醺醺以后才上床睡觉的。

礼拜四上午他起得很晚，面色灰黄、睡眼惺忪地拖拉着两条腿来到起居室，看看有没有什么信件。当他认出格里菲思的字迹时，一种异样的感情訇地洞穿了他的内心。

亲爱的老伙计：

我简直不知道该如何落笔，但又觉得不能不写。我希望你不至于太生我的气。我知道我是不应该跟米莉①一起出游的，但我就是情不自禁，无法自控。她真是让我神魂颠倒了，为了能得到她我简直什么事都做得出来。当她告诉我你主动提出要给我们钱的时候，我真是没法拒绝了。而现在一切都过去了，我简直羞愧得无地自容，真希望自己没做出过这样的傻事。希望你能给我写几个字，说你并不生我的气，同时希望你能让我来看看你。你跟米莉说不想见到我，我可伤心了。请一定给我写上一行字，你是个好伙计，告诉我你已经原谅我了。这会减轻我良心的负担。我当时就认为你是不会太放在心上的，否则也不会主动给我们钱了。但我知道这钱我是不该接受的。我礼拜一回老家，米莉想一个人在牛津再多待个一两天。她打算礼拜三回伦敦，所以，在你收到这封信的时候你应该已经见到她了，我希望一切都进展顺利。请一定写封信跟我说你已经原谅我了。请马上就写。

你永远的

哈里

---

① 米尔德丽德的昵称。

菲利普狂怒之下把那封信撕得粉碎。他根本不想回信。他鄙视格里菲思惺惺作态的道歉，对他那所谓良心的刺痛并无耐心：如果想干的话，一个人可以去做一件卑怯之事，但干完之后又去追悔莫及则格外令人不齿。他觉得这封信写得既怯懦又伪善，对其中的感情用事则格外觉得反感。

　　"如果干了件禽兽不如的勾当，"他喃喃自语道，"干完以后说声对不起就万事大吉了，这也未免太轻省了吧！"

　　他全心全意地希望，终有一天他对格里菲思能够以眼还眼、以牙还牙。

　　但不管怎么说，他总算知道米尔德丽德已经回到伦敦了。他匆忙穿好衣服，连脸都顾不上刮，喝了一杯茶便跳上一辆出租马车去了她的寓所。一路上那马车慢得就像是在爬。他急不可耐地渴望见到她，不由自主地竟向他并不相信的上帝祷告起来，祈求上帝让她友好地接待他。他只想把不愉快的过往全都忘掉。他怀揣一颗怦怦狂跳的心按响了门铃。他无比热烈地渴望再次把她搂在自己怀里，把所有既往的苦痛全都抛到九霄云外去了。

　　"米勒太太在家吗？"他高高兴兴地问道。

　　"她已经走了。"那个女仆回答道。

　　他茫然地望着她。

　　"大约一个钟头前她过来把东西都搬走了。"

　　一时间他都不知道该说什么才好。

　　"我的信你给她了吗？她说过她要去哪儿吗？"

　　这时他才明白过味儿来：米尔德丽德又骗了他一次。她根本没打算回到他身边。他做了次努力想挽回一点颜面。

"哦，那好吧，我敢说我会收到她的信的。她可能把信寄到另外一个地址了。"

转过身，他绝望地回到自己的寓所。他早该知道她会干出这种事来的，她从来就不曾喜欢过他，从一开始她就只当他是个傻瓜；她这人没有同情，没有仁爱，没有慈悲。唯一能做的就只有接受不可避免的事实。他遭受的痛苦是可怕的，他宁愿去死，因为不愿忍受这样的痛苦，他心头闪过还不如一了百了的念头：他可以去投河，去卧轨，不过还没等这想法完全成型，他就彻底放弃了。他的理智告诉他，他总会迈过这道坎儿的，如果他有意识地拼尽全力，他是能够把她忘记的：为了一个粗俗的淫妇去自杀实在是太荒唐了。他只有一次生命，将其轻抛浪掷简直是发了疯。他**感觉**他是永远都没办法克服自己的情欲了，但他**知道**说到底这只不过是个时间问题。

他不愿再在伦敦待下去了。这里的一切无不使他想起种种的不幸。他给伯父发了个电报，说他想回趟黑马厩镇，然后匆忙打点行李，跳上第一班列车就走了。他巴不得赶紧逃离他在里面遭受过那么多痛苦的那几个湫隘的房间。他想呼吸一下清洁的空气。他对自己也厌恶已极。他感觉自己都有点疯了。

自从长大成人，牧师公馆里最好的那个备用房间就归他使用了。那个房间位于屋角，窗前有棵老树挡住了视线，不过从另一个窗口望去，花园和牧师领地外面那广阔的草地尽收眼底。打记事的时候起，菲利普就记得那墙纸。墙上还挂着牧师年轻时的一位朋友画的维多利亚时代早期风格的古雅的水彩画。自有一种黯淡大家风。梳妆台围着硬挺的麦斯林纱。衣服都要收在一只旧式的高脚五斗橱里。菲利普不由得欣慰地长出了一口气，在此之前他还从没意识到所有这些东西对他还会有任何意义。牧师公馆里的生活一如既往。没有挪动过一件家具，牧师吃着同样的食物，说着同样的话语，每天都同样要出去散一次步；他只是更胖了一点，更沉默了一点，更狭隘了一点。他已经习惯了鳏居的生活，很少会想念已逝的妻子。他仍旧不时跟乔赛亚·格雷夫斯拌拌嘴。菲利普也去拜会过这位堂区俗人委员。他更瘦了一点，更白了一点，更严厉了一点；他仍旧独断专行，也仍旧反对在圣坛上摆放蜡烛。那几爿商店仍旧具有一种怡人的古雅气息；菲利普驻足在专卖渔民用具的那爿店前，望着那些橡胶长靴、油布防水衣和索具，不由得想起童年时代在这里感受到的大海带给他的兴奋的战栗和未知世界让他感受到的冒险的魔力。

每次邮差前来敲两记大门的时候，他的心都忍不住要怦怦直跳：万一有一封伦敦的房东太太转来的米尔德丽德的信呢？不过他也明知是没有这种可能的。由于能够更为冷静地思考问题了，他也就想清楚了，在力图强求米尔德丽德爱他这件事上，他其实一直是在缘木求鱼，根本就是不可能的。他不知道一个男人传递给一个女人、一个女人传递给一个男人的到底是什么，使得其中的一个成为了奴隶：出于方便可以称之为性本能；但如果仅此而已的话，他不能理解的是为什么它会对某个人产生那么大的吸引力，而对另一个人则不啻于对牛弹琴？这东西是不可抗拒的：理智没法跟它抗衡，友谊也好，感激也罢，哪怕是利益考虑，跟它相比都毫无力量可言。就因为他在性的方面对米尔德丽德没有吸引力，他无论做什么都对她没有丝毫的作用。这种观念让他备感厌恶，这就使得人的天性一变而成为兽性，而且使他突然感觉到人的内心充满了阴暗的角角落落。因为米尔德丽德对他漠不关心，他也就一直觉得她是性冷淡的，她那贫血的容颜和削薄的嘴唇，她那窄臀平胸的身体，她那倦怠的仪态，在在佐证了他这一纯属想象的架空的理论；然而她是有能力骤然爆发出强烈的热情的，而且为了满足这种激情她居然不惜牺牲一切。之前他是从来都不理解她跟埃米尔·米勒的那段情史的：那看起来太不像是她干得出来的事了，而且她也从未能做出过解释。但眼下，他已经亲眼目睹了她跟格里菲思的这出活剧以后，他知道那是同样的剧情再次上演了：她是被一种她无法掌控的欲望给迷得神魂颠倒、身不由己了。他力图想清楚这两个男人的身上到底有什么东西对她有这么神奇的吸引力。他们俩都有一种能挑动她那平庸的幽默感的庸俗的逗笑本事，而且天性中都带有一种特别的粗俗；不过最能吃定她的可能还是那众目昭彰的性能力，这算是他们最显著的特征。她平常那种矫揉造作的假斯文碰到生活的事实、性爱的真相就会簌簌发抖，她将正常的肉体功能当作见不得人的丑事，提到再正常不过的普通事物都会使用各种各样的委婉表述，在一个简单的字眼和一种复杂的词汇之间她总会选复杂的那种，认为这更加得体：这两个男人野蛮的兽性就像根鞭子，狠狠地抽在她瘦弱苍白的肩膀上，她因为淫逸肉感的痛苦而簌簌发抖。

有一件事菲利普已经下定了决心：他再也不回他在其中遭受过无数痛苦的那个公寓了。他给房东太太写了信，把自己的决定通知了她。他想把自己的东西全都带走，决心另租不带家具的房子：这样住起来既舒心又便宜；而且这也是出于迫不得已的考虑，因为在过去这短短的一年半里，他已经花掉了近七百镑钱。他现在必须最大限度地厉行节约以弥补这一亏空。偶尔想到未来的前景，简直让他不寒而栗。居然把这么多钱花在了米尔德丽德身上，他真是个傻瓜，但他也知道，假如昨日重来，他仍会重蹈覆辙的。有时候想起朋友们因为他喜怒不形于色、行动相对迟缓而认为他意志坚强、深思熟虑而又冷静自持，他不由得哑然失笑。人家认为他通情达理，称赞他世事洞明，但他自己清楚他这种老成持重的做派不过是他出于本能戴上的一张假面，起到的作用就像是蝴蝶身上的保护色一样，而他则深为自己意志之薄弱而大为震惊。在他看来，他就像是风中的小草，稍有情绪的波动就随风飘摇，而一旦被激情攫住，他就完全无能为力了。他没有丝毫自制力。他像是颇有决断的样子，只不过是因为对于很多打动其他人的事情，他一概无动于衷罢了。

他不禁又带着几分讥诮的心情想起了他为自己发展出来的那套人生哲学，因为在他已经迈过的沟沟坎坎当中，它并没有起到多大的作用。他甚至开始怀疑，思想这玩意儿对人生中的那些关键的事件是否真有什么帮助：因为在他看来，他倒更像是一直都被某种异己而又内在的力量所左右，就像是来自地狱的阴风催逼着保罗和弗兰切斯卡[①]不住脚地趔趄行一般。他预先考虑到他该做些什么，可是真到了该行动的时候，在他自己也不知道所为何来的本能和情感的裹挟下，他又变得有心无力、一筹莫展。他就像是一台受到环境和个性这两种力量驱动的机器，他的理智却只能冷眼旁观，看出了所有的关窍，但就是无力干涉：就像是伊壁鸠鲁[②]学派的诸神那样，只能端坐在九霄天外静观人类的行为、世事的纷争，并没有能力改变哪怕一丝一毫事态的进展。

---

① 保罗·马拉泰斯塔（Paolo Malatesta，约1246—1285）是意大利里米尼的封建领主马拉泰斯塔·达·韦鲁基奥的第三子，保罗的长兄、继承领主之位的乔瓦尼娶拉文纳封建领主圭多·达·波伦塔的女儿弗兰切斯卡（Francesca）为妻。这纯粹是一种政治联姻，因为乔瓦尼不但跛脚，而且相貌丑陋、举止粗野，保罗则是个美少年，后来叔嫂二人产生不伦之恋，被乔瓦尼发现，当场把他们杀死，这一事件曾轰动一时。但丁将其写入《神曲·地狱篇》第五章，由弗兰切斯卡代表两位不幸的情人向诗人倾诉衷肠。

② 伊壁鸠鲁（Epicurus，前341—前270），古希腊哲学家，发展了德谟克利特的原子说和流射说，强调感性认识的作用，最先提出社会契约论，在伦理学方面主张人生的目的就是追求幸福和快乐。后世遂将伊壁鸠鲁及其学派视作追求现世享乐的代表。

七十九

　　菲利普在新学期开始前两三天返回伦敦，为的是给自己找个新住处。他以威斯敏斯特大桥路为起点，把周边的街街巷巷都找遍了，但这一带房屋普遍的阴暗湫隘让他大感厌恶，最后他在幽静、古朴的肯宁顿①找到了一幢房子，有一点让人想起萨克雷所熟悉的泰晤士河这一边的伦敦，肯宁顿路上的悬铃木正在吐出新绿，当初钮可谟一家②乘坐巨大的四轮出租马车前往伦敦西区的时候，想必就曾从这里经过。菲利普相中的那条街上的房子都是两层制式的，大部分房屋的窗口上都贴有出租的告示。他敲开一家告示上注明不带家具出租的房子，一个面容刻板、不苟言笑的女人带他看了一套由四个很小的房间构成的公寓，其中的一间配有厨房的炉灶和洗涤槽，租金是每个礼拜九先令。菲利普并不想要这么

---

①　肯宁顿（Kennington），伦敦南部一个区，从地段上来说已经远不及威斯敏斯特大桥那么靠近市中心了。
②　英国维多利亚时代最有代表性的作家之一萨克雷（William Makepeace Thackeray，1811—1863）的同名长篇小说中的人物。

多房间，不过租金低廉，而且他也希望马上就能安顿下来。他问那位房东太太能不能为他打扫房间和做顿早饭，可她却回答说，就是没有这两样事务她也已经够忙的了。他听了反倒只觉得高兴，因为这等于是在暗示他，除了收取他的房租以外，她不想跟他再有任何瓜葛。她告诉他，要是他去街角的那爿杂货间——那同时还是间小邮局——打听一下的话，他也许能找到个愿意替他料理家务的女人。

　　菲利普有几件这些年来积攒下来的家具：一把在巴黎买的扶手椅，一张桌子，几幅画，还有克朗肖特意送给他的那块小小的波斯地毯。他伯父现在已经不在八月份出租房间了，就把一张用不着的折叠床送给了他，菲利普又花了十英镑，购置了其他一应的必需品。他又花十先令给自己想用作会客室的那个房间糊上了一种浅红色的墙纸，他在墙上挂了一张劳森送他的大奥古斯丁码头的速写，安格尔的《大宫女》和马奈的《奥林匹亚》的照片，当初在巴黎，这曾是他刮脸时审视沉思的对象。为了提醒自己他也曾从事过艺术创作，他把为年轻的西班牙人米格尔·阿胡里亚画的那幅炭笔画也挂了出来：那是他画得最好的作品，一幅双拳紧握的裸体立像，两脚以一种奇特的力量紧紧地抓住地板，脸上有一种坚决刚毅的神情，令人过目难忘。尽管在隔了这么长的时间后，菲利普对这幅作品的缺点已经看得非常清楚了，不过跟这幅画联系在一起的林林总总还是使他对其抱有一种宽容的态度。他很想知道米格尔后来到底怎么样了。并无任何天赋才华的人却偏要去追求艺术，世上最可怕的事情莫过于此。也许，由于衣不蔽体、食不果腹、疾病缠身，他已经在某个医院里了其残生，或在绝望中自沉于浑浊的塞纳河了；不过也许凭着他那南方人所特有的三分钟热度，他已经急流勇退，主动放弃了跟命运的抗争，安心在马德里的某个事务所里当上了一名职员，把他生性中的热狂转向了政治和斗牛，也未可知。

菲利普邀请劳森和海沃德来参观他的新居，他们来了，一个带了瓶威士忌，另一个带了一罐pâté de foie gras①，他们对他的眼光和品位称赏了一番，他听了很高兴。他本想把那位苏格兰股票经纪人也请了来的，但他只有三把椅子，只能招待有限的几位客人。劳森知道通过他的介绍，他已经跟诺拉·内斯比特非常亲密了，于是就说起几天前碰巧遇到过她一次。

"她还问起你现在怎么样了呢。"

菲利普在提到她名字的时候脸腾地一红（他还是改不了一发窘就脸红的这个令人尴尬的习惯），劳森有些狐疑地看了看他。劳森如今一年中有大半的时间都在伦敦度过了，也已经入乡随俗，把头发剪短了，穿一身精致的哔叽套装，戴一顶圆顶硬礼帽。

"我估摸着你们之间的关系都结束了吧?"他说。

"我已经有好几个月没见过她了。"

"她看起来气色相当不错呢。戴了顶插了很多白鸵鸟毛的很时髦的帽子，她日子一定过得很不错。"

菲利普岔开了话题，但心里老想着她，过了一会儿，他们仨

---

① 法语：鹅肝酱。

正在谈别的什么的时候，他忍不住突然问道：

"你感觉诺拉还在生我的气吗？"

"完全没有。她讲了你很多好话呢。"

"我有点想去看看她。"

"她又不会吃了你。"

前一阵子，菲利普经常会想起诺拉。米尔德丽德离开他的时候，他脑子里转的第一个念头就是关于她的，他满怀心酸地告诉自己，诺拉是绝不会这么对待他的。他一时冲动，恨不得马上就跑去见她，她对他肯定会满怀同情的；但他实在是羞愧难当：她一直都待他这么好，而他却对她非常恶劣。

"我要是有这点头脑，一直忠实于她该有多好！"劳森和海沃德告辞后，他抽着睡觉前的最后一斗烟的时候不由得对自己暗道。

他想起当初在文森特广场她那间舒适的起居室里曾度过多少愉快的时光，想起他们一起去美术馆看画、去戏院看戏的情景，以及那一个个无话不谈的迷人的黄昏。他回想起她对他的福祉是多么牵挂热心，对跟他有关的一切又是多么兴味盎然。她是以一种亲切而又持久的情意来爱着他的，那远不止肉欲情欲，几乎就是一种母性的爱；他其实一直都深知这种感情是多么宝贵，为此他真该诚心实意地感谢天上的众神。他下定决心去恳求她的宽恕和怜惜。她一定经受过极大的痛苦，但他觉得她也一定有博大的胸怀来宽恕和原宥他，她是绝不会怀恨在心的。他是不是应该给她写封信了？不。他要突然间出现在她面前，一下子匍匐在她脚下——他也知道事到临头他会过于害羞，他是做不出这么戏剧性的举动的，但他愿意这样去想象——并告诉她，如果她肯重新接纳他，她是可以永远信赖他的。他罹患的那种可恨的疾病已经痊愈了，他已经深知她的价值，现在她可以信任他了。他活跃的想象力带着他一步跨越到了未来。他想象着礼拜天跟她一起在泰晤士河上泛舟，他还要带她去格林尼治览胜，他对跟海沃德一起去那里游玩的愉快经历一直都念念不忘，伦敦港的美景也一直都是他记忆中永久的珍藏；而在温暖的夏日午后，他们就并肩坐在海德公园里倾心交谈：一想起她那轻松快活的谈锋他就忍不住笑出声来，那真像是清澈的溪水汩汩地流过小小的卵石，妙趣横生、轻快俏皮而又充满个性。他所经受的痛苦就将像一场噩梦般从他的思绪中逝去，再无痕迹。

可是第二天，当他在茶点时间（这个钟点他是很有把握她会在家的）敲响她公寓大门的时候，他的勇气却一下子又泄光了。她真有可能原宥他吗？他这么强行闯上门来是不是有点太死乞白赖了？开门的是个新来的女仆，跟他当初每天都来的时候已然物是人非了，他问她内斯比特太太是否在家。

"请问问她愿不愿意见一下凯里先生，"他说，"我在这儿等回话。"

女仆跑上楼去，不一会儿又噔噔地奔了下来。

"请上楼去吧，先生。三楼临街那个房间。"

"我知道。"菲利普道，脸上绽出一丝微笑。

他怀揣一颗颤抖的心走上楼去，敲响了她的房门。

"请进。"那个熟悉而又欢快的声音说道。

这就像是请他进入一种和平与幸福的新生活。他一进屋，诺拉就迎上来欢迎他。她跟他握手，就仿佛他们一天前才刚见过面似的。一个男人站了起来。

　　"这位是凯里先生——这是金斯福德先生。"

　　菲利普发现她不是一个人在家，大失所望，他坐下来，暗自掂量着这个陌生人。他从未听她提起过这个名字，但在菲利普看来，他坐在那把椅子上显得很是安心自在，像是在自己家里一样。他有四十来岁，脸刮得很干净，金色的长头发抹了发油，梳理得整齐熨帖，发红的肤色，一双美男子青春易逝后特有的那种倦怠、失神的眼睛。他鼻子很大，嘴巴很宽，颧骨很高，身材很魁梧，肩宽背阔。

　　"我前面还在琢磨，不知道你现在是什么情况了呢。"诺拉以她那活泼愉快的态度道，"前些日子我碰到了劳森先生——他跟你说过吗？——我跟他说，你也真是该来看看我了。"

　　菲利普从她的面部表情中看不出丝毫尴尬的影子，他很羡慕对于他自己深感难堪别扭的这种会面她处理起来竟是如此轻松自如。她给他倒了杯茶，正打算往里加糖的时候他制止了她。

　　"瞧我这记性！"她叫道，"可真够蠢的。"

　　这话他才不信呢。对于他喝茶从不加糖这个习惯她肯定记得清清楚楚。从这件小事上他看得出来，她其实并不像她表面上显得那么从容淡定。

　　被菲利普的来访打断了的谈话又继续下去，不一会儿他就觉得自己有点不尴不尬、碍手碍脚了。金斯福德并没怎么把他放在心上，他口若悬河，谈笑风生，而且不无幽默感，但总有些稍嫌武断：看来他是个报业人士，对于凡所触及的话题无不有妙趣横生的内容可以发挥。但这激怒了菲利普，因为他发现自己已经渐渐被挤到了交谈的范围之外。他打定主意奉陪到底，非等到此人先告辞离去不可。他不知道他是不是诺拉的一位仰慕者。想当初，他们经常谈论那些想跟诺拉吊膀子的男人，还一起嘲笑过他们。菲利普几次想把话题拉回到只有他和诺拉熟悉的范围之内，但每次这位报人都会横插进来，并总能成功地引入一个菲利普所知甚少，只能保持沉默的话题。他开始有点生诺拉的气了，因为她肯定也看得出来他正被置于一种可笑的境地，不过也许她正是借此对他施以惩戒呢，想到这里，他也便恢复了愉快的心境。最后，钟敲六点的时候，金斯福德终于站了起来。

"我得走了。"他说。

诺拉跟他握了握手，陪他走到楼梯口。她随手把身后的房门关上，在外面又待了两三分钟。菲利普也不知道他们在讲些什么。

"这位金斯福德先生是什么人？"她回来后他高高兴兴地问道。

"哦，他是哈姆斯沃思[①]旗下一家杂志的编辑。最近他刊用了我的不少作品。"

"我还以为他永远都不会走了呢。"

---

① 哈姆斯沃思（Alfred Charles William Harmsworth，1865—1922），英国报业巨头，曾创办《答问》周刊、《勿忘我》杂志、《每日邮报》和《每日镜报》，收购《伦敦晚报》，取得对《泰晤士报》的控制权，获封诺思克利夫子爵。

"我很高兴你留了下来。我是想跟你好好聊聊。"她整个儿蜷缩进那把巨大的扶手椅里，连脚都缩在身子底下，也只有像她那么娇小的体形才能做得到，点燃了一根烟。看到她又摆出这种过去总让他觉得好玩的姿态，他不觉微笑莞尔。

"你看起来真像是一只猫。"

她那双好看的黑眼睛忽地一闪，瞟了他一眼。

"我是真该把这个坏习惯改了。到了我这把年纪，举止还像个孩子一样，那就未免有点可笑了，可我把腿盘在身体底下就是觉得舒服啊。"

"重新又回到这个房间里来，我可真是高兴，"菲利普开心地道，"你都不知道我有多想念这儿。"

"那你之前又干吗不来呢？"她快活地问道。

"我怕呀。"他说着，脸腾地一红。

她用满怀善意的目光看了他一眼，嘴角泛起一丝迷人的微笑。

"你有什么好怕的？"

他犹豫了一会儿，心跳得飞快。

"你还记得咱们最后那次见面吗？我对你的表现太恶劣了——我为自己感到万分羞愧。"

她定定地看着他，并没有说话。他一下子手足无措了，他像是现在才意识到他前来完成的差事是多么荒唐和离谱。她并不帮他解围，他也就只能硬着头皮把话说出来了：

"你还能够原谅我吗？"

然后他就迫不及待地向她倾诉起来：米尔德丽德如何已经离

他而去，他是何等地不幸，苦恼到几乎要自杀的程度。他把他们之间所发生的一切统统都告诉了她：那个孩子的出生，米尔德丽德是如何跟格里菲思搭上关系的，他是多么愚蠢，他有多信任格里菲思和米尔德丽德，他们又是多么绝情地欺骗了他。他告诉她，他是多么经常地想起她的善良和爱情，对于自己轻率地弃之不顾又是多么追悔莫及：他只有跟她在一起的时候才是真正幸福的，他现在知道她的价值是何其巨大了。他的嗓音激动得都嘶哑了。有时候他对自己正在说的话简直羞得无地自容，说的时候连眼睛都不敢抬一下，只能死盯着地板。他的面孔痛苦得都扭曲了，不过终于能把话全都说出来，他又感到一种非同寻常的解脱。他终于倾诉完了。他往椅背上一靠，筋疲力尽，等着诺拉开口。他丝毫没有隐瞒，甚至出于自我贬抑的冲动，把自己说得比真实的情况更为卑劣可鄙。他很意外，她竟然一直都没说一句话，他这才抬起眼睛看了看她。她并没有在看他，她脸色很苍白，像是迷失在了思绪中。

"你就没有什么话要对我说吗？"

她一惊，脸一红。

"恐怕你这段日子过得很糟心，"她说，"我真为你感到难过。"

她像是要继续说下去，但欲言又止，他再次静候她开口。终于，她像是横下心来，咬牙说道：

"我已经跟金斯福德先生正式订婚了。"

"你为什么不一开始就告诉我？"他叫道，"你没必要任由我在你面前大出洋相啊。"

"对不起，我没办法打断你……我认识他是在你，"——她像是在寻找一种不会伤害他的表达方式——"你告诉我你的朋友又回到你身边后不久。我一度非常难过，他对我非常好。他知道有个人大大地伤了我的心，当然他并不知道这个人就是你，而我真不知道，当时如果没有了他，我该如何自处。然后突然间，我感觉我不能再继续这么不停地干啊，干啊，干了；我感觉身心俱疲，我感觉病入膏肓了。我跟他说了我丈夫的事情，他主动提出愿意出钱让我去把离婚手续办掉，前提是我要答应手续一办完就嫁给他。他有份很好的工作，除非是我高兴，以后就可以什么事都不必去做了。他非常喜欢我，非常急切地想要照顾我。我深受感动。而现在，我也非常、非常喜欢他了。"

"那你的离婚手续办好了吗？"

"我已经拿到了中间裁定①书。到七月份便会成为绝对判决了，然后我们就马上结婚。"

一时间菲利普哑口无言。

"真希望我没像刚才那么出乖露丑。"他终于喃喃道。

他想的是他那番冗长无比而又大出洋相的自白。诺拉有些好奇地看了看他。

"你从来就没有当真爱过我。"她说。

"恋爱可并非什么赏心乐事。"

---

① 中间裁定（decree nisi），在法律上指离婚诉讼中的中期判决，附有一定期限，如过此期限无人提出异议，离婚方可生效。

不过他一向都能很快恢复正常，眼下他就站起身来，伸出手来说：

"希望你无比幸福。毕竟，对你来说这也真是最好的归宿了。"

她握住他的手的时候，有点失意感伤地看着他。

"你会再来看我的，对吗？"她问道。

"不了，"他说着摇了摇头，"看到你幸福，我会羡慕又嫉妒的。"

他步履迟缓地离开了她的家。不管怎么说，她说他从没真正爱过她，这话是说对了。他深感失望，甚至怒不可遏，但与其说是伤了心，还不如说是伤了自尊。对此他心里是很清楚的。他渐渐地意识到诸神是跟他开了一个大大的玩笑，他不无忧伤地嘲笑起了自己。以自己的可悲可笑聊以自娱的滋味，毕竟还是不怎么好受的。

八十

在接下来的三个月里，菲利普开始学习几门全新的课程。两年前扎堆拥入医学院的那帮人已经是日渐稀少：有的离开医院是因为发现考试比他们预料的要难很多，有的是被没想到伦敦的生活费用如此昂贵的父母领走的，有的则改了行。有一个菲利普认识的年轻人发明了一个坐地生钱的妙招：他先是把折价买来的物品拿去典当，很快又发现，拿赊购来的东西去典当更能赚钱。当有人在治安法庭的审理中供出他的名字来的时候，在医院里颇引起了一点不小的轰动。在被还押候审，然后由不堪其扰的父亲出具担保以后，这位年轻人就跑到海外殖民地履行"白人的责任"[①]去了。另有一个此前从没进过城的小伙子，一下子被伦敦歌舞杂耍剧场和酒吧夜店的万丈红尘熏得五迷三道的，成天混迹于赛马迷、线人和驯马师中间，如今已经成了赌注登记人的副手。菲利

---

① "白人的责任"（White Man's Burden），即所谓"白人应将其文明带给落后民族"的责任，语出吉卜林（Rudyard Kipling，1865—1936）的诗作《从大海到大海》（*From Sea to Sea*），在其中他声称白人的殖民行为系基督徒的义务。

普有一次在皮卡迪利环形广场附近的一家酒吧里见到过他，但见他身穿一件紧腰身的外衣，头戴一顶棕色礼帽，帽檐非常之宽、非常之平。第三位则颇有点歌唱和模仿的天分，曾在医学院允许吸烟的音乐会上因模仿几位名噪一时的喜剧演员而大获成功，也已经弃医从艺，在一出音乐喜剧里担任了一名合唱演员。还有一位则勾起了菲利普不小的兴趣，因为此人举止粗笨，讲起话来粗声大气，像是不可能具有任何深刻的情感可言的，但他置身于伦敦密集的楼宇房舍中间却觉得喘不上气来。他在封闭的空间里变得越来越憔悴枯槁，他那之前浑然不觉的灵魂就像是一只被人攥在手里的麻雀，因恐惧而喘息不停，心脏怦怦地狂跳不已：他渴望辽阔的天空和空旷的荒野，那是他童年时期的家园；有一天，在两堂课的中间，他没对任何人说一句话就兀自出走了，再后来，他的朋友们听到的消息是，他已经放弃了学医，到一个农场干活去了。

现在菲利普在上内科和外科的课程。每星期有几个上午，他要去门诊部做裹伤包扎的实习，他很高兴借此能挣几个小钱，他还在接诊医生的言传身教下学会了如何使用听诊器和实际进行临床听诊。他也学习了如何配药。七月份他要正式参加药物学的考试，他感觉在摆弄各种药物、调制各种配方、抟弄药丸和配制药膏中间自有一番乐趣。但凡能从中汲取到一丁点人生情趣，不论是什么事，他无不热情高涨地去做。

有一次他远远地看到了格里菲思，但他不想见了面又假装不认识，便绕道躲开了。格里菲思的朋友里面有几个现在也是他的朋友，当他意识到他们已经知道了他跟格里菲思之间的不睦，而且猜测他们也都知道这不睦的原委以后，菲利普在他们面前就颇觉得有些不怎么自在了。这其中有一位叫拉姆斯登，是个大高个、小脑袋的家伙，整天没精打采的。他是格里菲思最忠实的仰慕者之一，不论是系的领带、穿的靴子，还是讲话的神气和举止的姿态，他无不亦步亦趋地照搬他偶像的做派；他告诉菲利普，说是格里菲思因为菲利普一直都没回他的信而感到非常伤心，他很想跟他言归于好。

"是他让你来做说客的吗？"菲利普问道。

"哦，不是，我这么说完全是自作主张。"拉姆斯登说，"他对自己的所作所为懊悔不已，他说你待他一直都是无可挑剔的。我知道他是非常想跟你言归于好的。他现在都不到咱们医院里来了，就是因为怕见到你，他觉得你会假装不认识他的。"

"我是该这么做。"

"这让他感觉相当苦恼，你知道。"

"他觉得非得有不屈不挠的勇气才能承受得起的这点小小的不便，我能忍受得了。"菲利普道。

"他不惜一切代价想跟你重归于好。"

"这也太幼稚，太歇斯底里了！他干吗要这么在乎这一点呢？我只是个微不足道的小人物，不再跟我往来他照样可以过得非常好。我已经对他没有任何兴趣了。"

在拉姆斯登看来，菲利普未免也太冷酷无情了。他沉吟了良久，有些不知所措地打量着四周。

"老天在上，哈里真是巴不得从来就没跟那个女人有过任何瓜葛。"

　　"是吗？"菲利普问道。

　　他说话的语气非常冷淡，为此他深感满意。没人能猜得到其实他的心正在怦怦地狂跳不已呢。他迫不及待地等着拉姆斯登的下文。

　　"依我看，你应该早就把这件事撇到脑后去了吧？"

　　"我吗？"菲利普道，"差不多吧。"

　　拼拼凑凑地，他逐渐了解到了米尔德丽德跟格里菲思这场情史的始末。听的时候他唇角带着一丝微笑，装出一副平静如常的样子，把跟他吐露真情的这个笨伯给完全蒙混过去了。米尔德丽德跟格里菲思在牛津度过的那个周末，非但没有扑灭她那突发的情欲，反倒煽旺了她的情火；格里菲思回家以后，她突发奇想，决定一个人再在牛津待上几天，因为她在那儿过得太快活了。她觉得无论是什么，都休想诱使她回到菲利普身边了。他实在是让她倒胃口。而格里菲思则对于自己煽起的欲火吃了一惊，因为他感觉跟她一起在乡下待的这两天已经有些乏味了。他可是绝不想把一段饶有情趣的插曲转变成一桩惹人厌烦的情事。她一定要他答应给她写信，格里菲思本是个诚实、体面的家伙，天生礼貌周全，一心想跟所有的人交好，谁都不肯得罪，于是在回家后就给她写了封温情脉脉、娓娓动听的长信。她马上回了一封激情四溢而又无比笨拙的信，言辞拙劣、趣味粗鄙，因为她毫无表情达意的才分。这封信让他大倒胃口，而当第二天又来了一封，隔天又

697

紧跟着来了第三封的时候，他开始觉得她的爱情已经不再是讨人喜欢，而是变得让人惊恐了。他没有给她回信，她就开始用电报来轰炸他了，问他是不是病了，有没有收到她的信，说他的沉默让她忧心如焚。这么一来，他只得提笔给她写信，不过这一次他在不至于显得无礼的前提下，尽量把信写得冷淡疏远：他恳求她不要再发电报，因为他很难向他母亲做出解释——她为人老派，收到份电报对她来说仍是件足以引起恐慌的大事。她的回复随回程的邮递接踵而来，说她必须见到他，宣称要把财物拿去典当（她随身带着菲利普作为结婚礼物送给她的那个梳妆盒，足可以典个八镑），然后就到距离他父亲行医的村庄四英里远的市镇上等他。这可把格里菲思吓得不轻，这次轮到他来打电报告诉她，这样的事情是万万不可的。他答应她一回到伦敦就跟她联系，等他到了伦敦，发现她已经到他即将赴任的那家医院去找过他了。这种做派他可不喜欢，于是在见面的时候他就关照米尔德丽德，不论是以什么由头，以后都不得到他工作的地方来找他；而在三个礼拜没跟她见面以后，他发现她实在是招人厌烦，他自己都想不通当初怎么会跟她扯上了关系，并下定决心要尽快跟她一刀两断。他这人很怕跟人吵架，也不忍伤别人的心，可与此同时他还有别的事要做呢，他已经打定主意绝不再让米尔德丽德来干扰自己了。万不得已跟她见面的时候，他仍表现得礼貌友善、开朗愉快、诙谐幽默、深情款款，他想出各种令人信服的借口来解释自打上次见面以来为何消失了这么长时间，而实际上他是千方百计地避免再见到她。在她强迫他定下一个约会以后，他会在最后一刻给她拍个电报，找个由头金蝉脱壳；他吩咐房东太太（他任职的前三个月是在寓所里度过的），只要是米尔德丽德上门，就说他有事外出了。她会在街上对他围追堵截，得知她已经在医院附近等了他好几个钟头以后，他就给她灌上几句甜言蜜语，然后便推说还有要务在身，拔腿就跑。后来他修炼得简直是神通广大，每次都能神不知鬼不觉地从医院里溜掉了。有一回他深更半夜才回到公寓，远远看到有个女人站在门前空地的栏杆前，他马上就猜到是谁了，于是扭头就跑到拉姆斯登的寓所，在那儿借宿了一宵。第二天，房东太太告诉他米尔德丽德坐在门前的台阶上足足哭了有几个钟头，最后她迫于无奈只得告诉她，她要再不走她可要去把警察叫来了。

"我告诉你吧，老兄，"拉姆斯登说，"你早早地脱身出来别提有多幸运了。哈里说他当初要是有半秒钟的时间疑心到她会变成这么个甩不脱的扫把星，他是死都不会跟她扯上一丝一毫的关系的。"

菲利普脑海中浮现出她深更半夜一连几个钟头枯坐在门口台阶上的情景。在想象中也看到了房东太太赶她走时，她木然地抬起头来那脸上的表情。

"不知道她现在在干什么呢。"

"哦，她在什么地方找了个工作，谢天谢地。这样她就不会整天都闲得没事干了。"

在临近夏季学期结束的时候，关于此事他听到的最后一点消息是，格里菲思由于实在不堪其扰，在一时的盛怒之下再也顾不得他的礼貌风雅了：他直截了当地告诉米尔德丽德，他已经受够了她死缠烂打了，她最好滚远点，不要再来纠缠他了。

"换了谁都只能这么做了，"拉姆斯登说，"那女人也实在是有点儿太过分了。"

"那么事情就此结束了吗？"菲利普问道。

"哦，他已经有十天没见到她了。你知道，哈里在甩人方面手段可高明了。这就差不多算是他碰到的最难啃的骨头了，不过总算也已经啃下来了。"

后来菲利普就再没听说她任何的消息。她已经消失在伦敦那茫茫人海中了。

八十一

冬季学期一开学，菲利普就开始去门诊部实习，充当门诊医生的助手。门诊部由三名助理医师掌管，一周当中每人值两天的班，菲利普申请在蒂雷尔医生手下当助手。蒂雷尔医生在学生们当中颇受欢迎，大家都争着给他做助手。他是个瘦高个儿，三十五岁，脑袋很小，红头发剪得很短，一双鼓凸的蓝眼睛，一张大红脸。他能说会道，嗓音悦耳，喜欢开几句玩笑，对待世界的态度有些漫不经心。他已经颇有成就，拥有庞大的问诊业务，封爵可期。由于长期跟学生和穷人交往，待人接物常有一种屈尊俯就的派头，又因为常年跟病人打交道，便也带有一种身体健康的汉子特有的善良快活而又自感优越的神态，这也是会诊医师长期形成的一种特有的职业态度。他会让病人觉得像是个学童站在一位乐呵呵的校长面前，而他的疾病不过是一种淘气的恶作剧，与其说令人恼恨，还不如说让人觉得好笑。

学生们应该每天都守在门诊部里，观察病例，尽量捡拾所有能够得到的有用信息，但在为自己的导师履行助手职责的日子里，具体该做什么就比较明确了。那个时候，圣路加医院的门诊部是由三个相互连通的诊室构成的，还有一间巨大而又昏暗的候诊室，里面竖着粗大的石柱，摆着一排排长条椅。病人在中午拿到"挂号单"后就在那儿候诊，他们坐成长长的好几排，手里拿着药瓶和药罐，有的衣衫褴褛、蓬头垢面，有的还相当体面；男女老少，各色人等，在那昏暗的候诊室里，给人一种既诡异又恐怖的感觉，让人想起杜米埃[①]描绘的那些阴森可怖的画面。所有的房间都刷成一样的颜色：鲑鱼肉色的墙壁配高高的栗色护墙板，里面一股子消毒水的气味，随着午后时光的流逝，又混合了人身上散发出来的汗臭。第一个诊室最大，中央摆着供医生用的一张桌子和一把办公椅，这张桌子两边又各放了一张小一点、矮一点的桌子：一张桌边坐着住院医生，另一张桌边坐着负责管理当天"病人登记簿"的助手。登记簿是厚厚的一大本，上面一一登记着每位病人的姓名、年龄、性别、职业以及对其病症做出的诊断。

下午一点半，住院医生走进来，打铃吩咐门房先把老病号们叫进来。老病号总有不少，得赶在两点钟蒂雷尔医生到来之前尽可能多处理几位。跟菲利普一起工作的这位住院医生生得短小精悍，衣冠楚楚，极为自命不凡：他对待助手们总摆出一副纡尊降贵的架势，有些跟他年纪相仿的年长学生对他并没有表现出他自感目前的地位应得的尊重，为此他明显地表示不满。他开始看病，

---

① 杜米埃（Honoré Daumier, 1808—1879），法国画家，擅长讽刺漫画、石版画及雕塑，一八三二年因漫画《高康大》讽刺国王而入狱，晚年曾参加巴黎公社革命活动。

……一间巨大而又昏暗的候诊室……病人就在那儿候诊……

一个助手从旁协助。病人们蜂拥而入，男病人走在前面。慢性支气管炎——"讨厌的干咳"是他们主要的病状，一位走到住院医生面前，另一位来到助手面前，递上他们的挂号证。如果没什么异常问题，住院医生和助手就在那挂号证上写明"处方：十四天"，他们就拿着药瓶或是药罐去药房领取再多服十四天的药量。有些老油子就缩在后面，希望磨蹭到让后来的主治医生给他诊视，不过鲜有得逞的，一般只有三四个病人，由于病况特殊，确实需要主治医生亲自诊视的，才能被留下来。

蒂雷尔医生步履轻捷、仪态轻松地走了进来。他会多少让人联想到一个大喊一声"咱们又见面了"，随即一跃而上马戏团的舞台的小丑。他的神气像是在说：生病什么的纯属胡闹，只要我一出手，包你药到病除。他在自己的宝座上坐下来，问一句有没有需要他诊视的老病号，迅速地开始诊视，一边用那双敏锐的眼睛审视病人，一边跟住院医生讨论他们的病状，还不时爆出句玩笑话，所有的助手无不被他逗得开怀大笑。住院医生笑得也很开心，但脸上的神气却像是认为身为助手竟敢这么嘻嘻哈哈，未免有些失之鲁莽。再加上一句今天天气真不错或者真叫热之类的套话，然后他就打铃让门房把初诊的病人带进来了。

病人一个挨一个地走到蒂雷尔医生桌前，年轻的、中年的、年老的都有，大部分都是劳工阶层：码头苦力、运货的马车夫、工厂的工人、酒吧的招待；不过也有些衣冠齐楚的，显然从事更优越一点的工作，像是商店的店员、事务所的职员之类。对这些人，蒂雷尔医生都会报以怀疑的目光。有时候他们会故意穿上件褴褛的衣衫装成穷人的样子，但他目光如炬，对他认为弄虚作假的把戏一概加以制止，有时候还会干脆拒绝诊视他认为完全付得起医疗费的一些人。女人是最糟糕的麻烦制造者，尤其是她们的伪装手段还格外笨拙：她们往往套上一身几乎碎成破布的衣衫，却忘了要把手上戴的好几个戒指给撸下来。

"你要是戴得起珠宝，就一定能请得起私人医生。医院是个专给穷人看病的慈善机构。"蒂雷尔医生会这么跟她说。

他把挂号证还给她，然后就叫下一个病人过来。

"可我已经拿到挂号证了呀。"

"我才不在乎你有没有挂号证呢，你出去。你没有权利到这儿来揩油，平白占用真正的穷人看病的时间。"

那个病人只能满面怒容，气呼呼地退下了。

"她可能会给报社写信，投诉伦敦公立医院严重的管理不善。"蒂雷尔医生说着，拿起下一位病人的挂号证，目光敏锐地瞟他一眼，微微一笑。

大多数病人都认为这家医院既是国立机构，是用他们缴纳的地方税来兴建和运营的，便把他们到这儿来看病视为理所当然的权利。他们还觉得，费时费力给他们诊视的医生一定能拿到极为优厚的报酬。

蒂雷尔医生会让他的助手每人负责为一位病人做检查。助手把病人带进里面的房间，这些房间都很小，每个房间里都摆着一张诊察台，上面铺一块马尾衬料子的罩布。助手会进行详细的问诊，检查病人的肺、心和肝，把检查的结果记录在病历卡上，形成自己的初步诊断意见，然后等待蒂雷尔医生进来。蒂雷尔医生看完外面的男病人以后就到小房间里来，后面跟着一小帮学生，而那位助手便把他检查的结果大声读出来。医生会向他提一两个问题，然后亲自来检查病人。要是碰上值得一听的情况，那帮学生便会纷纷掏出自己的听诊器，你就会看到这样的场面：一个人的前胸贴着两三个听诊器，后背上可能还有俩，旁边还有人在不耐烦地等着接力去听。病人站在他们当中，虽不免有点尴尬，但发现自己成了大家关注的中心，却也不见得完全不高兴：他一脸困惑地听着蒂雷尔医生跟大家滔滔不绝地讨论着自己的病情。两三个学生又会拿起听诊器来再听一遍，努力去捕捉医生描述的那杂音和劈音，这些过程都结束以后，这才让病人把衣服穿起来。

等各种不同的病例都检查完以后，蒂雷尔医生就回到那个最大的诊室，在他的桌前坐下来。他会问随便哪个站在他旁边的学生，对于刚刚诊视过的那个病人，他会怎么处方。那个学生会提出一两种药物。

"哦，是吗？"蒂雷尔医生会说，"嗯，无论怎么说这都很别出心裁呢。但咱们行事也不能过于轻率呀。"

这话总把学生们逗得哈哈直笑，因为自己的幽默妙语而眼睛里闪着得意的光芒，这位主治医生大笔一挥就开出几种跟那个学生建议的完全不同的药物。但碰到完全相同的两个病例，而学生提出的建议恰是这位医生开给第一个病人的处方时，蒂雷尔医生便会充分施展自己的聪明才智，特意想出其他的处方来。有时候，他明知药剂师已经累得够呛，腿都快跑断了，当然更愿意医生开那些他们早就准备好、多年的经验已经证明疗效颇佳的该院自制药剂，但他为了自娱自乐，还是宁肯开出一份新奇复杂的处方。

"咱们也得给药剂师找点事做。要是总是开'合剂：白色'，他们的脑子岂不都锈住了？"

学生们哄堂大笑，医生面带得意的微笑扫视他们一圈。然后他就按一下铃，吩咐探头进来的门房：

"请把复诊的女病人带进来。"

在门房把病人往里带的时候，他往椅背上一靠，跟住院医生闲聊几句。这些女病人里有一排排患贫血症的姑娘，留着很长的刘海，嘴唇惨白，她们消化不了自己那品质粗劣、分量还不足的食物；有老太太们，胖瘦都有，因频繁的生育而早衰，到了冬天就不停地咳嗽；女人不是这个病便是那个病，总是小毛病不断。蒂雷尔医生和住院医生很快就把她们都看了一遍。时间在流逝，小房间里的空气更加污浊了。主治医生看了看自己的表。

"今天初诊的女病人多不多？"他问。

"有不少，我想。"住院医生说。

"我们还是让她们进来吧。你继续看老病号。"

她们进来了。男人最常见的病大都是因为过度饮酒引起的，而女人则是由于营养不良。到大约六点钟的时候，病人全都看完了。菲利普由于一直站着，由于空气恶浊，而且由于注意力要高度集中，已经累得筋疲力尽，便跟其他的助手们溜达到医学院用茶点去了。

他觉得这是一项引人入胜的有趣的工作。在这些艰苦的劳作中有人性存焉，那就好比是艺术家可以用来加工的原材料，当菲利普想到他就处在艺术家的位置而那些病人就像他手里的胶泥时，他不禁体验到一阵奇特的兴奋之感。回想起巴黎的岁月，他觉得好笑地耸耸肩，那时候一心热衷于颜色、色调、明暗对比，天晓得这都是些什么玩意儿，目的就是要创造出美的东西，而如今跟男男女女的直接接触，则给了他一种从未体验过的权力的快感。在观看他们的面容、倾听他们的话语中，他发现了一种永无止境的让他兴奋不已的源泉：他们走进来的时候各有各的特色，有的笨拙地拖拉着脚步，有的踏着轻快的小碎步，有的迈着沉重、缓慢的步伐，有的羞答答地趑趄不前。经常，你仅凭他们的外表就能猜出他们从事的行当。你慢慢学会了你的问题该怎么提才能让他们听得懂，你慢慢发现了在哪些方面他们几乎全都会扯谎，而通过怎样的方式询问你又总能从他们嘴里掏出真相。你看到了人们对待同样的事情采取的不同方式。在诊断出危急的病症时，有的人呵呵一笑或者开个玩笑就接受下来，有的人则唯有无言的绝望。菲利普发现，跟这些人待在一起的时候，他并不像跟其他人相处时那么羞涩；他感受到的也并非就是同情，因为同情便意味着高人一等，而他跟他们在一起的时候却感觉很松弛自在。他发觉他能够让他们放松下来，当医生把一个病人交给他去检查诊断的时候，他感觉那个病人是怀着一种特别的信任，将自己交托到他手上的。

"也许，"菲利普暗自思忖，面带着微笑，"也许我天生就是当医生的料呢。要是我误打误撞，反倒是碰上了最适合我的职业，那可真叫撞上大运了。"

菲利普感觉，在所有那些充当医生助手的学生当中，唯有他看出了这些下午当值中特有的戏剧性趣味。在其他助手看来，那些男男女女无非只是一个个病人而已，如果病状比较复杂，他们会觉得挺来劲的，如果是稀松平常、一目了然的，他们就觉得很没劲了；在肺部听到的非同寻常的杂音，会成为他们讨论的话题。但对菲利普而言，就远不止这些了。仅仅是观察他们就自有一种乐趣：他们各自的头型和手型，他们眼睛的神采和鼻子的短长。在那间诊室里，你会看到在突然袭击下的人的本性，习俗铸就的面具经常被粗暴地扯下，将毫无遮掩的灵魂赤裸裸地暴露在你面前。有时候你会看到一种无师自通的坚忍淡泊的典范，那情景着实令人感动。有一次菲利普见到过一个男人，粗鲁不文，在听闻自己的病已经毫无希望后，竟能完全控制住自己的情绪。他真想知道，到底是何种了不起的本能，居然能迫使这么个粗坯在陌生人前咬紧牙关，不露声色。然而，当他单人独处，跟自己的灵魂面对面时，他还有可能这么勇敢吗？还是会向绝望投降？有时候，又会面对真正的悲剧。有一天，一个年轻女人带她妹妹来做检查，一个只有十八岁的姑娘，五官生得无比精致，一双大大的蓝眼睛，黄色的头发在一缕秋阳的照射下闪着金光，肤色美得惊人。在场的医科学生全都含着微笑向她行注目礼。在这几间阴暗湫隘的房间里，他们可难得见到一个这么漂亮的姑娘。做姐姐的讲述了他们的家族病史：父母和一个哥哥、一个姐姐全都死于肺结核，全家就剩下了她们两姐妹。那姑娘最近一直在咳嗽，且日渐消瘦。

她脱掉衬衣，颈项那儿的皮肤像牛奶一样白腻。蒂雷尔医生默默地给她做了检查，手脚像平常一样麻利；随后让两三个助手把听诊器放到他用手指指示的部位细听，然后就让她穿上了衣裳。做姐姐的稍稍站开了一点，压低了声音跟他说话，免得让那姑娘听见。她的嗓音因为害怕，都有些发抖了。

"她没得上，医生，是不是？"

"恐怕是毫无疑问了。"

"就剩下她一个了。她再一走，我一个亲人都没有了。"

她哭了起来，医生神态严峻地看着她，他认为她也是结核体质，同样也不会长寿的。那姑娘转过身来，看到了她姐姐的眼泪。她懂得这是什么意思。她那美丽的容颜骤然失色，泪水从面颊上扑簌簌地滚落。姐妹俩僵立在那里有一两分钟，无声地哭泣，然后姐姐走到妹妹跟前，把旁观的那冷漠的人群都抛在脑后，将她搂在怀里，轻柔地前后摇晃，就仿佛她是个婴儿一样。

等她们走后，一个学生问：

"您觉得她还能活多久，先生？"

蒂雷尔医生耸了耸肩。

"她哥哥和姐姐在首期症状出现后不出三个月就都死了。她也会这样的。她们要是有钱人的话，还可以想想办法。你总不能跟她们说，让她们到圣莫里茨①疗养去吧？对她们来说，已经是无法可想了。"

---

① 圣莫里茨（St. Moritz），瑞士东南部阿尔卑斯山区最著名的旅游、疗养、度假胜地。

有一次，来了一个身强力壮、正当盛年的汉子，他来求医是因为身上有块地方疼痛不止，让他备受折磨，而他们社团的医生对他的病痛又束手无策。对他做出的诊断也是不治之症，唯有等死这一条路了。而他这种死亡还并非是不可避免的，不可避免的死亡虽无比恐怖，毕竟还情有可原，因为科学在他面前也是毫无办法。他这种死亡的不可避免，仅仅是因为他只是复杂的人类文明这部庞大机器上一个小小的齿轮，也正像一架自动装置一样，他并无任何改变周围环境的能力。完全的休息是他唯一的机会。这种不可能做到的事情医生连提也没提。

"你应该换个更轻省些的工作。"

"干我这一行的就没什么轻省的工作。"

"唉，你要是继续这样下去的话会送命的。你病得可不轻了。"

"你是说我快要死了？"

"这种话我可不该说，不过你肯定是不适合再干重活了。"

"我要是不干的话，谁来养活老婆孩子呢？"

蒂雷尔医生耸了耸肩。这样的道德困境他已经面临过上百回了。时间紧迫，还有很多病人等着看病呢。

"好吧，我给你开些药，一个礼拜以后你再来，告诉我感觉怎么样。"

那人拿着上面开着根本没用的药方的挂号单，走了出去。医生爱怎么说就怎么说吧，对于自己的身体已经不能再继续干活这件事，他倒并不觉得有太难过。他有个好工作，就这么白白扔掉的话，难道让他喝西北风去啊？

711

"我估摸着他还有一年好活。"蒂雷尔医生道。

有时候也有喜剧好看。时不时会冒出一两句伦敦土味的风趣话语，时不时会冒出个仿佛从狄更斯的小说里走出来的老太太，满嘴喋喋不休的奇谈怪论，把他们逗得直乐。有一回，一位某著名歌舞杂耍剧场的芭蕾舞演员来他们这儿看病。她看起来有五十岁了，可是自报家门说是只有二十八。她脸上一层厚厚的脂粉，一双乌黑的大眼睛厚颜无耻地向那帮医学生频送秋波，那笑容无比粗俗又摄人心魄。她无比自信，最好玩的是，她对待蒂雷尔医生那股子随随便便的亲热劲儿，就好像对待一个无比痴迷的仰慕者一样。她患有慢性支气管炎，向医生抱怨说这个病给她从事的行业带来了不便。

"真不知道我怎么就得了这么个玩意儿，我敢发誓我真是搞不懂。我这辈子还从没生过一天的病呢，你只要看我一眼就知道我这可是绝非虚言。"

她那双眼睛朝小伙子们身上滴溜溜乱转，那画得极浓的睫毛对着他们意味深长地一扫，粲然一笑，冲他们露出一嘴的大黄牙。她讲话一口的伦敦土腔，但又装模作样、假充文雅，使得她吐出来的每一个字都逗得人乐不可支。

"这就是大家所说的冬令干咳，"蒂雷尔医生一本正经地回答道，"好多中年妇女都有这毛病。"

"哎哟，我就从来没有过！居然跟一位女士说出这种话来。我还从来都没听人叫过我中年妇女呢。"

她把眼睛瞪得溜圆，头歪到一边，带着一种不可描述的淘气神情看着他。

"这就是干我们这一行的不利之处了，"他说道，"它有时候就逼得我们没法那么礼貌周全了。"

她把处方接过来，又最后给了他一个性感迷人的微笑。

"你会来看我跳舞的，亲爱的，是不是?"

"我一定来。"

他打铃叫下一位病人。

"真高兴有你们这些先生来保护我。"

但总的说来，在门诊部得到的印象既非悲剧也非喜剧。很难一语道尽。它五花八门，千差万别；有泪水也有欢笑，有快乐也有悲哀。它既沉闷，又有趣，其实又跟你了不相干。它就是你看到的那个样子：它喧嚣而又狂热，又是那么地严肃；它可悲而又可笑，又是那么地微不足道。它简单而又复杂，有欢欣又有绝望；有母亲对孩子的爱，有男人对女人的爱。贪欲拖曳着沉重的脚步，一步步穿过这几个诊室，惩罚着罪人和无辜者、一筹莫展的妻子和可怜的孩子们；酒精把男男女女全都攫住，又让他们付出不可避免的代价。死亡在这几个诊室里叹息，使可怜的姑娘满怀恐惧与耻辱的新生命的开始，也在这里被诊断出来。这里无所谓好坏。这里有的只是事实。这就是人生的真相。

八十二

临近年尾的时候，菲利普在门诊部为期三个月的实习生活也马上就要结束了，这时候他收到一封劳森从巴黎寄来的信。

亲爱的菲利普：

克朗肖眼下正在伦敦，会很高兴见你一面。他住在索霍区海德街四十三号。我不知道这在伦敦的哪个区域，不过我敢说你肯定能找到。行行好，去照看照看他吧。他运气不佳，穷愁潦倒。他会把他现在的情况告诉你的。巴黎这儿一切如常。自打你走了以后，像是什么都没有变过。克拉顿回来了，但他变得非常不可理喻。他跟所有的人都吵翻了。就我所知，他几乎身无分文，就住在植物园那边一个很小的画室里，但不让任何人看他的作品。他哪儿也不去，所以谁也不知道他到底在干什么。他也许是个天才，但另一方面他也可能是精神错乱了。顺便提一句，前几天我意外碰到了弗拉纳根，他当时是带着弗拉纳根太太在拉丁区游玩。他已经放弃了艺术创作，正在从事爆玉米花机的生意，像是手里有大把的钞票。弗拉纳根太太非常漂亮，我正在为她画一幅肖像。你要是我的话，会开什么价码？我不想吓到他们，但如果他们乐意付我三百镑而我反倒只开价一百五，那我岂不成了个傻瓜？

你永远的

弗雷德里克·劳森

菲利普给克朗肖写了封信，收到了以下的回信。信是写在半张普通的便签纸上的，那个单薄的信封脏得几乎都不配通过邮政体系来收寄。

亲爱的凯里：

我当然记得你，而且非常清楚。我自觉当初也曾在将你从"绝望的深渊"[1]里拯救出来的过程中助过一臂之力，而如今我自己却无可挽回地深陷其中了。能见到你我很高兴。我是个流落在一个陌生城市里的陌路客，深受市侩们的打击和虐待。跟你谈谈巴黎将是件赏心乐事。我不想邀请你来舍下看我，因为我的居处实在不够宏丽，不易于接待与皮尔贡先生[2]同操一业的一位杰出人士。不过，我每天傍晚七到八点

---

[1] "绝望的深渊"（the Slough of Despond），意为"极端沮丧的状态"，典出英国作家约翰·班扬（John Bunyan，1628—1688）的名著《天路历程》（*The Pilgrim's Progress*）。
[2] 皮尔贡先生（Monsieur Purgon），法国古典主义喜剧大师莫里哀（Molière，1622—1673）的名剧《没病找病》（*Le Malade imaginaire*）中的医生角色。

之间都会在迪安街一家雅号"乐园"的餐馆里便饭，你准能在那儿找到我。

你忠实的

J.克朗肖

菲利普收到信的当天就去了。那个餐馆只有一间门面，属于最低级的那一种，而克朗肖貌似就是它唯一的顾客。他坐在一个角落里，远离风口，身上还是那件寒酸的大衣，菲利普就从没见他脱下来过，头上也还是那顶旧圆顶礼帽。

"我在这儿吃饭是图清静，可以一个人待着。"他说，"他们生意不好，来吃饭的就只有几个妓女和一两个失业的侍应；他们也打算要关门歇业了，食物简直糟透了。不过他们倒运倒是我的好处。"

克朗肖面前放着一杯苦艾酒。他们已经有将近三年没有见面了，菲利普为他外表上的变化大感震惊。他本来是个相当臃肿之人，现在却整个儿干瘪了下去，面黄肌瘦的，脖颈上的皮松弛打皱；那身衣服就挂在他身上，像是本来是给别人买的似的，他的领口大出来足有三四个尺码，使他的外貌显得更其邋遢。他的手不停地哆嗦。菲利普想起他信上的笔迹，那半页纸上歪歪扭扭、横行竖爬的字母。克朗肖显然是病得很重了。

"这些天里我吃得很少，"他说，"一早起来都很不舒服。正餐也就喝几口汤，然后再吃点奶酪。"

菲利普的目光下意识地落到了那杯苦艾酒上，克朗肖看在眼里，对菲利普报以嘲弄的一瞥，以此来谢绝出自常识的劝告。

"你已经对我的病症做出了诊断，你认为我这时候还喝苦艾酒是大错特错了。"

"你显然是得了肝硬化。"菲利普道。

"显然是。"

他看着菲利普的那种眼神，要是放在过去，是会让他自觉无比狭隘的。那似乎是在说，他的所思所想全都显而易见得令人痛心；而既然你对这些显而易见的玩意儿奉命唯谨，那他还有什么话好说的呢？菲利普改换了话题。

"你什么时候回巴黎？"

"我不回巴黎去了。我就要死了。"

他说这番话时那自然而然的语气，让菲利普大为惊骇。他想到很多要说的话，但都显得苍白无力。他知道克朗肖确实已是风中残烛了。

"那你打算在伦敦定居啰？"他非常勉强地问道。

"伦敦对我又算是什么呢？我就是条离了水的鱼。我穿过拥挤的街道，人群把我推来挤去，而我觉得就像走在一座死城里一样。我感觉我不能死在巴黎。我想死在我自己的同胞当中。我也不知道，最后是何种深藏不露的本能把我给拽回到了这里。"

菲利普知道那个跟克朗肖同居的女人，还有那两个邋里邋遢的孩子，但克朗肖在他面前从不提起她们，也不愿意说起她们。他不知道她们母女三人现在到底怎么样了。

"我不知道你干吗口口声声死啊活啊的。"他说。

"两三年前的冬天我得过一场肺炎，他们跟我说我居然能挺过来简直是个奇迹。看来我是动不动就会犯这种病的，再发作一次，我就没命了。"

"哦，瞎说！你的情况还不至于糟糕至此的。只需多加小心也就是了。你干吗不把酒给戒了呢？"

"因为我不想这么做。一个人要是已经准备好承担后果了，那他决定怎么做也就没多大关系了。这么说吧，我已经做好承担一切后果的准备了。你口口声声要我戒酒，可我现在剩下来的就只有这一样东西了。没有了它，你觉得人生对我来说还有什么意义呢？我从苦艾酒当中获得的快乐，你能够理解吗？我全身心渴望着它，喝的时候每一滴我都细细地品味，喝完以后，我感觉我的灵魂都浸没在难以形容的幸福当中。酒让你觉得反感，你是个清教徒，你打心底里鄙视感官的乐趣，但感官的乐趣才是最强烈又最精微的。我有幸生就是个官觉特别活跃锐敏之人，而我一直也全身心地沉迷于此。现在到了该付出代价的时候了，我也准备好要付了。"

菲利普定定地看了他一会儿。

"你不害怕吗？"

一时间克朗肖并没有作答。他像是在考虑该怎么回答才好。

"有时候吧，在我孤单一人的时候。"他看着菲利普，"你觉得那是种谴责吗？你错了。我并不害怕我会心生恐惧。基督教认为你活着时候时时都该想见你的死，那是蠢行。活着的唯一方式就是忘掉你终有一死。死是无关紧要的。对它的恐惧绝不该影响一个聪明人的一举一动。我知道我死的时候气都会透不上来，我也知道那个时候我会怕得要死。我知道终究还是会对于使我陷入如此绝境的人生痛悔不已，但我拒绝承认这种悔恨的正当性。现在的我，虚弱，衰迈，病入膏肓，一贫如洗，行将就木，但我仍旧将自己的灵魂紧紧握在手里，而且我无怨无悔。"

"你还记得你送给我的那块波斯地毯吗？"菲利普问道。

克朗肖嘴角又泛起往昔那熟悉的微笑。

"那时候你问我人生的意义到底是什么，我对你说那条地毯会告诉你答案的。那么，你找到那个答案了吗？"

"没有，"菲利普微笑道，"你告诉我不好吗？"

"不，不，我不能这么做。那答案若非由你本人找到的，也就毫无意义了。"

八十三

克朗肖正准备出版他的诗集。多年来,他的朋友们一直都敦促他这么做,但他生性疏懒,一直因循拖延。他总是说对诗歌的热爱在英国已经寿终正寝了,以此来搪塞友朋的规劝。你耗费多少年的才思和劳作才写成一本书,可是出版以后,在一大堆类似的新书当中也就只能得到两三行轻慢的评述,卖掉二三十本,剩下的就都落得个重新化浆的结果。他的名利心老早被消磨光了。功成名就跟其他事务一样,无非也是空花泡影、幻梦一场。不过,他的一位朋友却把这桩事情揽了过去。这人也是个文人,叫伦纳德·厄普约翰,菲利普当初在拉丁区的咖啡馆里曾有一两回见到过他跟克朗肖坐在一起。他在英国是位颇有名望的批评家,而且被公认为现代法国文学的权威阐释者。他在法国跟那批将《法兰西信使》[①]办成当下最活跃的评论期刊的人士有颇多的交往,只

---

① 《法兰西信使》(*Mecure de France*),创立于十七世纪的法国著名报章和文学刊物,中间几经沉浮和更名,于一八二五年停刊,后于一八九〇年作为一本专门的文学评论杂志复刊,并于一八九四年成为与象征主义运动相关联的一家兼营图书出版的出版社。一九九五年加入伽利玛出版集团。

需把这些人的观点换用英语表达出来，他便在英国赢得了领异标新的盛名。菲利普也读过他的几篇文章。他通过逼真地模仿托马斯·布朗爵士①的笔致形成了自己的风格，他喜欢使用精雕细琢、雍容繁复和苦心经营、四平八稳的句子，喜欢选用陈旧过时而又铺张华丽的辞藻，这为他的文章蒙上了一层独具个性的表象。伦纳德·厄普约翰说动克朗肖把所有的诗作都交到他手上，翻检以后发现足可以出一卷有相当规模的诗集了。他许诺要用自己的影响去说动出版商将诗集正式出版。克朗肖正急需用钱，自打染病以来，他发现自己已经很难再像从前那样持续而稳步地工作了，他赚的那点钱也就仅够他喝酒之用；当厄普约翰写信跟他说这一位或那一位出版商虽都很喜欢他的诗作，但认为还不太值得出版的时候，克朗肖倒是当真开始生出了兴趣。他写信给厄普约翰，反复申说他的窘困境地，督促他做出更加艰苦的努力。他也知道他已不久于人世，他很想在身后留下一部正式出版的作品，而在内心深处，他总觉得自己已经创作出了伟大的诗篇。他渴望像一颗新星一般突然在这个世界上耀目生辉。他已经把这些美的珍宝秘藏深裹了一辈子，在他跟这个世界行将分离，不再需要它们的时候，倨傲地把它们留给这个世界，这种做法倒也不无美妙之处。

他决定返回英国的原因，就是伦纳德·厄普约翰告诉他说有一位出版商已经正式同意出版他的诗集了。通过一番堪称奇迹的

---

① 托马斯·布朗爵士（Sir Thomas Browne，1605—1682），英国医生、作家，其创作将科学和宗教融为一体，名著有《一个医生的宗教信仰》等。

说服工作，厄普约翰居然说动这位出版商把版税中的十英镑先期支付给了他。

"注意啦，这可是预支版税哦，"克朗肖对菲利普道，"想当初弥尔顿也不过只拿到了十镑的现钱。"

厄普约翰已经许诺会为这部诗集写一篇署名文章大力推荐，他也会请求他那些评论界的朋友们尽力给予好评。克朗肖假装对此采取一种不闻不问的态度，但很容易就能看出，他一想到诗集的出版会引起的轰动就喜不自胜。

一天，菲利普应约前往克朗肖执意在那儿用餐的苍蝇馆子里去吃饭，但克朗肖却并没有出现。菲利普得知他已经有三天时间没在这儿露面了。他胡乱在那儿吃了点东西，然后按照克朗肖第一次写给他的地址找了过去。他颇费了点周折才找到了海德街。这条街上挤满了湫隘破烂的房屋，很多窗户的玻璃都碎了，用法国报纸勉强裱糊在一起，大门都多年没有油漆过了；底层都是些寒酸的小店，诸如洗衣店、鞋匠店和文具店之类。破衣烂衫的孩子们在街面上玩耍，一架旧手风琴吱吱呀呀演奏着一首淫荡的曲子。菲利普敲了敲克朗肖寓所的大门（底层有家廉价糖果店），一个上了年纪的法国女人开了门，身上系着条脏围裙。菲利普问她克朗肖在不在家。

"啊，不错，顶楼的后厢上是住了个英国人。我也不知道他在不在家。你要是想见他，最好是自己上去看看。"

楼梯是用一盏煤气灯来照明的，里面一股子令人作呕的气味。菲利普往上走的时候，从二楼的一个房间里出来一个女人，用怀疑的目光打量了他一番，但并没有吭声。顶楼的楼梯平台上有三扇房门。菲利普敲了敲其中的一扇，又敲了敲，没人应声，他转了一下门把手，门是锁着的。他又敲了敲另一扇，也没人应声，他又拧了一下门把手，门开了，房间里黑乎乎的。

"是谁呀？"

他听出了克朗肖的声音。

"凯里。我能进来吗？"

他没再听到回音，就走了进去。唯一的一扇窗户关着，屋里面臭气熏天。街上的弧光灯透进来一些光线，他看出这是个很小的房间，头靠头摆着两张床，还有个脸盆架和一把椅子，人进来以后几乎连回旋的余地都没有。克朗肖躺在紧挨着窗户的那张床上，他没有动弹，但低低地咕噜了一声。

"你干吗不把蜡烛点起来？"然后他才说。

菲利普划了根火柴，发现床边的地板上有个烛台。他把蜡烛点亮，把它放在脸盆架上。克朗肖一动不动地仰卧在床上，穿着睡衣，显得很古怪，他的秃顶很让人难为情，他面色土灰，简直像个死人。

"我说，老伙计，你看起来病得很重啊。这儿有人照看你吗？"

"乔治早上上班前会给我拿一瓶牛奶进来。"

"乔治是谁？"

"我叫他乔治是因为他叫阿道夫①。我们合用这间宫殿般的

---

① 阿道夫（Adolphe）是个德语国家极为常用的男性教名，就如同英语国家的乔治。

公寓。"

菲利普这才注意到那另一张床上的寝具自从有人睡了以后就再没有整理过。枕头上脑袋枕着的部位乌漆麻黑的。

"你不会是说就这个房间你还是跟别人合住的吧？"他忍不住叫道。

"这有什么？住在索霍可是很费钱的。乔治是个侍应，一大早八点钟就去上班，一直到晚上店里打烊了才回来，所以他根本不会妨碍到我。我们俩都睡得不好，他就给我讲他的人生经历，借以消磨难挨的长夜。他是个瑞士人，而我对于侍应这一行一直都挺有兴趣。他们看待人生的态度相当有趣。"

"你在床上躺了有几天了？"

"三天。"

"你不会是说这三天里面除了一瓶牛奶你什么都没吃吧？你为什么不给我捎个信呢？一想到你整天就这么躺在床上，连个照顾你的人都没有，我真是受不了。"

克朗肖呵呵一笑。

"看看你的脸色。哎呀，亲爱的孩子，我真的相信你很揪心呢。你可真是个好伙计。"

菲利普脸红了。他倒没料到，看到这个可怕的房间和穷诗人这悲惨的境遇而感到的惶恐和难过，竟这么明明白白地写在了脸上。克朗肖仔细瞧着菲利普，面带温柔的微笑继续道：

"我这一向可是都很开心的。瞧，这是我诗集的校样。别忘了，生活上的种种不适可能会让别人心烦意乱，又岂能奈我何？

如果你的梦想能使你成为时空当中至高的主宰，区区生活的困境又算得了什么呢？"

那叠校样就放在床上，他躺在黑暗中的时候伸手就能够到它。他把校样拿给菲利普看，眼中闪烁着光芒。他翻看着一页页的校样，为那清晰的字迹高兴万分，他把其中的一节诗篇大声朗读了出来。

"写得还不算太糟，是不是？"

菲利普想到了一个主意。这会稍稍增加他的一点使费，而眼下，日用开支方面哪怕是一丁点的增加都不是他能负担得起的了；但另一方面，碰到这样的情况，再去计较银钱得失，这又让他非常反感。

"我说，一想到你住在这种地方我就受不了。我有个多余的房间，眼下也白空在那儿，不过我很容易能找人借到一张床。你何不过来跟我住上一段时间呢？你也省得再付这边的房租了。"

"哦，我亲爱的孩子，你会坚持让我把房间的窗户开着的。"

"你就是把那儿所有的窗户都给封起来，我也由你。"

"明天我的身体就好起来了。本来今天也可以起来的，只是我感觉有些发懒。"

"那你很容易就能搬过去了。搬过去以后，不论什么时候你感觉不爽利了，你随时都可以上床去躺着，我会在家照顾你的。"

"如果这会让你高兴的话，那我就搬过去。"克朗肖道，面带他那有些迟钝却也并非不讨人喜欢的微笑。

"那就再好也没有了。"

他们说定第二天菲利普来接克朗肖，菲利普从忙碌的上午硬挤出一个钟头的时间来帮他搬家。他发现克朗肖已经穿戴齐整，戴着帽子、穿着他那件大衣坐在床上等他了，脚边的地板上放着一只小小的、破旧的旅行皮箱，装着他的衣服和书籍，都已经收拾好了，他看起来活像是在车站的候车室里等着上车。见他这副样子，菲利普不觉莞尔一笑。他们乘坐一辆四轮出租马车直奔肯宁顿，一路上车窗都小心地关得严严实实。菲利普将他的客人安置在了自己的房间，一大早他已经跑出去一趟，为自己买了副旧床架、一个便宜的五斗橱和一面镜子。克朗肖马上便安顿下来，开始改起了校样。他明显是好多了。

　　菲利普发现除了易怒易兴奋以外（这本来就是他所患疾病的一种症候），他算得上是个容易相处的客人。他上午九点钟就有课，所以直到晚上才能见到克朗肖。有一两回，菲利普也试图说服他跟自己一起吃一点他将就拼凑的晚餐，不过克朗肖是个在屋里待不住的主儿，通常是宁肯自己跑到索霍的某一家最廉价的苍蝇馆子里去吃点东西。菲利普让他去找蒂雷尔医生给他看看病，遭到他的断然拒绝；他知道但凡医生，都会让他马上把酒给戒了，而这是他打定主意不会去做的。一早起来他总是感觉病势沉重，不过中午的一杯苦艾酒就能起到振衰起疴的神奇作用，等他午夜时分回到家里的时候，他便又能舌灿莲花地娓娓而谈了，而正是这一点使当初初次跟他相识的菲利普惊叹不置的。他的校样已经全都改好了，将于早春时节跟其他的书籍一起出版，估计那时候的公众也该从圣诞季雪崩般的出版物中缓过神来了。

八十四

　　新年伊始，菲利普就到外科门诊部去做了个敷裹员。这项工作跟他之前在内科门诊部干过的没什么两样，只不过工作方式要直接得多，这也是内外两科不同的性质使然。苟安的民众出于假道学和假正经，任由这两科的疾病四处传播，结果使更多的病人深受这两科疾病之苦。菲利普在一个叫雅各布斯的助理外科医生手下做敷裹员。此人又矮又胖，一个大秃脑门儿，精力充沛、生性快活；他一副大嗓门，一口伦敦土腔，学生们背地后都管他叫"粗莽汉"。不过他的确才智过人，不论是作为一名外科医生还是一位医学院的老师，所以很多学生也并不把这一点放在心上。他这人还特别爱开玩笑，而且不分场合，不论是对病人还是对学生一概一视同仁。他热衷于让他手下的敷裹员们出乖露丑，从中获得极大的乐趣；而由于他们作为助手本来就既无知又紧张，没办法把他当作自己的平辈来加以回敬，所以出出他们的洋相还不是易如反掌。他很享受下午的出诊，因为他可以肆无忌惮地讲些让人难堪的大实话，而学生们再怎么不乐意也只能赔着笑脸听着。

一天，有个畸形足的男孩子前来求诊，他的父母想知道还有没有办法可以矫治。雅各布斯先生于是就转向了菲利普。

"这个病人最好由你来看，凯里。这个科目的内容你应该还是挺熟悉的。"

菲利普的脸腾地一下就红了，尤其是由于医生的话音里明显带有打趣的意味，他手下那些被他唬得一愣一愣的敷裹员们无不谄媚地哈哈大笑。事实上，这方面的内容的确也是自打菲利普来到医学院就无比急切地以全副的精神做过一番研究的。他已经读遍了图书馆里讨论各类畸形足问题的所有图书资料。他让那男孩把靴子和袜子都脱下来。这孩子十四岁了，长了个狮子鼻，一双蓝眼睛，满脸雀斑。孩子的父亲解释说，如果有可能他们还是想把孩子的脚给矫治一下，拖着一只跛脚对孩子将来的谋生可是个不小的障碍。菲利普好奇地看着他。他是个性情开朗的孩子，一点都不怕生，反倒是老脸厚皮地叽咯个没完，像个话痨，他父亲总是不断地喝止他。他对自己那只脚的兴致可高了。

"它只不过样子难看了点儿，你知道，"他对菲利普道，"我没觉得有什么不便当的地方。"

"安静点，厄尼，"他父亲道，"你废话太多了。"

菲利普检查了他那只脚，用手轻轻地抚摸它那变形的部位。他不明白这孩子为什么就没有一直压在他心头的那种羞耻感。他不知道为什么自己就不能对他的残疾抱有那种明智的超然态度。不一会儿，雅各布斯先生走了过来。那孩子坐在一张诊察台的边上，外科医生和菲利普分立在他两侧，实习的学生们也围拢过来，站成一个半圆形。雅各布斯以其惯有的横溢才华，绘声绘色地就畸形足问题给大家上了一小堂课，他讲到其不同的种类，以及由于不同的组织构造而形成的不同外观。

"我估计你的那只脚是所谓的'马蹄足'吧？"他突然转向菲利普，说道。

"是。"

菲利普感觉同学们的目光全都落在了自己身上，他暗暗地咒骂自己，因为他还是禁不住脸涨得通红。他觉得手心里开始冒汗了。雅各布斯由于长期的临床实践和超越常人的聪明睿智讲得头头是道，令人钦佩不已。他对自己的职业一直抱有无比的热情和兴趣。但菲利普却并没有听，他但求这家伙赶紧把话讲完。而突然间他意识到雅各布斯正在对他讲话呢。

"你不介意把你的袜子脱掉一会儿吧，凯里？"

菲利普感觉浑身一激灵。他真想让这位医生见鬼去吧，但他又没有勇气当众跟人吵闹。他害怕医生那残酷的讥嘲。他强迫自己表现得若无其事。

"没什么。"他说。

他坐下来解靴带。他的手指在哆嗦，他都以为他永远都解不开那个绳结了呢。他想起当初在学校里他们是怎么强迫他展示他的跛脚的，想起那刻骨铭心的苦痛屈辱。

"他把脚保养得真是白嫩、干净呢，是不是？"雅各布斯操着他那刺耳的伦敦土腔说道。

在场的学生们全都咯咯直笑。菲利普注意到他们正在诊视的那个男孩也满心好奇地低头看着他的脚。雅各布斯把他这只脚握在他的手里，说：

"没错，不出所料。我看你已经动过一次手术了。是在小时候动的吧，我猜想？"

他又继续滔滔不绝地讲解下去。学生们都俯下身来看着这只脚。有两三个学生在雅各布斯把他的脚放下以后还仔仔细细地又检视了一遍。

"不着急，仔细看。"菲利普道，面带嘲讽的微笑。

他真恨不得把他们全都干掉。他暗想，要是拿着一把凿子捅进他们的脖子里该有多解气（他也不知道脑子里怎么会想起这么一件特别的工具）。人都是多么残忍的野兽！他真巴不得自己能相信地狱之说，如此一来，想想这些人将会遭受的可怖的折磨倒不失为一种自我安慰的途径。雅各布斯先生把注意力转到了如何治疗的问题上，他的话部分是说给孩子的父亲听的，部分也是说给学生们听的。菲利普把袜子穿上，把靴带系好。最后，外科医生终于讲完了。他像是又想起了什么，转向菲利普道：

"你知道，我觉得你可能值得再动一次手术的。当然啦，我没办法给你一只完全正常的脚，但我想我们还是可以有所作为的。你不妨考虑一下，什么时候你想休个假了，就到医院里来一下。"

菲利普经常暗自琢磨是否还有任何办法可想，但由于他对自己的残疾避之唯恐不及，他也就一直都并没有就此问题讨教过医院里的任何医生。他读过的书籍资料告诉他，不管小时候有多少种治疗方式（而当时治疗畸形足的办法远不及现在），到了他现在这个年龄也都不会有什么很大的成效了。不过，假如再动一次手术能使他穿上一双更正常些的靴子，让他走起路来瘸得不那么厉害的话，那也还是值得的。他想起小时候曾多么诚心热切地祈祷那个奇迹的出现，因为他的大伯向他保证，万能的上帝是能创造出任何奇迹的。他不觉惨然一笑。

"想当初我可真是个头脑简单的傻子。"他心想。

临近二月底的时候，克朗肖的情况明显是每况愈下了。他已经起不来床，他卧病在床，坚持他房间的窗户要一直保持关闭，而且拒不就医；他已经很难摄入什么营养，却照常要求给他威士忌和香烟：菲利普明知这两样其实是都该戒除的，但克朗肖的论点又是无法驳倒的。

"我敢说这两样东西都是在害我的命。我不在乎。你已经警告过我，凡是该做的你也都做了。我对你的警告不予采纳。给我点酒喝，你这该死的。"

伦纳德·厄普约翰一个礼拜会来上两三趟，他给人的感觉就像是一片枯叶，而"枯叶"这二字用于描述他的外形和举止也真是再贴切不过了。此君三十五岁，一副弱不禁风的样子，颜色很浅的长发，一张苍白的小脸，一看就知道是个极少有户外生活的主儿。他戴了顶活像是非国教牧师戴的那种帽子。菲利普很不喜欢他那纡尊降贵、居高临下的态度，对他那口若悬河、滔滔不绝的言谈方式也感到厌烦。伦纳德·厄普约翰就爱听自己讲话，对于听者是否有兴趣却麻木不仁，这倒是一个夸夸其谈者首要的素质，他从来都意识不到他跟人家讲的都是人家早已经知道的陈词滥调。他以字斟句酌的措辞告诉菲利普，到底该如何评价罗丹、阿尔贝·萨曼[①]和塞萨尔·弗兰克[②]。菲利普雇的打杂女工只在上午来干一个钟头的活儿，而菲利普又得一整天都待在医院里，所以大部分时间家里只剩下克朗肖一个人。厄普约翰告诉菲利普，说他认为该有个人陪着克朗肖，却又仅止于嘴皮子上的功夫。

"想想这位伟大的诗人就只有孤零零一个人，真是可怕。哎呀，他可能死的时候身边连个人影都没有啊。"

"我觉得很有这种可能。"菲利普道。

"你怎么能这么冷酷无情！"

"那你干吗不每天都过来，就在这儿工作呢？这么一来他要是有什么需要的话，不就有你在身边照应了吗？"

"我？我亲爱的伙计，我只能在我熟悉的环境里才能工作，再者说，我还要频繁地出门交际呢。"

厄普约翰还因为菲利普把克朗肖接到自己家里来而有点不高兴。

"我倒是希望你没把他从索霍那儿接过来，"他说，把那双瘦长的双手一挥，"在那肮脏的阁楼上还有那么一丝浪漫的气息。就

---

①　阿尔贝·萨曼（Albert Samain，1858—1900），法国诗人，受象征主义诗人波德莱尔和魏尔兰的影响，著有诗集《在公主的花园里》《花瓶的两侧》和《金车集》等。
②　塞萨尔·弗兰克（César Auguste Franck，1822—1890），法籍比利时作曲家，主要作品有《d小调交响曲》《A大调小提琴与钢琴奏鸣曲》等。

算是沃平①或者肖尔迪奇②倒也还罢了，但居然是高尚体面的肯宁顿！一位诗人竟要死在这么一个地方！"

克朗肖经常会发脾气使性子，菲利普唯有时刻提醒自己他这种易怒易冲动其实是病况的表现，才能强压住火气。厄普约翰间或会在菲利普下班前过来，碰到这种时候克朗肖会刻薄地把菲利普抱怨上一通。厄普约翰则听得兴味十足。

"问题就在于这个凯里没有丝毫的美感，"他微笑道，"他是个典型的中产阶级。"

他对待菲利普总是冷嘲热讽的，菲利普跟他打交道的时候总要颇费一番自我克制的功夫。但有天晚上他可是实在控制不住了。他在医院里辛苦了一整天，已经是筋疲力尽。他在厨房里为自己沏一杯茶的时候，伦纳德·厄普约翰找了过来，说是克朗肖对于菲利普坚持要他找个医生为他诊视啧有烦言。

"你难道没有意识到，你正享有一种极为罕见、极为精雅的特权吗？不消说，你应该不惜一切代价来表明你已经充分意识到了你受到的托付是何等的伟大。"

"这么罕见又这么精雅的特权恐怕是我消受不起的。"菲利普道。

无论何时，只要涉及金钱问题，伦纳德·厄普约翰总会摆出一副有点轻蔑和倨傲的神气。他那敏感的天性因为菲利普说他消

---

① 沃平（Wapping），伦敦泰晤士河畔金融城和码头区之间的一片区域。

② 肖尔迪奇（Shoreditch），伦敦东区的一片区域，十六世纪是伊丽莎白时期戏剧业一个重要的中心，此后也一直是伦敦一个重要的娱乐业中心。

受不起而受到了冒犯。

"克朗肖的人生态度中本不乏高雅优美的才分，却生生被你的死缠烂打给败坏光了。你应该为你自身感受不到的那种微妙的想象也留一点余地嘛。"

菲利普的脸不由得沉了下来。

"咱们这就找克朗肖评评理去。"他冷冷地道。

诗人正躺在床上看一本书，嘴里叼着一支烟斗。房间里有一股子霉臭味，尽管菲利普不断地打扫，里面仍旧是一副脏乱不堪的样子，仿佛克朗肖走到哪里，哪里就休想再干净整洁了一样。他们进来的时候他把眼镜摘了下来。菲利普正怒不可遏。

"厄普约翰告诉我，你一直都在跟他埋怨我敦促你去找医生看病。"他说，"我想让你找个医生看看，是因为你随时都有可能病死，而你要是一个医生都没找过，我就没办法拿到死亡证明书。到时候我还得接受讯问，而且因为没有请一位医生过来而受到斥责。"

"这倒是我没有想到的。我本以为你想让我找医生看病，是为了我而非为了你的缘故呢。那好吧，你什么时候找医生来，我就什么时候看病。"

菲利普没有回答，但几乎令人难以察觉地耸了耸肩膀。克朗肖端详了他一会儿，呵呵地轻声一笑。

"别这么生气嘛，我亲爱的。我知道得很清楚，你希望做到能为我做到的一切。那咱们就见见你的大夫吧，说不定他还真能对我有点帮助呢，况且这至少能让你觉得安心。"他把目光转向厄普约翰，"你真是个该死的傻瓜，伦纳德。你干吗要去为难这个孩子呢？迁就我已经够他受的了。除了在我死后为我写篇漂亮的文章以外，你是不会再为我做什么了。我可是知道你的。"

菲利普第二天就去找蒂雷尔医生。他感觉他是会对克朗肖的病状感兴趣的，果不其然，蒂雷尔一忙完一天的工作，便跟菲利普一起来到了肯宁顿。他也只能同意菲利普跟他描述的情况，这个病已经是无药可救了。

"你要是乐意，我可以把他送进医院，"他说，"可以安排他住一间单人的小病房。"

"说什么他也不会去住院的。"

"你要知道，他随时都可能没命的，再者说，他还有可能再发一次肺炎。"

菲利普点了点头。蒂雷尔医生又嘱咐了两句，并答应菲利普他会随叫随到。他留下了自己的住址。菲利普送走大夫，回到克朗肖床边的时候，发现他在安静地看书。他都懒得费心问一句医生是怎么说的。

"现在你该满意了吧，亲爱的孩子？"他问道。

"我猜想，你说什么都不会照蒂雷尔的医嘱去做的吧？"

"说什么都不会。"克朗肖微笑道。

八十五

　　大约两周后的一天傍晚，菲利普干完了一天的工作以后从医院回到家里，敲了敲克朗肖的房门。里面没有任何动静，他就推门走了进去。克朗肖蜷缩着身子侧躺在床上，菲利普走到床前。他不知道克朗肖是睡着了呢，还是只不过又躺在那儿不由自主地生闷气。看到他的嘴巴张着，他吃了一惊。摸了摸他的肩膀，菲利普不由得惊叫了一声。他把手伸进克朗肖的衬衣里，试了试他的心跳；他惊慌失措，不知该如何是好，绝望中，他拿了面镜子放到他嘴前，因为他听说过别人是这么做的。单独跟克朗肖的尸体待在一起，他感到惊恐万分。他还没来得及脱掉外套和帽子，于是就噔噔噔跑下楼去，在街上拦下一辆出租马车，直奔哈利街而去。蒂雷尔医生正好在家。

　　"我说，您能马上跟我走一趟吗？我想克朗肖已经死了。"

　　"他要是已经死了，我去一趟也就没什么用处了，你说是不是？"

　　"您要是能去一趟，我会感激不尽的。我已经叫了辆出租马车，就等在门外面。只需要花半小时的时间。"

蒂雷尔戴上了帽子。在车上，他问了几个问题。

"今天早上我离开的时候，他的情况也并不比平常更糟，"菲利普道，"刚才我走进他房间的时候可把我吓坏了。而且一想到他死了的时候就他孤零零一个人……您认为他知道自己就要死了吗?"

菲利普想起了克朗肖曾经说过的话。他不知道在最后一刻，他有否被死亡的恐惧所压倒。菲利普想象着自己处在这样的绝境中会是一种什么样的感受：明知死亡已经不可避免，而自己在被恐惧完全攫住的时候身边连个人，连个说句安慰鼓励话语的人都没有。

"你可真是有点心神不宁啊。"蒂雷尔医生道。

他那双明亮的蓝眼睛看了看他，眼神中不乏同情的神色。等他看到克朗肖的尸体后，他说：

"他肯定已经死了好几个钟头了。我想他是睡梦中死去的。这种情况也是有的。"

尸体看起来皱缩而又卑微。一点都不像是个人了。蒂雷尔医生无动于衷地看了看它，下意识地掏出怀表来瞧了一眼。

"呃，我得走了。我会派人把死亡证明书给你送来。我想你会通知他的亲属的。"

"我想他没有任何亲属了。"

"那葬礼怎么办?"

"哦，我会来操持的。"

蒂雷尔医生瞟了菲利普一眼。他琢磨着是不是也该主动表示一下，为葬礼捐助几个沙弗林。他对于菲利普的境况一无所知，也可能他完全有能力负担这笔费用呢，如果他贸然提出这样的建议，菲利普兴许还会觉得他有失鲁莽、多此一举呢。

"好吧，要是有什么需要我帮忙的，请尽管开口。"他说。

菲利普送他出门，就在门口分手，菲利普去了一家电报局给伦纳德·厄普约翰发了封电报。然后他就去找一位葬礼承办人，他去医院的路上每天都经过此人的店铺。他的注意力经常会被用来装饰橱窗的两口棺材模型以及一块黑布上的六个醒目的银字"经济、迅捷、得体"所吸引。这几个字总让他心有戚戚。那葬礼承办人是个矮胖的犹太人，一头拳曲的黑发，又长又油腻，一身黑，粗短的手指上戴了枚巨大的钻戒。此人接待菲利普的态度煞是特别，居然能将天性中的喧阗嬉闹与职业性的谦抑和顺完全杂糅在一起。他很快就看出菲利普是一筹莫展，于是承诺马上派个女人去他那儿负责张罗必要的事宜。他对葬礼的建议是非常气派讲究的，看到这位葬礼承办人似乎把他的异议当作了吝啬小气，菲利普很为自己觉得不好意思。在这种事情上还要讨价还价实在是有失体面，于是菲利普最后还是同意了这种他根本负担不起的费钱方案。

"我非常能够理解，先生。"葬礼承办人道，"您是不希望大肆铺张的——我本人也不赞成炫耀摆阔，请您注意——但您还是想把事情办得体体面面的吧。您就交给我办好了，我会在考虑到妥帖而又得体的前提下尽量帮您省钱的。话我也就只能说到这份上了，您说是吧？"

菲利普回到家去吃他的晚饭，他正吃着的时候，葬礼承办人派来的那个女人就上门来做收殓克朗肖的准备工作了。很快，伦纳德·厄普约翰的电报也到了。

惊悉噩耗，伤痛无逾。很遗憾今晚不能过来。早有饭局安排。明日一早前来。致以最深切的同情。厄普约翰。

过了一会儿，那女人敲了敲起居室的门。

"我已经做好了，先生。您愿意过来看看他，看看我做得是不是妥当吗？"

菲利普跟她过去了。克朗肖仰面躺着，眼睛闭着，双手虔敬地交叉放在胸口上。

"照理说，还应该摆些鲜花，先生。"

"明天我去买一些。"

她向尸体投以满意的一瞥。她已经完成了自己的工作，现在她把袖管放下来，把围裙脱下来，戴起她的帽子。菲利普问该付她多少钱。

"呃，先生，有人给两先令六便士，也有给五个先令的。"

菲利普挺不好意思地给了她不到五先令的工钱。她连声道谢，那感激的程度正跟他眼下应该感受到的悲伤铢两相称，然后就走了。菲利普又回到起居室，把吃剩下的食物收拾干净，坐下来研读沃尔沙姆的《外科学》。他发觉很难看懂。他感觉特别地紧张。

楼梯上一有响声，他就会惊跳起来，心一阵狂跳。隔壁房间里的那个东西，原本是个人的，现在却什么都不是了，把他吓得不轻。静默像是具有了生命，仿佛某种神秘的运动正在其间发生；死亡的在场沉重地压迫着这几个房间，神秘怪异又森然可怖：菲利普对于那个曾是他朋友的东西感到一阵突如其来的恐惧。他力图强迫自己专心读书，但很快就绝望地把书推到一边去了。最使他感到苦恼的是刚刚结束的这个生命那彻头彻尾的徒劳。这跟克朗肖到底是活着还是死去了都关系不大。即便是世上从来就没有过克朗肖这个人，情况还是一模一样。菲利普想象着青春年少的克朗肖，这真需要不小的努力才能想象出他修长的身材、轻快的步履、满头的秀发，意气风发、前途无量。菲利普的生活准则——尽可随心所欲，只需适度留心街角的警察——在这上面并不曾起到很好的效果：这是因为克朗肖所奉行的就是这套东西，结果他的人生却是一场可悲可叹的巨大失败。看来本能这玩意儿是不可信赖的。菲利普茫然不知所措了，他扪心自问：如果他这套生活准则是徒劳无用的，那还有什么样的可供遵循呢？人们又是为什么会以这样的而非那样的方式行事呢？他们是依照自己的情感行事的，但他们的情感可好可坏，它们到底把他们导向荣耀还是灾难就似乎只是偶然的际遇罢了。人生就像是一团无以索解的混乱。人们在他们并不了解的力量的驱使下到处奔走，奔走的目的又是完全不可知的，他们就像仅只是为了奔走而奔走。

第二天早上，伦纳德·厄普约翰带着个小月桂花环出现了。他要把这个花环为已死的诗人加冕，他很为自己的想法感到得意①。他不顾菲利普无言的反对，试着把这玩意儿固定在克朗肖的秃头上，但这花环戴上以后显得实在是怪异可笑，简直像是歌舞杂耍剧场里一个拙劣的小丑戴的那种帽子的帽檐。

"我还是把它放在他心脏的位置吧。"厄普约翰道。

"你把它放到他肚子上了。"菲利普道。

厄普约翰淡漠地一笑。

"唯有诗人才知道诗人的心脏在哪里。"他回答道。

他们回到起居室，菲利普把他已经为葬礼做出的安排告诉了他。

"希望你不要吝惜花销。我希望在枢车后面能有一长列空马车跟随，而且我希望所有的马匹都能戴上高高的、随着马头上下摆动的羽饰，还应该有一大群哑巴，帽子上都饰有长长的飘带。我真喜欢那一长列空马车的想法。"

"由于葬礼的开销显然要由我来承担，而我现在手头又并不宽裕，我已经尽可能安排得适可而止了。"

"但是，我亲爱的伙计，要是这样的话，你何不干脆把它办成一个贫民的葬礼呢？那还会有些许诗意存焉。你对于'适可而止'可是真有一种百试不爽的本能呢。"

菲利普微微有点脸红，但并没有吱声。第二天，他和厄普约翰乘坐菲利普预订的马车跟在枢车后面送葬。劳森不能前来，送

----

① 月桂花环即"桂冠"，希腊神话中的太阳神兼文艺之神阿波罗的形象即头戴桂冠。在古希腊，桂冠被授予体育、音乐、诗歌等技艺比赛的胜利者作为荣誉的象征。

了个花圈过来；菲利普为了让那口棺材不至于显得过于冷清，又多买了一对。在回程的路上马车夫策马飞奔，菲利普累得像狗一样，很快就睡了过去。他是被厄普约翰的话声给吵醒的。

"幸好诗集尚未出版。我想最好还是再缓一缓，我要新写篇序言。在前往墓地的路上我就开始考虑怎么写了。我相信我能写得相当不错。不管怎么说，我总归要先为《礼拜六》杂志写篇文章。"

菲利普没有作声，两个人之间一片沉默。最后还是厄普约翰又开了口：

"我敢说我想充分利用这一题材的想法还是明智的。我想先为一家评论刊物写篇文章，然后把它当作序言收到诗集里再印一趟。"

菲利普于是开始留意各文学期刊，几个礼拜以后文章登出来了。这篇文章颇引起了一点轰动，众多报纸都做了摘要刊登。文章写得非常好，由于人们对克朗肖早年的生活都知之甚少，文章还略带有传记性，但写得精妙、亲切而又生动。伦纳德·厄普约翰用他那风格繁复的文体，描绘出一帧帧克朗肖在拉丁区清谈、赋诗的雅致的小画面：克朗肖在他笔下成为一个极富诗情画意的形象，成为英国的魏尔兰。当他描绘诗人凄惨的结局，索霍区寒酸的小房间时，伦纳德·厄普约翰那华丽多彩的措辞又披上了一层敏感激动的庄严的调子和更为哀婉感伤的铿锵恢弘之音；他还以一种绝对迷人的"此时无声胜有声"的方式暗示他的慷慨大度远远超过了他的谦虚揖让允许他诉说的程度，讲他如何一心想把诗人转移到一个坐落于花团锦簇的果园、掩映在忍冬树丛中的小农舍。而同情心的缺乏，虽出于好意却全无鉴赏力的结果，却把诗人带到了体面而又庸俗的肯宁顿！伦纳德·厄普约翰严格恪守托马斯·布朗爵士的精准风格，以其遣词造句之惯用语汇所决定了的克制的幽默描述了一番肯宁顿的风貌。以精妙的讽刺口吻，他叙述了诗人一生中最后那几个礼拜的情况：克朗肖如何以极大的耐心忍受那位自命为其看护的青年学生出于好意的各种拙劣安排，以及这位神圣的流浪者身处那无可救药的中产阶级环境中的可悲境遇。他引用《以赛亚书》中的"烬余之华"①来描述这一境遇。这位无家可归的诗人居然身陷并死在如此庸俗而又体面的环境里，这简直是绝妙的讽刺；他不禁使伦纳德·厄普约翰想起了置身于法利赛人②中间的耶稣基督，而这一比照又给了他一个机会，写下一段精妙无比的文章。后来他又讲到一位朋友是如何将一个月桂花环放置在已逝诗人的心脏位置上的，他那良好的趣味居然使他安于仅仅暗示而并没有挑明这位具有如此优雅想象力的朋友到底是谁。接着又描述死者那双优美的手是如何以一种简直像是肉感的激情安放在那阿波罗的月桂叶上的，那叶子散发着艺术的馨香，比黝黑的水手从物产丰饶、莫测高深的中国带回来的碧玉还要绿。最后，作为出色的对照，文章结束于对一场中产阶级的平凡而又乏味的葬礼的描述，而这个人本该要么像王侯、要

①　参见作者前言注。
②　法利赛人（Pharisee），公元前二世纪至公元二世纪犹太教的一派，标榜墨守传统礼仪，在新约《圣经》中他们隐然成为言行不一的伪善者。

么像贫民那样来埋葬的。这是登峰造极的最后一击，是庸俗的市侩对于艺术、美和非物质性的事物取得的最后的胜利。

伦纳德·厄普约翰还从未曾写出过这么好的文章。这堪称优美、优雅和优容的杰作。在文章中间，他将克朗肖的诗作中最好的诗句逐一引用无遗，所以在诗集出版的时候，它大部分的意义已经不复存在了，但厄普约翰却把自己的身价大大地提升了一把。他由此而成为一位不可忽视的大评论家。此前的他总给人感觉有些冷漠超然，但在这篇文章中却充满了温暖的人性，正是这一点赋予了它极大的魅力。

八十六

到了春天，菲利普在门诊部的敷裹工作已告结束，他开始到住院部做实习助手。他要在那儿工作六个月时间。实习助手陪同住院医生一道，每天上午都要在病房里度过，先是在男病房，然后在女病房。他负责记录病历，进行检查，做完这些工作后就跟护士们一起度过其余的工作时间。一周有两个下午，值班医生会带着一小帮实习的学生巡查病房，检查病人，传授知识。这工作没有门诊部的工作那么变化多端、激动人心，跟现实的联系也不那么紧密，不过菲利普倒是学到了很多知识。他跟病人们处得相当融洽，他们明显更喜欢接受他的检查护理，这让他颇有了一点小小的得意。对病人的痛苦他倒也并无深切的同情，不过他挺喜欢他们的；而且由于他这一点都没有架子，他比其他的实习助手更受到病人的欢迎。他和蔼可亲、待人友善，颇能鼓舞人心。如同每一个跟医院有密切关系的人一样，他也发现男性病人相较于女性病人更容易相处一些。女病人经常爱发牢骚，脾气暴躁。她们会尖刻地抱怨那些累死累活的护士，认为他们没有给她们分所应得的周到护理；她们动辄找碴儿，不知道感激，粗暴无礼。

不多久，菲利普就幸运地交上了一个朋友。一天上午，住院医生把一个新病人交到他手上，是个男的；菲利普在床边坐下后就开始在病例卡上详细记下他的病状。他注意到病历卡上说这位病人是位报人，名叫索普·阿瑟尔尼，这个姓氏在住院病人中可不常见，现年四十八岁。他突发黄疸，病势严重，安排他住院是由于病状不甚明了，需进一步观察。他以悦耳而又很有教养的嗓音回答了菲利普出于职责所需而问的各种问题。由于他是躺在床上，看不大出他是高是矮，不过他的小头和小手表明他比中等身高还要矮。菲利普有观察别人的手的习惯，而他的那双手则让他颇感惊讶：手很小，修长的手指，尖尖的指头，生着美丽的玫瑰色的指甲；那双手非常细腻光滑，要不是生了黄疸的话，肯定是惊人地白皙。阿瑟尔尼把手放在被子外面，一只手微微伸开，中指和无名指并拢在一起，他在跟菲利普说话的时候，像是还颇为满意地端详着它们。菲利普眼睛里闪着愉快的光芒，瞟了一眼这人的脸。尽管明显发黄，那张脸还是非常出众的：他有双蓝眼睛，鼻子非常显眼地高耸出来，鼻尖呈弯钩状，咄咄逼人却并不显得笨拙，下颌留着一撮尖尖的胡子，有些灰白了。他头顶秃得很明显了，不过看得出原来的头发肯定是很美的，而且是漂亮的鬈发，现在仍留得很长。

"我看到你是个报人，"菲利普道，"你为哪家报纸撰稿啊？"

"我为所有的报纸撰稿。你随便打开任何一家报纸都不可能看不到我的作品。"

床边就有份报纸，他伸手拿起来，指了指上面的一则广告。大号字体印着菲利普耳熟能详的一家商号的名字：林恩与塞德利公司，伦敦摄政街；下面用稍小不过仍旧相当显眼的字体印着那句教条式的格言：拖延就是对时间的偷窃。接下来是个问题，由于言之有理而凸显其触目惊心：为什么不今天就下订？然后是用大号字体印刷的一次重复反问，就像是用榔头敲打着一个凶手的良心：为什么不？然后，又是粗体字：来自全世界最重要的各大市场的千万副手套以令人咋舌的低价出售。由全宇宙最可靠的生产商精制的千万双长袜吐血减价大甩卖。最后，那个问题又出现了，不过这次就像是古代骑士的比武场上扔给对手表示挑战的铁手套：为什么不今天就下订？

　　"我是林恩与塞德利公司的新闻广告员。"他轻挥了一下那只漂亮的小手，"我们会堕落到多么卑下的地步……[①]"

　　菲利普又继续问了些常规的问题，有些不过是例行公事，其他的则经过一番精心设计，为的是引导病人透露出一些他本想加以隐瞒的实情。

　　"你在国外居住过吗？"

　　"我在西班牙待过十一年。"

　　"你在那儿做些什么？"

　　"我在托莱多的英国水务公司做秘书。"

---

① "To what base uses …"典出《哈姆雷特》第五幕第一景哈姆雷特的台词：To what base uses we may return, Horatio!

菲利普想起克拉顿也曾在托莱多待过几个月时间，这位报人的回答使他不禁带着更浓厚的兴趣又看了看他，但他又觉得流露出这样的个人兴趣是不太合适的：在医院的病人和工作人员之间保持一定的距离是必要的。他在给阿瑟尔尼做完检查后，就去了别的床位。

索普·阿瑟尔尼的病并不严重，虽然身体的皮色还是很黄，他很快也就感觉好多了。他仍旧住院卧床是因为大夫认为必须继续对他进行观察，直到某些特定的反应趋于正常为止。有一天，菲利普走进病房的时候，发现阿瑟尔尼正在看一本书，手里还拿着支铅笔。菲利普来到他床前的时候，他把书放下了。

"可以看看你在读什么书吗？"菲利普问道，他碰到一本书不多看上两眼是不会罢休的。

菲利普拿起那本书，发现是本西班牙语的诗作，是圣胡安·德拉克鲁斯①的诗集，他把书打开，有张纸从里面掉了出来。菲利普把它捡起来，注意到上面写的是一首诗。

"你不会是打算告诉我，你的闲暇时间是用来写诗的吧？对一位住院的病人来说，这可算得上最不宜于从事的活动了。"

"我是在尝试着做点翻译。你懂西班牙文吗？"

"不懂。"

---

① 圣胡安·德拉克鲁斯（San Juan de la Cruz, 1542—1591），即"十字架的圣约翰"（Saint John of the Cross），西班牙基督教奥秘神学家、诗人、教义师、赤足加尔默罗会的创始人之一，他的诗作和对灵魂发展的研究被视为西班牙神秘主义文学的顶峰以及最伟大的西班牙文学作品之一。

"那么，你对圣胡安·德拉克鲁斯应该是很了解的吧？"

"我还真不了解。"

"他是位西班牙神秘主义者。他是他们有史以来最优秀的诗人之一。我认为是很值得把他的作品译成英语的。"

"我能看看你的译文吗？"

"还很粗糙。"阿瑟尔尼道，但他递给菲利普的那个快当劲儿表明他巴不得他能看一看呢。

译文是用铅笔写的，字迹清秀，但书法很特别，不容易辨认，就像是一堆黑花体字一样。

"把字写成这样，岂不是要特别耗时吗？写得真漂亮。"

"我不明白为什么就不该把字写得漂亮一点。"

菲利普读了第一个诗节：

> 一个黑沉沉的夜晚
>
> 热切的爱情在燃烧，
>
> 哦，福星高照！
>
> 趁一家人正在安睡
>
> 我一个人出发上道
>
> ……

菲利普好奇地看了索普·阿瑟尔尼一眼。他不知道自己在他面前是有点害羞呢，还是受到了他的吸引。他意识到自己以前的态度一直都有那么一点居高临下，一想到阿瑟尔尼可能会觉得他荒唐可笑，他的脸腾地一下涨红了。

"你的姓氏可真是不多见。"他没话找话地说道。

"这可是约克郡一个非常古老的姓氏。我们的族长要想巡视一遍家族的产业，一度要骑马走上整整一天的时间，但不幸而家道中落。都在放荡女人和赛马赌博上头挥霍光了。"

他眼睛近视，讲话的时候会非常专注地盯视着你。他拿起那卷诗集。

"你真该学学西班牙语，"他道，"这是种高贵的语言。它没有意大利语那么甜美流畅——意大利语是男高音和风琴手们使用的语言——但它宏伟堂皇；它不像是花园里的一条小溪那么淙淙潺潺，而是像洪水泛滥的大河那样波涛汹涌、澎湃激荡。"

他这种宏大叙事把菲利普给逗乐了，但他天生是个对辞藻修辞非常敏感之人，所以当阿瑟尔尼活灵活现而又满怀真正的热情向他描述阅读《堂吉诃德》原著那巨大的快乐，描述迷人的卡尔德隆那铿锵悦耳、罗曼蒂克、一清如水而又激情洋溢的剧作时，菲利普都津津有味地听着。

"我得继续干活去了。"菲利普过了一会儿才醒过神来。

"哦，原谅我，我忘了。我要让我妻子给我带一张托莱多的照片过来，到时候我拿给你看看。有时间你就过来跟我聊聊，你不知道这让我有多高兴。"

在接下来的几天里，菲利普一有机会就会来找阿瑟尔尼，他跟这位报人的交情与日俱增。索普·阿瑟尔尼是个很健谈的人。他并非那种舌灿莲花、大言欺世之辈，但他谈得热情而又生动，他的谈吐能够激发人性、点燃你的想象力；大部分时间都生活在一个假想的世界里的菲利普，发现他的想象中充满了全新的画面。阿瑟尔尼有极佳的风度仪态。他比菲利普懂得多得多，不论是人情世故还是书本典籍；他又比菲利普年长很多岁，他言谈举止的从容不迫使他具备了一定的优越感，而他同时又是公立医院里一个慈善的受惠者，必须遵守严格的规章制度，面对这两种不同的身份地位，他无不应付裕如而且不无幽默感。有一次，菲利普问他为什么要到公立医院里来看病。

"哦，我的原则就是要充分利用社会能够提供的所有福利。我算是沾了我生活的这个时代的光了。我病了，就到公立医院里来治疗和休养生息，我没有那种虚矫的羞耻感，我把我的孩子都送到寄宿学校里去接受教育。"

"真的吗？"菲利普道。

"他们也受到了顶好的教育，比我在温彻斯特公学①接受的教育要好得多。你想想看，除此以外，我还能怎么让他们接受教育呢？我有九个孩子呢。等我出院回家后，你一定要来看看他们。你愿意来吗？"

"我非常高兴。"菲利普道。

---

① 英国的所谓"公学"(public school)事实上是专为贵族和资产阶级子弟开设的私立寄宿中学，教学内容以古典语文和人文科学为主，着重培养"绅士风度"，最著名的有温彻斯特、伊顿、哈罗等九大公学。

八十七

十天以后，索普·阿瑟尔尼的身体已经大致复原，可以出院了。他把自己的住址留给菲利普，菲利普答应下个礼拜天下午一点钟去他家跟他共进正餐。阿瑟尔尼告诉他，说他住的房子还是伊尼戈·琼斯[1]造的。正如他会热烈地谈论一切对象一样，他已经大肆吹嘘了一番房子里那老栎木的扶手和栏杆；当他下楼给菲利普开门的时候，又马上让他去欣赏大门的过梁上那精美的雕刻。那是幢很破败的房子了，非常需要重新粉刷一下，不过也的确具有它那个时代特有的格调和岁月的庄严。房子位于大法官法庭巷和霍本[2]之间的一条小街上，一度曾是个时髦地段，不过现在也并不比贫民区好多少了：已经有计划要把它推倒，原地造几幢漂亮的办公楼了；而与此同时租金低廉，阿瑟尔尼这才能以跟他的收入相称的价格租下上面的整整两层楼面。菲利普这是头一次见到

---

① 参见第六十四章注。
② 霍本（Holborn），伦敦中部的一个地区。大法官法庭巷，参见第三十六章注。

他站起来的样子，不禁有些惊讶于他个头的矮小：他都没有五英尺五英寸①高。他那一身真可谓奇装异服：下面是一条在法国只有工人阶层才穿的蓝色亚麻长裤，上面是一件已经很旧了的棕色天鹅绒外衣，腰系一条亮红色的腰带，衣领很低，系了个松垂的蝶形领结，那是唯有《笨拙》周刊②漫画里的法国人才系的玩意儿。他非常热情地欢迎菲利普的到来，马上就谈起了他们住的这幢房子，还用手情深款款地抚摸着楼梯的栏杆扶手。

"你看看，你摸摸，简直像绸缎一样。真是优雅格调的奇迹！而不出五年，那些拆房扒屋的就要把它卖了当劈柴用了。"

他坚持要带菲利普去二楼的一个房间里看看，那房间里一个只穿了件衬衣的男人、一个蓬头垢面的女人正跟他们的三个孩子一起享用礼拜天的正餐呢。

"我只是把这位绅士带来给他看看你们的天花板。你见过这么漂亮的天花板吗？你好吗，霍奇森太太？这位是凯里先生，我住院的时候就是他照顾我的。"

"进来吧，先生。"那人道，"只要是阿瑟尔尼先生的朋友我们都欢迎。阿瑟尔尼先生带他所有的朋友都来看过我们的天花板。而且根本就不管我们正在干什么，不管我们是睡在床上还是在洗

---

① 合一百六十五点一厘米。事实上毛姆也一直都嫌自己的个头不够高，他的身高也只有五英尺七英寸（合一米七左右），他曾在自己的笔记中写道："身高五英尺七英寸和身高六英尺二英寸（近一米八八）的人的世界是完全不同的。"

② 《笨拙》(Punch) 周刊，英国历史悠久、适合中产阶级趣味的插图幽默期刊，创刊于一八四一年，以刊登讽刺性的幽默故事和漫画著称，二〇〇二年停刊。

浴，他推门就往里走。"

菲利普看得出来，在他们眼里阿瑟尔尼是有点像个怪人的，不过他们还是照样喜欢他；此时阿瑟尔尼正情绪激昂、滔滔不绝地讲述这块十七世纪的天花板的美丽之处，而他们也都张着嘴巴入神地听着。

"要把这房子推倒简直就是犯罪，是不是，霍奇森？你是位很有影响的市民，你干吗不给报社写信表示抗议呢？"

穿衬衣的男人呵呵一笑，对菲利普道：

"阿瑟尔尼先生就喜欢开这种玩笑。他们确实是说这些房子已经不符合卫生标准，住在这里面是不安全的。"

"去他娘的卫生不卫生的，我要的是艺术。"阿瑟尔尼叫道，"我已经有九个孩子了，他们就是在这种糟糕的排水系统中茁壮成长的。不，不，我可不想冒任何风险。别跟我扯你们那些新奇的理论了！我一定得弄清楚这儿的排水系统到底糟糕在哪里，否则我就绝不搬走。"

有人敲了下门，一个金色头发的小姑娘推门走了进来。

"爹地，妈咪说，不要再只顾着讲话了，快过来吃饭吧。"

"这是我的三女儿，"阿瑟尔尼道，戏剧性地用食指指着她。"她叫玛丽亚·德尔皮拉尔[①]，不过更乐意人家叫她简。简，你该擤擤鼻子了。"

"我没有手绢，爹地。"

[①] 玛丽亚·德尔皮拉尔（Maria del Pilar）西班牙语本义为"路标的玛丽亚"。

"啧啧，孩子，"他回答道，掏出一条巨大而又漂亮的印花手帕，"那你认为万能的上帝让你长出手指来是为了啥呢？"

他们上了楼，菲利普被领进一个四壁镶着深色栎木护墙板的房间。中间摆着一张狭长的柚木桌子，支架是活动的，由两根铁条支撑固定，这种桌子在西班牙叫作 mesa de hieraje[①]。他们要在这儿吃饭，因为桌上已经摆好了两副餐具，桌前摆着两张巨大的扶手椅，栎木的扶手又宽又平，靠背和座部包了皮革：朴素、雅致，但很不舒服。除此以外唯一的家具是个 bargueño[②]，精心装饰着镀金的铁艺，搁在一个设计虽嫌粗糙、雕工异常精美的刻满教义图案的座架上。橱子上摆放着两三个釉彩盘子，釉彩裂痕累累，但色彩异常艳丽；墙上挂着西班牙画派早期大师的画作，画框虽然破旧却非常漂亮：画作的主题虽嫌阴森可怖，画面也因年深日久更兼保管不善而大遭毁坏，画作的立意构思也只能算是二流，却独具一种激情的光彩。房间里并无一样值钱的摆设，但整体的效果却可亲可爱，显得既堂皇又简朴。菲利普感觉，这正是老西班牙的精神。阿瑟尔尼正向他展示 bargueño 里面漂亮的装饰和一个个暗屉的时候，一个个头高挑、背后垂着两根亮棕色发辫的姑娘走了进来。

"妈妈说正餐已经准备好了，就等你们了，你们一坐好我就端上来。"

"来跟凯里先生握个手，萨莉。"他转向菲利普，"她个头是不

---

① 　西班牙语：铁架桌子。
② 　西班牙语：(多抽屉的) 雕花立橱。

是很大了？她是最大的孩子。你多大了，萨莉？"

"到今年六月就十五岁了，爸爸。"

"我给她起的教名是玛丽亚·德尔索尔[①]，因为她是我的第一个孩子，我把她敬献给卡斯蒂利亚[②]辉煌的太阳，但她妈妈叫她萨莉，她弟弟叫她布丁脸。"

那姑娘羞涩地一笑，露出整齐、洁白的牙齿，脸红了。她身材非常匀整，在她这个年龄算是高的，生了一双讨人喜欢的灰色眼睛，宽阔的额头，红扑扑的脸蛋。

"去跟你妈妈说，让她进来跟凯里先生握个手，然后我们再坐下来用餐。"

"妈妈说她等吃完饭后再过来。她还没梳洗打扮一下呢。"

"那我们就要过去看她了。凯里先生在品尝约克郡布丁前一定得握一下做布丁的那只手。"

菲利普跟随主人去了厨房。厨房很小，挤得满坑满谷。本来是一片吵嚷喧闹，可是他这个陌生人一进去，马上就鸦默雀静了。厨房的正中间摆着一张巨大的桌子，围坐了一圈急煎煎等着吃饭的阿瑟尔尼的孩子们。有个女人站在烤炉前面，正一个个地把烤好的土豆从里面往外拿。

"这位是凯里先生，贝蒂。"阿瑟尔尼说道。

"把人家带到这儿来，亏你想得出。人家会怎么想？"

---

① 玛丽亚·德尔索尔（Maria del Sol）西班牙语本义为"太阳的玛丽亚"。

② 卡斯蒂利亚（Castile），西班牙中部传统地区，为卡斯蒂利亚王国的核心，十五世纪末十六世纪初，西班牙在该王国的统治下归于统一。

她身上系了条脏围裙，棉布衣裙的袖子一直挽到胳膊肘上面，头上缠满了卷发夹。阿瑟尔尼太太是个身材高大的女人，比她丈夫足足高出了有三英寸，白肤金发，一双蓝眼睛，一副蔼然可亲的表情。她年轻时肯定长得很漂亮，可是岁月不饶人，又加上生了那么多孩子，使得她身材发胖变形，整个人蓬头垢面的；她蔚蓝的眼睛已经黯然失色，她的皮肤变得粗糙发红，头发的颜色也失去了光泽。她站直身子，在围裙上擦了擦手，朝菲利普伸出手来。

"欢迎，先生。"她说，声音慢条斯理的，那口音在菲利普听来奇怪地有些熟悉，"阿瑟尔尼说在医院里你对他可好了。"

"现在必须介绍你见见这帮小畜生了。"阿瑟尔尼道。"这是索普，"他指着一个卷头发、胖乎乎的男孩道，"他是我的长子，是家族头衔、财产和责任的继承人。还有阿瑟尔斯坦、哈罗德和爱德华。"他用食指指着的另外三个小一点的男孩，全都红扑扑的脸蛋，健健康康，笑眯眯的，尽管感觉到菲利普含笑的目光落到他们身上的时候都不好意思地低头看着自己的盘子。"现在轮到姑娘们了，依照次序：玛丽亚·德尔索尔……"

"布丁脸。"有一个小男孩说。

"你的幽默感浅薄得很，儿子。玛丽亚·德拉梅塞德斯，玛丽亚·德尔皮拉尔，玛丽亚·德拉康塞普西翁，玛丽亚·德尔罗萨里奥[1]。"

---

[1] 玛丽亚·德拉梅塞德斯（Maria de las Mercedes）西班牙语本义为"恩典的玛丽亚"，玛丽亚·德拉康塞普西翁（Maria de la Concepción）西班牙语本义为"无玷受孕的玛丽亚"，玛丽亚·德尔罗萨里奥（Maria del Rosario）西班牙语本义为"玫瑰经的玛丽亚"；而"玛丽亚"当然就是圣母马利亚。

"我把她们叫作萨莉，莫莉，康妮，罗茜和简。"阿瑟尔尼太太道，"好了，阿瑟尔尼，现在回自己的房间去吧，我会派人把你们的饭菜端过去的。你们吃完以后，等我把孩子们都梳洗干净了，我会让他们进去待一会儿的。"

"我亲爱的，如果你的名字由我来起的话，我会把你叫作肥皂泡沫的玛丽亚。你总是用肥皂来折磨这些可怜的小东西。"

"你请先走一步，凯里先生，要不然的话我是怎么都没办法让他坐下来安心吃饭的。"

阿瑟尔尼和菲利普分别在像是僧侣用的那两把巨大的椅子上安坐下来，萨莉就给他们端上来两大盘牛肉、约克郡布丁、烤土豆和卷心菜。阿瑟尔尼从口袋里掏出六便士，派她去打一壶啤酒来。

"真希望你没有因为我的原因特意把饭摆到这儿来吃，"菲利普道，"我还真很高兴跟孩子们一起吃呢。"

"哦，不是，我一直都是一个人用餐的。我喜欢这些古老的习俗。我不认为女人应该跟男人同桌用餐。这会毁了席间的谈兴，而且对她们也很不好。这会把思想塞到她们的脑子里去，而女人一旦有了思想，就再也不肯安分守己了。"

宾主两人都胃口大开地吃得不亦乐乎。

"你可曾吃到过这么美味的约克郡布丁？我老婆的手艺真是无人能及。这就是不娶一位淑女的好处了。你已经注意到她不是什么淑女了，是不是？"

这问题真让人尴尬，菲利普不知道该如何回答才好。

758

"这问题我可没想到。"他结结巴巴地道。

阿瑟尔尼哈哈大笑。他的笑声总是特别地欢快。

"不,她可不是什么淑女,完全不是。她父亲是个农夫,她这辈子斗大的字都不识一个。我们一共生过十二个孩子,活下来了九个。他一直跟她说见好就收,不要再生了,可她是个很固执的女人,已经生习惯了,我看她不生到二十个是不会善罢甘休的。"

这时候萨莉端着啤酒进来了,她先给菲利普倒了一杯,然后走到桌子另一边给她父亲倒了些。他伸出手来搂住她的腰。

"你见过这么英姿飒爽、高大健壮的姑娘吗?才十五岁,看着得有二十了。瞧瞧她的脸蛋儿,她这辈子就没生过一天的病。谁要是有福气娶了她,那可真是交了桃花运了,是不是啊,萨莉?"

萨莉习惯了她父亲的这类情感爆发,并不觉得有多难堪,反倒是面带淡淡的、慢条斯理的微笑听着他这么信口开河,她那随和而又端庄的态度极有魅力。

"别把饭菜放凉了,爸爸。"说着她从他的搂抱中脱身出来,"要吃布丁的时候就喊我一声,好吗?"

房间里只剩下了他们俩,阿瑟尔尼把锡镴的大酒杯举到唇边。他深吸了一大口。

"说真格的,世上还有比英国啤酒更好的饮料吗?"他说,"让我们为这些简单的乐趣感谢上帝吧:烤牛肉和大米布丁,好胃口和啤酒。我是娶过一位淑女为妻的。我的上帝!千万别娶一个

萨莉端着啤酒进来了……她父亲……伸出手来搂住她的腰。

淑女为妻，我的孩子。"

菲利普笑了。此情此景让他备感愉快：这个滑稽的一身奇装异服的小个子男人、这个遍镶护墙板的房间和西班牙家具、这地道的英国饭菜，所有这一切是那么不协调，又是那么妙不可言。

"你笑了，我的孩子，你无法想象娶一个比你地位低的女人。你想要的是个跟你有同等智识修养的妻子。你脑子里塞满了什么志同道合、夫妻如兄弟之类的观念。全是废话，是一派胡言，我的孩子！一个男人是不会想跟他妻子谈论政治的，你认为我会在乎贝蒂对于微积分作何感想吗？一个男人需要的是个能给他做饭，能帮他照顾孩子的妻子，两种女人我都领教过了，我清楚这里面的门道。咱们叫人把布丁送上来吧。"

他拍了拍手，萨莉很快就进来了。在她收拾盘子的时候菲利普想要站起来帮她，但阿瑟尔尼制止了他。

"让她去，我的孩子。她并不希望你大惊小怪的，是吧，萨莉？她也不会认为你在她伺候你吃饭的时候坐着不动就是粗鲁无礼。她才不在乎他妈的什么骑士风度呢，是吧，萨莉？"

"是的，爸爸。"萨莉故作端庄地道。

"你知道我们正在谈的是什么吗，萨莉？"

"不知道，爸爸。但你知道妈妈是不喜欢你骂骂咧咧的。"

阿瑟尔尼畅怀大笑。萨莉为他们端上来几盘大米布丁，香喷喷、油汪汪、美味无比。阿瑟尔尼吃得兴味盎然。

"这个家里有一条家规，那就是礼拜天的正餐是雷打不动、不容更易的。这就是种仪式。一年里的五十个礼拜天都得吃烤牛肉和大米布丁。复活节那个礼拜天吃羊肉和青豆，在米迦勒节①吃烤鹅和苹果酱。这样，我们就保持、延续了我们民族的传统。等到萨莉出嫁以后，她会忘掉很多我给她的明智的教导，但她绝不会忘掉这一点：如果你想过得幸福美好，你就必须在礼拜天吃烤牛肉和大米布丁。"

"什么时候想吃奶酪了就喊我一声。"萨莉无动于衷地道。

"你知道关于翡翠鸟②的传说吗？"阿瑟尔尼道。菲利普已渐渐习惯了他这种跳跃性的谈话方式了。"当雄性翡翠鸟在飞越大海的过程中精疲力竭的时候，它的配偶就会飞到它身体下面托住它，用它更为强劲有力的翅膀驮着它继续向前飞翔。这就是一个男人需要的那种妻子，翡翠鸟。我跟我的第一任妻子共同生活了三年。她是位淑女，一年有一千五百镑的进项，我们经常在我们位于肯辛顿的那幢小小的红砖房子里举办很讲究的小型宴会。她是个很有魅力的女人，大家都这么说：参加过我们宴会的大律师和他们的妻子，还有喜欢文学的股票经纪人以及崭露头角的政客；哦，她确实是个迷人的女人。她让我戴着绸礼帽、穿着长礼服跟她一起去教堂，她带我去听古典音乐会，她非常喜欢礼拜天下午的各种文艺讲座；她每天早上八点半准时坐下来吃早餐，我要是

---

① 米迦勒节 (Michaelmas)，基督教节日，纪念天使长米迦勒，西派教会定在九月二十九日，东正教会定在十一月八日。在中世纪，米迦勒节是个隆重的节日，因为恰逢西欧许多地区的秋收季节，不少民间传统都与其有关，英格兰人有在此节日食鹅肉的习俗，据说是为了保证来年生活富裕，米迦勒节亦是英国传统的四大结账日之一。
② 翡翠鸟 (halcyon)，古代传说中的一种神鸟，传说冬至前后筑巢漂浮于海上，孵卵时能平息海浪。

去迟了，那就只能吃冷饭了；她阅读正确的图书，欣赏正确的绘画，爱慕正确的音乐。我的上帝，那个女人真把我给腻味死了！她现在仍旧很有魅力，她仍旧住在肯辛顿那幢小小的红砖房子里，墙上贴着莫里斯①的墙纸，挂着惠斯勒②的蚀刻版画，举办同样的很讲究的小型宴会，只使用专门从冈特店里面买来的小牛肉、奶油和冰块，就跟二十年前的做派一式一样。"

菲利普并没有追问这对很不般配的夫妻是怎么分开的，不过阿瑟尔尼主动告诉了他。

"贝蒂不是我的妻子，你知道；我妻子不肯跟我离婚。孩子们都是私生子，每一个都是，这又有什么不好呢？贝蒂是当初肯辛顿那幢小红砖房子里的一个女仆。四五年前的时候，我正走背运，差不多已经山穷水尽了，而我还有七个孩子，万般无奈之下我去找我妻子求她帮我。她说只要我肯抛弃贝蒂，住到国外去，她就答应给我一笔津贴。你觉得我会抛弃贝蒂吗？我们很是挨了一段时间的饿。我妻子说我就喜欢那臭水沟、贫民窟。我已经是穷愁潦倒、失魂落魄，沦落到了万劫不复的地步；我跑去为一家亚麻织品零售商做新闻广告员，每周挣三个英镑，而每一天我都为不再住在肯辛顿那幢小红砖房子里而感谢上帝。"

萨莉把切达奶酪端了上来，阿瑟尔尼继续滔滔不绝地侃侃而谈。

---

① 参见第三十一章注。
② 参见第四十一章注。

"认为一个人需要钱来养家糊口是这个世界上最大的错误。你要是想把他们培养成绅士淑女才需要钱，可我不想让我的孩子成为绅士淑女。萨莉再过一年就要自己谋生去了。她要去给一位女装裁缝当学徒，是不是，萨莉？男孩子们就都去为国效劳。我想让他们全都去当海军；那是一种快活而又健康的生活，伙食好，待遇高，最后还有一笔养老金供他们安度晚年。"

菲利普把烟斗点了起来。阿瑟尔尼吸的是自己用哈瓦那烟丝卷的香烟。萨莉收拾干净了桌子。菲利普生性寡言少语，一下子与闻了这么多人家的隐私机密，颇让他感觉有些尴尬。阿瑟尔尼这人个头小、嗓门大，言辞浮夸，又是一副外国人的相貌，再加上他表情动作的夸张着力，着实是个颇为惊人的人物。他让菲利普历历在目地想起了克朗肖。他像是具有同样独立的思想，同样波希米亚式的不羁狂放，但他的性情又绝对比克朗肖具有更多勃勃的生气，他的思想当然也更为粗放，他对于抽象思维并不感兴趣，而克朗肖正是由于在这方面独擅胜场才使他的言谈是如此引人入胜。阿瑟尔尼很为他那郡里的旧家巨室感到自豪，他把一幢伊丽莎白时代府第的几张照片拿给菲利普看，并告诉他：

"阿瑟尔尼家族已经在那儿生活了七个世纪，我的孩子。啊，你要是能看到府里的壁炉架和天花板就好了！"

护壁板的墙裙那儿有个小橱子，他从里面取出一本家谱。他以一种孩子般的满足神情拿给菲利普看。那本族谱也的确是蔚为壮观。

"你看到我们家族里的名字都是如何反复出现的：索普、阿瑟尔斯坦、哈罗德、爱德华；我给男孩子们起名就是用的这些名字，至于女孩子们，你瞧，我给她们起的都是西班牙名儿。"

菲利普的心头突然生出一阵不安的情绪：可能这整个故事都是一种精心炮制的谎言，倒未见得出于什么卑劣的动机，可能不过是想要炫耀一下，让人震撼、惊叹而已。阿瑟尔尼跟他说他上过温彻斯特公学；但菲利普是个对于仪态举止方面的差异非常敏感的人，他并没觉出他这位主人具有那种在一所著名公学受过教育的人所独有的特征。当阿瑟尔尼向他指出他的祖先都曾与哪些名门望族有过联姻的时候，菲利普却自娱自乐地在私底下琢磨：阿瑟尔尼没准儿只是温彻斯特①某个生意人——某个拍卖商或者煤炭商——的儿子，没准儿他跟他正在炫示其家谱的那个古老世家的唯一联系，只不过碰巧有相同的姓氏罢了。

---

① 温彻斯特（Winchester），英格兰南部城市，著名的工业城市，汉普郡首府。英国最古老的公学——温彻斯特公学于一八三二年由威克姆的威廉（William of Wykeham，1324—1404）创建于该城。

八十八

　　一记敲门声以后，一帮孩子拥进房间。他们现在都干干净净、齐齐整整的了，脸上都被肥皂洗得闪闪发亮，头发都抹上发油，梳理得服服帖帖，他们就要在萨莉的带领下开赴主日学校了。阿瑟尔尼用他那戏剧性的、热情洋溢的方式跟他们打趣逗乐，你可以看得出来他是非常疼爱他们每个人的。他为他们健康的体魄和漂亮的容颜感到的那种自豪是非常感人的。菲利普觉得有他在场，他们都有点害羞，在他们的父亲把他们打发走的时候，他们显然是如释重负，一溜烟从房间里跑了出去。几分钟后，阿瑟尔尼太太出现了。卷发夹已经从头上取了下来，额前是精心梳理出来的刘海。她穿了件朴素的黑裙子，帽子上缀了几朵廉价的鲜花，正费力地把一副黑色小山羊皮长手套往她那双因过于操劳而变得又红又粗的手上戴。

　　"我要去教堂了，阿瑟尔尼。"她说道，"你们不再需要什么了，对吧？"

　　"只需要你的祈祷了，我的贝蒂。"

"祈祷对你可是用处不大了，你已经陷得太深，它们够不到你了。"她微笑道。然后，她又转向菲利普，慢条斯理地道："我没办法把他拉到教堂里去。他比一个无神论者好不了多少。"

"她看起来像不像鲁本斯的第二任妻子[①]？"阿瑟尔尼叫道，"她要是穿上十七世纪的服装岂不是妙极了？娶妻就要娶她这样子的，我的孩子。你看看她。"

"我就知道你会耍贫嘴，能把死人都给说活喽，阿瑟尔尼。"她心平气和地回答道。

她终于把手套上的纽扣都扣好了，不过在她走之前，她又面带诚恳友好但又略有些发窘的微笑转向菲利普。

"你会留下来用茶点的，对不对？阿瑟尔尼喜欢有个可以说说话的人，但难得找得到一个足够聪明的对话者。"

"他当然会留下来用茶点的。"阿瑟尔尼道。妻子走了以后，他又说："我很赞成孩子们都去上主日学校，我也喜欢贝蒂到教堂里去。我认为女人应该信教。我自己是不信的，但我喜欢女人和孩子们信教。"

菲利普是个在是非问题上非常拘执的人，阿瑟尔尼这种随随便便的态度真有点吓了他一跳。

"可你怎么能眼看着你的孩子们接受的教导恰恰是你认为并不

---

① 鲁本斯（Peter Paul Rubens，1577—1640），佛兰德斯画家，巴洛克绘画艺术生动、激情、雄浑富丽的杰出代表，西方艺术史上最著名的代表人物之一。他在结发妻子去世四年后，五十三岁上跟年仅十六岁的第二任妻子叶莲娜·弗尔曼（Hélèna Fourment）结婚，美丽动人的叶莲娜经常成为他后期肖像画的题材。

正确的东西呢?"

"如果这些东西是美的,我就并不太介意它们是不是正确了。如果要求每一样东西都不但能符合你的理性,同时还要满足你的美感,那未免有些过分了。我原希望贝蒂成为一个罗马天主教徒的,她要是头戴纸花花冠皈依天主教我才高兴呢,但她是个无可救药的新教徒。再者说,信仰其实是个性情问题:如果你有虔诚信教的气质倾向,那你对任何东西都会笃信不移;如果你没有这种倾向,不管他们灌输给你的是什么样的信仰,你也都会慢慢地摆脱这种信仰的。宗教可能是最好的道德学校。它就像是你们这些绅士们使用的药物中的一味药,它本身并无功效,但能溶解其他药剂,使之得以吸收。你秉持你的道德观,因为它是跟宗教结合在一起的,尽管你失去了信仰,但道德观却仍保留了下来。一个人如果是通过爱上帝而非研读赫伯特·斯宾塞[①]来学习美德的话,那他更有可能成为一个好人。"

这跟菲利普的观念可是背道而驰的。他仍旧将基督教视作一种有辱人格的枷锁,必须不惜一切代价加以抛弃的:在他的内心深处,总是下意识地将其跟特坎伯雷大教堂里那枯燥沉闷的礼拜仪式和黑马厩镇那冰冷的教堂里冗长乏味的布道讲经联系在一起的;而且阿瑟尔尼所谓的道德观,在他看来不过是宗教被弃置一旁以后在那些发育不全的心智当中的一点残余,而这些道德观也唯有在他们

---

① 赫伯特·斯宾塞(Herbert Spencer,1820—1903),英国哲学家、社会学家,认为哲学是各学科原理的综合,将进化论引入社会学,提出"适者生存"说,著有《综合哲学》《生物学原理》《社会学研究》等。

抛弃的那些信条的支持下才是合情合理的。不过，正当他在思索该如何加以应答的时候，相较于跟别人切磋讨论更喜欢听自己滔滔宏论的阿瑟尔尼，已经又就罗马天主教发表了一番激烈的演说。在他看来，罗马天主教是西班牙不可或缺的重要组成部分，而西班牙对他而言又意义重大，因为那里是他得以逃脱他备感厌烦的婚姻生活俗套的避难所。以坚决而又强调的口吻，辅以手舞足蹈的肢体动作，阿瑟尔尼无比鲜明生动地向菲利普描述了西班牙那些大教堂的独特神韵：那巨大幽暗的空间，祭坛装饰中大量采用的金饰，那些华丽的铁艺，镀过金又黯然褪色，那香烟缭绕的空气，那静谧无声的气氛。菲利普几乎像是亲眼看到了身穿细麻布短法衣的教士和一身红衣的侍僧，从圣器室走向唱诗席，几乎像是亲耳听到了那单调的晚祷唱诗声。阿瑟尔尼提到的那些地名：阿维拉、塔拉戈纳、萨拉戈萨、塞戈维亚、科尔多瓦，就像是一支小号在他心头鸣响。他仿佛看到了在那荒蛮、多风的黄褐色的土地上，伫立在一座座古老的西班牙城镇中的那一堆堆巨大的灰色花岗岩。

"我一直都想着应该去塞维利亚看看。"碰到阿瑟尔尼戏剧化地抬起一只手，稍停片刻的时候，菲利普就随口这么一说。

"塞维利亚！"阿瑟尔尼叫道，"不，不，别去那里。塞维亚，它会让人想起姑娘们和着响板的节拍翩翩起舞，在瓜达尔基维尔河畔的花园里曼声歌唱，想起斗牛、香橙花、披肩头纱、mantones de Manila[①]。那是喜歌剧和蒙马特尔的西班牙。它那肤

---

① 西班牙语：马尼拉披肩。

浅的美丽只能为才智肤浅之辈提供永远的娱乐。泰奥菲尔·戈蒂埃已经穷尽了塞维利亚能够提供的一切①。我们步其后尘前往朝圣之辈也唯有重复他的感受而已。显而易见的一切无不经过他那双巨大的胖手的抚摸，而那里除了显而易见的事物以外也就什么都没有了，全都被盖上了指印，全都被磨损了。牟利罗②就是它的画家。"

阿瑟尔尼从椅子上站起来，走到那个西班牙立橱前，把那装有镀金大铰链、挂着华丽大锁的前立面打开，露出一排排的小抽屉。他从抽屉里拿出一束照片。

"你知道艾尔·格列柯③吗？"他问。

"哦，我记得当初在巴黎的时候就有人对他赞不绝口。"

"艾尔·格列柯是托莱多的画家。我想给你看的这张照片就连贝蒂都找不着。这是格列柯为他深爱的城市所画的一幅画，它比任何照片都更真实。来，坐到桌子前面来。"

菲利普把他的椅子往前拖了拖，阿瑟尔尼把那张照片放在他面前。他好奇地看着它，好长时间，一言不发。他伸手去拿别的

----

① 泰奥菲尔·戈蒂埃（Théophile Gautier, 1811—1872），法国诗人、小说家、文学评论家，法国文学从浪漫主义向唯美主义和自然主义转变过程中的关键性人物，首倡"为艺术而艺术"，作品有诗集《珐琅与玉雕》、小说《莫班小姐》等。一八四〇年戈蒂埃访问西班牙，历时五个月，这期间所著佳作均收入诗集《西班牙》（1845）和散文集《西班牙之行》（1845）中。

② 牟利罗（Bartolomé Esteban Murillo, 1618—1682），十七世纪西班牙最受欢迎的巴洛克宗教画家，以其理想化的有时是过分讲究的风格著称，作品有宗教画《圣母无原罪始胎》《圣莱安德罗》及风俗画《童丐》等。牟利罗就是塞维利亚人。

③ 参见第四十八章注。

照片，阿瑟尔尼全都递给了他。他还从未看到过这位谜一般的大师的作品，一瞥之下，这种随心所欲的画法让他大感困惑：人物被无限拉长，脑袋极小，姿态夸诞。这不是现实主义的，然而就算是从这些照片当中，你都能得到一种令人不安的现实的印象。阿瑟尔尼无比生动又无比热切地描述着，解说着，但菲利普只模模糊糊地听到几句他的话语。他大惑不解。他又莫名地大受感动。这些画面像是向他揭示了某种意义，但他又不知道这到底是种什么样的意义。有几幅长着一双忧郁的巨大眼睛的男性肖像，像是在对你诉说着什么，而你又不知所云；有些穿着方济各会或多明我会服装的顾长的修士，全都是一副悲痛欲绝的面容，做着你难以索解的手势；有一幅圣母升天，还有一幅耶稣受难，画家通过某种神奇的情感居然能让你感觉得到耶稣基督的尸身并不仅是凡人的血肉，而是神圣之躯；还有一幅耶稣升天，画中的救主真像是要飘飘直上九天，然后脚踩的祥云却又像是坚实的大地般稳固：使徒们那高举的臂膀，那飘拂的衣饰，那狂喜的姿态，给人一种神圣的快乐和心醉神迷的感觉。所有的背景几乎全是夜空，是灵魂的暗夜，地狱的阴风席卷着飞渡的乱云，不祥的月亮投下惨淡的月光。

"我在托莱多曾一次又一次亲眼看到过这样的天空，"阿瑟尔尼道，"我感觉艾尔·格列柯首次来到这个城市的时候就是在这样的一个夜晚，这给他留下了异常强烈的印象，他再也无法摆脱它的影响了。"

菲利普想起克拉顿当初是如何受到这位非同寻常的大师的影

响的，而他一直到现在才第一次见识到此人的作品。他一直都认为，在巴黎结识的所有人当中，克拉顿算得上是最有趣的人物了。他那冷嘲热讽、充满敌意的疏离态度，使人很难跟他有深交；但回顾过去，菲利普倒是感觉在他身上埋藏着一种悲剧性的力量，徒然地一直寻求着一种在绘画中把自己表现出来的路径。他是个性格非同寻常之辈，他是个身处已经不再崇尚神秘主义的时代中的神秘主义者，他无法忍受现实的生活，因为他发现他无力讲出他内心深处那模糊的冲动暗示给他的东西。他的智能不敷其高远渊深的精神追求之用。也难怪他会对摸索出了一种用以表达自己灵魂的渴望的这个希腊人①感到一种深切的同情了。菲利普又看了一遍这一系列西班牙绅士们的肖像，镶有褶裥饰边的领口，尖翘的小胡子，在朴素的黑色衣服和灰暗的背景映衬下，每张脸都很苍白。艾尔·格列柯是灵魂的画师，他所描绘的这些绅士，疲惫而又羸弱，但并非因为劳累而是由于禁欲，背负着备受折磨的精神，像是丝毫都意识不到尘世之美一般踽踽独行；因为他们的目光只看向自己的内心，他们因那肉眼看不见的荣光而神迷目眩。没有一位画家像他这样毫不容情地将这个世界表现为只不过是段通路和过道。他描绘的那些人物的灵魂是通过他们的眼睛来诉说他们非同寻常的渴望的：他们的感官非凡地敏锐，但并非针对声音、气味和五色，而是针对灵魂那异常微妙的感觉。这位精神上的贵族怀揣着一颗苦行僧的心行走在世间，他的眼睛看到的就是

---

① 艾尔·格列柯原籍希腊，其通用名 El Greco 即意大利语"希腊人"之意。

在单人隐修室里苦修的圣徒们的幻觉，而他一点都不感到震惊。他的唇角也并不带有一丝微笑。

菲利普仍旧一言不发，目光又回到了托莱多的那张照片上，在他看来这是所有画作中最引人注目的一幅。他没法把目光从这上面移开。他有一种奇怪的感觉：他正处在人生中一个新发现的门口。他因为一种冒险的感觉而战栗不已。一时间，他想起了曾将其吞噬的爱情：与现在这种猛然涨满他内心的激动相比，爱情简直显得有些微不足道。他在看的这幅画画幅很长，屋宇房舍簇集在一座小山上，在一个角落有个男孩拿着一张这座城镇的大幅地图，另一个角落是个象征塔古斯河的古典人物，天空中是被天使环绕的圣母马利亚①。这是一幅有悖于菲利普所有观念的风景画，因为他一直生活在几个崇尚准确的现实主义的圈子里；但是此时此刻，他自己也觉得不可思议的是，他再次感到，相比起他曾无比谦卑地一心想要步武的那些大师的成就来，这幅画反倒具有更强烈的真实感。他听到阿瑟尔尼说起，这幅画的呈现是如此精准，当托莱多的市民们看到它的时候，都能从画里认出他们自己的房舍。画家画的就是他眼睛看到的，但他是用精神的眼睛来看的。在那座浅灰色调的城市中，有着某种非尘世的东西。他是一座灵魂之城，由既非黑夜也非白昼的暗淡光线所烛照。它伫立在一个绿色的山冈上，但那绿色却并非尘世所有；它被厚重的城墙和棱堡所环绕，没有一样人类发明的机器和武器能将其摧毁，唯有通

①　这幅画是艾尔·格列柯创作于一六一〇至一六一四年的《托雷多景观和平面图》。

过祈祷和斋戒，依靠悔罪的叹息和肉体的禁欲才能将其攻克。它是上帝的大本营。那些灰色的房舍不是由泥瓦匠所熟知的石块砌成的，它们的外观呈现出某种可怖的东西，你不知道到底什么样的人才能住在里面。你从那些街道上走过，可能并不感到惊奇地发现它们全都空无一人，但又并不空空如也，因为你能感到有种无形的存在，这种存在并非肉眼可见，但每一种内在的感官都能明白无误地感觉得到。这是座神秘的城市，在其中你的想象力就像你从光亮处一脚踏入黑暗中一样有些摇摆不定；灵魂赤裸裸地走来走去，对不可知的东西了然于心，不可思议地意识到那无比亲密而又不可言传的绝对之存在。在那蓝色的天空中，那天空凭借一种由灵魂而非肉眼所承认的真实性而真实可信，朵朵浮云被奇怪的微风所吹动，那微风犹如迷失的魂灵的哭喊和叹息，你看到由一群背生翅膀的天使环绕簇拥的红长袍蓝披风的圣母马利亚，你一点都不会感到讶异。菲利普感觉，那个城市的居民在面对这一离奇的幻景时，不论是出于虔诚还是感激，都是不会感到惊奇的，只会一如既往地继续走自己的路。

阿瑟尔尼又谈起西班牙的神秘主义作家：阿维拉的圣特雷萨①，圣胡安·德拉克鲁斯②，迭戈·德莱昂修士③，在他们身上都有

① 阿维拉的圣特雷萨（Saint Teresa de Avila，1515—1582），又译德肋撒，西班牙天主教修女，神秘主义者，倡导加尔默罗会改革运动，在阿维拉建立圣约瑟女隐修院，著有《到达完美之路》、灵修自传《生活》等。
② 参见第八十六章注。
③ 迭戈·德莱昂修士（Fray Diego de León，？—1589），西班牙加尔默罗会主教，神学家和神秘主义者。

着菲利普在艾尔·格列柯的画中所感受到的对于灵性世界的激情，他们都像是拥有触摸到非物质的形体、看到不可见之事物的能力。他们都是他们那个时代大写的西班牙人，他们的内心在为一个伟大民族所有的伟大壮举而兴奋战栗：他们的想象中充满了美洲的荣耀和加勒比海碧绿的岛屿，他们的血管中流淌着长期与摩尔人战斗磨炼出来的力量；他们骄傲自豪，因为他们曾是整个世界的主人；他们感觉自己胸怀天下、视通万里，不论是黄褐色的荒原，是山顶终年积雪的卡斯蒂利亚山脉，是阳光和蓝天还有安达卢西亚^①鲜花盛开的平原。生活是热烈奔放而又丰富多彩的，正因为它能提供的有这么多，他们才会感到一种永无止息的渴望，渴望得到更多；正因为他们是人，他们才永不满足，他们才把这种急切的活力、勃勃的生气投入到一种对于不可言喻的灵性世界的热烈追求中。能找到一个听众，可以把他有段时间以译诗聊以消遣自娱的成果读给他听，阿瑟尔尼还是不无高兴的；于是他以优美而又颤抖的嗓音朗诵起了那首献给灵魂及其情人耶稣基督的赞美诗，即路易斯·德莱昂修士^②那首以"en una noche oscura^③"和"noche serena^④"开篇的美丽诗篇。他把诗翻译得很简净，但不无匠心，他所使用的辞藻正可以体现出原作那粗粝而又宏丽的风韵。艾

① 安达卢西亚（Andalusia），西班牙的一个自治区和历史地区，范围包括本国最南部的韦尔瓦、加的斯、塞维利亚、马拉加、科尔多瓦、哈恩、格拉纳达和阿尔梅里亚八省。
② 路易斯·德莱昂修士（Fray Luis de León，1527—1591），活跃于西班牙黄金时代的抒情诗人、奥古斯丁修会修士、神学家和学者。
③ 西班牙语：在一个黑暗的夜晚。
④ 西班牙语：宁静的夜晚。

尔·格列柯的绘画图解了这些诗篇，这些诗篇也阐释了他的绘画。

　　菲利普此前对于理想主义一直怀有一定的鄙弃感。他向来对生活满怀热情，而就他生平所见，理想主义大都会在生活面前怯懦地退缩回去。理想主义者却步不前，是因为他无法忍受人们的相互冲撞，他没有力量去战斗，于是就把这种斗争称为庸俗的；他很虚荣，由于他的同胞对待他的态度并不像他自恃的那般优胜，他就以鄙视他的同胞来聊以自慰。在菲利普看来，海沃德就是这样的人，原本仪表堂堂，现在无精打采，已经有些痴肥而且秃得厉害，仍旧对他残存的那点容貌万分珍爱，仍旧无比精心地计划着要在那无法确定的未来有一番漂亮的作为；而在这一表象的背后却是耽溺于威士忌和恶俗地眠花宿柳。正是为了应对海沃德所代表的这种人生态度，菲利普不惜大声疾呼：他就要那原原本本的生活，脏污、邪恶和残疾都不会让他望而却步；他宣称他就希望人人都裸裎相见，毫无遮掩。当卑鄙、残忍、自私和色欲的实例出现在他面前时，他会得意地搓着双手：这才是人生的真面目。在巴黎的时候他已经认识到，世间并无所谓丑和美，有所谓的唯有真实：追求美只不过是感情用事。为了从优美的暴政中逃脱出来，他不是曾在一幅风景中画上了一个"梅尼尔巧克力"的大广告牌吗？

　　然而此时此刻，他像是领悟到了某种全新的东西。已经有段时间了，他已经对此有所感觉，而且一直都犹犹豫豫地，只有在现在，他才真切地认识到了这一事实，他感觉自己已经来到了一个全新发现的临界点上。他模模糊糊地觉得这里有种比他一直崇尚的现实主义更胜一筹的东西，但肯定不是怯懦地逃避人生的那种没有血色的理想主义；它太强壮了，它雄健有力；它接受生活中所有的活力、丑和美、脏污和英雄主义；它仍旧是现实主义的，是一种已经超拔到更高层次的现实主义，在其中，事实被一种照射在它身上的更强烈的光照所改造了。透过这些已逝的卡斯蒂利亚贵族那严峻的目光，他像是能更为深刻地看待事物了，这些圣徒的姿态乍看起来似乎是疯狂和扭曲的，却像是自有某种神秘的意义存焉。但他还辨不清楚那意义的真谛。那就像是他接收到的一个非常重要的信息，但又是用一种他陌生的语言传递给他的，他不懂得到底跟他说了些什么。他一直都在探求生活的意义，而现在他像是已经获得了一种意义，但又晦涩而又含混。他大惑不解。恍然一瞥之间，他似乎看到了真理的面容，就像是暴风骤雨的夜晚，借由一道闪电骤然看到了群山的轮廓一般。他似乎认识到一个人原不需要将他的人生交给机遇，因为他的意志是强有力的；他似乎认识到自我克制也可以像屈从于情欲一样热烈和活跃；他似乎认识到内心的生活也可以像攻城略地和探索新世界的生活一样多姿多彩、变化万千、经多见广。

八十九

菲利普和阿瑟尔尼之间的交谈被一阵噔噔噔的上楼声给打断了。阿瑟尔尼为从主日学校回来的孩子们开了门，他们一路笑着叫着走了进来。他笑逐颜开地问他们都学到了些什么。萨莉出现了一会儿，带着妈妈的指示：她在准备茶点的当口要他这个做父亲负责带一会儿孩子。于是阿瑟尔尼就开始给他们讲起了汉斯·安徒生的童话故事。这帮孩子并不腼腆，很快就得出了菲利普并不可怕的结论。简走上来站在他身边，很快就坐到他大腿上去了。这是过惯了孤独生活的菲利普头一次置身于一个家庭的圈子里：他的目光落在全神贯注于童话里的那些漂亮孩子身上时，不由得眉开眼笑了。他这位新朋友的生活乍看起来似乎有些古怪，现在则显得完全自然，尽善尽美了。萨莉又走了进来。

"好了，孩子们，茶点已经备好了。"她说。

简从菲利普的大腿上溜下来，他们全都回厨房去了。萨莉开始在那张西班牙长桌上铺桌布。

"妈妈问，她是不是也过来跟你们一起用茶点？"她问道，

"我可以负责招呼孩子们用茶点。"

"告诉你妈妈，如果她肯赏光跟我们一起用茶点，我们将不胜骄傲和荣幸。"阿瑟尔尼道。

在菲利普看来，阿瑟尔尼只要是一开口，总离不开演说家的富丽夸饰。

"那我也把她的餐具摆上。"萨莉道。

不一会儿，萨莉就端着个托盘又回来了，上面摆着个完整的用一大一小两块面团叠合在一起烤制的农家面包，一块厚厚的黄油和一罐草莓酱。她把这些吃食一一摆放在桌子上的时候，她父亲就忙里偷闲地跟她打趣。他说她也到了谈情说爱的时候了，他告诉菲利普说她骄傲得很，她的追求者在主日学校门口都能排成两行，都巴不得能得到护送她回家的荣幸，可她对他们理都不理。

"你就会夸大其词，爸爸。"萨莉道，慢条斯理、性情温厚地微微一笑。

"看她这样子你是不会想得到的：一个男装裁缝店的店员就因为萨莉连招呼都不肯跟他打，一气之下居然跑去参了军，还有一个电机工程师，请注意，一个堂堂的电机工程师哦，因为她在教堂里拒绝跟他合用一本赞美诗竟然开始酗酒了。一想到她把头发梳起来真正成年以后会是个什么样子，我简直不寒而栗。"

"妈妈会亲自把茶端来的。"萨莉道。

"萨莉从来都不把我的话放在心上，"阿瑟尔尼呵呵笑道，看着她的目光里满是宠爱和骄傲，"她只顾干她自己的事，管它外面是在发生战争、革命还是灾难呢，她一概不闻不问。一个诚实的男人要是娶了她，那该是多么幸运！"

阿瑟尔尼太太把茶端了进来。她坐下来以后便动手切面包和黄油。菲利普饶有兴趣地看着她把自己的丈夫当个孩子来对待。她为他往面包上涂好果酱，把黄油面包切成一小片一小片的，方便他食用。她已经把帽子摘了，她那件礼拜天才穿的裙子显得略为有点紧了，她那样子真像是他小时候有时陪他大伯前去拜访的一位农夫的妻子。到了这时他才恍然明白过来，为什么她的声音在他听来显得那么熟悉。她讲话的口音很像是黑马厩镇那一带的人。

"您是哪里的人氏？"他问她。

"我是肯特郡人氏。老家在费尔尼。"

"跟我想的八九不离十。我大伯就是黑马厩镇的教区牧师。"

"这可真是无巧不成书啊。"她说，"刚才在教堂里的时候我还在嘀咕，不知道你是不是跟凯里先生有什么亲戚关系呢。我见过他的次数可多啦。我有个表亲嫁给了罗克斯利农场的巴克先生，那农场便在黑马厩镇的教堂边上，我还是个姑娘的时候就经常去那儿住上几天。你说巧是不巧？"

她满怀全新的兴趣打量了他一番，已经有些黯然失神的眼眸里又有了亮光。她问他知不知道费尔尼。那是个很漂亮的村子，距黑马厩镇大约只有十英里的乡间距离，费尔尼的教区牧师有时候也会在收获季节到黑马厩镇去做感恩祈祷。她又提到附近几个农夫的名字。她很高兴重又谈起她度过少女时代的乡村，以她这个阶层特有的好记性，重又回忆起深刻在她脑海中的那些场景和熟人，真是难得的乐事一桩。这也给了菲利普一种奇怪而又特别的感受。一缕乡间的气息仿佛吹进了伦敦中心这个四壁全是木板镶嵌的房间。他仿佛看到了肥沃的肯特郡的田野，田野里有一棵棵庄严的老榆树；他的鼻孔也像是充满了馥郁的空气，空气里因为携带着北海的盐分而变得更加醇厚而又浓烈。

菲利普直到十点钟才离开阿瑟尔尼家。孩子们八点钟进来道晚安，都很自然地仰起脸来让菲利普亲吻。他的心都被他们给带走了。萨莉只是向他伸出一只手。

"萨莉要到第二次跟一位绅士见面，才会亲他。"他父亲道。

"那你一定要再请我来一趟啊。"菲利普道。

"你千万不要理睬我父亲说的话。"萨莉笑吟吟地回嘴道。

"她可真是个最有自制力的姑娘。"她父亲又描补了一句。

阿瑟尔尼太太打发孩子们上床睡觉的时候，他们又吃了点面包、奶酪和啤酒的简单晚饭；饭后菲利普到厨房里去跟她道晚安（她就一直坐在那里休息，阅读《每周快讯》），她诚挚地邀请他下次再来。

"只要阿瑟尔尼不失业，礼拜天我们是总有一顿好饭可吃的，"她说，"而且你能来跟他一起说说话，真是再好也没有了。"

下个礼拜六，菲利普收到阿瑟尔尼的一张明信片，说他们全家都盼望他第二天前来共进正餐；但由于担心阿瑟尔尼家的经济状况并不像他让他相信的那么好，菲利普就回信说他只过来用茶点。他买了个巨大的葡萄干蛋糕，这样阿瑟尔尼家对他的款待也就不需要额外费钱了。他发现全家人见到他都由衷地高兴，那个蛋糕也完全赢得了孩子们的心。他坚持要大家都一起在厨房里用茶点，这顿茶点吃得欢声笑语不绝。

菲利普很快就养成了每个礼拜天都去阿瑟尔尼家的习惯。他成了孩子们最喜欢的客人，因为他为人单纯，不装模作样，也因为他对他们的喜欢是那么明显。他们只要一听到他按门铃的声响，其中一个马上便会把脑袋探出窗外看看是不是他，然后他们就全都闹闹哄哄地冲下楼来给他开门，一个个都直接往他怀里扑。用茶点的时候，他们都争着坐到他身边，将其视为一种特权。很快，他们便开始叫他菲利普叔叔了。

阿瑟尔尼谈锋极健，渐渐地菲利普也就了解到了他人生中各个不同阶段的情况。他从事过很多种职业，而菲利普感觉他像是总能把他从事的每样工作都给搞砸。他曾在锡兰[①]的一个茶场里供过事，曾在美国做过意大利葡萄酒的推销员；他在托莱多那家水务公司里当秘书的时间比其他的工作干得都长；他曾为一家晚报干了一段时间的治安法庭专职报道员，还曾担任过中部地区一家报纸的副主编和里维埃拉[②]另一家报纸的主编。他从自己从事的各种职业当中搜集到大量的趣闻轶事，这些趣闻轶事他不但津津乐道，而且讲得妙趣横生。他平生博览群书，涉猎极广，尤其热衷于那些非同寻常的珍本秘籍；讲起他那些深奥难懂的知识储备来他真是滔滔不绝，而见到听者露出惊奇的神情时他就像个孩子一

---

① 锡兰（Ceylon），斯里兰卡的旧称。

② 里维埃拉（Riviera），南欧地中海沿岸地区名，位于法国东南部和意大利西北部，著名的假日游憩胜地。毛姆那幢闻名遐迩的玛莱斯科别墅就位于里维埃拉的费拉角。

样得意非凡。三四年前他曾不幸落入一贫如洗的境地，他这才不得已接受了一家大型布匹公司新闻广告员的工作，虽然他感觉他干这个差使实在是大材小用，而他对自己的才识又自视甚高，但迫于妻子的坚持和一大家子日常用度的需要，他倒是一直坚持了下来。

九十

  菲利普从阿瑟尔尼家出来，回程的路线是走出大法官法庭巷，走斯特兰德大街到国会街的尽头去乘公交车。有个礼拜天，那是他已经认识了他们大约六个礼拜以后了，他还是像往常一样去乘公交车，但他发现开往肯宁顿的车已经人满为患。那是个六月天，不过白天下过雨，晚上还是相当阴冷的。他索性走到皮卡迪利环形广场，在那儿上车能有个座位坐；公交车停靠在喷水池附近，到这儿的时候基本上不大会超过两三个乘客。公交车每隔一刻钟一班，所以他还得等一会儿。他有一搭没一搭地看着广场上的人群。酒吧就要打烊了，周围有不少人在走动。他脑海里翻腾着被阿瑟尔尼的奇思妙想激发出来的各种念头。

  突然，他的心跳停了一下。他看到了米尔德丽德。他已经有好几个礼拜没去想她了。她要从沙夫茨伯里①大街的拐角处横穿

---

  ① 沙夫茨伯里大街（Shaftesbury Avenue），伦敦西区的一条主干道，得名于沙夫茨伯里伯爵七世（Anthony Ashley Cooper, 7th Earl of Shaftesbury, 1801—1885），从皮卡迪利环形广场往东北方向一直通到新牛津街，其间在剑桥环形广场与查令十字路相交。

马路，因为正有一队出租马车经过，她于是站在候车亭下面等着。她一心在等待时机过马路，无暇顾及别的事情。她戴了顶有大量羽饰的大黑草帽，穿了条黑丝裙，那时候时兴有裙裾的拖裙；等道路畅通后，米尔德丽德穿过马路，裙裾拖在地上，沿皮卡迪利大街走去。菲利普内心狂跳不已，悄悄尾随过去。他并不想跟她讲话，但他想知道都这么晚了她要到哪儿去，他也想再看看她的脸。她走得很慢，转到艾尔街，穿过去以后就来到了摄政街。然后她又朝皮卡迪利环形广场的方向走去。菲利普被她搞糊涂了，他想不明白她这是在干吗。也许她是在等什么人，他生出极大的好奇，想知道她等的是谁。她追上了一个戴圆顶礼帽的矮个男人，那人也正慢悠悠地跟她朝一个方向在闲逛，她超过他的时候斜眼瞟了他一下。她又朝前走了几步，来到斯旺与埃德加商店的时候才停下来，面朝街面等在那儿。等那个男人走近了，她冲他嫣然一笑。那人盯着她看了一会儿，又慢吞吞地继续朝前溜达了。这下菲利普全明白了。

他一下子被恐惧给攫住了。一时间他感觉两腿软弱无力，几乎都站立不住了；然后他快步追上去，碰了碰她的胳膊。

"米尔德丽德。"

她猛然一惊，转过身来。他觉得她是脸红了，不过在暗处他也看不太分明。有那么一会儿，他们俩就那么站在原地面面相觑，谁都没有说话。最后还是她说道：

"真没想到能见到你！"

他不知该如何回答才好，他是太震惊了；而那些话语在他头脑中相互追逐，都显得特别夸张矫饰。

"这太可怕了。"他喘息道，几乎是在自言自语。

她没再说什么，把头掉过去，目光下垂看着人行道。他觉得自己的脸难过得都变了形。

"我们能不能找个地方谈几句？"

"我没什么好谈的，"她沉着脸道，"不要来烦我，行吗？"

他突然想到她可能急需钱用，这时候如果走开就没钱赚了。

"你要是手头紧的话，我身上还有几个沙弗林。"他脱口而出。

"我不知道你这话是什么意思。我只不过是在回公寓的路上路过这里。我是想在这儿等一下我的一位女同事。"

"看在上帝分上，现在就别扯谎了。"他说。

然后他就看到她哭了起来，他又重复了一遍刚才的问话。

"咱们能不能找个地方谈谈？去你的住处行吗？"

"不行，你不能去。"她呜咽道，"他们不许我把男人带到那儿去。你要是愿意，我明天来找你。"

他确信她是不会守约的。他不打算就这么放她走。

"不行。你现在就必须带我去个可以谈谈的地方。"

"呃，我知道有个地方可以去，但他们要收六先令房钱的。"

"付几个钱没关系。那地方在哪儿？"

她把地址给了他，他叫了辆出租马车。他们驶过大英博物馆，来到格雷律师学院路附近的一条寒酸的马路路口，她让马车在街角处就停下。

"他们不喜欢你把车一直赶到大门口。"她说。

这还是他们俩坐上马车以来说的第一句话。他们走了几码路，米尔德丽德在一扇门上重重地猛敲了三下。菲利普注意到在那扇形气窗上有一块硬纸板的告示，说是本公寓正在招租。门悄悄地开了，一个上了年纪的高身量女人放他们进去了。她朝菲利普瞪了一眼，然后跟米尔德丽德悄声嘀咕了几句。米尔德丽德领着菲利普沿一条过道来到房子后厢的一个房间。里面黑咕隆咚的，她向他要了根火柴，把煤气灯点亮了；灯上面连个灯罩都没有，火焰亮得刺眼。菲利普发现自己置身于一个湫隘的小卧室，里面有一套漆成松木纹的家具，对这个小房间而言显得过于狼犺。蕾丝窗帘非常肮脏，壁炉的炉膛用一把大纸扇子挡着。米尔德丽德一屁股瘫倒在壁炉架旁边的那把椅子上。菲利普在床边坐下。他感觉很不自在。现在他看得出米尔德丽德的脸上涂了厚厚一层胭脂，眉毛画得漆黑，但她显得很消瘦，一副病恹恹的样子，脸颊上的红艳衬得她那苍白里泛着菜色的皮肤更加显眼了。她百无聊赖地盯着炉膛口的那把纸扇子。菲利普想不出什么合适的话语，喉咙里有点堵得慌，像是就要哭出来似的。他用手把眼睛蒙住了。

"我的上帝，这太可怕了。"他呻吟道。

"我不知道你有什么好大惊小怪的。我还以为看到我这副样子你只会幸灾乐祸呢。"

菲利普没再作声，过了一会儿，她忍不住呜咽了起来。

"你不会认为我干这个是因为喜欢吧？"

"哦，我亲爱的，"他叫道，"我真难过，我真难过极了。"

"这对我的好处可真大了去了。"

"我的上帝，这太可怕了。"他呻吟道。

菲利普又一次感到无言以对。他生怕自己一开口，她又会认为是对她的责备或是讥笑。

　　"孩子在哪儿呢？"他最后问道。

　　"我把她接到伦敦来了。我没钱再把她寄养在布赖顿了，所以我只能自己带了。我在海布里那儿租了个房间。我跟他们说我是个吃舞台饭的。每天从那儿到西区，路实在是够远的，但一个单身女人还带个孩子，能找到个愿意把房子租给她的房东也真是太难了。"

　　"他们不肯再让你回茶点店工作了？"

　　"哪儿都找不到工作。为了找个工作，我腿都快跑断了。我还真找到过一个工作，但我因为身体不适休息了一个礼拜，回去的时候他们就说不再要我了。这也不能怪他们，是吧？他们那种地方，也确实用不起病病歪歪的姑娘。"

　　"你现在的气色就不怎么好。"菲利普道。

　　"今晚我本是不宜于再出来的，但我身不由己啊，我需要钱。我给埃米尔写过信，跟他说我是一个子儿都没有了，可他连封信都不肯回。"

　　"你可以给我写信啊。"

　　"我不想给你写信，在发生了那样的事情以后，我不想让你知道我走投无路了。就算是你告诉我我是罪有应得，我也一点都不会感到意外的。"

　　"你还是不很了解我，是不是，即使是到了现在？"

　　一时间，他想起了因为她的缘故他遭受的一切痛苦，这种痛苦的回忆让他厌恶不已。但也就止于回忆了。当他看着眼前的她时，他知道他已经不再爱她了。他很为她感到难过，但他很高兴自己终于得到自由了。他非常严肃地凝视着她，不禁扪心自问，当初到底是中了什么邪才会对她如此痴情狂恋的。

"你是个彻头彻尾、货真价实的绅士，"她说，"也是我这辈子碰到的唯一一位绅士。"她沉吟了片刻，然后又红了脸，"我真是难以启齿，菲利普，不过你能给我点钱吗？"

"幸亏我身上还真带了点钱。恐怕也就只有两镑而已。"

他给了她两个沙弗林。

"我会还给你的，菲利普。"

"哦，没关系，"他微笑道，"你不必放在心上。"

他想要说的话一个字都还没说。他们谈话的方式就仿佛这整桩事情都很自然；而且看起来她现在就要站起来，重新回到她那恐怖的生活中去，而他也完全无能为力，无法阻止这件事的发生了。她已经起身来拿钱了，他们俩都站在那儿。

"我耽误你了吧？"她问道，"我想你是想回家了。"

"不，不着急。"他回答道。

"我很高兴能有机会坐下来歇了这么一会儿。"

这句话，以及话里隐含的意思，真把他的心都撕碎了，而且眼看着她坐回到椅子上那身心俱疲的样子，真是太让人难过了。沉默持续得有点太长了，为了掩饰尴尬菲利普点燃了一支香烟。

"你真是太好了，没对我说过一句不中听的话，菲利普。我原以为你不定会说出什么难听的话来呢。"

他看到她又哭了起来。他想起当初埃米尔·米勒把她抛弃后她是怎么来找他的，又是如何痛哭流涕的。一想到她遭遇的这些不幸和他自己蒙受的屈辱，他对她怀有的同情心似乎变得越发势不可挡了。

"我要是能跳出这个火坑该有多好！"她呻吟道，"我真是恨死了。我完全不适合这种生活，我不是干这种事的那种人。只要能摆脱这种生活，要我干什么都行，就算是去当个用人我也心甘情愿。哦，我真巴不得已经死了！"

在一阵自我怜惜中，她的情绪完全崩溃了。她哭得歇斯底里，她那瘦削的身体颤抖个不停。

"哦，你不知道过这种日子是什么滋味。没有亲身体验过的人是不会知道的。"

菲利普受不了眼看着她这么痛哭失声。他因为她这种恐怖的处境而心如刀割。

"可怜的孩子，"他悄声道，"可怜的孩子。"

他深受感动。突然间他灵光一闪，心里一下子充满了幸福的狂喜。

"你听我说，你要是真想摆脱这种生活，我倒是有个主意。我现在手头也是特别拮据，我不得不尽量撙节用度；不过我在肯宁顿租了个小公寓，里面还有个空房间。你要是愿意，你跟孩子都可以过来住在那儿。我每星期花三先令六便士雇了一个女人帮我打扫卫生和做做饭。这两样你也能做，而你的伙食费也不会比我付出去的工钱多多少。两个人的伙食开销并不比一个人的更费钱，至于孩子，我想她也吃不了多少。"

她止住哭声，抬头看着他。

"你的意思是说，在发生了所有这一切以后，你还愿意接纳我回到你身边？"

菲利普为自己不得不说的话感到有点发窘，不觉红了脸。

"我不想让你误解我的意思。我只是给你提供一个并不多花我一个钱的房间和你的伙食。我只希望你能把我正用着的那个女人干的那些家务承担下来，除此以外，我对你并无任何非分之想。我敢说，烧烧饭你应该还是完全能够胜任的。"

她一下子跳了起来，就要向他扑过来了。

"你对我太好了，菲利普。"

"不，请你就待在原地好了。"他忙不迭地道，伸出一只手来，像是要把她推开似的。

他也不知道自己为什么会是这样，但是一想到她会触碰到他，他就受不了。

"我只想做你的一个朋友，别无奢求。"

"你对我太好了，"她重复道，"你对我太好了。"

"这么说你愿意来喽？"

"哦，愿意，只要能跳出这个火坑，要我干什么都行。你是绝不会为你的慷慨大度感到后悔的，绝不会的。我什么时候能过来，菲利普？"

"你最好明天就过来。"

突然间她又泪流满面。

"你现在还有什么好哭的？"他微笑道。

"我太感激你了。我这辈子都不知道怎么才能报答你。"

"哦，这不算什么。现在你还是先回家去吧。"

他把自己的住址写给了她，告诉她要是下午五点半她过来，他一切就都能准备好了。时间已经太晚了，他只能走回家去，但他并不觉得路途很远，因为他陶醉于快乐之中，他就像是走在云端里一样。

九十一

第二天，他早早起来为米尔德丽德收拾房间。他告诉一直照顾他的那个女人，他不再需要她了。米尔德丽德大概是六点钟左右到的，在窗口张望的菲利普赶紧下楼来给她开门，帮她把行李搬上来：现在统共就只有三个用棕色纸包着的大包裹了，因为她已经被迫把所有并非绝对必要的东西都卖掉了。她仍旧穿着昨天晚上那同一条黑色丝裙，而且尽管脸上已经没有胭脂了，她眼圈周围还是黑黑的，显然是早上马马虎虎洗过以后留下的痕迹：这让她看起来气色非常不好。她怀抱婴儿从出租马车上下来的时候显得可怜极了。她表现得有点害羞，除了几句最平常的话以外，他们发现相互间也真没什么好说的。

"那么，你总算是顺利过来了。"

"我还从没有在伦敦的这一带住过呢。"

菲利普把她领进她要入住的房间，也就是克朗肖在里面去世的那一间。菲利普虽然也知道这很荒唐，但一直都不愿意再搬回这个房间；克朗肖死后他就一直待在那个小房间里，睡在一张折叠床上，而当初他是为了让他这位朋友住得舒服点才把自己的房间让出来的。那孩子在妈妈的怀里睡得很安稳。

"你都不认识她了吧，我想。"米尔德丽德道。

"自从我们把她带去布赖顿，我就再没见过她。"

"我该把她放在哪儿？她太重了，时间长了我真抱不动了。"

"恐怕我还真没有个摇篮。"菲利普道，紧张地一笑。

"哦，她跟我睡就好。她一直都是跟我睡的。"

米尔德丽德把孩子放进一把扶手椅里，环顾了一下房间。大部分东西都是从他原来的寓所所搬过来的，她都认得，只有一样东西是新的，那是去年夏杪劳森为他画的一幅半身像，就挂在壁炉架上方。米尔德丽德不无挑剔地端详了一会儿。

"这幅画在有些方面我挺喜欢，有些方面不怎么喜欢。我觉得你比画上面的要更好看。"

"哟，情况有所改善嘛，"菲利普呵呵一笑，"以前你还从没跟我说过我好看呢。"

"我不是那种在乎男人外表的人。我并不喜欢长得漂亮的男人，在我看来他们都太自高自大了。"

她的目光在房间里扫视了一圈，本能地想找面镜子，但并没有找到，她抬起手来整理了一下额前浓密的刘海。

"公寓里的其他人对于我住到这儿来会有什么议论吗？"她突然问道。

"哦，住这儿的就只有一个男人和他妻子了。他整天都不着家，那女人我也只有在礼拜六付房租的时候才能见到。他们夫妇跟什么人都没有来往。自打我来到这里，我跟他们当中的任何一位都还没讲满两句话呢。"

米尔德丽德走进卧室去打开行李，把东西归置好。菲利普想要读点书，但精神太亢奋了。他仰靠在椅子里，抽了根烟，用含笑的眼睛看了看熟睡中的孩子。他感觉非常快乐。他非常肯定他对米尔德丽德的爱情已经荡然无存了。他很惊讶原来的感情竟然就这么彻底地不复存在了，他甚至觉察出他对她生出了一种生理上的反感，他感觉如果再去碰她的话，身上都会起鸡皮疙瘩的。对此他也完全不明所以。没过多久，她敲了敲门，又回来了。

"我说，你没必要敲门的，"他说，"这套公寓你都巡视了一遍了吧？"

"我还从没见过这么小的厨房。"

"你会发现，用来烹制我们的豪华大餐它已经够大的了。"他口气轻松地反驳道。

"我发现里面什么吃的都没有。我最好还是出去买点什么吧。"

"好呀，但容我冒昧地提醒：咱们必须极端地撙节用度。"

"那我晚饭买点什么呢？"

"你最好买点你做得来的东西。"菲利普笑道。

他给了她些钱，她出去了。半小时以后她回来了，把她买的东西放在桌子上。因为爬楼梯她喘得上气不接下气。

"我说，你这还是贫血，"菲利普道，"我得给你吃一剂布劳氏丸①。"

"我费了点时间才找到买东西的店铺。我买了些猪肝。猪肝挺美味的，是不是？而且一次也吃不了多少，所以这比去肉店里买肉更划算。"

厨房里有个煤气炉，米尔德丽德把猪肝烧上以后，又回到起居室里来把桌布铺上。

"你干吗只铺了一个人的位置？"菲利普问，"你自己不吃吗？"

米尔德丽德脸红了。

"我以为你可能不高兴让我跟你一起用餐。"

"这到底是为了什么？"

"呃，我只是个用人，不是吗？"

"别犯傻了。你怎么会这么傻呢？"

他笑了，但她的谦卑却在他心中掀起一阵异样的波澜。可怜的小东西！他还记得刚认识她时她的那个样子。他犹豫了一会儿。

"不要觉得我是在向你施舍恩惠，"他说，"这不过就是种交易：我供你食宿，你为我干活。你不欠我任何东西。这里面没有任何不光彩的地方。"

她没吭声，但泪水扑簌簌地从脸上滚落下来。菲利普从他在医院实习的经验中深知，她这个阶层的女人都把伺候人视作丢脸的贱业：他不由得对她感到有点不耐烦了；但他又怪自己不该这

---

① 参见第七十五章注。

么求全责备，因为她的身体很明显是又累又病。他站起来，帮她在桌子上又摆上了一套餐具。孩子这时候醒了，米尔德丽德已经为她备好了美林的婴儿食品。猪肝和培根都做好了，他们一起坐下来吃饭。为了俭省起见，菲利普已经是除了水什么酒都不喝了，但他还存了有半瓶威士忌，他觉得米尔德丽德喝一点对她会有好处。他尽其所能使这顿饭吃得开开心心，但米尔德丽德却一直都闷闷不乐的，而且也真是累坏了。他们吃完饭后，她就起身把孩子抱上了床。

"我想你早点上床休息会对你有好处的，"菲利普道，"你看起来真是累坏了。"

"我想洗好碗就去休息。"

菲利普点燃了烟斗，开始用功。听到隔壁房间里有人走动是件挺让人愉快的事。有时候，孤独也挺让他难受的。米尔德丽德进来收拾餐桌，他听到她洗碗时碗碟碰撞发出的轻响。菲利普想到她干这些家务的时候一直都穿着那条黑色的绸裙，也真是她的典型做派，不由得微微一笑。不过他还有功课要做，就把教科书摆到了桌子上。他正在攻读奥斯勒[①]的《内科学》，这本著作因为大受学生们的欢迎，近来已经取代了多年来大都采用的泰勒编著的教科书。不一会儿，米尔德丽德走了进来，一边把卷起来的袖子放下来。菲利普不经意地瞥了她一眼，但坐着没动；这场面有点

---

① 奥斯勒（Sir William Osler, 1849—1919），加拿大医学家、教育家，被誉为现代医学之父。

微妙，他感觉有点紧张。他怕米尔德丽德以为他会有什么非分之想，而除了狠心地发号施令以外他又没有别的办法可以让她安心。

"顺便说一句，我上午九点钟有课，所以八点一刻就要吃早点。你做得到吗？"

"哦，没问题。我住国会街的时候，每天早上都要去赶八点十二分那班从赫恩山开来的火车。"

"希望你会觉得你的房间住起来还算舒适。好好地睡上一觉，明天就会感觉焕然一新了。"

"我想你会用功到很晚吧？"

"一般要到十一点或十一点半。"

"那我就向你道晚安了。"

"晚安。"

他们俩中间隔着张桌子。他并没有主动要跟她握手的表示。她轻轻地把房门关上。他听到她在卧室里走动的声音，又过了一会儿，他听到了她躺下时床铺发出的吱嘎声。

九十二

第二天是礼拜二。菲利普照常匆匆吃过早饭后，便赶着去上九点钟的课，只来得及跟米尔德丽德说了一两句话。他傍晚回来的时候，发现她坐在窗前，正在给他补袜子。

"我说，你还真够勤快的，"他微笑道，"你这一整天一个人都干了些什么？"

"哦，我把这地方好好打扫了一遍，然后抱着孩子出去了一下。"

她穿了件黑色的旧裙子，就跟她当初在茶点店里干活时穿的制服一个样；衣服已经很破旧了，但她穿着比昨天那件绸裙子还更精神些。孩子在地板上坐着。她抬起那双神秘的大眼睛看着菲利普，在他挨着她坐下来开始玩弄她那光光的小脚趾时，爆发出咯咯的笑声。下午的阳光照进屋里来，洒下柔和的光线。

"回到家看到有人在等着你，可真让人高兴。一个女人和一个孩子就是一间屋里极好的装点。"

他已经从医院的药房里弄到了一瓶布劳氏丸。他交给米尔德丽德，嘱咐她每顿饭后一定要服用。这药她也早就吃惯了，自打十六岁起她一直断断续续地吃了不少。

"我敢说劳森肯定会喜欢你这绿兮兮的肤色的，"菲利普道，"他会说这太入画了，但我现在就是个讲求实际的俗人，非得等到你像个挤奶女工一样白里透红了，我才会高兴的。"

"我已经觉得好多了。"

用过俭朴的晚餐以后，菲利普在他的烟荷包里装满烟丝，戴上了帽子。礼拜二晚上他通常都要去一趟比克街上的那家酒馆，他很高兴在米尔德丽德搬来以后马上就碰到了这一天，因为他想明白无误地向她表明他们之间的关系。

"你这是要出去吗？"

"是呀，礼拜二我会给自己放一个晚上的假。那我们就明天再见了，晚安。"

菲利普一直都是怀着愉快的心情前往那家酒馆的。麦卡利斯特，那位具有哲学气质的股票经纪人通常都会在那儿，并乐于就太阳底下的任何话题展开争论；海沃德人在伦敦的时候也经常过来，尽管他跟麦卡利斯特相互瞧不上，但出于习惯，每一周的这个晚上都还继续到这儿来会面。麦卡利斯特认为海沃德是个可怜虫，经常讥笑他那娇弱的感伤情绪；他以挖苦的口吻询问海沃德的文学作品进行得怎么样了，当海沃德含糊其词地暗示就要有杰作问世时，他则报以轻蔑的微笑。他们之间的争论常常是白热化的，不过那里的潘趣酒确是美味，他们俩都好这一口，临到更深夜阑的时候，他们之间的分歧基本上也就都得以弥合了，相互间也都引为好汉知己了。这天晚上菲利普发现他们俩都在，连劳森都在；随着劳森在伦敦交结日广，经常到外面赴宴以后，他已经难得来上一趟了。而且这次他们三人之间的关系都极为友好，因为麦卡利斯特在股票交易所为他们做了一笔好买卖，海沃德和劳森每人净赚了五十镑大洋。这对劳森来说可算是救了大急：他这人花钱散漫又进项极少。作为肖像画家，劳森已经来到了职业生涯的这个阶段：他已经受到评论界的普遍关注，也已有不少贵族命妇愿意不花一个子儿让他为她们绘制肖像（这对双方都是绝佳的广告，同时为这些伟大的命妇们蒙上一层艺术保护人的神圣光环）；但他还很少能牢牢地抓住一个肯为他妻子的一幅肖像付一大笔钱的暴发户。所以劳森对这笔股票买卖甭提有多心满意足了。

"这真是个最妙的赚钱法，以前我连想都没想到过，"他叫道，"我连六便士的本钱都不用掏。"

"上礼拜二你没来这儿可是亏大发了，年轻人。"麦卡利斯特对菲利普道。

"我的上帝，你干吗不写信告诉我呢？"菲利普道，"你要是知道一百镑对我会有多大的用处就好了。"

"哦，没那个时间。你人得在现场才行。上礼拜二我听说有这么个好买卖，我就问这两位伙计想不想小赌一把。礼拜三上午我给他们买进了一千股，下午就涨了，所以我马上把它们卖掉了。我为他们每人净赚了五十镑，自己也赚了两三百镑。"

菲利普嫉妒得要死。他最近已经把用他点小财产购买的抵押债券中的最后一张都卖掉了，他现在就只剩下了六百镑现款。有时候他在想到未来的前景时，都不由得万分恐慌。在取得医生资格之前，他还得再撑两年，拿到资格以后他打算在公立医院里谋个职位，这样一来他至少在三年之内别想有任何收入了。就算是再省俭，到那个时候他最多也就只剩下一百镑了。万一他生了病，或者在任何时候失了业，那作为备用款，这点钱实在是太少了。而一次幸运的博彩却有可能使他的经济情况完全改观。

"哦，算了，没关系的。"麦卡利斯特道，"肯定很快又会有机会的。南非的股票这几天就会出现暴涨，到时候我会留意，看看能为你做点什么。"

麦卡利斯特正在做南非金矿的股票，经常对他们讲起这一两年里因为股票暴涨而一夜暴富的故事。

"好吧，下次可别忘了我。"

他们坐而论道，一起畅聊到将近午夜时分，菲利普因为住得最远，是第一个走的。他要是赶不上最后一班有轨电车，就得走回去了，到家就非常晚了。饶是这么着，他到家的时候也将近十二点半了。上楼后，他惊讶地发现米尔德丽德还在他的扶手椅里坐着。

"你为什么还不去睡觉？"他叫道。

"我不困。"

"不困也该上床去躺着。那一样也是种休息。"

她没动窝。他注意到晚饭后她又换上了那件黑绸裙子。

"我是想还是等你回来的好，万一你还有什么需要呢。"

她看了他一眼，削薄苍白的嘴唇上有一丝微笑的影子。菲利普拿不准自己是否会错了她的意。他感到有点尴尬，但做出一副开开心心、就事论事的神气。

"这可真是太难为你了，但也太淘气了。现在就赶紧上床睡觉，要不然明天早上可爬不起来了。"

"我还不想上床睡觉。"

"胡说。"他冷冷地道。

她站起来，有点不太高兴，走进自己的房间。听到她在里面响亮的锁门声，他微微一笑。

接下来的几天波澜不惊地过去了。米尔德丽德在她的新环境里安顿了下来。菲利普吃完早饭匆匆忙忙去上课后，她有一整个上午来做家务。他们吃得很简单，但她喜欢花挺长的时间用来购买他们需要的几样食材；她懒得为自己的正餐再特意开伙，只给自己弄杯热可可茶，吃点面包和黄油就对付过去了；然后她推着婴儿车带孩子一起出去溜达一圈，回来以后懒懒散散地把剩余的下午时光给打发掉。此前的生活使得她身心俱疲，这种无所事事的生活倒是很适合她。菲利普把房租交由米尔德丽德去付，由此她跟那位令人生畏的房东太太交上了朋友，不出一个礼拜就能告诉他很多邻居们的家长里短，比他在整整一年里了解到的情况都更多。

"她是个很友善的女人，"米尔德丽德道，"很像个贵妇人。我跟她说我们是夫妻。"

"你觉得有这个必要吗？"

"呃，我总得告诉她些情况。我住到这儿，又没跟你结婚，那也太不像话了。都不知道她会怎么想我了。"

"我觉得你的话她压根儿就不信。"

"我打赌她会信。我跟她说我们结婚已经有两年了——我一定得这么说，你知道，因为孩子——只是你的家里人都还不知道，因为你还是个学生，"——她把"学生"说成"淆生"——"所以我们只得暂时保密，不过他们现在已经是让步了，今年夏天我们就都去跟他们一起住了。"

"你真成了个瞎编乱造的老手了。"菲利普道。

米尔德丽德还有心思去胡诌瞎扯，使得他隐隐有些恼火。在过去的两年中间，她一点教训都没学到。不过他只是耸了耸肩。

"说一千道一万，"他思忖道，"她也没啥咒好念了。"

那是个美好的夜晚，温暖而又晴朗，伦敦南区的居民像是全都拥到了大街上。空气中有一种特别的气氛使得伦敦佬们坐立不安，碰到天气突然转好，总会把他们全都召唤到户外去。米尔德丽德把用过晚饭的餐桌收拾干净后，便来到窗前，凭窗眺望。街上的喧闹声迎面扑来：人们呼朋唤友的喊叫声，过往车辆的喧嚣声，远处一架手风琴的琴声。

"我想你今晚还得用功吧，菲利普？"她问他，面带渴望的神情。

"应该，不过也说不上非得用功。怎么，你想要我干点别的吗？"

"我真想出去一下。咱们就不能坐到有轨电车顶层上去兜一圈吗？"

"如果你喜欢的话。"

"我这就去把帽子戴上。"她欢欣鼓舞地道。

这样美好的夜晚，要想还在家里待着简直是不可能的。孩子正在酣睡，可以放心地留她在家里；米尔德丽德说她以前晚上出去的时候，总是把她一个人留在家里的，她从来都不会中途醒过来。她戴上帽子走回来的时候简直喜形于色，她还乘机在脸上擦了点胭脂。菲利普还以为是因为兴奋才使她苍白的脸颊上泛起了淡淡的红晕，他被她这孩子气的欣喜给打动了，不免责备自己对她未免有些过于严苛了。她来到户外的时候忍不住笑出声来。他们遇到的第一辆有轨电车是开往威斯敏斯特大桥路的，他们就上了这辆车。菲利普抽着他的烟斗，两人看着拥挤的街道。商店都还开着，灯火通明，人们正在采购第二天需要的东西。他们经过一家叫作坎特伯雷的歌舞杂要剧场，米尔德丽德大声叫道：

"哦，菲利普，咱们去看场戏吧！我已经有好几个月都没进过剧场了。"

"正厅前座的票子咱们可买不起，你知道的。"

"哦，我不在乎，就是顶层楼座我也会很高兴的。"

他们从车上下来，往回走了一百码来到剧院门口。他们买了两张六便士的上好座位，虽然在高处，但还没到顶层。这个夜晚是如此美好，剧院里有很多的空位。米尔德丽德的眼睛闪着亮光，她极为享受观剧的快乐。在她身上有种单纯之处让菲利普大为动心，她对他来说是个谜题。她身上的有些东西仍旧让他喜欢，他也认为她身上有不少很不错的特质；她从小缺管少教，生活过得很艰辛；而他却因为很多她自己也无能为力的东西而责怪她，如果他向她要求那些她根本就没有能力给予他的美德，那只能是他的错。如果换一个环境，她可能也会成为一个迷人的姑娘。她非常不适应残酷的人生战斗。当他现在凝视着她的侧影：那微微张开的嘴唇和颊上泛起的淡淡的红晕时，他感觉她看上去特别地贞良纯洁。一股怜悯之情汹涌而至，他全心全意地原谅了她给自己带来的那些痛苦。剧场里烟雾腾腾的环境让他眼睛发疼，但他提议早点离开时，她满脸恳求的神色转向他，请求他看到终场再走。他微笑着同意了。她握住他的手，一直握到演出结束。他们随着散场的人流来到拥挤的街上以后，她还是不想回家；他们就沿着威斯敏斯特大桥路往前溜达，看着街上的行人。

"我已经有好几个月没有过得像今晚这么开心了。"她说。

菲利普的心涨得满满的，他感谢命运的安排，因为他把一时的冲动付诸了行动，将米尔德丽德和她的孩子接到了自己的公寓。看到她开心的感激表示，真是太让人高兴了。最后她终于也累了，他们就跳上一辆回家的有轨电车；已经很晚了，他们下车拐进他们住的那条街上时，周围已是空无一人。米尔德丽德主动挽起了菲利普的胳膊。

"这真像是旧日的时光，菲尔。"她说。

她以前还从没叫过他菲尔[1]，那是格里菲思对他的昵称，就算是现在，这称呼还是让他内心一阵剧痛。他想起当时他是多么想

---

[1] 事实上她曾叫过的，参见第七十二章结尾处。

一死了之，他的痛苦曾是如此不堪忍受，他相当认真地想过要自杀。这一切似乎都是非常遥远的往事了。面对过去的自己，他微微一笑。现在，对于米尔德丽德，除了无限的同情，他已经再无其他情感可言。他们到了家，走进起居室以后，菲利普点亮了煤气灯。

"孩子一切都好吗？"他问。

"我这就去看看。"

她回来跟他说，自从她离开以后，那孩子连动都没动过。她真是个乖宝宝。菲利普伸出手来。

"那好，晚安。"

"你这就睡觉了？"

"都快一点钟了。这些日子里我已经不习惯熬夜了。"菲利普道。

她握住他的手，一边握着，一边笑盈盈地望着他的眼睛。

"菲尔，那天夜里在那个房间里，当你要我搬到你这儿来住，当你说除了做做饭之类的家务，你对我别无所求的时候，我的想法可能跟你的想法并不太一样。"

"是吗？"菲利普问道，把手收了回来，"我可是当真的。"

"别这么榆木疙瘩冒傻气了。"她咯咯笑道。

他摇了摇头。

"我可不是说着玩的。如果不是在这种前提下，我也就不会请你住到这儿来了。"

"为什么不呢？"

"我觉得我不能那么做。我解释不清楚，但这会把一切都毁了的。"

她耸了耸肩膀。

"哦，那很好，那就随你的便吧。我可不是跪下来趴在地上求你开恩的那种人。"

她走出起居室，砰的一声把门摔上了。

九十三

　　第二天上午，米尔德丽德沉着一张脸，话也不说一句。她一直待在自己的房间里，直到该准备做正餐了才出来。她是个差劲的厨子，除了猪排和牛排以外几乎不会做别的菜式；而且她也不知道该如何物尽其用，白白浪费了那些下脚料，所以菲利普在伙食上的花销又比原来料想的高出了一截。她把饭菜端上桌，在菲利普对面坐下，却什么也不吃；他问她怎么不吃，她说她头疼得厉害，一点都不饿。他很高兴他还有别的去处可以打发余下的这一天：阿瑟尔尼一家子都开开心心的，非常好客，意识到他们家里的每个人都高高兴兴地期待着他的到来，真是件意想不到的赏心乐事。他回来的时候米尔德丽德已经睡了，但第二天她仍旧少言寡语。吃晚饭的时候，她一脸傲慢地坐在那儿，还眉头紧锁，这就让菲利普有点不耐烦了。但他告诫自己一定要体谅她，说什么做什么一定要留有余地。

　　"你沉默得很嘛。"他说，故意摆出一副愉快的笑脸。

　　"我只是受雇给人做饭和打扫房间的，没曾想还得陪人家说话呢。"

他觉得她这话说得非常没有教养，但如果他们还要在一起生活，他就必须尽可能睁一眼闭一眼，不要把关系搞得太僵。

"恐怕你是因为那一天晚上的事在生我的气吧？"他说。

这是件不好启齿的尴尬事，但显然有必要跟她把话说清楚。

"我不知道你这话是什么意思。"她回答道。

"请别生我的气。如果我不事先认定我们之间只限于朋友关系的话，我就绝不会请你住到这儿来了。我之所以提出这样的建议，是因为我想你需要一个家，你也需要一个重新找个事做的机会。"

"哦，别以为我真想要跟你怎么样。"

"我丝毫也没这么想过，"他赶紧说道，"你千万别觉得我不知好歹。我意识到你是为了我的缘故才主动示好的。只不过我有一种感觉，我也不知道怎么会有这种感觉的，我觉得那会使得这整件事情都变得丑陋和可怖的。"

"你这人可真怪，"她说，不无好奇地看着他，"我真是搞不懂你。"

现在她已经不生他的气了，但仍旧摸不着头脑，不知道他的态度到底是什么意思：她接受了现状，也确实模模糊糊地觉得他的行为是非常高尚的，她应该尊崇仰慕才对，但与此同时她又想要嘲笑他，也许甚至还有点鄙视他。

"他可真是个古怪的家伙。"她暗想。

他们的生活算是平稳顺当地继续了下去。菲利普一整天都待在医院里，除了去趟阿瑟尔尼家和比克街的酒馆以外，每天晚上回来还要用功。有一次，他实习的指导医生请他参加了一次正式的宴会，他还参加过两三次同学们举办的聚会。米尔德丽德接受了这种单调的生活。如果有时候菲利普把她一个人扔在家里让她有点不高兴的话，她也从来没有说起。间或，他也带她去趟歌舞杂耍剧场。他切实地贯彻了他的意图，即他们之间的纽带仅限于她为他操持家务以换取他为她提供的食宿。她已经认定了那年夏天再去找工作也是毫无结果的，经菲利普同意后，决定就这样一直待到秋天再说。她觉得到那时候会比较容易找个事做。

"就我个人而言，就算你找到了工作，只要你认为方便，仍可以继续在这儿住着。地方是现成的，先前替我干过家务的那个女人可以回来帮忙照顾孩子。"

他越来越喜欢米尔德丽德的那个孩子。他这人有一种慈爱的天性，只不过少有机会得以表露。米尔德丽德对孩子也不能说不好，她把她照顾得很好，有一次孩子得了重感冒，她衣不解带、尽心竭力地看护着她。但孩子会让她感到厌烦，她要是惹得她心烦了，她会恶声恶气地责骂她；她也不是不喜欢这孩子，但对她并没有那种完全忘我、不顾一切的母爱。米尔德丽德不是个情感外露的人，她反而觉得主动表露情感婆婆妈妈的，煞是可笑。看到菲利普让孩子坐在自己大腿上，逗着她玩，不断地亲吻她，她反倒会嘲笑他。

"就算你是她亲爹，对她也不会更加宠爱了，"她说，"你跟孩子在一起的时候真是傻透了。"

菲利普脸红了，因为他最恨被人嘲笑。对另一个男人的孩子竟然这么一往情深，的确有些荒唐可笑，他对自己情感的泛滥是感到有些不好意思。但那孩子也感觉到了菲利普对她的偏爱，她会主动拿脸去贴他的脸，主动依偎到他怀里。

"对你来说自然一切都很美好，"米尔德丽德道，"讨人厌的部分你一点都不用沾。要是大半夜里这位小祖宗说什么也不肯睡，让你也陪着熬上一个钟头，你还会这么喜欢吗？"

菲利普想起了他童年时期的各种往事，他本以为早就忘掉了。他握住孩子的小脚趾。

"这只小猪市上卖，这只小猪宅家里。"

他晚上一回到家，走进起居室，第一个要找的就是在地板上乱爬的孩子，听到孩子见到他以后那高兴的叫唤声，他心里会生出一种兴奋的悸动。米尔德丽德教孩子喊他爹地，当孩子第一次自觉自愿地这么叫他的时候，她笑得花枝乱颤。

"不知道你是因为她是我的孩子才这么喜欢，"米尔德丽德问道，"还是谁的孩子你都喜欢。"

"别人的孩子我一个都不认识，所以我也说不上来。"菲利普道。

菲利普在住院部充当实习助手的第二个学期也快结束了，这时他交上了一次好运。时值七月中旬，有个礼拜二的晚上他来到比克街的那家酒馆时，发现只有麦卡利斯特在那儿。他们坐在一起，聊了几句那天缺席的那两位朋友，过了一会儿，麦卡利斯特对他说：

"哦，顺便跟你说个事儿，今天我听到一个很好的消息，新克莱恩丰特恩的股票要涨，那是罗得西亚①的一座金矿。你要是想赌上一把的话，可能会赚上一笔的。"

菲利普原本是一直都很焦急地等着这么个机会的，但现在机会真来了，他又犹豫了。他特别害怕蚀本。他这人是真没有赌徒的心性。

"我很想一试，但又不知道敢不敢冒这个险。要是事有不谐，我会损失多少？"

"我本不该提起的，只是见你对这种事特别热心才随口这么一说。"麦卡利斯特冷冷地回答道。

菲利普感觉，在麦卡利斯特眼里，他不啻是头蠢驴。

"我是特别想能赚上那么一笔的。"他笑道。

"除非是做好了蚀本的准备，否则你是赚不到钱的。"

麦卡利斯特开始把话题转到别的上头去了，菲利普一边支应着，一边不断在想，要是这次投机结果有利的话，这位股票经纪人在下次碰面的时候肯定会对他的损失奚落个没完。麦卡利斯特这人的嘴巴可毒了。

"你要是不介意的话，我想我愿意赌上一把。"菲利普急切地道。

"好吧。我替你买上二百五十股，如果我看到有半个克朗②的涨幅，我马上全部抛掉。"

---

① 罗得西亚（Rhodesia），非洲东南部国家津巴布韦（Zimbabwe）的旧称。

② 参见第十四章注。

菲利普很快就算出他能赚到多少钱，他忍不住直流口水；对此时的他来说这简直是天赐横财，而他认为这的确是命运之神欠了他的。第二天吃早饭见到米尔德丽德的时候，他把自己的投机之举告诉了她。她认为他这纯粹是犯傻。

"我还从没见过什么人在股票交易上赚过钱呢，"她说，"埃米尔一直都这么说；你就不能指望在股票交易上赚到钱，他说。"

菲利普在回家的路上买了份晚报，赶紧翻到金融版。他对这些事务一无所知，费了些时间才找到麦卡利斯特说起的那只股票。他看到它们已经上涨了四分之一。他的心简直要从腔子里跳出来了，然后他又开始忧心忡忡，担心万一麦卡利斯特忘了或者由于别的原因没帮他买进可就糟了。麦卡利斯特答应有了结果就给他拍份电报过来的。菲利普都等不及乘有轨电车回家了，他跳上一辆出租马车，这可是非同寻常的豪举了。

"有我的电报吗？"他一冲进家门就问道。

"没有。"米尔德丽德道。

他的脸一下子耷拉下来，万分失望之下，他一屁股瘫坐在一把椅子上。

"那就是他根本没替我买。这该死的，"他恶狠狠地骂了一句，"真是倒了血霉了！我这一整天都琢磨着该怎么来花这笔钱呢。"

"是吗，那你打算怎么来花呢？"她问道。

"现在再想这个还有什么用？哦，我多么需要这笔钱哪！"

她扑哧一笑，递给他一份电报。

"我只是跟你开个玩笑。电报我拆开过了。"

他一把从她手里抢过来。麦卡利斯特已经帮他买入了两百五十股，并在他建议的那个半克朗利润点上都抛售了，代办票据明天寄过来。米尔德丽德居然跟他开这么残酷的玩笑，菲利普一时间大为气恼，不过马上就只想到开心事了。

"有了这笔钱，我的境况可就大不相同了，"他叫道，"你要是高兴，我出钱给你做件新裙子。"

"我正需要一件新衣服呢。"她回答道。

"我来告诉你我都打算拿它来干什么。七月底我就去动个手术。"

"什么，你身体出了什么问题吗？"她打断了他的话头。

她突然想到，这种她不知道的疾病也许正好可以解释他为什么会有那么多让她困惑不解的举动了。他脸一红，因为他非常讨厌提到自己的残疾。

"不是，不过他们认为还可以对我的脚进行一些矫治。之前我一直抽不出时间，不过现在问题不大了。我就不用在下个月马上开始敷裹工作了，推迟到十月份好了。我只需要在医院里住上几个星期，然后我们便可以去海边度过剩余的夏天了。这对我们都大有好处，不论是对你、对我，还是孩子。"

"哦，咱们就去布赖顿吧，菲利普，我喜欢布赖顿，你在那儿能见到那么多有身份的人。"

菲利普原本模模糊糊想到的是康沃尔[①]的某个小渔村，听她

---

① 参见第三十七章注。

这么一说，他马上想到米尔德丽德在那儿肯定会腻味死的。

"只要是海边，去哪儿都行。"

他也不知道是为什么，但他突然间对大海生出了一种无法抗拒的渴望。他想去洗海水浴，他无比高兴地想起在咸津津的海水里劈波斩浪尽情畅游的情景。他是个游泳好手，再也没有比波涛汹涌的大海更让他欣喜若狂的了。

"我说，那可太让人高兴了。"他叫道。

"那就像是蜜月旅行一样，是不是？"她说，"我能花多少钱做我的新裙子啊，菲尔？"

九十四

菲利普请雅各布斯医生为他开刀，就是那位他曾为其做过敷裹员的助理外科医生。雅各布斯欣然接受了他的请求，因为他当时正对被人忽视的畸形足这一病症大感兴趣，而且正在收集材料写一篇相关的论文。他警告菲利普，他不可能把他的病足治得就跟他那只正常的脚一样，但他认为还是可以使其畸形的情况大为改善的；而且他走起路来虽然还会有点跛，但应该可以穿一只正常得多的靴子，不会像他现在习惯穿的那么难看了。菲利普想起当初他曾如何向上帝祈祷将他的跛足治好，因为据说只要有足够的信心，上帝连大山都能帮他搬掉。他苦涩地微微一笑。

"我并不期望能出现奇迹。"他回答道。

"我觉得你肯让我尽我之所能尝试一下是很明智的。将来开业的时候，你会发现拖着一只畸形足去行医是个很大的不利因素。那些门外汉们满脑子都是怪念头，他们可不喜欢他们的医生跟自己有任何相似的残疾。"

菲利普住进了一间"小病房"，每个病房外面的平台上都有这么个只有一间的单人病房，是专为特殊病人预备的。他在里面住了一个月，因为医生在他能够行走前不让他出院；由于听说手术进行得很成功，他在病房里待得还是挺开心的。劳森和阿瑟尔尼都来看过他，有一天，阿瑟尔尼太太带了两个孩子一起来看他；他认识的同学们时不时也来跟他说说话，米尔德丽德每周来两次。每个人对他都非常好，每当有人不嫌麻烦关切照顾他的时候，菲利普总感到有些意外，这一回他更是深受感动、心怀感激。他尽情享受着不需要为任何事情操心的轻松惬意：他不必为将来担心，既不需要担心钱够不够花，也不需要担心期终考试能不能及格，他还可以随心所欲、尽情尽兴地阅读。近来他一直都不能好好地读书，因为米尔德丽德总是在干扰他：他正想把注意力集中到书本上的时候，她就会冒出一句半句不着四六的话来，而他要是置之不理，又会惹得她不高兴；每当他舒舒服服地安顿下来，想享受一点闲读之乐的时候，她又总是想让他帮她干点什么，不是让他帮忙拔出个瓶塞，就是拿着个榔头过来要他帮忙钉个钉子。

他们决定八月份前往布赖顿。菲利普本想租个住处，但米尔德丽德说那她就又得做家务了，只有在住到膳宿公寓的情况下，在她来说才真算是度假。

"在家里我每天都得张罗着做饭，我真有点受够了，我想彻底改变一下。"

菲利普同意了，米尔德丽德碰巧知道肯普敦[①]有一家膳宿公

---

① 肯普敦（Kemp Town），布赖顿东边的一个小社区。

寓，每周每个人的费用不会超过二十五先令。她跟菲利普商定由她写信去预订房间，但是他出院回到肯宁顿的时候，却发现她连信都还没写。他勃然大怒。

"我还没想到你竟然忙到这个地步。"他说。

"哎呀，我也不能什么事都记得呀。就算是我忘了，这也不是我的错，不是吗？"

菲利普心急火燎地想要赶紧到海边去，他等不及事先再跟那家膳宿公寓的老板娘联系了。

"我们先把行李寄存在火车站，然后直接去那个膳宿公寓看看，要是有房间，再叫个站外的脚夫去把我们的行李取回来也就是了。"

"悉听尊便吧。"米尔德丽德生硬地道。

她可不喜欢受别人的气，于是气鼓鼓地陷入傲慢的沉默，菲利普在为起程做准备的时候她就百无聊赖地在一旁闲坐着。在八月骄阳的暴晒之下，这套小公寓真是又热又闷，从底下的马路上腾起阵阵臭烘烘的热浪。菲利普躺在小病房的床上，面对着涂刷成红色的四壁，早就渴望着新鲜空气和海浪拍击着胸膛的感觉了。要是再在伦敦多耽搁一天，他感觉自己都会发疯了。米尔德丽德一直到看见那挤满了度假人群的布赖顿街道时，才算是重又恢复了好心情，在驶往肯普敦的路上他们俩都兴致勃勃。菲利普抚摸着孩子的小脸蛋。

"咱们在这儿待上几天后，这小脸蛋儿就会变得红扑扑的了。"他笑盈盈地道。

他们来到了那家膳宿公寓门前，把出租马车打发走了。一个邋里邋遢的使女给他们开了门，菲利普问她是否还有房间的时候，她说她去问一下。她把老板娘给叫来了。走下楼来的是位身体壮实、精明强干的中年妇人，出于职业习惯先上上下下打量了他们一番，然后才问他们需要什么样的房间。

"两个单间，如果有的话，在其中一间最好再加一张幼儿床。"

"恐怕没有两个单间了。我有一个很宽敞的上好的双人间，我可以给你安排一张幼儿床。"

"这可不行。"菲利普道。

"等到下个礼拜我可以再给你一个房间。布赖顿现在正是人满为患的时候，大家也就只能将就些了。"

"如果只住几天的话，菲利普，我觉得我们还是可以对付一下的。"米尔德丽德道。

"我觉得还是两个房间更方便些。你能不能帮我们另外推荐一家膳宿公寓呢？"

"可以啊，不过我不认为他们会有比我更多的空房间。"

"也许你不介意给我提供个地址。"

那位壮实的老板娘推荐的膳宿公寓就在邻近的一条街上，他们便朝那儿走去。菲利普已经能走得很好了，虽说他还得拄着根手杖，而且很容易累。米尔德丽德抱着孩子。他们沉默地走了一小段，然后他看见她哭了。这搞得他很烦，便假装没看见，但她可不会任由他这么视而不见。

"借我块手帕，行吗？我抱着孩子没法再去掏。"她用夹杂着呜咽的声音道，还特意把头扭到一边去。

他把自己的手帕给了她，但什么也没说。她擦干眼泪，见他没说话，又继续道：

"我许是很惹人厌吧。"

"请别在大街上吵闹。"他说。

"你那么一再坚持要分开来住也太好笑了。他们会怎么想我们？"

"他们要是了解情况的话，我想他会认为我们真是道德模范呢。"菲利普道。

她斜瞟了他一眼。

"你不打算告诉人家我们不是夫妻吧？"她赶忙问道。

"不会的。"

"那你为什么不肯跟我像夫妻一样住在一起呢？"

"我亲爱的，我没办法解释。我并不想羞辱你，但我就是不能跟你住在一起。我敢说这是非常愚蠢和没有道理的，但它比我的意愿更为强大。我曾是那么爱你，而现在……"他说不下去了，"反正，这种事情是解释不清楚的。"

"爱过我才怪呢！"她叫道。

他们要找的那家膳宿公寓是由一位忙忙碌碌的老处女经营的，老板娘眼神精明、口齿伶俐。他们可以要一个双人房间，每周二十五先令，孩子外加五先令，也可以要两个单人房间，不过每周要多付一英镑。

"我不得不多收这么多钱，"那女人道歉地解释道，"因为要是迫不得已的话，我可以在每个单间里都摆上两张床。"

"我敢说这也不至于就让我们破产了。你觉得呢，米尔德丽德？"

"哦，我不介意。无论怎么着我觉得都好。"她回答道。

菲利普对她那愠怒的回答一笑置之，在老板娘派人去取他们的行李以后，他们坐下来休息。菲利普的脚开始有点疼了，他索性把它架在一把椅子上。

"我猜想我跟你在一个房间里坐一会儿，你该不会介意吧？"米尔德丽德挑衅地道。

"咱们还是不要吵架了，米尔德丽德。"他和气地道。

"我倒不知道你竟有这么阔气，一个礼拜就能白扔一镑钱。"

"别生我的气了。我向你保证，这是咱们能住在一起的唯一办法了。"

"我想你是瞧不起我，就是这么回事。"

"当然不是啦。我为什么要瞧不起你？"

"这么做太不近人情了。"

"是吗？你没有爱上我吧，是不是？"

"我？你把我当什么人了？"

"在我看来，你并不是那种热情似火的女人，不是那种人。"

"你说这种话也太羞辱人了。"她愠怒地道。

"哦，我要是你的话，才不会这么大惊小怪呢。"

这家膳宿公寓里住了有十来个人。他们在一个狭窄、昏暗的房间的一张长桌子上用餐，老板娘坐在餐桌的顶头，负责为大家切分肉食。伙食很糟。老板娘称之为法式烹调，那意思是用蹩脚的调味汁来掩饰低劣的原材料：把鲽鱼化装为鳎鱼，用新西兰羊肉来冒充羊羔肉。厨房是又小又不方便，所以每道菜端上桌的时候都快没有热乎气了。那些住客是既呆笨无趣又装模作样：带着老处女女儿的老妇人，装腔作势又滑稽可笑的老单身汉，面色苍白的中年职员及其夫人，张嘴闭嘴都是他们已经出嫁的女儿和在殖民地有个好职位的儿子。用餐时他们讨论的是科里利小姐[1]最新的小说，有些人喜欢莱顿勋爵[2]胜过喜欢阿尔玛-塔德玛[3]，有些人则喜欢阿尔玛-塔德玛胜过喜欢莱顿勋爵。米尔德丽德很快就把她跟菲利普的浪漫婚姻告诉了那些女士们，而他很快也便发现自己成了大家瞩目的对象，据说他出身郡里的望族，由于在还是个"涓生"的时候违背家族的意愿结了婚而被取消了继承权；而米尔德丽德的父亲则据说在德文郡拥有一片巨大的产业，也是由于她嫁给了菲利普而跟她断绝了来往。这就是他们为什么会来住膳宿公寓而且孩子连个保姆都没有的原因所在，但他们又一定要住两个房间，因为他们都习惯了宽敞的空间，可受不了拥挤逼仄的环境。另外那些住客们也各有住到这儿来的说辞：有一位单身的绅士度假的时候通常都是住大都会饭店的，但他生性喜欢热闹，而

① 科里利小姐（Marie Corelli，1855—1924），英国女作家，写过二十八部浪漫主义长篇小说，情节感人，极受读者欢迎。主要作品有《两个世界的故事》《巴拉巴斯》《魔鬼的忧愁》和《德利西亚的谋杀案》。

② 参见第五十五章注。

③ 参见第五十五章注。

在那些昂贵的旅馆里是找不到热闹的伴当的；那位带着个老处女女儿的老妇人则是因为她在伦敦的漂亮宅第需要修缮，她于是对女儿说："格温妮，我亲爱的，今年咱们得度个便宜的假期了。"所以她们就来到了这儿，尽管这儿的一切跟她们既往所习惯的那一套生活方式是那么天差地别。米尔德丽德发现他们全都是地位非常优越的上等人，而她又是很不喜欢庸俗、粗野的下等人的。她喜欢绅士就应该是地地道道、货真价实的绅士。

"你既然是绅士淑女，"她说，"我就希望他们真有绅士淑女的做派。"

这话的含义在菲利普看来有些神秘莫测，但当他听她对不同的人说了两到三次，而且发现这话获得了大家的热烈赞同时，他也就只能得出结论：唯有他自己才智不够，难以索解了。菲利普和米尔德丽德朝夕共处，这还是头一遭。在伦敦的时候，他整个白天都见不到她，他回到家以后，又有家务、孩子和邻里的琐事可以谈谈讲讲，一直到他安顿下来独自用功。现在他则是整天都跟她待在一起。吃过早饭后他们前往海滩，游个泳，在海滨的人行道上溜达一圈，上午很容易就打发掉了；晚上，把孩子安顿睡下以后，去长堤那儿，倒也可以容忍，因为总有音乐可以听听，有来来往往的人流可以看看（菲利普便以想象他们是何等样人，并为他们编派些小故事聊以自娱，他已经习惯了只是动动嘴皮子应付一下米尔德丽德的言谈话语，他的脑子仍旧可以免受打扰地自行其是）；但午后的时光却漫长而又沉闷。他们就坐在海滩上。米尔德丽德说，他们必须充分享受布赖顿这位医生能够提供

825

的所有好处，他没办法读书，因为米尔德丽德总是不断地对一般性的事物发表她的高论。如果他置之不理，她就会大加抱怨。

"哦，快把那本蠢书放下吧。老是看书对你是没有好处的。你会把你的脑子搅糊涂的，你不把自己搅糊涂了就不算完，菲利普。"

"哦，胡言乱语！"他回答道。

"再者说，老是看书也太不合群了。"

他发现很难跟她交谈。她连自己正在说些什么都没办法集中注意力，所以一只狗从她面前跑过，或者一个身穿艳丽的运动夹克经过的男人，都会引得她评头品足，然后就把刚才正在说的话全部忘光了。她一贯记不清人的姓名，但想不起来又让她很是恼火，于是经常一件事说了一半就停下来绞尽脑汁地回想一个记不清的名字。有时候也只得放弃了，但事后又经常突然想了起来，这时候哪怕菲利普已经在讲全不相干的别的事了，她也会贸然把他打断。

"柯林斯，就是他。我就知道我终究会想起来的。柯林斯，这就是我刚才想不起来的那个人。"

这让他非常恼火，因为这说明他说的话她一句都没听进去，可要是他保持沉默的话，她又会责怪他是在使性子。她的脑子连五分钟的抽象概念都对付不了，每当菲利普依照自己的口味把具体的事物进行一番概括和归纳的时候，她很快便表现出厌烦的样子。米尔德丽德一闭眼就会做梦，而且对她都做了哪些梦记得清清楚楚，每天都不厌其烦地跟菲利普详细讲述一遍。

有天上午他收到索普·阿瑟尔尼写来的一封长信。阿瑟尔尼正以一种非常戏剧化的形式在度他的假期，这种方式富有识见，又极具他的个性。十年来他一直都以这种方式来度假。他带领全家去了肯特郡的一处啤酒花藤栽培园，那儿离阿瑟尔尼太太的老家并不远，在那儿采上三个礼拜的啤酒花。这既能使他们身处户外，可以尽情地呼吸新鲜空气，同时又赚到了钱，让阿瑟尔尼太太大为满意，而且还重续了跟大地母亲的联系。阿瑟尔尼最为看重的也正是这一点：在田野上的居留给了他们新的力量，这就像是一次富有魔力的仪式，使他们重获青春，使他们的四肢重获力量，使他们的精神重获甘美。菲利普曾听他就此主题发表过众多异想天开、文辞华美、绘声绘色的高论。现在阿瑟尔尼邀请他前去待上一天，他有关于莎士比亚和玻璃碗琴①的一些新的思考渴望跟他分享，而且孩子们也吵着嚷着要见到菲利普叔叔。下午菲利普在和米尔德丽德枯坐在海滩上的时候又把信读了一遍。他想起了阿瑟尔尼太太，这位众多子女乐观开朗的母亲，想起她的殷勤好客和绝好的脾气；他想起那以她的年龄而言过于严肃的萨莉，想起她那有点滑稽的小母亲一样的做派和权威在握的神气，想起她那长长的金色发辫和她宽阔的额头；他想起其他所有的那些孩子，全都快快活活、吵吵嚷嚷、健健康康而且漂漂亮亮。他的心

---

① 玻璃碗琴（musical glasses 或 glass harmonica），由一套定音的、按音阶排列的玻璃碗制成的乐器，用湿手指摩擦碗边发声，是本杰明·富兰克林首创，由音乐杯演化而来；而音乐杯是一套盛有不同水量的玻璃杯，放在共鸣板上，用湿手指摩擦或偶尔用棍敲击，使之发出不同音高的音。

不由得飞向了他们。他们身上有一种之前他不记得曾在别人身上注意到的特质，那就是善良。而这一点他是直到现在才突然认识到的，不过很明显，之前吸引他的正是这种善良之美。理论上他是不相信这一点的：如果道德不过是为了图个大家方便，那么善恶也就没有了意义。他不喜欢自己行事不符合逻辑，但确实有一种简单的善良，自然而然、毫不费力，他认为这其间有大美存焉。沉思默想中，他把那封信慢慢地撕成了碎片：他想不出可以丢下米尔德丽德只身前往的办法，而他又绝不想跟她一起去。

　　天气炎热，万里无云，他们不得不躲进一个背阴的角落。孩子正一本正经地玩着沙滩上的石子，间或爬到菲利普面前，递给他一块让他拿着，然后又把它要走，小心翼翼地放回到沙滩上。她在玩的是个只有她自己明白的神秘而又复杂的游戏。米尔德丽德睡着了。她仰面躺着，嘴巴微张，两条腿八字形叉开，靴子有些古怪地从衬裙下面顶出来一块。之前，他的目光只是机械地从她身上扫过，现在他则专心致志地观察着她。他记得他曾多么狂热地爱过她，他搞不懂为什么现在却又对她完完全全地漠不关心了。这种天翻地覆的变化使他内心隐隐作痛。这也就意味着此前他所遭受的一切苦痛纯粹就是一种浪费。曾经，只要一摸到她的手，他内心便充满一阵狂喜；他曾渴望进入她的灵魂，这样他就能将每一种想法、每一种情感统统与她分享了；他曾是如此痛苦，因为在他们之间出现沉默以后，她只要一开口就能显示出他们的思想是多么天差地别，他曾奋力反抗过那道似乎横亘在任何人之间的不可逾越的高墙。他曾如此疯狂地爱过她，而现在却对她已无丝毫的爱恋，这在他看来特别地可悲。有时候他简直讨厌她。她一点学习的能力都没有，人生的经历没有教会她任何东西。她仍旧一如既往地粗鲁无礼。听到她傲慢粗暴地对待膳宿公寓里那个辛苦劳碌的用人，菲利普的内心就充满了厌恶之情。

然后他便盘算起自己的人生规划来了。第四学年结束以后，他就能参加产科学的考试了，再过一年，他就有望取得医师资格了。然后他或许可以设法去西班牙旅行一趟。他很想去看看那些他只是从照片上看到的画作的真迹，他深切地感到艾尔·格列柯掌握着一种对他而言具有特殊意义的秘密，他想象着在托莱多他一定能发现这个秘密。他无意于挥霍铺张，只要有一百镑，他就能在西班牙住上六个月。只要麦卡利斯特再让他发一笔小财，这个理想就很容易能够实现。一想到那些古老美丽的城市和黄褐色的卡斯蒂利亚的平原，他心里就热乎乎的。他确信可以从生活中获得比眼前提供给他的更多的东西，他认为在西班牙他能生活得更为紧凑和充实；也许有可能在那些古老的城市当中选择一个开业行医，挑一个有很多外国人途经或是常住的地方，他应该能够足以挣到一份营生。不过这是很久以后的事了，首先他必须谋到一两个公立医院的职位，这会让他获取足够的临床经验，以利于日后找到工作。他希望能在那种航线不确定的大型货轮上谋个随船医生的职位，这种货船装卸货物都比较从容，他可以在货船停泊的地方观览当地的人情风光。他想前往东方，他的幻想中充满了曼谷、上海和日本港口的画面：他向自己描画出丛丛的棕榈，烈日当空的蓝天，黑皮肤的原住民和一座座佛塔，东方特有的熏香弥漫了他的鼻孔、陶醉了他的神经。他的内心怦怦跳荡着对于这个美丽而又神奇的世界的无比热切的憧憬和渴望。

米尔德丽德醒了。

"我想我肯定是睡着了。"她说，"瞧你，这个淘气的丫头，瞧你都干了些什么？她的裙子昨天还是干干净净的，你看看现在都成了什么样子了，菲利普。"

九十五

回到伦敦后，菲利普开始在外科病房担任敷裹工作。他对外科的兴趣不及内科，因为内科是一门更加基于经验和实证的科学，为想象力提供了更为广阔的驰骋空间。实际的工作也比内科要更艰苦一些。他九点到十点还有一堂课，来到病房后就忙个不停：裹伤、拆线、换绷带。菲利普还是有点为自己裹伤的技术感到自豪的，能得到护士的一半句赞许，他心里就很高兴。一周当中的几个下午安排有外科手术，那时候他便身穿白大褂站在手术室里，准备好递上手术医生需要的任何器械，或者用海绵擦去血污，好让医生看清手术的部位。如果碰上什么罕见病例的手术，前来观摩的学生会把手术室挤得满满当当，不过通常也就只有五六个学生在场，手术就能以菲利普喜欢的那种有条不紊的方式适宜地进行。那时候，好像整个世界都酷爱阑尾炎似的，前来割除盲肠的病人简直多如过江之鲫，于是菲利普负责为其敷裹的那位医生就与一位同事展开了一场友好竞赛：看谁能以最快的速度、最小的切口割除盲肠。

顺理成章地，菲利普接下来被安排到急诊室值班。敷裹员们轮流担当此任，每次连续干三天，这期间他们就住在医院里，在公共休息室用餐。一楼的临时病房旁边有个房间，里面有张床，白天把床折起来收到柜子里。值班的敷裹员不论白天黑夜都得随叫随到，时刻准备照管送来急救的患者。你一刻都不得闲，就算是夜里，头顶上的铃铛每隔一两个钟头至少会响一次，出于本能你一听到铃声就会从床上一跃而起。礼拜六的晚上当然是最忙的一个夜晚，而酒吧打烊的时候又会是最忙的那一刻。警察会把喝得烂醉的男人送了来，这时候就得动用洗胃器给他们洗胃；送来的女人可比单纯喝醉了酒更糟，经常是被她们的丈夫打得脑袋和鼻子鲜血直流：有些女人赌咒发誓要把丈夫送上法庭，有的感觉丢人现眼，宁肯说是意外的事故。敷裹员能够处理得了的都尽量自己处理，处理不了的重伤便只能把住院医生请来了：但要这么做可得万分小心，因为住院医生平白无故地被硬从五节楼梯上拽下来，是不可能很高兴的。受伤的病人从割破手指到把喉咙切开的各色俱全。有被什么机器给轧坏了手的小伙子，有被马车撞倒的男人，有玩耍时摔断了胳膊腿的孩子，时不时的还有被警察送来的自杀未遂的。菲利普就见到过一个面色惨白、目光凶暴的男人，脖子上一条很深的伤口从左耳朵一直划到右耳朵，他被一个警察看守着在病房里住了好几个礼拜，因为自己还活着而一言不发、怒气冲冲、闷闷不乐；他丝毫不加隐瞒，说一旦被释放出院他马上还是要自杀。病房里已经人满为患，警察还在不断地把人往这儿送，这时候的住院医生便有些进退两难了：如果他们不是被送来医院而是送去警局，又真死在了那里，那报纸上可就要有不好听的话说了；而有时候真的很难判断一个人到底是命在垂危了抑或只不过是喝醉了。菲利普不到累得实在支撑不住了就不上床睡觉，省得刚躺下一个钟头又得爬起来；工作间隙他干脆去临时病房找那位夜班护士聊聊天。她头发灰白，一副男人相，在临时病房里做夜班护士已经有二十年了。她喜欢这份工作，因为就她一个人说了算，没有别的护士来烦她。她行动迟缓，但非常能干，在碰到紧急情况时从没出过岔子。敷裹员们经常都既缺乏经验又过分紧张，都把她当主心骨看待。她见过的敷裹员不下成千上万个，对他们统统没啥印象：管他们谁都叫布朗先生；在他们表示抗议，把自己的真名实姓告诉她以后，她只是点点头，然后继续管他们叫布朗先生。跟她坐在那间光秃秃的房间里听她说话，旁边只有两张铺马尾衬罩布的诊察台和一盏烧得正旺的煤气灯，菲利普感觉兴味盎然。她老早就不把来到这里的病患当人看了，在她眼里他们不过是酒鬼、断胳膊或者切开的喉咙。她把世界上的那些邪恶、悲惨和残忍统统当作既成事实来看待，她并不觉得人类的行为有任何值得赞赏或者责备的地方：她一概接受。她具有一种冷峻的幽默感。

"我记得有个自杀的人，"她对菲利普道，"他跳进了泰晤士河。人家把他捞出来，送到了这儿，他因为吞进了泰晤士河的水，十天后生了斑疹伤寒。"

"他死了吗?"

"是的，他死得妥妥的。我一直都搞不太清楚他到底是不是死于自杀……他们是真够搞笑的，这些自杀的。我记得有个人，他找不到工作，他老婆又死了，所以他就把衣服典当了，买了把左轮手枪；但他把事情搞得一团糟，他只把一只眼睛轰掉了，并没把自己打死。后来你猜怎么着，只剩下一只眼，脸还被轰掉了一块，他居然发现这个世界毕竟还没那么糟，打那以后他就快乐地生活下去了。我注意到的一件事是：人们从不会为了爱情而自杀，像你会料想的那样，那都只是小说家们的臆想；他们之所以自杀，是因为他们没有钱了。我也不知道为什么会是这样。"

"我想是金钱比爱情更重要吧。"菲利普说道。

反正，这时候菲利普脑子里一直放不下的就是金钱问题。他发现那句他也曾鹦鹉学舌过的"两个人一起可以过得跟一个人一样便宜"的说法实在太过轻飘，其实大谬不然：他的开销已经开始让他大为发愁了。米尔德丽德真不善于当家，他们的花销并不比每天都吃馆子节省多少；孩子还需要衣服，米尔德丽德一会儿是靴子、一会儿是雨伞，还有其他没了它她就没法过的无数小东西。他们从布赖顿回来以后，她曾号称要去找工作了，但她只是说说而已，并不见她动真章，没多久，一场重感冒又让她躺了两个礼拜。她好了以后也去应聘了一两个招工广告，但毫无结果：不是她去得太晚，人家已经招到了人；就是她认为那工作太重，她觉得自己吃不消。有一回她还真找到了份工作，但工资只有每周十四先令，她觉得这屈了她的才。

"我可不想让自己被人利用，"她评论道，"你要是太自轻自贱了，那人家也不会尊重你了。"

"我觉得十四先令也没你说得那么糟。"菲利普干巴巴地道。

他忍不住会想，这笔钱对他们这一家的吃穿用度该多有助益啊，而米尔德丽德则已经在暗示，她之所以得不到想要的工作，纯是因为她在接受雇主的面试时没一件像样的衣服穿。他给她添置了衣服，她又做了一两次尝试，但菲利普却也得出了一个结论：她找工作的尝试压根儿就不是认真的，她根本不想去工作。他所知道的唯一的生财之道就是证券交易所了，他一心想重拾夏天那次幸运的经验。但战争却又在德兰士瓦爆发了，这么一来南非的股票也便一无可为了。[1]麦卡利斯特告诉他，不出一个月，里弗斯·布勒[2]就会长驱而入比勒陀利亚[3]，到了那时行情便会大涨了。唯一能做的是耐心等待。他们希望英国的挫败能把股票价格跌下来一点，到那时候可能就值得买进了。菲利普开始勤勉地阅读他喜欢的报纸的"街谈巷议"栏。他忧心忡忡、脾气暴躁。有一两回他没好气地说了米尔德丽德几句，而由于她这人既不乖巧又没耐心，也就怒冲冲地回了嘴，结果大吵了一架。说了过头的重话以后，菲利普事后总会道歉的，但米尔德丽德却完全欠缺容人之量，总有两三天故意甩脸子给他看。她会以各种方式惹他心烦：

---

① 指南非战争（South African War），又称布尔战争或英布战争，英国与南非布尔人之间的战争。布尔人是南非荷兰移民后裔，十九世纪中叶在南非建立德兰士瓦共和国和奥兰治自由邦，一八九九年十月英国发动战争，布尔人战败，一九〇二年媾和，德兰士瓦和奥兰治被英国吞并，一九一〇年并入英国自治领南非联邦。

② 里弗斯·布勒（General Sir Redvers Henry Buller, 1839—1908），南非战争初期的英军总司令，英帝国暨英联邦对敌作战最高荣誉维多利亚十字勋章获得者。

③ 比勒陀利亚（Pretoria），南非行政首都。

吃饭的时候拿姿作态，非但不打扫房间，还把她的衣服扔得满起居室里到处都是。菲利普一门心思被战事所吸引，一头扎进了好几种晨报和晚报中，但她却对正在发生的一切都毫无兴趣。她结识了住同一条街上的两三个人，有个人问她是否高兴让副牧师上门拜访她。她戴上一枚结婚戒指，自称为凯里太太。菲利普公寓的墙上挂了两三幅他在巴黎的画作，都是裸体，两幅是女性，一幅是双拳紧握、两脚坚实地抓在地上的米格尔·阿胡里亚。菲利普把它们保留下来，是因为它们是他学艺期间最好的作品，而且能让他回想起那段快乐的时光。米尔德丽德则是早就看它们不顺眼了。

"我希望你能把那几幅画取下来，菲利普。"她终于对他道，"住十三号的福尔曼太太昨天下午来了一趟，我都不知道该往哪儿看才好：我看到她眼睛直勾勾地瞪着它们。"

"它们怎么啦？"

"它们有伤风化。把光屁股的人像公开挂出来，真让人恶心，我就这么说。而且对小孩子也不好。她已经开始注意到很多东西了。"

"你怎么能如此粗鄙庸俗？"

"粗鄙庸俗？我管它叫端庄正派。我以前可从没说过什么，可你认为我喜欢整天看着这几个光屁股的人吗？"

"你就一点幽默感都没有吗，米尔德丽德？"他冷冷地道。

"我不知道这跟幽默感有什么关系。我真想亲自把它们都取下来。你如果想知道我对它们有什么看法，那我告诉你，我认为它们令人恶心。"

"我不想知道你对它们有什么看法，我禁止你去碰它们。"

米尔德丽德在跟他赌气以后，就会通过孩子来惩罚他。那小姑娘喜欢菲利普的程度不亚于菲利普喜欢她，她最开心的就是每天早上爬进他的房间（她快两岁了，其实已经能走得很好了），然后被抱到他床上。米尔德丽德要是不准她这么做，那可怜的孩子就会哭得很伤心。而对于菲利普的规劝，她的回答是：

"我不想让她养成这些坏习惯。"

如果他再要说什么，她就会说：

"我怎么管孩子，跟你完全不相干。听你这么说，人家还以为你是她父亲呢。我是她亲妈，我知道什么对她最好，难道不是吗？"

米尔德丽德的愚蠢让菲利普大为恼火，但他现在对她实在是漠不关心，她也就偶尔才能惹得他生气上火。他已经习惯了她的存在了。圣诞节到了，菲利普有两三天的假期。他带回几棵冬青，把公寓装饰了一下，圣诞节那天，他送了米尔德丽德和孩子几样小礼物。他们只有两个人，火鸡是肯定吃不了的，不过米尔德丽德还是烤了只小鸡，把她从街角的食品杂货店里买来的圣诞布丁煮了一下。他们还开了一瓶葡萄酒。吃过圣诞晚餐以后，菲利普在壁炉边的扶手椅上坐下，点上了烟斗；久已不喝的葡萄酒让他暂时忘却了近来一直纠缠着他的对于钱财的焦虑。他感觉开心而又舒适。不一会儿，米尔德丽德进来跟他说，孩子想让他吻她一下跟她道晚安了，他面带微笑走进米尔德丽德的卧室。在哄着孩子安心睡觉后，他把煤气灯拧暗，留着门以防她万一会哭，然后回到了起居室。

"你想坐哪儿？"他问米尔德丽德。

"你还坐你的椅子。我就坐在地板上。"

他坐下来以后，她也在壁炉前席地而坐，靠在他膝盖上。他不由得想起，当初在沃克斯豪尔大桥路她的公寓里，他们是如何坐在一起的情景，但两个人的位置却正好颠倒了过来：当初坐在地板上，把脑袋靠在她膝盖上的是他。那时他是多么狂热地爱着她！现在，他对她感到了一丝久违了的柔情。他似乎感觉到小姑娘那柔软的小胳膊仍旧搂在他的脖子上。

"你觉得舒服吗？"他问道。

她仰头望着他，微微一笑，点了点头。他们出神地望着炉火，都没有说话。最后她转过头来，有些好奇地盯着他。

"你知道吗？自从我来到这里，你还一次都没吻过我呢。"她突然道。

"你想要我吻你吗？"他微笑道。

"我猜想你已经不像过去那么喜欢、关心我了。"

"我还是非常喜欢你。"

"你更喜欢孩子。"

他没有回答，她把脸颊贴在他手上。

"你不再生我的气了吧？"过了一会儿她问道，垂下了目光。

"我为什么要生你的气呢？"

"我还从来都没有像现在这样喜欢你。我只有在历经了沧海、穿越了火海以后，才懂得了爱你。"

听到从她嘴里冒出她嗜读的那些廉价中篇小说里面的秾丽辞藻，菲利普忍不住打了个寒战。然后他又开始怀疑她嘴里说的跟她心里想的究竟是不是一回事——也许，除了《家庭先驱》周刊里面用的那种陈腐做作的语言，她也不知道还有什么别的方法可以用来表达她的真情实感了。

"我们像这样住在一起显得实在是有点古怪。"

他良久没有作声，沉默重又降临到他们身上；不过他终于还是开了口，而且仿佛并没有意识到已经隔了很久。

"你千万别生我的气。说到这种事情，人都是身不由己的。我记得我曾经认为你这人恶毒而又残忍，因为你做了这样、那样以及其他的事情；但我这么想是很傻的。你原本并不爱我，为此而责怪你是很荒唐的。我本以为我可以使你爱上我，但我现在知道这是不可能做到的。我不知道究竟是什么东西才会使得别人爱上你，但不管这到底是什么，这才是唯一重要的东西，如果它不存在，你是没办法通过体贴殷勤，或者慷慨大度，或者任何这一类的东西把它创造出来的。"

"我本以为，如果你曾真心爱过我，那你现在就仍旧会爱着我的。"

"我原本也是这么以为的。我记得过去是如何常常认为，这种爱肯定会持续到永久的；我觉得我宁肯死去也不愿失去你，我记得我曾如何渴望有那么一天的到来，那时候你年老色衰、皱纹堆垒，再没有人会喜欢你了，而我就终于能够完完全全地拥有你了。"

她没有作声，接着她站起身，说她要上床休息去了。她羞怯地微微一笑。

"今天是圣诞节，菲利普，你不愿意吻我一下，跟我道个晚安吗？"

他呵呵一笑，微微有点脸红，吻了她。她走进她的卧室，他开始看书。

九十六

　　两三个礼拜以后，两人的关系终于来到了决定性的时刻。米尔德丽德被菲利普的行为搅得惊疑不定、恼羞成怒。她内心充满了各种不同的情感，而且会骤然从这种情绪转换到截然不同的另一种情绪。她独自一人花了很多工夫来思考自己的处境问题。她并没有把所有的情感都付诸语言，她甚至都不知道它们到底都是些什么样的情感，但总有些东西在她的思绪中浮现出来，她便翻来覆去地琢磨着这些不速之客。她从不曾真正理解过菲利普，也从没特别喜欢过他；但她挺高兴身边有他这么个人，因为她认为他是个绅士。他父亲是个医生，他大伯又是个牧师，她把这一点看得很重。她有点鄙视他，因为她曾把他玩弄于股掌之上，而与此同时跟他相处的时候她又从来都不会觉得特别舒畅；她总是不能尽情尽兴、忘乎所以，因为她感觉他一直在挑剔她的言谈举止。

　　刚刚搬到肯宁顿那套小公寓时的她身心交瘁、羞愧万分。她很高兴能一个人待着。想到再也没有一定要付的房租，真是莫大的安慰；她不需要再在任何天气里都去做站街女，她要是觉得不很舒服随时都能在床上安静地躺着。她对自己先前所过的生活深恶痛绝。见人就得满脸堆笑，就得曲意逢迎，真是太可怕了。即使是现在，一想起过去的生活，想起男人的粗暴行径和野蛮的语言，她都会因为怜惜自己而痛苦地落泪。不过那些场景已经很少再在心头浮现了。她很感激菲利普把她救出了苦海，当她想起他曾多么真诚地爱她，而她待他又是何等恶劣时，她就感到一阵悔恨的痛苦。不过很容易可以对他做出补偿，而这对她则算不了什么。当他拒绝了她的建议时她感到有些惊讶，不过她也只是耸耸肩膀：他要是高兴就随他摆谱儿去吧，她才不在乎呢，要不了多久就轮到他着急了，到那时就是由她来拒绝他了；要是他认为这是她的任何损失，那他可就大错特错了。她毫不怀疑她对他拥有的控制权。他这人很特别，但她把他了解得透透的。他曾多少次跟她吵翻了脸，发誓他再也不想见到她了，但要不了多久他又双膝跪地爬过来求饶了。一想到他在她面前是多么卑躬屈节，她便不由得生出一阵兴奋的快感。他是会心甘情愿躺倒在地，让她从他身上践踏过去的。她又不是没见过他痛哭流涕。她完全知道该怎么整治他：压根儿就不理睬他，假装没注意到他在发脾气，全当他根本不存在，不一会儿他肯定就会趴着来求饶了。她暗自一笑，心情舒畅得很，当她想到他是怎么来到她面前，恨不得吃她脚底下的泥土的。她也算是恣意享乐过的人，她知道男人都是怎么回事，再不想跟他们有什么瓜葛了。她已经算是打定了主意准备跟菲利普过一辈子了。说一千道一万，他是个地地道道、货真价实的绅士，而这一点是绝不可轻忽的，不是吗？反正，她是不用着急的，她也并不打算采取主动。她很高兴看到他是多么喜欢那孩子，而且越来越喜欢，虽然这也让她觉得甚是可笑；他居然这么重视另一个男人的孩子，也真够滑稽的。他这人**确是**特别，一点都没错。

不过，还是有那么一两件事让她有点意外。她早就习惯了他的百依百顺、唯命是从：在过去，他巴不得为她服役效劳，为了她什么事都肯做；见到他为了她一句气话便垂头丧气，为了她一句好话就欢欣鼓舞，她都已经习以为常了。可是他现在的表现却大不一样了，但她自我安慰说，过去这一年间，他也不会有什么长进的。她一刻也没想到过他的感情会发生任何变化，当他对她的坏脾气视而不见的时候，她认为他那不过是在装样。有时候他想要读书的时候就干脆告诉她不要再讲话了：她都不知道是该大发其火呢还是冷脸以对，她一时间大惑不解，结果竟然什么反应都没有。后来他又找她谈话，告诉她他希望他们就保持柏拉图式的关系，由于想起了他们过去的一次意外，她便自作聪明地以为他这只是害怕她会怀孕。她费尽苦心向他保证不会出此纰漏，也仍旧无济于事。她这种女人是不会理解一个男人是有可能不像她那么沉迷于性事的，她跟男人的关系都纯粹是这方面的，她没法理解除此以外男人还会有其他方面的兴趣。她又突然想到，菲利普许是爱上了别的什么人，于是她开始暗中观察他，怀疑会不会是医院里的护士或者他在外面勾搭上的什么人；但经过巧妙的盘问以后，她又认定阿瑟尔尼家里并没有什么危险的女人；而且她还强作解人地认为，菲利普也跟大部分医科学生一样，是意识不到纯粹因为工作才接触到的那些护士的性别的：在他脑子里她们都是跟淡淡的碘仿气味联系在一起的。菲利普并没有什么信件，他的个人物品当中也没有姑娘的照片。如果他当真爱上了什么人的话，那他可真是藏得够好的。他对米尔德丽德各种问题的回答态度都非常坦率，显然并没有猜疑到那其中有任何隐含的奥妙。

"我不相信他是爱上了别的什么人。"她最后对自己道。

这让她长出了一口气，因为既然如此，他就肯定仍然爱着她，但如此一来，他的行为就非常令人不解了。他要是真打算这样对待她的话，那他干吗还要请她过来同住呢？这是不自然的。米尔德丽德可不是那种会相信这世上还有可能存在同情、慷慨或仁慈的女人。她唯一的结论就是菲利普是个怪胎。她一时心血来潮，又认为他这么做是出于骑士精神、侠义风度；她脑子里塞满了那些廉价小说的胡言乱语，对他那棘手的行为做出种种自说自话的浪漫解释。她异想天开，脑子里瞎琢磨的都是什么痛苦的误会、圣火的净化、白雪般纯洁的灵魂以及圣诞夜严寒中的香消玉殒。她下定决心，等他们从布赖顿回来以后，就把他那套胡说八道做个了结：在那儿他们将单独待在一起，每个人都会以为他们是正牌夫妻，而且还有长堤和乐队呢。但当她发现无论如何都不会诱使他跟她同住一个房间，当他用她以前从没听到过的那种语气跟她把这件事挑明的时候，她才突然认识到他并不想要她。她惊愕万分。她记得他在过去说过的所有那些话，记得他曾多么不顾一切地爱着她。她感觉羞辱而又气愤，但她有种天生的傲慢，这才使她硬撑了过来：他可别以为她爱他，其实她根本不爱他。有时候她真恨他，她渴望羞辱他；但她发现自己简直是完全无能为力，她不知道怎么才能掌控他。跟他在一起时，她开始感到有点紧张不安了。她甚至还哭过一两回。有一两回她对他特别温柔体贴，他们晚上沿着海滨的步道散步时，她一挽起他的胳膊，过一会儿他总会找个借口挣脱开来，就仿佛被她碰到会让他感觉很不愉快似的。她简直搞不懂。她对他唯一的抓手便只剩下那孩子了，他似乎越来越喜欢她：她给那孩子一巴掌或者使劲推她一把，能把他气得脸色发白；他眼中唯一一次重又现出旧日那温柔的笑容，是有一回她抱着孩子跟他站在一起的时候。那是她这个样子站在沙滩上让一个人给他们拍照时偶然发现的，打那以后，她就经常以同样的方式站在那儿专门给菲利普瞧。

他们回到伦敦后，米尔德丽德真正开始找起了她曾断言手到即可擒来的工作；她现在不想再依赖菲利普了，她得意地想象着那一幕：她如何向菲利普宣布她就要搬出去了，带着孩子一起走。但当她实际开始寻找工作以后，她的内心却又失去了勇气。她已经不再能适应那漫长的工作时间，她不想再被一个女经理呼来喝去，她的尊严使她一想到又要穿上工作服就心生厌恶。她已经跟她认识的邻居们反复申说他们相当富裕：要是他们听说她不得不外出工作，那她的脸该往哪儿搁？她那天生的懒惰又占了上风。只要菲利普还愿意养活她，她就不想离开他，有便宜干吗不赚呢？尽管并没有大手大脚的资本，总归是有吃有住、衣食无忧的，而且他的境况还有可能改善。他大伯年事已高，随时都可能撒手人寰，到时候他总归多少可以得到一点遗产，即使是目前这样吧，那也总比为了一个礼拜那几个先令从早到晚当牛做马强得多。她的劲头松懈了下来，她还继续每天浏览日报上的广告栏，不过是为了做个样子：只要是出现值得她一做的工作，她还是想去做点什么的。但是她却开始恐慌起来，她害怕菲利普会厌烦了继续养活她。她现在已经一点都拿不住他了，她琢磨着他之所以还继续允许她待在这里，无非是因为他喜欢那孩子罢了。她把这里里外外都仔细盘算了一遍，不禁怒不可遏地暗自对自己说，总有一天她会让他为所有这一切付出代价的。她总是不肯承认他已经不再喜欢她了这一事实。她会让他喜欢上自己的。她满怀怨愤，可有时候又莫名其妙地想要得到他。他现在竟然如此冷漠，这让她实在是气不过。她就这样一刻不停地想着他。她认为他待她非常恶劣，而她不知道她究竟做错了什么该当受到这样的虐待。她不断地对自己说，像他们这样生活在一起是不自然的。然后她又想到，假如情况有变，她如果能怀上他的孩子，那他肯定就会娶她为妻了。他这人怪是怪，但他却是个彻头彻尾、货真价实的绅士，这一点是谁都不会否认的。最后这简直变成了她的一种偏执，她打定主意要强行使他们的关系发生转变。他现在甚至都不肯吻她了，而她想让他这么做：她还记得他曾多么热烈地紧紧压在她的嘴唇上。想起这件事，她心里就生出一种莫可名状的情感。她经常盯着他的嘴唇看。

有天傍晚，那时是二月开初，菲利普跟他说他要跟劳森一起吃个饭，劳森要在他的画室里举行个晚会庆祝他的生日，这样他回来得肯定挺晚的；劳森已经从比克街那家酒馆里订购了两三瓶他们都喜欢的那种潘趣酒，他们打定主意要好好地乐上一整晚。米尔德丽德问他有没有女宾，菲利普跟她说并没有：请的都是男人，他们就是想坐在一起尽情地聊聊天、抽抽烟。米尔德丽德心想，这能有什么趣儿？她要是个画家的话，会叫上五六个女模特儿大家一起乐呵。她上床睡觉，但怎么都睡不着，她突然心生一计。她爬起来，跑去把楼梯口大门上的那扇小门给闩上了，这样菲利普就进不来了。他大约一点钟的时候才回来，她听到他发现小门给闩上后的咒骂声。她从床上起来，替他把门打开。

"你干吗要把门关起来？抱歉把你从床上拽起来了。"

"我还特意留着门的，不知道它怎么就自己关上了。"

"赶紧的，快回去睡觉吧，要不然会着凉的。"

他走进起居室，把煤气灯拧亮了。她跟着进来，走到壁炉前。

"我想把脚暖和一下，冷得像冰。"

他坐下来，开始脱靴子。他两眼放光，两颊绯红。她想他准是喝了不少。

"你们玩得开心吗？"她问，面带微笑。

"是的，痛快极了。"

菲利普还挺清醒的，但他刚才一直都又说又笑，现在仍然很兴奋。这样的一个夜晚让他想起了巴黎的旧时光。他兴致极高，从口袋里掏出烟斗，又把它装满了。

"你还不打算睡吗？"她问道。

"还不想睡，我一点都不困。劳森兴致极高、状态极佳。从我到他那儿开始他就说个没完，一直到我离开都没住过嘴。"

"你们都说了些什么？"

"天知道！天南海北，无所不谈。你真该看看我们那副德性：每个人都扯开了嗓门在那儿喊，没有一个人在听。"

菲利普回想起刚才的情形，又开心地笑了，米尔德丽德也跟着笑了。她很有把握他是喝得有些过量了。这也正是她期望看到的。她了解男人。

"我能坐下来吗？"她问道。

还没等他回答，她一屁股坐在了他大腿上。

"你要是还不睡，最好是去披上件晨衣。"

"哦，我现在这样就挺好。"然后她伸出胳膊搂住他的脖子，把脸紧贴在他脸上，说："你待我为什么这么可恶，菲尔？"

他想站起来，但她不让他动。

"我真心爱你，菲利普。"她说。

"别胡说八道了。"

"不是胡说，是真的。没了你我就不能活。我想要你。"

他挣脱开她的手臂。

"请站起来。你这是在出乖露丑，而且让我觉得自己也是个十足的白痴。"

"我爱你，菲利普。我想弥补我对你造成的所有的伤害。我不能再这样继续下去了，这是不符合人性的。"

他从椅子上溜下来，让她坐在上头。

"我很抱歉，但已经太迟了。"

她撕心裂肺地啜泣起来。

"你待我为什么这么可恶，菲尔？"

"可是为什么？你怎么能这么残忍？"

"我想这是因为我过去太爱你了。我已经把激情全都耗光了。一想到那种事就让我心生反感。现在我一看到你，便忍不住会想起埃米尔和格里菲思。这不是我能控制得了的。我想这纯粹是神经的本能反应。"

她抓住他的手，在上面印满了吻。

"别这样。"他喊道。

她瘫倒在椅子上。

"我不能再继续这样下去了。你要是不爱我，我宁可走掉。"

"别傻了，你没有任何地方可去。你尽可待在这里，愿待多久就待多久，但必须建立在这个前提之下：我们只是朋友，仅此而已。"

这时，她突然一反刚才热情似火的做派，柔媚又曲意逢迎地一笑。她侧身贴到菲利普身上，伸出胳膊搂住他。声音变得低柔而又甜蜜。

"别再像个老傻瓜似的了。我相信你只是紧张而已。你还不知道我的本事有多大呢。"

她把脸直贴到他的脸上，用脸颊蹭着他的脸颊。在菲利普看来，她的微笑是令人憎恶的胁肩谄笑，她眼睛里那挑逗性的亮光简直让他毛骨悚然。他本能地往后退缩。

"我做不到。"他说。

但她不肯让他走。她用嘴巴去找寻他的嘴唇。他抓住她的双手，粗暴地把它们掰开，一把把她推开了。

"你让我觉得恶心。"他说。

"我?"

她一只手撑在壁炉架上,稳住自己的身体。她盯着他看了一会儿,两颊上突然泛起两块红斑。她发出一阵尖利而又愤怒的狂笑。

"我让**你**觉得恶心?"

她顿了顿,狠狠地深吸了一口气。然后爆发出一阵连珠炮一样的咒骂。她扯直了嗓门大喊大叫。她用所有能够想到的污言秽语来咒骂他。她使用的语言是如此污浊淫秽,简直把菲利普给惊呆了。她平常总是急赤白咧地装出一副举止文雅的样子,对任何粗暴的言谈举止都做出一副胆战心惊的样子,他真想不到她是从哪儿学到她现在使用的这些污言秽语的。她冲到他跟前,把脸直戳到他脸上。她的脸激愤得扭曲变形了,她不停嘴地喊叫咒骂,唾沫星子喷得到处都是。

"我根本就没有喜欢过你,一次都没有,我一直都是拿你当傻子耍呢,你让我厌烦,让我厌烦透顶,我恨你,要不是为了钱,我才不会让你碰我一手指头呢,过去我不得不让你亲我的时候,心里就一阵阵犯恶心。我们背地后都在嘲笑你呢,格里菲思和我,我们笑你,因为你是个十足的蠢驴。蠢驴!蠢驴!"

接下来又是一阵不堪入耳的谩骂。她把每一样卑劣的行径都往他头上栽:她骂他是个小气鬼,骂他呆钝、虚荣而又自私;她恶毒地嘲笑他平常最敏感的每一个方面、每一桩事物。她终于转身要走了。她意犹未尽,歇斯底里、无比激烈地冲他喊出一个无礼、肮脏的绰号。她抓住门把手，猛地把它拉开。然后她又转过身来，冲着她知道唯一真能触痛他的那个旧伤口掷出最后的杀手锏。她把全副的恶意和怨毒全都凝聚到这个词上。她冲他大喝一声，就像是最后一击。

"瘸子!"

九十七

第二天上午，菲利普一下子从梦中惊醒，意识到时间不早了，看了看表，果然已经九点钟了。他跳下床来，走进厨房给自己弄点热水好刮脸。米尔德丽德连个人影都没有，昨晚她吃晚饭用过的餐具还放在水槽里没洗呢。他敲了敲她的房门。

"醒醒，米尔德丽德。已经很晚了。"

她没应声，他又使劲敲了敲门，还是没什么动静，他断定她这是又在生闷气了。他太着急了，顾不上理会了。他烧了点水，跳进浴盆里洗了洗，为了不至于太凉，浴盆里的水都是在前一天晚上就放进去的。他料想他在梳洗更衣的时候米尔德丽德会把早饭做好，并且端到起居室里的。之前她使性子的时候，有两三回就是这么做的。但他并没有听见她走动的声音，于是意识到他要想吃点东西的话只能自己动手了。他感到很恼火：她居然单挑这么个他睡过头的早上跟他来这一套。他早餐都准备好了，还没看到她的身影，但听到她的房间里有动静了。她显然正在起床。他给自己弄了杯茶，切了几片面包，抹上黄油，他一边穿靴子一边匆忙把东西咽下去，然后噔噔地奔下楼去，从他们这条街拐上主路去搭有轨电车。他眼睛一路搜寻着报亭前面大幅海报上的战争消息，一面想起了昨晚的那场闹剧。现在事情已经过去了，而且得留到这第二天来收场，他不禁觉得未免过于不像话了些；他固然认为自己的举动有些可笑，但他实在控制不了自己的情感，而在当时他的情感又是压倒性的，不容他抗拒。他很生米尔德丽德的气，因为是她逼他进入这种荒唐境地的，然后他又再次惊讶不已地想起她那歇斯底里的大爆发和她使用的那些污言秽语。想起她最后对他的侮辱嘲骂，他禁不住脸一红，但他也不过轻蔑地耸耸肩膀由它去了。他早就知道，他身边的人只要是跟他闹了别扭，总会拿他的残疾来出气的。他曾看到医院里有人模仿他走路的步态，当然已经不像在学校里那样当着他的面来模仿了，而是在以为他看不见的时候。他现在知道，他们这么做也并非出于真正的恶意，而是因为人天生是种喜欢模仿的动物，因为这是一种很容易逗人发笑的方法：他知道，但他就是没办法做到不往心里去，做不到一笑置之。

他很高兴能投身到工作中去。他走进病房的时候，里面像是有一种愉快而友好的气氛。护士跟他打了个招呼，露出一丝事务性的微笑。

"你今天可是来晚了，凯里先生。"

"昨晚上寻欢作乐去了。"

"看得出来。"

"谢谢你。"

他呵呵笑着走向他的第一个病人，那是个患结核性溃疡的小男孩，帮他把绷带拆掉。那孩子见到他很高兴，菲利普一边给他的伤口换上干净的绷带，一边跟他开两句玩笑。病人们都很喜欢菲利普，因为他待他们和颜悦色的，而且他那双手温柔而又灵巧，给他们敷裹的时候从来不会弄疼他们；有些敷裹员就毛手毛脚的，裹伤换药的时候下手没轻没重。午餐他是跟几个朋友在俱乐部里吃的，非常节俭朴素，就一个奶油司康饼和一杯热可可，边吃边谈论战事的进展。有几个人本想去参战的，但当局要求很严格，凡尚未谋得公立医院职位的都不接受。有人议论说，要是战事持续下去，过不了多久，他们就巴不得欢迎任何取得医生资格的人参军了，不过普遍的观点都认为战事将在一个月内结束。既然罗伯茨①已经去了那儿，形势很快便会得以扭转的。麦卡利斯特也持这样的观点，而且他还告诉菲利普，他们一定要瞅准时机，赶在宣布和平前把股票购进。届时行情肯定会大涨，他们都有可能发笔小财了。菲利普已经明确指示麦卡利斯特，只要机会一出现，马上代他买入股票。由于去年夏天他净赚了三十镑，他的胃口已经更大了，他现在想要赚个两三百镑。

干完了一天的工作后，他乘上有轨电车返回肯宁顿。他不知道那天晚上米尔德丽德还会兴出什么事来。一想到她很有可能会

① 罗伯茨（Frederick Sleigh Roberts, 1st Earl of Kandahar, Pretoria, and Waterford，1832—1914），英国陆军元帅，战功显赫，一八九九至一九〇〇年在南非战争中担任英军第二任总司令，攻克奥兰治自由邦首都布隆方丹以及约翰内斯堡和比勒陀利亚两大城市，扭转了英军的颓势，一九一〇年受封伯爵。

使性子耍脾气，连句话都不肯说，他就觉得厌烦。就一年当中的这个季节来说，那天傍晚相当和暖，就连在南部伦敦那些灰蒙蒙的街道上，也有了二月份慵懒的气息；经过漫长的冬季以后，大自然正蠢蠢欲动，所有的生物都开始从睡眠中苏醒过来，大地有了窸窸窣窣的动静，重又开始了它永恒的活动，预示着春天的到来。菲利普真想再继续往前乘下去，回到他那个小公寓真是让人气闷，他需要新鲜的空气；但渴望见到那孩子的欲望突然攫住了他的心弦，一想到她咯咯地欢叫着摇摇晃晃地朝他走来，他就忍不住微笑起来。他来到公寓前面，机械地抬头一看，发现窗口并没有映出灯光，不觉有些惊讶。他上楼来敲了敲门，并没有人应答。米尔德丽德在外出的时候总是把钥匙放在门垫下面，他在那儿找到了钥匙。开门进去，来到起居室以后，他划着了一根火柴。肯定是出事了，他一时间还没反应过来到底出了什么事；他把煤气灯拧到最大，把灯点上，房间里一下子灯火通明，他四下里一望，不觉倒吸了一口冷气。整个房间都毁了，里面的每一样东西都被故意毁坏了。他怒不可遏，冲进米尔德丽德的房间。里面一片漆黑，空无一人。他把灯点亮后发现她已经带走了她和小孩子的所有东西（进门的时候他就注意到那辆童车并不在平台上它通常所在的位置，但他以为是米尔德丽德带着孩子出去了呢）；脸盆架上的所有东西都被砸烂了，两把椅子的椅座部位被刀子划了好几个大十字，枕头被割开了，床单被罩上有一道道大口子，镜子看来是被锤子给敲碎的。菲利普目瞪口呆、手足无措。他走进自己的房间，那里面的一切也都是一塌糊涂。脸盆和水壶被砸碎了，镜子碎成了一块一块，床单都撕成了布条子。米尔德丽德显然是在枕头上割开一道口子，然后把手伸进去，把填充的羽毛撒得满屋子都是。毛毯也被她用刀子给捅穿了。在梳妆台上有菲利普母亲的几张照片，镜框已经被砸烂，还有碎玻璃在摇摇晃晃。菲利普走进小厨房。一切能够破坏的都被砸烂了：玻璃杯、布丁蒸盘、盘子、碟子，碎了一地。

菲利普惊得气都透不过来了。米尔德丽德没留下只言片语，除了这片废墟什么都没有，以示她的怒火，他都能想象得出她在干出这一切时那副鱼死网破的神情。他又回到起居室，看了看那里的情形。他极度震惊之下甚至都感觉不到愤怒了。他好奇地看着那把厨刀和敲煤用的榔头，她最后就把它们扔在了那张餐桌上。然后他的目光又落在了扔在壁炉里的那把已经断裂的巨大的切肉刀上。她肯定是花了好长的时间才造成这么多的毁坏的。劳森给他画的那幅肖像被十字花地划了好多刀，破碎的画布一块块丑陋地耷拉着。他自己的那几幅画被割成了碎片；那几张照片：马奈的《奥林匹亚》、安格尔的《大宫女》以及腓力四世肖像[1]被那把敲煤的榔头砸得稀烂。桌布上、窗帘上和那两把扶手椅上被划了好多大口子。全都被毁了。菲利普用作书桌的那张桌子上方的墙上原本挂着克朗肖送给他的那块小波斯地毯，米尔德丽德一直都对它瞧不上眼。

"如果是块地毯，就该铺在地上，"她说，"而且它又脏又臭，

---

[1] 委拉斯开兹的作品，参见第四十一章注。

算个什么东西?"

因为菲利普跟她说这块地毯当中包含了一个巨大谜题的答案，惹得她大为光火，她以为他是在拿她寻开心。她用刀子把它横划竖拉了不下三趟，想必是不辞劳苦，费了很大的力气，现在它就这么破破烂烂地挂在墙上。菲利普有两三个蓝白相间的盘子，虽然不值什么钱，却是他以很便宜的价格一个个收来的，他喜欢它们带给他的相关的联想。它们全都扔在地上，碎成了片。书籍的封底也被划上了长长的刀口，她还不嫌麻烦，把几本尚未装订的法语书撕掉了好多内页。壁炉架上的那些小摆设都被砸成碎片扔在炉膛里。凡是能用刀子和榔头毁坏的东西全都被毁坏了。

菲利普的这份家当整个加起来也值不到三十镑，但大部分都是他的老朋友了，他又是个喜欢宅在家里的人，很珍惜这些零零碎碎的小东西，因为这都是他的，难免敝帚自珍；他也一直为他这个小家感到自豪，只用了很少的花销就把它打造得既漂亮又有个性。现在他绝望地瘫坐在椅子上，自问她何至于心狠手辣到这种地步。他心头猛地又升起一阵恐慌，他一跃而起，奔到走廊里，那里有一只盛放他衣服的衣橱。打开来一看，这才长出了一口气。她显然是把它给忘了，里面的衣物一件都没动过。

他回到起居室，又查看了一遍现场，琢磨着该如何是好。他完全没心思把那堆破烂整理清爽，而且家里一点吃的都没有，他又已经饿了。他先出去吃了点东西，回来以后也就冷静多了。想起那孩子的时候，心里不免掠过一阵痛楚，不知道她会不会想念他，一开始也许会的，不过不出一个礼拜也便把他忘得一干二净了。谢天谢地，终于彻底摆脱了米尔德丽德。想起她的时候他并不感到愤怒，只有一种无比强烈的厌倦。

"祈求上帝，但愿再也不要见到她了。"他大声说道。

现在唯一能做的便是离开这儿，他决定第二天一早就通知房东太太他要退租。他无力把损坏的家当重新补齐，他的钱已经所剩无几，必须找个更便宜的栖身之处了。从这里搬出去只会让他感到高兴，租金和日常用度的花销早就让他忧心忡忡，而对于米尔德丽德的记忆也将永远留在这里。菲利普是个急脾气，一旦拿定了主意，多一刻工夫不付诸实施都会坐立不安；所以在第二天的下午，他就找了个做二手生意的家具商，对方愿意出价三镑钱把菲利普所有毁坏和尚未毁坏的家具什物全部包圆儿；两天以后他便搬回了医院对面的那家公寓，当初他刚进医学院的时候就是住在那里。房东太太是个很正派的女人，他在顶楼租了个卧室，她一周只收他六个先令。那个房间又小又简陋，而且正朝着公寓背后的那个院子，但除了几身衣服和一箱书以外他已身无长物，他很高兴能住得这么便宜。

九十八

现在，菲利普·凯里那点只对他本人才无比重要的钱财，却意外地受到了他的国家正在经历的重大事件的影响。历史正在被创造出来，这一进程是如此重要，而居然能波及一个默默无闻的医科学生的人生，又未免显得有些荒唐可笑了。一个战役接着一个战役：马格斯方丹、科伦索、斯皮温山，都相继在伊顿公学的运动场上失利①，使祖国蒙受耻辱，给贵族士绅们的威信以致命的打击：因为迄今为止，对他们自称的治国理政的天赋本能尚未出现过任何严重的挑战呢。旧秩序正被扫除净尽：历史确实正在被创作出来。接着，伟人②开始施展出其威力，然后再度陷入困境，最后误打误撞，居然取得了胜利的假象。克龙涅③在帕尔德伯格投

① 作者是在嘲讽战争的领导者都是出身伊顿等四大公学的贵族士绅，而他们的本事最多不过是在学校的运动场上习得的。

② "伟人"指英军第二任总司令罗伯茨。

③ 克龙涅（Pieter Arnoldus Cronjé, 1836—1911），南非布尔军队的将领，南非战争初期曾发挥重要作用。一八九九年战争爆发后任西线最高统帅，在马格斯方丹击退英军发起的总攻，一九〇〇年二月，在马格斯方丹抗击了罗伯茨元帅的军队，但未能阻止（转下页）

降，莱迪史密斯被解围，在三月开初，罗伯茨勋爵率军开进了布隆方丹。

捷报传到伦敦的两三天后，麦卡利斯特走进比克街上的那家酒馆，兴冲冲地宣布证券交易所的行情正在向好。和平指日可待，几个星期内罗伯茨就将开进比勒陀利亚。股票行情必然会大涨。

"现在正是买进的时候，"他告诉菲利普，"无须再等，到了公众纷纷入市的时候就晚了。机不可失，时不再来。"

他有内部消息。南非一个矿山的经理打电报给其公司的一位高级合伙人，说矿山并未受损。他们将尽快复工。这不是投机，这是桩投资。为了表明这位高级合伙人认为形势是何等乐观，麦卡利斯特告诉菲利普，说这位合伙人已经为两个亲姊妹各买进了五百股；而若非像把钱放在英格兰银行一样保险，他是绝不会把她们也拉进去的。

"我打算连我的衬衫都投进去。"他说。

股价在二又八分之一镑到四分之一镑之间。他建议菲利普不要太贪心，上涨十先令就该满足了。他自己打算购入三百股，建议菲利普也买一样的数量。他会先持股观望，等到认为合适的时候抛出。菲利普对他极为信任，部分是因为他是个苏格兰人，苏格兰人天性都很谨慎，部分是因为上次已经买对过一回了。他对此建议欣然接受。

（接上页）英军对金伯利的援救，向东退却时，在帕尔德伯格被英军围困，在重创英军后带着约四千人被迫投降。

"我敢说在定期结清之前咱们就能把它卖掉，"麦卡利斯特道，"要是还卖不掉，我会设法把你的股票转期交割。"

这办法在菲利普看来是再好也没有了。你就持股等着，等到能获利的时候再卖出去，你甚至都不必实际上拿出现钱来。他开始以全新的兴趣专注报纸上的证券交易栏。第二天，普遍都上涨了一点，而麦卡利斯特写信告诉他，他得以二又四分之一镑的价格购进了。他说市价坚挺。但在一两天后有所下跌。来自南非的消息就不那么让人放心了，菲利普焦虑地看到他的股票已经跌到了每股两镑；但麦卡利斯特仍很乐观，布尔人是不可能再支撑太久了，他拿一顶大礼帽来打赌，罗伯茨在四月中旬前肯定能开进约翰内斯堡。照此计算的话，菲利普就付出将近四十镑。这让他相当担心，但他感觉唯一的办法是坚持下去：就他的境况而言，这损失实在太大，他已经承受不起了。有两三个礼拜的时间，一点动静都没有；布尔人不愿意承认他们已经战败，除了投降已经再无其他选择了。而事实上他们又取得了一两次小规模的胜利，菲利普的股价又跌掉了半个克朗。情况已经变得很明显：战争并未结束。股票市场上出现了很多抛售，而麦卡利斯特见到菲利普的时候，也变得悲观了起来。

"我不能确定，及时止损是不是现在最好的选择。我赔进去的已经跟我想要赚进来的数目差不多了。"

菲利普焦虑万分，忧心如焚。他夜不能寐，为了尽快赶到俱乐部的阅览室看报，他两三口就把早餐塞进肚里，而早餐的内容已经精简到只有面包黄油和一杯茶了。报上的消息有时不好，有时干脆什么消息都没有，股价只要是变动，就只有下跌。他真不知该如何是好了。如果他现在卖掉，他就十足要亏掉三百五十镑，那他就只剩下八十镑了。他衷心希望当初没那么犯傻，竟想到证券市场上去投机取巧，但现在唯一能做的也只有咬牙硬顶，寄希望于随时都将发生决定性的事件，而股票能再涨上去。他现在已经不希望能赚多少了，他只想能把他的损失弥补回来。这是他能够完成医科学业的唯一机会了。夏季学期将在五月份开始，期末他将参加产科的考试。然后就只剩下一学年了，经过仔细的盘算以后，他得出的结论是：学费加上其他所有的费用，再有一百五十镑便足敷使用了，但这也是可能限度内的最低预算了。

四月初的一天，他来到比克街的酒馆，一心想见到麦卡利斯特。跟他讨论一下局势会多少让他感觉宽慰一点，意识到还有无数人跟他一起蒙受了损失，也会让他自己的困境显得更容易忍受一点。可是菲利普来到那儿的时候，酒馆里只有海沃德一个人，而菲利普刚一坐下，他便跟他说：

"礼拜天我要启程去好望角了。"

"真的吗？"菲利普叫道。

他万万没想到海沃德能做出这等事来。现在他们医院里有很多人都在报名参军，只要是已取得医师资格的政府都竭诚欢迎；那些尚未取得资格的就报名去当骑兵，给家里写信说只要一得知他们是医科学生，便会被安排去做医务工作的。一股爱国主义的热潮正席卷全国，来自各个社会阶层的志愿者都纷纷报名参军。

"你去干吗呢？"菲利普问道。

"哦，我去做骑兵，加入多塞特郡的义务骑兵队。"

菲利普认识海沃德已有八年了。他们年轻时代的亲密情谊早已消失无踪，那本是源自菲利普对这个能告诉他艺术和文学真谛的领路人的热烈景慕之情，取而代之的是习惯成自然的熟人关系，只要海沃德待在伦敦，他们每个礼拜总会见个一两次面。他依旧以一种精微的鉴别力来谈论书籍。菲利普还没养成宽容的雅量，有时候海沃德的高谈阔论会惹他动怒。他已经不再绝对地相信世间除了艺术就再也没有重要的东西了。他很不满海沃德对于行动和成功的蔑视。菲利普一边搅着自己的潘趣酒，一边回想着他们早年的友谊，以及对于海沃德必将成就一番大事业的殷切期望。他早已丢弃这样的幻想了，现在他知道，海沃德除了空谈是什么事都做不成的。他已经三十五岁，他发现如今再依靠每年那三百五十镑的收入过活，已经远不及年轻的时候那么容易了。他的服装虽然仍旧是高级裁缝为他定制的，穿的时间已经比当初要长了很多，放在从前他是绝不可能穿这么长时间的。他也过于发福了，再怎么精心梳理，他那头金发也掩盖不了他秃顶的事实了。他那双蓝眼睛已经呆滞而又黯然无光，不难猜到他是过于好酒贪杯了。

"你怎么会想到要去好望角的呢？"菲利普问道。

"哦，我也不知道。我只是觉得应该这么做。"

菲利普沉默了。他觉得自己挺傻的。他明白海沃德是受到灵魂深处的一种他也解释不清的怔忡不安所驱使，才会做出这样的决定的。他内心有一种力量让他觉得必须去为祖国而战。这很奇怪，因为他一贯认为，所谓的爱国主义不过是种偏见，而且他也一直都自诩是个世界主义者，甚至将英格兰视作一块流放之地的。他的同胞作为一个整体对他脆弱的情感只能是一种伤害。菲利普很想知道，到底是一种什么样的力量使得人们做出跟他们所有的生活原则完全相反的事情来的。在野蛮人相互残杀的时候，海沃德唯有袖手旁观、幸灾乐祸才是合乎情理的。看起来，人不过是一种不可知力量手里的傀儡而已，这种力量驱使着他们做这做那。有时候他们也会使用他们的理智来为他们行为的正当性辩护，而在这都行不通的情况下，他们就干脆不顾理性，悍然采取行动了。

"人啊，可真是令人费解，"菲利普道，"我是万万没想到你会去报名当骑兵的。"

海沃德微微一笑，略显尴尬，什么也没说。

"昨天我做了个体检，"他最后道，"只要知道自己的体魄完全健康，经受这么点 gêne①也还是值得的。"

菲利普注意到，本可以用英语表达的意思，他仍旧矫揉造作地用了个法文词。不过正在这时，麦卡利斯特走了进来。

"我正想找你呢，凯里。"他说，"我们的人都不想再继续持有这些股票了，市场的情况太糟糕了，他们想让你把股票兑付。"

菲利普的心往下一沉。他知道这是他办不到的。这就意味着他必须接受所有的损失。但他碍于自尊心，还是很平静地回答道：

"我不知道还值不值得这么做。你最好还是把它们卖了吧。"

---

① 法语：不舒适，不方便。

"你说得倒容易，我没把握还能不能卖得掉。市场极不景气，根本没有买主。"

"可是已经跌到了一又八分之一镑了呀。"

"哦，是的，但这并不顶事的。你其实是卖不到那个价的。"

菲利普一时间无言以对。他竭力让自己镇定下来。

"你的意思是说它们一文不值了吗？"

"哦，我并没那么说。它们当然还是值几个钱的，但你要知道，眼下是没人肯买的。"

"那你也只得能卖多少就卖多少了。"

麦卡利斯特仔细打量了一下菲利普。他怀疑他是被这个坏消息给震蒙了。

"实在是非常抱歉，老伙计，不过我们也都是在一条船上。谁也没想到战争会这个样子拖延下来。是我让你上了套，可我自己也陷了进去。"

"你千万别往心里去，"菲利普道，"你得愿赌服输嘛。"

他又回到之前落座的那张桌子旁，刚才他是站起来迎上前去跟麦卡利斯特说话来着。他简直惊呆了，他突然开始头痛欲裂，但他不想让他们觉得他不够爷们儿。他又坐了有一个钟头的时间。不管他们说什么，他都报以兴奋的大笑。最后他起身告辞了。

"你遇事可真是冷静，"麦卡利斯特道，跟他握手道别，"我想谁都不会喜欢白白损失三四百镑钱的。"

菲利普回到他那间寒酸的小房间后，一头栽到床上，完全陷入了绝望之中。他不断地痛切懊悔自己的蠢行，尽管他告诉自己，天下是没有卖后悔药的，已经发生的事情是不可避免的了，因为它已经发生了，但他还是情难自已。他痛苦到了极点，他无法入眠。他想起在过去这几年里他是如何白白把钱浪费掉的，桩桩件件，全在他眼前盘旋。他头疼得像是要裂开一样。

第二天傍晚，随最后一班邮件，送来了他的对账单。他翻检了一下自己的银行存折，发现在把所有的账目付清以后，他就只剩下七镑钱了。七镑！谢天谢地，他总算还付得起这笔账目。要是被迫向麦卡利斯特承认自己已经没钱付账了，那该多让人难堪。这个夏季学期他要到眼科去做敷裹员，他从一位同学那儿买了架眼底检查镜，钱还没付，他实在没勇气跟那位同学说自己又不想买了。他还有些专业书籍得买。这样的话，他大约也就只剩下五镑钱了。他靠这笔钱维持了六个礼拜的时间，然后他给大伯写了封他自以为就事论事的信：他说由于战事的原因他损失了大量的钱财，除非大伯能施以援手，否则他将无法继续完成他的学业。他建议这位教区牧师借给他一百五十镑钱，在接下来的十八个月里分期给付；他愿意为这笔钱支付利息，并许诺在开始挣钱后逐步偿还本金。他至迟一年半以后便能取得医师资格，他相当有把握届时能谋得一个周薪三镑的助理医师职位。他大伯回信说他无力帮他。要他在一切都正处在最不景气状况的现时变卖他的财物是不公道的，而他手头所剩无几的那点现钱，为了对其本人负责起见，他认为有必要予以保留，以备万一生病之需。信的最后还捎带训诫了菲利普几句。他说他早不止一次警告过菲利普，而菲利普从来都把他的金玉良言当作了耳旁风；老实说，他对他如今身陷绝境并不感到意外，他早料到以菲利普一贯的奢侈浪费和入不敷出的做派，这只会是他必然的结果。菲利普在看这封信的时候，心里是冷一阵热一阵。他从没想到过他大伯居然会拒绝借钱给他，他真是怒不可遏。但紧接着的便是彻底的不知所措了：如果他大伯真不肯帮他，那他就没办法继续在医院里待下去了。他真正恐慌起来，这时候也顾不得什么自尊不自尊了，他又给黑马厩镇的牧师写了封信，把他面临的困境更为紧迫地做了一番描述。但也许是他还是没把重点解释清楚，他大伯并没有意识到他已经陷入何其绝望的困境，因为他在回信中说他没有办法改弦更张：菲利普已经二十五岁，他真的应该自己挣钱养活自己了。他死以后，菲利普自然可以继承到一点遗产，但在此之前他一个子儿都不会给他。从这封信的字里行间中，菲利普能感觉得到一个多年来一直不赞成他的所作所为，现在终于看到他现世报了的人所流露出来的自得之情。

九十九

菲利普开始典当衣物。为了紧缩开支，除了早饭以外他一天只吃一餐；这一餐也只有黄油面包和一杯热可可，他拖到四点才吃，这样就能挨到第二天早上。晚上九点钟的时候他就饿的不行了，只得上床睡觉。他想跟劳森借点钱，但因为怕被拒绝一直也都没有开口，最后终于向他借了五镑。劳森很乐意出借，但掏钱的时候又说了句：

"你一周左右还给我，好不好？我得付画框匠人的工钱，眼下我也真快破产了。"

菲利普知道他是还不了的，一想起到时候劳森不知道会怎么想他，万分羞愧之下两三天后他便把那笔钱原封不动地还给了他。劳森当时正要出去吃饭，就邀菲利普同去。菲利普现在几乎什么都吃不起了，他很高兴能去吃顿像样的饭菜。每逢礼拜天，他总能在阿瑟尔尼家美美地吃上一段好饭。他犹豫着一直没肯告诉阿瑟尔尼自己的遭遇：他们总把他当个相对富裕的人看待，他害怕他们要是知道他已经身无分文了，就会不那么看重他了。

虽说他一直就是个穷人，但食不果腹的这种可能性还是他从来未曾想到过的；在他生活于其中的那个社会阶层里，是绝不会发生这样的事的；他感到万分羞愧，就像是得了什么不光彩的病似的。他发现自己现在身处的境地，已经完全超出了他既往的经验范围。他是如此震惊，结果除了每天继续去医院以外，不知道还能有什么别的招。他有个模糊的希望，事情总会峰回路转的，他简直都不能完全相信发生在他身上的这一切竟是真的；他记得他刚开始上学那会儿，他就经常觉得他的生活其实是场梦，他终会从梦中醒来，发现自己又回到了家里。可是他很快便也预见到，再过一个礼拜左右，他就真的一个子儿都没了。他必须立刻开始想办法赚到点钱。他要是已经取得了医师资格，哪怕他有点畸形足，他也早可以应征去好望角了，因为现在对于医务人员的需求量非常之大。要不是他有残疾，他也可以去参加不断在往南非派的义勇骑兵队①。他跑去找医学院的秘书，询问他是否有辅导后进学生的工作可做，但秘书表示没有希望能给他找到类似工作的机会。菲利普翻检医学类报纸的广告栏，申请了一个在富勒姆路上开了家药房的人提出的职位需求，因为那个配药助手的工作尚未取得医师资格的医科学生也能胜任。他去面见此人的时候，看到那位医生扫了一眼他的畸形足，又听说菲利普还只是个四年级的学生，就马上说他经验还不够。菲利普明白这只是个借口，那人是嫌他手脚不够灵便。菲利普又去关注别的赚钱出路。他懂法语

---

① 参见第三十六章注。

和德语，觉得找个商业文书的工作还是有可能的。这种工作是挺上不得台面，但他也只有咬牙忍受，因为再也没有别的可做的了。他羞于应征那些需要个人当面提出申请的职位需求，不过还是给几个需要书面申请的广告写了应征信；但他既毫无工作经验可言，又没有有力的推荐信，而且他还意识到他掌握的德语和法语都不是作为商务之用的，他完全不懂那些商务用语；此外，他还既不会速记，又不会打字。他不得不承认，自己真是到了山穷水尽的地步。他也想过给父亲的遗嘱执行人尼克松律师写信求助，但他实在鼓不起这个勇气，因为他违背这位律师明确无误的劝告，把用他的钱作为投资购买的抵押债券全都卖出去了。他从大伯那儿听说，尼克松先生对他这种做法完全不赞成。从菲利普在会计师事务所荒废的那一年中他就得出结论，认为他既懒惰又无能。

"我宁肯饿死。"菲利普喃喃自语道。

有一两回，他产生了自杀的念头：从医院的药房里弄点药物是很容易做到的，一想到真到了退无可退、坏无可坏的地步，他毕竟还有毫无痛苦地了结生命的办法，也不失为一种安慰，但当然他也并没有认真地考虑付诸实行。当初米尔德丽德抛下他跟着格里菲思出走行乐去的时候，他是如此痛不欲生，当真想要一死了事的。他现在却并没有那样的感觉。他记得临时病房里的那位护士曾告诉他，人们因为没钱而自杀的概率要远超过因为失恋，一想到他倒是个例外的时候，他忍不住咯咯一笑。他只希望能找个什么人，倾吐一下满腹的苦楚，但他又抹不开面子承认自己已经走投无路。他感到无地自容。他继续去找工作。他已经有三个礼拜没付房租了，他跟房东太太解释说到月底他就能拿到钱了；她没再说什么，但嘴一撇，面沉似水。到了月底，她问他是不是方便先付一部分，他非常难受地说他实在付不出，他跟她说，他会写信给他大伯，到下礼拜六一定能把房租付清。

"那好吧，希望你说到做到，因为我也有自己的房租要付，再这么拖欠下去我也实在承受不起了。"她话语里并没有怒气，但态度的坚决还是挺让人发怵的。她沉吟了一会儿，然后又说："下礼拜六你要是再不付房租的话，我没办法，也只能去找医院的秘书说话了。"

"哦，好的，没有问题。"

她看了他一会儿，又扫了一眼那空荡荡的房间。她再度开口的时候话里便没有了任何郑重其事的意味，就像是说到一件再平常不过的事情似的。

"我楼下正烤着一大块热腾腾的羊肩肉，你要是不见外的话，欢迎到厨房里来吃一点。"

菲利普面红耳赤，感觉自己一直红到了脚后跟，喉头一阵哽咽。

"太感谢你了，希金斯太太，不过我一点都不饿。"

"那好吧，先生。"

等她离开房间后，菲利普一头扎到床上去。他必须攥紧拳头，才能勉强不让自己哭出声来。

一〇〇

礼拜六。到了他保证会交房租的那一天。这整整一个礼拜里，他天天都盼着会出现什么转机。他并没找到工作。在此之前他还从来不曾被逼到这般山穷水尽的地步，他是这般惶惑不安，他完全不知道该如何是好。在他内心深处，他总觉得这一切不过是个荒唐的玩笑。他只剩下几枚铜子儿，他已经卖掉了所有暂时穿不着的衣物，他还有几本书和一两样零碎物品，兴许还能卖上一两个先令，但他现在一出一进都被房东太太盯得紧紧的：他真怕他再要从屋里往外拿东西的话会被她当面拦截的。唯一的办法是老实跟她承认他付不起这笔账了，但他又实在没这个勇气。时值六月中旬，夜晚晴朗又温暖。他下决心这个晚上就在外面挨过去。他一路沿着切尔西堤路[①]缓步向前，因为河面波平如镜，河水悄无声息，一直到他走累了，这才在一张长椅上坐下来打起了瞌睡。

---

① 切尔西堤路（Chelsea Embankment），泰晤士河堤路的一部分，伦敦中部泰晤士河北岸的一条马路和人行道。

他不知道自己睡了多久，突然惊醒过来，因为他梦到被一个警察给推醒，告诉他不许在这儿停留，但他睁开眼的时候，发现只有他孤身一人。他继续朝前走，自己也不知道是为什么，一直走到了奇西克①，在那儿他又睡着了。但那硬邦邦的长椅顶得他很难受，没睡多久便醒了过来。夜晚似乎特别地长。他浑身哆嗦着，内心涌起一股凄苦之情，他真不知道该如何是好了：他为自己只能在堤路上露宿感到害臊，这似乎特别地丢人现眼，虽然在黑暗中，他仍觉得两颊涨得通红。他想起曾听那些有过这种经历的人讲给他听的个人经历，那里面有做过军官、做过牧师的，还有正经念过大学的：他不知道他是不是也会成为他们当中的一员，排队等着领一碗慈善机构施舍的热汤。自杀比这个要强多了。他不能再这样继续下去了：劳森要是知道他处在什么样的困境中，肯定会帮他一把的，为了那点虚伪的自尊而不肯去向人求援是荒唐透顶的。他不知道自己何以会遭逢如此之惨败。他可是一直都力图去做他认为最正确的事的，而结果一切却都大错特错。他总是力所能及地帮助别人，他并不认为自己比别的任何人更加自私，而他竟至沦落到这般田地，真是天地不仁，太不公道了！

但想这些一点用都没有。他继续往前走。现在天已经开始放亮，寂静中的泰晤士河无比美丽，破晓时分，天地间有一种秘密的气息；又将是个晴朗的好天，一大早的天空，颜色尚显苍白，

---

① 奇西克（Chiswick），伦敦西部的一个区，伦敦豪恩斯洛自治市（Borough of Hounslow）的一部分。

没有一丝云彩。他觉得疲累已极，饥饿在啃啮着他的肚肠，但他又坐不安席，因为他总是害怕会被警察盘问。他可受不了这样的耻辱。他觉得浑身脏得要死，真想能洗个澡。最后，他发现自己来到了汉普顿宫①。他觉得要是再不吃点东西，他就要哭出来了。他选了一家廉价小吃店走了进去，闻到里面热腾腾的食物的气味，他都感觉稍微有点恶心：他是想吃点有营养的东西能使他撑下这一天来，但一看到食物却又止不住地反胃。他喝了杯茶，吃了点黄油面包。这时他想起那天是礼拜天，他满可以去阿瑟尔尼家的，他想起他们那天必定要吃的烤牛肉和约克郡布丁；但他感觉疲惫已极，没办法去面对那无比幸福的闹哄哄的家庭。他心情无比压抑、无比难过，他只想一个人待着。他决定要去汉普顿宫的花园里躺下来。他浑身的骨头都在疼。也许能找到个抽水机，这样他就能把手和脸洗一洗，也能喝点水了，他觉得很渴。既然已经不觉得饿了，他便愉快地想起了鲜花、草坪和枝叶繁茂的大树。他感觉到了那儿，他就能更好地思考一下他到底该怎么办了。他躺在树荫下的草坪上，点燃了烟斗。为了省钱的缘故，很久前他便限定自己每天只能抽两袋烟了；谢天谢地，现在在他的烟荷包里还是满的。他不知道别人在没钱了的时候都会怎么办。不久他便沉

---

① 汉普顿宫（Hampton Court），英国皇家宫室之一，属于伦敦泰晤士河上的里士满自治市（Borough of Richmond upon Thames），十八世纪以后英国王室即已不在此居住。汉普顿宫位于伦敦假设的中心点查令十字西南十一点七英里（合十八点八公里）处，处在中心伦敦泰晤士河段的上游。所以后文说菲利普要回到伦敦"路途迢迢，他得积蓄足够的体能"。

入了梦乡。他醒过来的时候已经接近正午了，他想，待不了多久他就得动身回伦敦去了，这样，第二天一早他才能赶回去，好去应征有点希望的那些招聘广告。他想起他大伯，想起他跟他说在他死后会多少给他留下点什么的；菲利普对到底能拿到多少钱一点概念都没有：最多也不过几百镑吧。他不知道能不能以他的继承权作为抵押先筹点钱。不经过老东西的同意是做不到的，而他大伯是绝不会同意这么做的。

"我唯一能做的就是咬牙坚持，一直熬到他死。"

菲利普盘算了一下他的年纪。黑马厩镇的牧师已经七十大几了，他有慢性支气管炎，但很多有这种病的老人照样长命百岁地活下去。在此期间一定会发生些转机的，菲利普总是没办法摆脱这样的感觉：他这种处境是绝对不正常的，跟他处在同样社会地位的人是绝不可能饿死的。也正是由于他怎么也没办法相信他眼下的经历竟然是真实的，他才没有彻底地绝望。他下定决心再去向劳森借半个沙弗林。他一整天都待在花园里，觉得饿极了就抽几口烟；他非得等到要动身前往伦敦的时候才肯吃点东西：路途迢迢，他得积蓄足够的体能。他在感觉天开始转凉的时候正式出发，累了就在长椅上睡一会儿。没有一个人来打扰他。来到维多利亚火车站以后，他在站内洗了把脸，梳了下头，还刮了刮脸，就着一杯茶吃了点黄油面包，边吃边浏览晨报的广告栏。一路看下去，目光落在一则布告上：一家著名商店的"室内陈设织品"部门要招一名售货员。他心里莫名其妙地有点沉重，因为以他那中产阶级的偏见，在一家商店里工作是丢人现眼的；但他随即耸了耸肩：说穿了，这又有什么关系呢？他决定要去试一试。他不禁生出一种奇怪的感觉：通过接受每一次羞辱，甚至于主动去迎接这种羞辱，他是在逼使命运向他摊牌。当他满怀难言的羞怯在九点钟来到那家商店的时候，他发现已经有好多人在他之前就到了。这些人什么年纪的都有，从十六岁的男孩到四十岁的男人无所不有，有些在相互间窃窃私语，但大部分都沉默不语。当他排到队伍里的时候，周围的人向他投来敌视的目光。他听到有个人说：

"我只盼着如果不要我就尽早通知我，我好有时间再去别处看看。"

挨着他站的那个人瞥了菲利普一眼，问他：

"有相关的工作经验吗？"

"没有。"菲利普道。

他沉默了一会儿，然后又跟他说："要是没有预约的话，午饭以后就连那些小商店都不会再面试你了。"

菲利普看了看那些店员。有的正在悬挂轧光印花棉布和大花型瑰丽印花装饰布，而有的，他旁边的人告诉他，正在汇总从乡下寄来的订货单。大约九点一刻的时候，部门主管来了。他听旁边的人对另一个人说，那就是吉本斯先生。那是个中年人，又矮又胖，留着黑胡子，一头油腻腻的深色头发。他动作敏捷，一脸聪明相。他戴一顶丝质礼帽，穿一件礼服大衣，翻领上别着一朵绿叶簇拥的白色天竺葵。他走进办公室，让门开着；办公室极小，屋角只摆着张美国式带活动顶盖的小书桌、一个书橱和一个柜子。

877

那些站在外头等着的应聘者眼看着他机械地把那枝天竺葵从衣领上摘下来，放进一个灌满了水的墨水壶里。上班时间戴花是违反员工守则的。

（一整天里，想要讨好他这位主管的部门员工，都争相赞美着这枝天竺葵。

"我还没见过更漂亮的花儿呢，"他们说，"这不是你自己种的吧？"

"是我自己种的。"他微微一笑，那双聪明睿智的眼睛里闪烁着骄傲的光彩。）

他摘下帽子，换下礼服大衣，瞟了一眼桌上的信件，然后又瞟了一眼外面那帮等着他面试的人。他伸出一根手指，然后微微一弯，排在长队第一位的那个人就赶紧走进了办公室。这帮人一个接一个从他面前走过，回答他的问话。他把问题提炼得非常简短，目光直盯在应聘者的脸上。

"年龄？工作经验？为何离开上一个工作？"

他面无表情地听着他们的答话。轮到菲利普的时候，他感觉吉本斯先生盯视他的目光中有些好奇。菲利普的着装很整洁，剪裁也还凑合。他看起来是跟其他求职者有些不一样的。

"工作经验？"

"恐怕我没什么工作经验。"菲利普道。

"那可不行。"

菲利普走出了那间办公室。这场考验并没有他预想的那般苦痛，他不觉得特别失望。他总不能希望头一次尝试就成功地找到份工作吧？他还留着那份报纸，现在又把那些招聘广告看了一遍：霍本有家商店也需要个销售员，他就去了那儿；但等他到了那儿的时候，他发现那个职位已经招到人了。他如果还想在那天能吃上点东西的话，就必须赶在劳森外出吃午饭前赶到他的画室，于是他沿布朗普顿路①走到了自由民街②。

"我说，到这个月底前我简直一个子儿都没了，"他一找到机会就赶紧道，"希望你能借我半个沙弗林，行吗？"

他发现要开口借钱简直令人难以置信地困难，他想起医院的那些同学、同事想从他手里榨几个根本无意归还的小钱使使时，那态度是何其轻松散漫，简直就像是给他个恩典似的。

"马上奉上。"劳森道。

不过他把手伸进衣袋里的时候，发现里面只有八个先令③了。菲利普的心往下一沉。

"哦，好吧，那就借我五个先令，行吗？"他故作轻松地道。

菲利普去了威斯敏斯特的公共浴室，花六便士洗了个澡。然后又给自己弄了点东西吃。他不知道该怎么打发掉这一下午的时光。他不想回医院去，免得有人问这问那的，再者说，他现在跟那儿也不再有任何关系了。他曾在里面工作过的那两三个部门里

---

① 布朗普顿路（Brompton Road），伦敦一条重要的商业街，从偏东北的布朗普顿延伸至偏西南的骑士桥。
② 自由民街（Yeoman's Row），骑士桥地区的一条街道。
③ 沙弗林是面值一英镑的旧金币，在币制改革前（一九七一年），一英镑合二十先令，一先令合十二便士。

的人会奇怪他怎么不来了，但他们爱怎么想就怎么想吧，也没啥大不了的：他又不是第一个不辞而别的医学生了。他到免费图书馆里去看报，实在看腻了，便从书架上拿下斯蒂文森的《新天方夜谭》①来看，但他发现根本读不下去：字句在他头脑中形不成任何意义，于是他就继续苦闷地沉思起他的绝望无助来。他翻来覆去净想这同一个问题，想得他脑袋都要炸了。最后，因为渴望呼吸到一点新鲜空气，他便走进格林公园②，在草地上躺了下来。他无比难过地想着自己的残疾，这让他没办法报名参军。他睡着了，梦见他的脚突然一点毛病都没有了，他已经来到了好望角，参加了义勇军骑兵团。在报上看到的插图给了他幻想的材料，他看到自己置身于南非的草原上，身穿卡其军服，晚上跟其他战友一起围坐在篝火旁。他醒过来的时候，发现天光还挺亮的，不一会儿听到大本钟敲了七下。他还有十二个钟头要挨过去，又没有任何事情可做。他真怕这个漫无止尽的长夜。天空中阴沉沉的，他担心要下雨；真要下雨的话他就得去一家夜店里租个床位了。他曾在兰贝斯③一家寄宿夜店外面的灯罩上看到过这样的广告：上好床铺，六便士一晚。他从没住过这样的夜店，他怕里面的臭味和

---

① 斯蒂文森（Robert Louis Stevenson，1850—1894），英国作家，十九世纪末新浪漫主义的代表，主要作品有小说《金银岛》《化身博士》《绑架》等。《新天方夜谭》是其发表于一八八二年的著名故事集。

② 格林公园（Green Park），中心伦敦威斯敏斯特的公园，为皇家园林之一，位于海德公园和圣詹姆斯公园之间。

③ 兰贝斯（Lambeth），中心伦敦的一个区，位于兰贝斯自治市，是著名的贫民区。毛姆的长篇小说处女作就叫《兰贝斯的丽莎》。

虱子跳蚤。他打定主意只要是可能就在露天过夜。他在公园里一直待到闭园关门，然后便开始四处溜达。他感觉非常疲累。他突然想到，这时候要是出个事故倒是件幸事了，这样的话他就能被送进一家医院，在干净的床上躺上好几个礼拜了。挨到夜半时分，他真是饿极了，再不吃点东西实在是撑不下去了，他于是去海德公园拐角上的一个流动咖啡摊上吃了几个土豆，喝了一杯咖啡。然后他又开始溜达。他内心焦躁不安，不想睡觉，而且他也怕被警察驱赶。他注意到自己已经开始从一个全新的角度来看待警察了。这是他露宿街头的第三个晚上了。他时不时地在皮卡迪利的长椅上坐坐歇一会儿，快天亮的时候他溜达到了泰晤士河堤路。他倾听着大本钟的钟声，留心记下每一刻钟，盘算着还有多久伦敦城才会再次醒来。天亮以后，他花几个铜币把自己清洗整理了一番，买了份报纸查看上面的广告，又开始了找工作的旅程。

　　他就以这样的方式过了好几天。他极少进食，开始觉得极为虚弱、很不舒服，所以他也几乎没有精力再继续寻找那似乎绝难找到的工作了。他已经习惯了在商店的后面长时间地等待一个可能被雇用的机会，也习惯了被毫不客气地打发走。他走遍了伦敦的各个角落去应征招聘广告，他也开始认识了一些跟他一样四处求职而无果的人的面孔。有一两个还想跟他交个朋友的，可他感觉太累太惨，根本没这个兴致。他不能再去找劳森了，因为他还欠他五先令。他开始头昏眼花，没法很清楚地思考了，他也就不再太在乎会有什么样的前景了。他经常哭泣。起初他为此还很生自己的气，觉得很惭愧，但他发现这样可以舒缓自己的情绪，而且不知怎么的，肚子也不那么饿了。每天的拂晓时分，寒气逼人，他深受其苦。有天夜里他回了趟自己的房间换内衣，那时大约三点钟，他是在确信大家都睡熟了以后才溜进来的，五点钟又溜出去。他在床上躺下，那床铺的柔软真让他心醉神迷，他所有的骨头都在痛，他一躺下，就陶醉在这种愉悦当中；那感觉是如此美好，他都不想睡着了。他已经慢慢习惯了食不果腹的状态，也并不觉得怎么饿了，只是虚弱。现在他心底里会不断地掠过应该结束自己生命的念头，但他竭尽所有的力量不让自己去细想这个问题，因为他害怕这种诱惑会把他控制住，到了那时他恐怕就再难把持自己了。他不断地对自己说，自杀是荒唐愚蠢的，因为事情肯定很快就会出现转机；他一直都摆脱不了这样的印象，即他的处境实在是太离谱了，没办法把它完全当真；感觉那就像是害了一场病，尽管无比痛苦，但终归还是会康复的。每天夜里他都会咬牙切齿：这种日子再也没法继续忍受下去了，下定决心第二天一早就给他大伯写信，或者给尼克松先生——那个律师，或者给劳森写信；但到了时候他又无论如何也没办法逼迫自己含垢忍辱地承认他是彻底失败了。他不知道届时劳森会怎么想。两人已经是多年的朋友，在他们中间劳森一直是糊涂轻率的那一方，他则一直都以常识健全而自诩。他将不得不把自己的蠢行一五一十地交代给劳森听。他一直都担心劳森在帮助了他一次以后，会对他冷眼相向，不再理睬他。他大伯和那位律师当然会对他施以援手的，但他真怕他们的责备。他不愿意接受任何人的责备。他咬紧牙关，反复向自己申说：发生的一切都是无可避免的，因为它们已经发生了，为此而后悔是荒唐可笑、无济于事的。

这种日子看不到尽头，劳森借给他那五先令维持不了多久了。菲利普渴望礼拜天的到来，到时候他就能到阿瑟尔尼家去了。他也不知道是什么妨碍他早一点去那儿的，也许只是因为他是那么想一个人熬过这个难关吧；因为也曾身陷绝境的阿瑟尔尼应该是唯一真能帮助他的那个人。也许在吃过饭以后，他能倾心吐胆，把自己的困难全都讲给阿瑟尔尼听。菲利普在心里一遍又一遍地排演着他该怎么向他诉说，他真怕阿瑟尔尼会用些轻飘飘的话语来敷衍他：那就太可怕了，他想尽可能拖延去承受这个最终考验的时间。菲利普对他的同胞已经丧失了所有的信心。

礼拜六的夜晚阴寒刺骨。菲利普苦不堪言。从礼拜六中午到他拖着疲惫的身躯来到阿瑟尔尼家门前，他什么都没吃。礼拜天早上，他在查令十字的盥洗室里花掉了最后两便士，洗了把脸，把头发梳理了一下。

　　菲利普一按门铃，楼上的窗口便探出一个小脑袋来，马上他就听到一阵响亮的咚咚咚的脚步声，那是孩子们奔下楼来给他开门来了。他弯下腰来让他们亲吻的是一张苍白、焦虑、消瘦的脸。他们奔放的感情让他大为感动，为了让自己有时间平静下来，他东拉西扯地尽量在楼梯上多耽搁了一段时间。他正处在歇斯底里的状态中，几乎什么事都能让他大哭一场。孩子们问他上个礼拜天为什么没来，他跟他们说他病了；他们想知道他得了什么病，菲利普为了逗他们开心，就暗示自己得了一种神秘的病症，顺口编了个非驴非马、希腊语和拉丁语混杂而成的病名（医学术语中这种情况俯拾皆是），逗得他们开心地一阵尖叫。他们把菲利普拉进会客室里，让他再重复一遍，好让当爹的也长长见识。阿瑟尔尼站起身来跟他握手。他盯视着菲利普，不过他那双圆圆的、凸出来的眼睛总像是在盯视似的。菲利普不知道在这种场合下，为什么这会让自己感到这么忸怩不安。

　　"上个礼拜天我们就记挂着你。"他说。

菲利普一说谎就感觉不自在，他在解释完上次为什么没来以后，脸已经涨得通红了。这时候阿瑟尔尼太太走了进来，跟他握手表示欢迎。

"希望你好一些了，凯里先生。"她说。

他不知道她为什么会以为他身体有什么不舒服，因为自打他跟孩子们一起上来后，厨房的门都一直是关着的，他们也没离开过他。

"正餐还要再等十分钟才能上桌，"她以惯有的方式慢条斯理地说，"等饭的时候要不要先给你用牛奶冲个鸡蛋垫补垫补？"

她脸上有种关切的神情，这让菲利普觉得挺不自在的。他强颜一笑，回答说他一点都不饿。萨莉进来摆放餐具了，菲利普就开始跟她说笑打趣两句。全家人都拿她开玩笑，说她将来会像阿瑟尔尼太太的姑妈伊丽莎白一样胖，虽然孩子们谁都没见过这位姑姥姥，可是都把她当作了痴肥的典型。

"我说，自打上次我见到你以来，你**有了**什么变化吗，萨莉？"菲利普开始道。

"据我所知，什么都没有。"

"我相信你是又重了几磅吧？"

"我敢保证你倒是没有，"她回嘴道，"你简直就是一架骷髅了。"

菲利普的脸红了。

"你这是**人身攻击**，萨莉，"她父亲叫道，"你将被处以一根金发的处罚。简，把剪刀拿来。"

"可是，他是瘦呀，爸爸。"萨莉抗议道，"他就只剩下皮包骨了。"

"这不是问题的所在，孩子。他完完全全有瘦的自由，但你的过度肥胖可就有失体面了。"

他说这番话的时候，无比自豪地搂住她的腰，以赞赏的目光看着她。

"让我继续把餐具摆好吧，爸爸。我只要觉得自在就行了，也不见得大家都会介意这个的。"

"你这个野丫头！"阿瑟尔尼叫道，戏剧性地把手一挥，"她这是拿那件声名狼藉的糗事来奚落我呢：约瑟夫，霍本一个珠宝商利瓦伊的儿子，已经正式向她求婚了。"

"那你接受了吗，萨莉？"菲利普问道。

"难道你直到现在还不够了解我爸是个什么人吗？他这话里就没有一个字是真的。"

"哎呀，他要是并没有向你求婚的话，"阿瑟尔尼叫道，"那我凭着圣乔治①和快乐的英格兰起誓，我一定要揪住他的鼻子，要他立刻就回答他到底居心何在。"

"坐下，爸爸，饭已经好了。现在，你们这帮孩子们，所有的人，全都出去把手洗洗干净，别想偷奸耍滑，因为吃饭前我要一个个检查的，快点去吧！"

菲利普本以为他已经是饥不可耐了，但真到了拿起刀叉的时

① 圣乔治（Saint George），英格兰的守护神。

候，他才发现他的胃对食物竟然大为反感，他几乎一口都吃不下。他的脑子疲惫已极，都没注意到阿瑟尔尼一反常态，这次居然话非常少。重新置身于舒适的室内让他备感宽慰，可他时不时地就会忍不住瞥一眼窗外。那天有暴风雨。好天气一去不返，寒气袭人，凄风劲吹，阵阵苦雨不断拍打着窗口。菲利普真不知道那天晚上他该怎么办。阿瑟尔尼一家睡得很早，他在这儿最多也就能待到十点。一想到要进入这个凄寒的雨夜，他就不寒而栗。现在在他看来，跟朋友们待在一起反倒比孤零零地露宿街头更加可怕了。他不断对自己念叨，还有很多人要在户外度过这个夜晚呢。他竭力想通过谈话来分散自己的愁绪，但话说到半截，一阵雨打窗扉的响声就会把他吓得一激灵。

"这就像个三月天，"阿瑟尔尼道，"可没有任何人愿意在这样的天气里横渡英吉利海峡。"

不一会儿饭就吃完了，萨莉又进来收拾桌子。

"来一根两便士的劣等烟吧？"阿瑟尔尼道，递给他一支雪茄。

菲利普接过来，高高兴兴地猛吸了一口。这口烟下去，他感觉通体舒泰。萨莉收拾完桌子，阿瑟尔尼吩咐她出去后把门关上。

"现在没人来打搅我们了，"他说着，转脸对着菲利普，"我已经跟贝蒂安排好了，不到我叫他们就别让孩子们进来。"

菲利普惊讶地看了他一眼，还没等他明白他话里的意思，阿瑟尔尼习惯性地扶了扶眼镜后，又继续说道：

"上礼拜天我写信问你是不是出了什么事，由于一直都没收到你的回信，我就在礼拜三去了你那里一趟。"

菲利普把头扭开，没有吭声。他的心开始剧烈地跳动起来。阿瑟尔尼没再说话，很快这沉寂就让菲利普感觉难以承受了。但他又想不出一句话来说。

"你的房东太太跟我说，自打上礼拜六晚上开始你就再没回去过，她说你上个月的房租还欠着她的。整整这一个礼拜以来你都是在哪儿睡的呢？"

这真让菲利普难以启齿。他眼望着窗外。

"没地方。"

"我试着找过你。"

"为什么？"菲利普问道。

"贝蒂和我也曾穷得走投无路过，只是我还有孩子得抚养。你为什么不来这儿？"

"我不能。"

菲利普害怕自己会哭出来。他觉得非常虚弱。他闭上眼睛，皱起眉头，竭力控制住自己。他突然对阿瑟尔尼生出一股愤恨，因为他这么问东问西、多管闲事，但他实在是撑不下去了。之后，他仍旧闭着眼睛，为了不让自己的声音哆嗦尽量放慢语速，把他最近这几个礼拜的遭遇全都讲给他听了。一边讲述他一边都感觉自己的行为简直是发了疯，这就更让他难以说出口了。他觉得阿瑟尔尼一定会觉得他是个十足的傻瓜。

"你现在就来跟我们一起住，直到找到事儿做以后再说。"他讲完以后，阿瑟尔尼对他道。

菲利普脸红了，他也不知道为什么。

"哦，你真是太好了，可我不能这么做。"

"为什么不能？"

菲利普没有作声。他是因为害怕自己成为人家的负担而出于本能这么说的，而且他这人天生就羞于接受人家的恩惠。除此以外，他也深知阿瑟尔尼这一家子是挣一文花一文仅能糊口而已的，他们又是这么一大家子人，是既没有地方也没有余钱来接济一个陌生人的。

"你当然必须住到我们这儿来，"阿瑟尔尼道，"索普跟他哪个兄弟挤一下，你可以睡他的床。至于吃的，多你一张嘴对我们来说也没多大区别。"

菲利普不敢开口，而阿瑟尔尼则走到门口喊他妻子了。

"贝蒂，"她走进来后他对她说，"凯里先生要来跟我们一起住了。"

"哦，那太好了，"她说，"我这就去把床铺收拾好。"

她说起话来显得那么热情友好，把这一切都当作理所应该的事情看待，菲利普深受感动。他从不指望人们会好心待他，当他们真这么做的时候，他不由得既惊讶又感动。他再也忍不住了，两颗巨大的泪珠从脸颊上滚落下来。阿瑟尔尼夫妇在商量具体的安置事宜，假装没注意到这一幕。在阿瑟尔尼太太出去以后，菲利普往椅背上一靠，看了看窗外，不觉展颜一笑。

"这样的夜晚露宿街头可不太妙，是吧？"

一〇二

  阿瑟尔尼告诉菲利普，他可以很容易在自己工作的那家大型亚麻织品零售公司里帮他找点事做。有好几个店员已经上了战场，林恩与塞德利公司出于爱国热情，保证为他们保留原有的职位。他们把这些英雄们的工作都摊到了留下来的人身上，而由于他们又并没有增加这些人的工资，如此一来，公司既表现出了公益精神，同时又节省了大笔开支。不过战争还在继续，生意也并没有日渐萧条，而假期就要到了，一次就会有很多员工外出去度两周的公休假，公司也就不得不再多雇些店员。菲利普这过去一周的经验使他怀疑，即便是在这种情况下，他们也未必就能雇用他。不过阿瑟尔尼自居为公司里的重要人物，坚持说经理是不会拒绝他的任何要求的。菲利普在巴黎曾受过专业的美术训练，对公司是会有大用的，只需稍加等待，必定能得到一个待遇良好的设计服装和绘制海报之类的工作。菲利普为夏季大促绘制了一幅海报，阿瑟尔尼把它拿走了。两天以后又拿了回来，说经理对它欣赏有加，但由衷地感到遗憾，因为目下这一部门里并没有空缺。菲利普问他还有没有别的活儿可做。

"恐怕没有了。"

"真的没有了吗？"

"呃，不瞒你说，明天他们要招一个商场巡视员①。"阿瑟尔尼一边说，一边透过眼镜颇为疑虑地看着他。

"你觉得我有希望获得这个职位吗？"

阿瑟尔尼也有些为难：他一方面是一直都在鼓励菲利普期望一个更为光鲜体面的工作，但另一方面他的境况也真是艰难，实在也是没法无限期地供给他食宿。

"你可以先委屈一下，同时等待更好的机会。如果是已经被公司录用了，那你的机会总归比外头的人要好很多。"

"我并不是那种眼高于顶的人，你知道的。"菲利普微笑道。

"你要是决定一试，那明天早上八点三刻就必须到那儿去应聘。"

尽管战事还在继续，显然想找份工作仍旧非常困难，因为等菲利普来到店里的时候，已经有很多人在翘首等待了。他认出了几个自己找工作时见过的人，其中有一位他曾注意到下午的时候曾躺在海德公园里。现在的菲利普已经知道，这也就意味着他跟他一样无家可归，晚上只能露宿街头。前来应聘的什么人都有，老的少的，高的矮的，一应俱全，不过每个人都竭力使自己在接

---

① 商场巡视员（shop-walker），旧时英国的大百货商店里负责监督店员、协助顾客等的专职店员。从下文的描述看，其职责像是只限于后者。

受经理面试时呈现出最光鲜的一面：他们全都精心梳理过头发，仔细地把手洗得干干净净。他们排队等在一条过道里，菲利普后来知道这是通往食堂和工作间的。这个过道每隔几码远就放着个五六级高的活动梯凳。商店里虽然都有电灯了，这过道里装的还只是煤气灯，上面都有个铁丝罩子作为保护，烧得咝咝直响。菲利普是准时到的，但直到将近十点钟才轮到他进入面试的办公室。那是个三角形的房间，就像块切开侧放着的奶酪：墙上挂着身穿紧身胸衣的女性画像，还有两幅海报样张，其中一幅画的是个身穿绿白相间的宽幅条纹睡衣的男人，另一幅是一艘蔚蓝的大海上满帆航行的大船，帆上印着"床上用品大减价"几个大字。三角形那最宽的一面是商店一个橱窗的背面，眼下那个橱窗正在重新装饰，有个店员在面试期间不断地走出走进。经理正在看一封信。此人面色红润，浅棕色的头发，蓄了一大撮浅棕色的髭须，表链的中间位置悬挂着一串足球奖章。他只穿了件衬衣，坐在一张巨大的办公桌后面，手边有台电话机；他面前摆放着当天的几份广告稿，那就是阿瑟尔尼的大作，还有贴在硬纸卡上的一些剪报。他瞟了菲利普一眼，但没跟他说话。他正对着一个打字员在口授一封信，那姑娘坐在角落里的一张小桌旁。然后他才问起菲利普的姓名、年龄以及之前的工作经历。他操着一口带鼻音的伦敦土腔，声音极高，尖厉刺耳，给人的感觉像是并不总能控制好自己的声音似的。菲利普注意到他的上排牙齿又大又往外龇着，给你一种牙齿松动，猛地一拔就能脱落的印象。

"我想阿瑟尔尼先生曾跟您说起过我。"菲利普说道。

"哦，你就是画那张海报的年轻人？"

"是的，先生。"

"对我们没用，你知道，对我们一点用都没有。"

他上上下下打量了一下菲利普。他似乎注意到了菲利普跟其他的那些应聘者有那么一点不一样。

"你得去弄一件礼服大衣，你知道。我想你还没有吧？你看起来是个挺体面的年轻人。我想你已经发现搞艺术是很不上算的。"

菲利普搞不清楚他到底想不想雇用他。他对他说话的方式并不友好。

"你家在哪儿？"

"我小时候父母就去世了。"

"我乐意给年轻人一个机会。我给过很多年轻人机会，他们现在都是各部门的经理了。他们对我也都心怀感激，这我得替他们说句公道话。他们知道我都为他们做了些什么。从梯子的最底层开始，这是学做生意的唯一途径，往后，只要你持之以恒，坚持不懈，谁都不知道你能达到怎样的高度。如果你适合这个工作的话，总有一天你可能会发现到了跟我现在一样的位置。记住我的话，年轻人。"

"我愿肝脑涂地，把工作做到最好，先生。"菲利普道。

他知道他必须张口闭口地时刻把"先生"挂在嘴边，但这在他听起来真别扭，他唯恐用力过猛，做得太过分了。经理大人很喜欢讲话。这让他欣欣然充分感觉到自己的重要性，非得长篇大套地发表了一大通宏论以后，他才终于把结果告诉了菲利普。

"好吧，我敢说你会说到做到的，"他无比浮夸地说道，"反正，我不介意给你个机会试炼一下。"

"非常感谢您，先生。"

"你可以马上就来上班。每周我会付你六先令，还有你的生活必需品。一切都是免费供给的，你知道；那六先令就全是你的零用钱，你爱怎么花就怎么花，按月发薪。从礼拜一开始算起。我想你对此没有什么可埋怨的吧？"

"没有，先生。"

"哈灵顿街——你知道那地方吧？——沙夫茨伯里大街那儿。那就是你睡觉的地方。门牌是十号。你要是愿意，礼拜天晚上就可以睡在那儿，或者，你也可以礼拜一再把你的箱子送到那儿去。"经理大人把头一点，"那就再见了。"

一〇三

　　阿瑟尔尼太太借钱给菲利普让他付清了拖欠的房租，好把自己的物品取出来。他用一身正装的当票再加五先令，从当铺老板那儿弄到一件礼服大衣，还相当合身。他把其余的衣服也都赎了出来。他托卡特·帕特森[1]把他的箱子送到哈灵顿街，礼拜一一早便跟阿瑟尔尼一起去商店上班了。阿瑟尔尼把他介绍给服装部的主管就离开了。那主管是个性情愉快、咋咋呼呼的小个子男人，三十来岁，名叫桑普森。他跟菲利普握了握手，为了显示一下他非常引以为豪的学识，就问他会不会讲法语。菲利普告诉他会的时候，他大为惊讶。

　　"还会别的语言吗？"

　　"还会德语。"

　　"哦！我自己有时候会去巴黎逛逛的。Parlez-vous français[2]？

---

① 卡特·帕特森（Carter Paterson），英国一家著名的公路货运公司。

② 法语：您会讲法语吗。

去过马克西姆餐厅吗？"

菲利普被安排在服装部的楼梯口。他的工作就是为顾客指点去各个柜台的路径。据桑普森先生脱口而出的情况看来，不同的柜台还是很多的。突然，他注意到菲利普的腿有点瘸。

"你的腿怎么了？"他问道。

"我有只畸形足，"菲利普说，"但并不妨碍我走路或是其他的行动能力。"

主管满腹狐疑地盯着他的脚看了一会儿，菲利普琢磨着他肯定是在想经理为什么雇了这么个人。菲利普知道，面试的时候经理并没注意到他的腿脚有任何问题。

"我并不期望你第一天就把所有的柜台都记得清清楚楚。要是有任何疑问，问问那些卖货的小姐就行了。"

桑普森先生转身走了，菲利普努力想记清楚这个或那个柜台的位置，焦急地等着前来问询的顾客。一点钟的时候，他上楼去吃正餐。餐厅位于这幢巨大建筑物的顶层，规模很大，长条形，灯火通明；但为了防止灰尘进来，所有的窗户都关得严严的，有一股子可怕的烹饪食物的气味。餐厅里摆放着一张张铺着桌布的长餐桌，每隔一段距离就有一只大玻璃水瓶，桌子中间摆着盐罐和醋瓶。店员们闹闹哄哄地拥进来，在餐桌前的长凳上坐下来，那凳子上还留着十二点半用餐的那拨员工的体温。

"没有泡菜了。"菲利普身边那人叹道。

他是个又高又瘦的年轻人，鹰钩鼻，面团脸；脑袋很长，形状凹凸不平，脑壳像是这里按进一块那里又鼓出一块似的，额头和脖子上长满了又红又肿的大痤疮。他名叫哈里斯。菲利普后来发现，在某些日子里，桌子头上会摆着几只大汤盘，里面满满地盛着什锦泡菜，大家都喜欢吃。桌上并没有刀叉，但一分钟以后，一个穿白褂子的又高又胖的男仆两手满满地握着刀叉，哐当一声扔在桌子上。每个人都各取所需，那刀叉刚在脏水里洗过，还温乎乎、油腻腻的。一盘盘浸在肉汁里的肉由穿着白褂子的男仆一一端给他们，他们以变戏法似的动作飞速地把盘子往他们面前一扔，肉汁溅得桌布上到处都是。然后他们就把一大盘一大盘的卷心菜和土豆端上桌，菲利普一见之下大倒胃口。他注意到每个人都往上面浇了大量的醋。嘈杂声简直震耳欲聋。大家谈着、笑着、嚷着，还有刀叉的叮当和咀嚼吞咽的各种怪声。菲利普又回到服装部的岗位上感到很高兴。他已经逐渐记住了各个柜台都在哪里，在有人向他问路的时候，他已经很少需要求助于其他店员了。

"右手第一个柜台。左手的第二个柜台，夫人。"

比较清闲的时候，有一两个女店员过来跟他搭过话，也就三言两语，他感觉她们是在掂量他的斤两。五点钟的时候，他又被叫到餐厅去用茶点。他真高兴能坐下来。大片大片的面包上抹着厚厚一层黄油，很多店员有自备的果酱，都放在"储藏室"里，罐子上写着各自的姓名。

他们六点半打烊的时候，菲利普已经筋疲力尽。哈里斯，吃正餐时坐他旁边的那位，主动提出带他回哈灵顿街看看自己的床位。他告诉菲利普，他那个房间里还有张空床，由于别的房间都已经住满了，他估摸着菲利普应该会被安排在他那儿的。哈灵顿街上的那幢房子原本是家鞋店，底层的店面也被用作了一间宿舍，但光线很暗，因为原来的橱窗四分之三都被用木板钉了起来，永远都不开，唯一的通风口是店铺尽头的一个天窗。屋里一股子霉味，菲利普万分庆幸自己不用住在这儿。哈里斯带他来到二楼的起居室，里面还摆着台旧钢琴，那琴键看起来就活像是一排烂牙齿；桌上有只没了盖的雪茄烟盒，里面放了副多米诺骨牌，过期的《河滨杂志》和《图画报》堆得到处都是。其他的房间都用作了宿舍。菲利普要入住的那一间在顶楼。里面有两张床，每张床边都有个箱子或柜子。唯一的家具是个五斗橱，有四只大抽屉和两只小抽屉，菲利普作为新来的也拥有了一只；每只抽屉都有钥匙的，但钥匙都是一样的，所以也没啥用处，哈里斯建议他把值钱的东西都放在自己的衣箱里。壁炉架上有面镜子。哈里斯带菲利普去看了盥洗室，那是个挺大的房间，一排摆放着八个脸盆，大家全都在这儿洗漱。里面还有个房间，放了两只褪了色的木质浴盆，上面腻着肥皂渍，盆壁上有一圈圈黑色的水印子，标示出之前盆里的不同水量。

　　哈里斯和菲利普回到寝室的时候，看到一个高个子男人正在换衣服，还有个十六岁的男孩一边在梳头一边使尽全力吹着口哨。一两分钟后，那个高个子男人跟谁都没言语一声就走了出去。哈里斯冲那个男孩挤了挤眼睛，那孩子仍旧吹着口哨，也冲他挤了挤眼。哈里斯告诉菲利普，那男人叫普赖尔，当过兵，现在在丝绸部工作；他这人总是独来独往，每天晚上都出去，就像这样，连句晚上好都不说，去会他的女朋友。哈里斯也出去了，就只剩下那个男孩，满心好奇地看着菲利普把自己的东西收拾出来。他名叫贝尔，在男性饰品部当个没有工资的小杂役。他对菲利普的晚礼服大感兴趣。他把寝室里其他人的情况都告诉了他，又问了他跟他有关的各种问题。他是个生性快活的年轻人，在交谈间隙用倒了一半的嗓子唱几句歌舞杂耍剧场里的歌词。菲利普把东西收拾完以后，就到外面的街上去到处走走，看看人流；偶尔在餐厅的门口停下来，看看进去的都是些什么人；他觉得饿了，就买了个巴思圆面包①，边逛边吃。宿舍的舍长已经给了他大门的钥匙，那人每天十一点一刻负责关闭煤气灯，但他还是怕被锁在外头，就提早回到了宿舍。他已经知晓了罚款制度：十一点以后回来要罚一先令，十一点一刻以后回来就要罚半个克朗了，而且还要上报给店方。被报告三次以上就要被开除了。

菲利普回来的时候，除了那个当兵的，大家都在了，有两个已经睡下了。菲利普一进屋，迎接他的就是一阵叫喊。

"哦，克拉伦斯！淘气的孩子！"

他发现贝尔把他的晚礼服套到了长枕头上。男孩子为自己这个玩笑得意非凡。

"你一定得穿着它去参加社交晚会，克拉伦斯。"

"他要是不小心，会勾搭上我们林恩公司的店花呢。"

菲利普已经听说过社交晚会的事儿了，因为职员们的牢骚之

---

① 巴思圆面包（bath bun），缀有糖霜和蜜饯果脯的果子小面包。

一就是公司会从他们的工资里扣下一部分来举办这种晚会。一个月也不过就两先令，而且还包括了医疗费和从图书馆里借书的费用，那图书馆里就几本破烂不堪的小说。不过由于每月已经扣下了四先令的洗衣费用，他每周的那六先令里面就有四分之一永远都发不到他手里来了。

大部分人都在吃着用一切为二的面包卷夹着的厚厚的肥培根。这种三明治就是店员们通常的晚餐，是由隔几道门的一家小吃店供应的，每份两便士。那大兵晃了进来，一声不吭，手脚麻利地把衣服一脱，一脑袋栽倒在床上。十一点十分的时候，煤气灯猛地一跳，五分钟后就彻底熄灭了。那大兵已经睡着了，而其他人则身穿睡衣裤簇拥在那扇大窗户前，拿吃剩下的三明治去扔那些从楼下街上经过的女人，冲她们大嚷着不三不四的玩笑话。他们这幢房子对面那座六层高的建筑是个犹太人开的男装裁缝店，十一点钟才打烊，那幢房子里灯火通明，窗户上又没有百叶窗。那压榨工人血汗的店铺老板的女儿——这个家庭里有父亲、母亲、两个小男孩和一个二十岁的女儿这几个成员——在打烊后，负责把整幢楼里的灯都关掉，有时她会允许店里的某个裁缝向她示爱。菲利普房间里的这帮店员津津有味地观看特意留下来的那一两个裁缝都会要什么花招，从中获得极大的乐趣，他们还下些小赌注，赌到底哪个会胜出。午夜时分，泡在"哈灵顿纹章"酒吧里的酒客们都被赶了出来，这之后不久，大家也都上床睡觉了。贝尔的床靠门最近，他从这张床跳到那张床，直到穿过整个房间回到自己的床上，就算是到了自己床上仍旧兀自说个不停。最后，除了大兵那均匀的鼾声以外，一切都安静了下来，菲利普也睡着了。

七点钟，他被一阵响亮的铃声惊醒，七点三刻，他们都穿好了衣服，套上了袜子，匆忙下楼去穿自己的靴子。他们边系鞋带边朝牛津街上的店里跑，赶着去吃早饭。要是八点前赶不到，哪怕迟到个一分钟便啥吃的都没有了，而且一旦进入商店，就不允许再出去买东西吃了。有时候，要是明知自己赶不上去店里吃早饭了，就干脆在宿舍旁边的小店里买几个小圆面包揣着；但这得额外破费，他们多数都空着肚子去上班，一直饿到吃正餐。菲利普在食堂里吃了点黄油面包，喝了杯茶，八点半又开始了新一天的工作。

"右手第一个柜台。左手的第二个柜台，夫人。"

要不了多久，回答起客人的问题来就完全不经过大脑了。这工作无比单调，又非常累人。几天以后，他的脚疼得都几乎站不住了：那又厚又软的地毯使他的脚火烧火燎的，到了晚上脱袜子的时候都很疼。大家普遍对此都怨声载道，那些做门童的同事告诉他，由于不断地出脚汗，袜子和靴子都烂掉了。宿舍里所有的人都同遭此罪，晚上睡觉的时候都把脚从被窝里伸出来，以减少点疼痛。一开始，菲利普根本都走不了路了，一连好多个晚上他都只得待在哈灵顿街宿舍的起居室里，把脚泡在一桶冷水里。这时候就只有贝尔，那个男性饰品部的小杂役，在他身边跟他做伴，他经常待在那儿整理他搜集来的邮票。他一边把邮票粘贴在小小的集邮册里，一边单调地吹着口哨。

一〇四

社交晚会在每隔一周的礼拜一举行。菲利普来到林恩公司第二周的一开始就碰上了一次。他约好了跟同部门的一个女人一起去。

"对她们要迁就一点，"她说，"就像我一样。"

此人是霍奇斯太太，一个四十五岁的小女人，头发染得很糟，一张黄脸，遍布细小的红色血管，泛黄的眼白衬着淡蓝色的眼仁。她很喜欢菲利普，他来到店里还不到一个礼拜她就开始直呼他的教名了[1]。

"同是天涯沦落人，我们都知道落魄的滋味。"她说。

她告诉菲利普，她的真实姓氏并不是霍奇斯，但又总是张口闭口"拙夫沃奇斯[2]先生"，他是个出庭的大律师，但对待她却

---

[1] 参见第三十六章注。

[2] 霍奇斯太太把Mister Hodges发作Misterodges。英国未受过良好教育的阶层讲话时通常都会把"h"给吞掉，这说明霍奇斯太太出身并不像她说的那么高。事实上，阿瑟尔尼太太在讲话时也都基本上不发这个"h"音，所以初见之下菲利普就对她的出身有些怀疑，惜乎译文中很难传达出这种差异。参见第三十八章注。

令人发指，所以她就离开了他，因为她宁肯过独立自主的生活；但她可是有过自备马车的人，亲爱的——她把每个人都叫亲爱的——而且他们的正餐总是很晚才用①。她习惯于用她那硕大的银饰胸针的针头部位剔牙，那胸针的外形是由皮鞭和猎鞭交叉而成，中间还嵌着两个踢马刺。菲利普在新环境里感觉挺不自在的，店里的姑娘们都叫他"自命不凡的家伙"。一次有位姑娘叫他菲尔，他因为根本没有意识到她是在跟他讲话，所以也没有应声，结果她把脖子一扬，说他简直是只"骄傲的公鸡"，下一次跟他说话的时候便故意以讥讽的强调口吻称呼他凯里先生。这姑娘是位姓朱厄尔的小姐，就要嫁给一位医生了。别的姑娘都没见过这位未婚夫，不过他们都说他肯定是位绅士，因为他总送她那么漂亮的礼物。

"她们说什么千万别往心里去，亲爱的。"霍奇斯太太道，"我可是过来人了，过去的遭遇跟你一样一样的。她们知道什么？可怜的东西。你听我的没错，只要你像我一样我行我素，挺起胸膛做人，她们终归还是会喜欢上你的。"

社交晚会在地下的餐馆里举行。桌子都被集中到一边，好留出空间来跳舞，还摆出几张小桌子，供大家打轮换式惠斯特牌。

---

① 除了口音以外，在当时的英国，"正餐"（dinner）的早晚也跟阶层有关：上层阶级的正餐是晚餐，而中下层阶级则通常把午餐当作正餐；比如阿瑟尔尼家礼拜天的正餐和菲利普商店里的工作正餐都是午餐，菲利普小时候在牧师公馆的正餐也是下午一点吃，霍奇斯太太说他们家正餐用得很晚自然也是自高身价的一种说法，所以在本书中，"dinner"都径译为"正餐"，而不根据用餐的时间便宜翻译为"午餐"或"晚餐"。当然，现在英国的正餐基本上都是晚餐了。

"头头们肯定早早地就得到场。"霍奇斯太太道。

她把他介绍给贝内特小姐，这就是林恩公司的店花。她是衬裙部的主管，菲利普被介绍给她的时候，她正同男袜部的主管在交谈。贝内特小姐是个块头很大的女人，一张红红的大脸盘子，抹了厚厚的脂粉，那胸围的尺寸非常壮观，亚麻色的头发梳理得很精心。她的装束过分讲究，不过品位并不算差：一身高领口的黑色礼服，戴着gracé①的黑手套，打牌的时候都不脱掉；脖子上围了好几条沉重的金链子，腕上戴着手镯，挂着圆形的嵌有照片的垂饰，其中一张是亚历山德拉王后②；手上拎了只黑色缎面的手提包，嘴里嚼着森森薄荷糖③。

"很高兴见到你，凯里先生。"她说，"这是你首次光临我们的社交晚会，对不对？我想你会感到有点害羞，不过完全没有这个必要，我可以向你保证。"

她极力要让大家都不要觉得拘束。她拍拍大家的肩膀，笑声不断。

"我不是个捣蛋鬼吗？"她叫道，转向菲利普，"你会怎么想我呢？但我就是忍不住啊。"

参加社交晚会的人陆续都来了，大部分是年纪比较轻的员

---

① 法语：轧光的。

② 亚历山德拉王后（Queen Alexandra，1844—1925），维多利亚女王的继任者爱德华七世（Edward VII，1841—1910）的王后。

③ 森森薄荷糖（Sen-Sen），十九世纪末由T.B. Dunn and Co.公司首创的可以使人"咽喉舒爽、口气清新"的薄荷糖品牌，号称口气香水，主要的消费者是男性。

工，还没有女朋友的小伙子和还没有男朋友的姑娘们。有好几个年轻人穿了日常套装，但打着白色的晚装白领结，配上鲜红的丝手帕[①]；他们是要表演节目的，自有一种忙忙碌碌又心不在焉的神气；有些信心满满，有些则精神紧张，用焦虑的眼神观察着他们的观众。不一会儿，一个头发极为浓密的姑娘在钢琴前坐了下来，响亮地用手指划拉了一下键盘。当观众们都就座以后，她环顾一下四周，报出了她将演奏的曲名。

"《在俄罗斯兜风》。"

一阵掌声当中，她麻利地把几只小铃铛系在手腕上。她抿嘴一笑，马上就弹奏出激昂的旋律。演奏完以后，现场爆发出一阵远为热烈的掌声，掌声平息后是一曲返场演奏，她演奏的是支模仿大海的曲子：她用轻微的颤音来表现起伏的波浪，用雷鸣般的和弦加上响亮的踏板来暗示暴风雨。两支曲子演奏完以后，有位男子演唱了一首《跟我道别》的歌，必备的返场歌曲则是《伴我入眠》。观众们既热情洋溢，又趣味高雅，他们为每位表演者热情鼓掌，一定要其再加演一个节目，这样一来就皆大欢喜了，绝不会有比谁的掌声更热烈，谁更受欢迎的同行相妒了。贝内特小姐仪态万方地来到菲利普面前。

"我敢说你肯定会弹琴或是演唱的，凯里先生，"她顽皮地道，"从你的脸上我就能看出来。"

"恐怕我是什么都不会。"

---

① 照理白领结和丝手帕应该和正式的晚装礼服搭配，而不是普通套装。

"连朗诵都不会吗?"

"我没有任何拿得出手的才艺。"

男袜部的主管是位著名的朗诵家,他这个部的所有店员都大声嚷嚷着要他表演。无须再三敦促,他就朗诵了一首富有悲剧色彩的长诗,他翻着白眼,手按在胸前,表现出悲痛欲绝的样子。全诗的诗眼,即他晚饭吃的是黄瓜,直到最后一行才泄露出来,于是引来哄堂大笑,只不过稍有点勉强,因为这首诗对大家而言都已经是耳熟能详了,最后的掌声仍旧热烈又经久。贝内特小姐既不唱,也不弹,更不朗诵。

"哦,不,她自有她的拿手好戏呢。"霍奇斯太太道。

"我说,你可别拿我来穷开心了。不过事实上,手相术和预见力我还是懂那么一点的。"

"哦,给我看看手相吧,贝内特小姐。"她那个部门的一个姑娘叫道,急欲讨她的欢心。

"我真不乐意给人家看手相,真的。我曾告诉过人家不少可怕的事情,结果竟然全都应验了,简直让人变得迷信起来了。"

"哦,贝内特小姐,就看这一次。"

有一小群人聚拢在她周围,在一阵阵尴尬的尖叫、叽叽咯咯的笑声,飞红的脸颊以及失望或赞叹的喊叫声中,她神秘兮兮地讲到皮肤白皙和黝黑的男人,讲到一封信里夹的钞票和旅途上的奇遇,等等,直到她那张浓妆艳抹的脸上绽出了大颗大颗的汗珠。

"你们看看我,"她说,"我可是浑身都汗透了。"

她神秘兮兮地讲到皮肤白皙和黝黑的男人

晚饭九点钟开出来。有蛋糕、小圆面包、三明治，茶和咖啡，统统免费供应；不过如果想喝矿泉水就得另外付钱。年轻人为了献献殷勤，经常会请女士们喝姜汁啤酒，不过出于基本的礼貌，她们都会婉言谢绝。贝内特小姐非常喜欢姜汁啤酒，每次晚会她都会喝上两瓶，有时甚至是三瓶；但她总是坚持自己付钱。男人们都很喜欢她这个豪爽劲儿。

"她可真是个古怪的老狐狸，"他们都说，"不过请注意了，她这人并不坏，不像有些人那样。"

晚饭后，轮换式惠斯特牌就开场了。一时间简直沸反盈天，打牌的从这一桌换到另一桌时真是欢笑声、喊叫声不绝于耳。贝内特小姐身上是越来越热。

"你们看看我，"她说，"我可是浑身都汗透了。"

到差不多了的时候，某个时髦的小伙子就会说，如果还想跳舞的话，那最好得赶紧了。一直担任伴奏的那姑娘一屁股坐在钢琴前，把脚猛地往强音踏板上一踩。她先演奏了一曲如梦如幻的华尔兹，用低音部奏出节拍，同时用右手不时地"拨弄出"一个高八度音。为了变换花样，她又交替用左右手在低音部弹奏曲调。

"她弹得真不错，是吧？"霍奇斯太太对菲利普道，"而且更了不起的是，她可从来都没真正拜过师，纯属无师自通的哦；她都是通过耳朵听会的。"

贝内特小姐喜爱跳舞和诗歌甚于世上的一切。她跳得很好，但舞步非常非常之慢，而且目光中流露出一种神情，仿佛她的思绪已经漫游得很远很远了。她上气不接下气地说着地板、高温和晚餐。她说波特曼会堂①的地板是全伦敦最好的,她一直都喜欢去那儿跳舞;去那儿的也都是极一时之选的精英人物,她才受不了跟那些一点底细都不知道的乱七八糟的男人跳舞呢;哎呀,要是那样的话你不定会碰到什么意想不到的幺蛾子呢。差不多每个人跳得都很好,而且也跳得非常痛快。他们一个个都满头大汗,年轻人那高高的硬领也都软塌了下来。

菲利普就在一旁观望,一阵好长时间都没有过的巨大的沮丧袭上心头。他觉得难以忍受地孤独。他并没有走,因为不想显得目中无人,他跟姑娘们说说笑笑,但内心却难过得要命。贝内特小姐问他是否有女朋友了。

"没有。"他微笑道。

"哦,也好,咱们这里的姑娘多的是,有你挑的。而且她们当中有一些还是非常好、非常体面的姑娘。我想要不了多久你就会交到女朋友的。"

她非常顽皮地看了看他。

"对她们要迁就一点,"霍奇斯太太道,"我一直都是这么说的。"

已经将近十一点了,晚会终于结束了。菲利普无法入眠。他也像大家一样,把那一直都隐隐作痛的双脚伸到被子外头。他竭尽全身的力气,努力不让自己去想他正过着的这种生活。耳边传来那大兵轻轻的鼾声。

---

① 波特曼会堂(Portman Rooms),位于伦敦的贝克街,十九世纪八九十年代即成为伦敦最负盛名的举办舞会、音乐会、慈善义卖以及政治、宗教和社交集会的场所之一。

一〇五

　　工资每月由秘书发放一次。到了发工资的那天，每一批店员在用过茶点后都从楼上下来，来到那条过道里，加入那长长的排队行列，秩序井然，就像是美术馆门外排队等待进馆的观众一样。他们一个个地走进办公室。秘书端坐在办公桌后面，面前摆着好几个盛着钱的木碗。他先问一声这位雇员的名字，用充满怀疑的目光瞥一眼那个店员，很快地查对一下花名册，随后高声报出该付的工资数目，从木碗里拿出钱来，一一数着放进那人的手里。

　　"谢谢，"他说，"下一位。"

　　"谢谢。"领到工资的店员回他一声。

　　那店员再来到第二秘书面前，交付四先令的洗衣费和两先令的俱乐部费，如果遭到罚款还得把罚金如数交上，这才能离开办公室。带着剩余的工资再回到他的工作部门，等到下班时间才能走。菲利普同寝室的人大都欠着那个卖三明治的女人的钱，他们晚饭一般都从她那儿买个培根三明治。那女人可真是有趣的老东西，非常胖，一张宽阔的大红脸膛，黑色的头发抹上发油，在额前一分为二梳理得非常齐整服帖，就跟维多利亚女王[①]早年画像里的发式一模一样。她总戴着一顶黑色的小软帽，系着条白色围裙，袖子一直卷到胳膊肘上头。她用她那双脏兮兮、油腻腻的大手来切三明治，她的上衣上有油，她的围裙上有油，她的裙子上有油。她大号叫弗莱彻太太，但每个人都叫她"妈"；她是真喜欢这帮店员，称他们为"我的孩子"；临近月底的时候，她从不介意继续由着他们赊账，而且大家都知道，她时不时地还会借给这个或那个店员几先令帮他们渡过难关。她是个好女人。店员们要去度假或者度假回来的时候，都要亲亲她那红红的胖腮帮子；不止一个人，在被解雇又一时找不到工作的时候都分文不花地从她那儿得到食物，这才不至于活活饿死。小伙子们都深感她那阔大的心胸，也都以真情知恩图报。大家都喜欢讲这么个故事：有个人在布拉德福德[②]发了财，自己开了五家店铺，十五年以后又回来看望弗莱彻妈妈，送了她一块金表。

菲利普发现他这一个月的工资还剩下十八先令。这是他这辈子挣到的第一笔钱。这并没有让他感到似乎应该有的骄傲，而只有沮丧。工资的微薄正显出他境况的无望。他拿十五个先令给阿瑟尔尼太太，偿还他部分的欠款，但她只收下了半个沙弗林，不

① 维多利亚女王 (Queen Victoria, Alexandrina Victoria, 1819—1901)，英国女王 (1837—1901) 及印度女皇 (1876—1901)。在位期间，英国工商业快速发展，建立了庞大的殖民地，号称"日不落帝国"，几乎享有对世界贸易和工业的垄断地位，被西方史学家称为英国历史上的"黄金时代"。
② 布拉德福德 (Bradford)，英格兰北部城市，早期的毛纺织业中心。

肯再多要一文。

"你知道吗？要照这个比率的话，我得有八个月时间才能把欠账还清。"

"只要阿瑟尔尼还有工作，我就等得起，而且谁知道呢，也许他们会给你涨工资呢。"

阿瑟尔尼不断地说，他会去跟经理谈谈菲利普的情况，说不给他提供施展才能的空间是荒唐的，可是并不见他付诸行动。菲利普不久也就看明白了，他这位新闻广告员在经理眼里并不像他说得那般举足轻重。他偶尔在商店里也能见到阿瑟尔尼。他那副指点江山、夸夸其谈的架势完全不见了，就只是个低头顺脑、态度谦恭的小老头儿，穿着身整洁、普通甚至破旧的衣服，匆匆忙忙地穿过各个柜台，就像唯恐被人注意到似的。

"一想到我在这里屈就是多么大材小用，"他总在家里这么说，"我真恨不得马上递张辞呈上去。这里没有像我这样的人施展的空间。我的才能受到压制，我连饭都吃不饱。"

阿瑟尔尼太太在安安静静地做着女红，对他的牢骚置若罔闻。她的嘴唇抿紧了一点点。

"这时候找个工作可不容易。你这是份正经工作，又安全牢靠；只要是人家还满意你，我希望你就一直干下去吧。"

很显然，阿瑟尔尼是会继续干下去的。看到这位没受过教育，而且跟他并没有合法的夫妻名分的女人竟能完全掌控这个才华横溢、反复无常的男人，实在是很有趣的一件事。如今菲利普的境遇变了，阿瑟尔尼太太对他真像个慈母一样关爱，她一心想让他吃上顿好饭的心情真是让人感动。他生活中最大的安慰（当他渐渐习惯了这种生活以后，这其中的单调乏味真真令他胆寒心惊）就是每个礼拜天都能到那个友好的家庭里去度过。坐在那把堂皇的西班牙椅子里，跟阿瑟尔尼海阔天空地讨论各种问题，真是乐事一桩。虽然他的境遇也是那般绝望，但每次不把菲利普逗得心花怒放，他就绝不放他回哈灵顿街的宿舍。起先，菲利普为了不荒废先前的学业，还努力想继续研读他的专业医书，但他发现这是做不到的：干完一天累人的工作以后他已经筋疲力尽，根本就集中不起精力再来用功了；而且在完全不知道究竟何时才能重返医院的情况下，再继续用功也便显得徒劳无益了。他经常梦到他又回到了病房，醒来以后真是痛彻心扉。意识到房间里还睡着别的人，他就有一种说不出的厌烦；他独来独往惯了，现在身边却一直都有别的人，他休想一个人待上哪怕一小会儿，这是最让他觉得受不了的。正是在这种时候，他发现是最难跟他的绝望搏斗的。他看到自己只能继续过着这样的生活："右手第一个柜台，左手的第二个柜台，夫人"，周而复始，没有尽头；而且能保住这样的工作已经要谢天谢地了：那些应征入伍的店员很快就会复员回来了，公司已经保证要保留他们的职位，而那也就意味着后来新招的那些人会被解雇；就是为了保住这个可怜的职位，他都得强打起精神，使出浑身的解数。

唯一能把他解放出来的是他大伯的死。到了那时，他就能得到几百镑遗产，有了这笔钱他就能把医科的学业全都修完了。菲利普开始全心全意地盼着那老头快点死去。他估算着他还可能活多久，他已经七十大几了。菲利普不知道他的确切年龄，不过他至少也该有七十五了；他有慢性支气管炎，每年冬天都咳得很厉害。尽管早已经烂熟于心，菲利普仍旧一遍又一遍地在他的医学教科书里查阅老年人罹患慢性支气管炎的病理详情。只需一个严寒的冬天就够那老家伙受的。菲利普一心期盼着严寒和冬雨的到来。这念头一直都在他的脑子里打转，他都快变成个偏执狂了。酷暑对威廉大伯的身体也有很大的影响，而在每年的八月份，总有三个礼拜是这种闷热天气。菲利普暗自想象着，也许哪一天他便会收到一封电报，通知他他的牧师大伯溘然长逝了，他在脑海里想象着到时候他该感到多大的欣慰。当他站在楼梯顶端，指引顾客该怎么前往他们想要去的柜台时，他脑子里不断琢磨的是他会拿这笔钱来干什么。他不知道会有多少，可能最多也就五百镑，即便如此也尽够他用了。他会马上离开这家商店，连个辞呈也懒得递交，他会把东西收拾一下，谁都不告诉一声抬脚就走，然后他会回到医院里去。那是第一步要做的。他的学业到时候会大半荒废了吧？他可以在六个月内把功课都补回来，然后他会尽快去参加那三个科目的考试，先考产科，然后是内科和外科。而这时，一阵可怕的恐惧又会突然袭上心头：要是他大伯不信守承诺，把全部遗产都留给教区或者教会可怎么办？这想法简直让菲利普毛骨悚然。他为人不会这么残酷的。不过要是当真发生了这样的情况，菲利普也已经拿定了主意该怎么办：他是不会再继续这样无限期地苟活下去的，他的生活之所以还能够忍受，就是因为他活着还有更好的盼头。如果这个盼头没有了，他也便无所畏惧了。

到了那时，唯一勇敢的举动就是自杀。这一点菲利普也都已经仔细考虑过了，就连具体到使用何种毫无痛苦的致命药物，以及他该怎么弄到这种药物，他都想好了。想到万一情势真到了无法忍受的地步，他至少还有这最后一条路可走，这对他也不失为一种鼓舞。

"右手第二个柜台，夫人，然后下楼。左手第一个柜台，径直走到底。菲利普斯先生，请往前走。"

每个月里有一周的时间会轮到菲利普值班。他得一大早七点钟就来到他的部门，监督那些清洁工干活。他们打扫完毕后，他得负责把货架上和模特儿身上盖的防尘布取下来。然后，到了傍晚，店员们都下班以后，他又得用那些防尘布把模特儿和货架都罩好，并把那些清洁工再次召集起来打扫店堂。那是件尘灰暴土的脏活累活。这期间他不准看书、写字或者抽烟，而只能走来走去，时间就像是停滞不前了，非常难挨。他九点半下班以后，会有一顿免费的晚餐可吃，这便是他唯一的安慰了；因为之前就是五点钟的那顿茶点了，这时候他已经是饥肠辘辘，由公司提供的面包、奶酪和充裕的热可可茶也就备受欢迎了。

菲利普来到林恩公司三个月后的一天，部门主管桑普森先生怒气冲冲地走进服装部。经理进店的时候不巧注意到了服装部的橱窗，便把主管叫了来，对于橱窗色彩的搭配狠狠地挖苦了他一通。对上司的挖苦只能默默忍受的桑普森先生就把气都撒在了店员身上，把那个负责橱窗装饰的可怜虫训斥了一顿。

"你要是想把事情做好，就必须自己动手。"桑普森先生咆哮道，"过去我一直都是这么说的，将来还要这样讲。真是什么事都不能让你们这帮家伙干。你们不是都自以为聪明得很吗？聪明个屁！"

他把这些话当作最严厉的责骂冲着店员们发泄了一通。

"你难道不知道，要是在橱窗里用了电蓝色，那其他的蓝色就统统被它给遮盖了吗？"

他恶狠狠地环视着他的部门，目光落在了菲利普身上。

"下礼拜五由你来负责橱窗装饰，凯里。让我们看看你能干出什么名堂来。"

他走进自己的办公室，仍旧气哼哼地嘟囔着。菲利普的心往下一沉。礼拜五早上到来的时候，他满怀无比羞愧的心情走进橱窗，他的脸都在发烧。把自己就这么展示在路人面前真是太可怕了，尽管他告诫自己屈服于这样的心理是很愚蠢的，他仍旧把脸转过来，背朝着大街。这个时候任何一位医院的学生正巧从牛津街走过的可能性并不大，而除此以外他在伦敦又几乎是谁都不认识；但菲利普在工作的时候仍感觉如鲠在喉，他想象着等他一回过头来，就会碰上某个他认识的人的目光。他尽可能地加快速度。经过简单的观察以后，他发现所有红色的服装都凑到了一块儿，通过将这些服装以比平常更大的间距间隔开来，菲利普取得了很好的效果。主管在走到街上去观看效果的时候，显得非常高兴。

"我就知道我让你来装饰橱窗肯定错不到哪儿去。事实是，你和我都是绅士，请注意，我在我们部门里是不会这么说的，不过你和我确实是绅士，这个你一搭眼就看得出来。你跟我说这是看不出来的也没用，因为我知道这种东西的确是一搭眼就能看得出来的。"

这以后菲利普便经常被派去干这个活儿，但他还是不习惯抛头露面；于是他就特别惧怕礼拜五的早晨，照例得在那一天重新装饰橱窗，这种恐惧心理使他五点钟便会醒过来，然后躺在那里就说什么也睡不着了，心头沉重得像是压了个铅块。他同部门的姑娘们都注意到了他这种脸皮太薄的做派，也很快发现了他故意背朝大街的伎俩。她们都笑他，称他为"自命不凡的家伙"。

"我猜你是怕被你姑妈撞见，然后会把你从她的遗嘱里踢出来吧？"

总体来说他跟这些姑娘们处得还不错。她们觉得他有点怪，但他的畸形足又像是成了他跟别人不一样的借口；而日久见人心，她们发现他毕竟是个性格温厚的好人：他从不介意帮助任何人，他礼貌周全，性情和顺。

"你能看得出，他是个绅士。"她们都这么说。

"非常寡言少语，是不是？"一位年轻女士这么说，因为在听她热情洋溢地讲了一大番她喜欢的戏剧和演员之后，他却丝毫不为其所动。

大部分姑娘们都"名花有主"了，那些还没有的都说，她们宁肯让人以为还没有人倾心于她们。有一两位显示出了愿意跟菲利普调调情的迹象，而对于她们调兵布阵、攻防兼备的种种战略战术，他只以一种严肃而又好笑的心情冷眼关注。对这种谈情说爱的把戏他已经受够了，这种厌倦的心理在他也已经颇有一段时间了；而且他几乎总是觉得非常疲累，经常感到饥肠辘辘。

一〇六

　　菲利普现在都有意避开他在境况更为优裕时经常盘桓的那些
地方。比克街酒馆里的那个小聚会也已经散伙了：麦卡利斯特因
为辜负了自己的朋友，不再去那儿了，海沃德已经去了好望角。
就只剩了劳森一人。而菲利普现在觉得他跟这位画家之间已无任
何共同之处，也并不想再见他了。但在一个礼拜六的下午，吃过
正餐、换了衣服，沿着摄政街前往圣马丁巷的免费图书馆，打算
在那儿消磨一下午时间的菲利普，却突然迎头跟他碰在了一起。
他出于本能的第一反应是一言不发地跟他擦肩而过，但劳森却没
给他这个机会。

　　"你这一向到底干吗去了？"他叫道。

　　"我？"菲利普道。

　　"我写信给你，要你到画室来参加一个小宴会，你连个回音都
没有。"

　　"我没收到你的信。"

　　"是呀，我知道。我到医院去找你，发现我的信还在架子上搁

着呢。你放弃学医了？"

菲利普踌躇了一会儿。他的实情他羞于启齿，但这羞惭又激怒了他，他就硬着头皮把实话告诉了他。说的过程中又禁不住一阵阵脸红。

"是呀，我蚀光了仅有的那点钱。没钱再继续学业了。"

"我说，我太为你感到难过了。那你现在在干吗呢？"

"我是个商场巡视员。"

这话哽在喉咙里简直难以出口，但菲利普决心不去逃避事实。他密切注视着劳森的反应，看到他面露尴尬之色。菲利普恶狠狠地一笑。

"如果你光临林恩与塞德利公司，找到'成衣女装部'，你就会看到我身穿礼服大衣，正以dégagé^①的神气四处走动，给那些想要购买衬裙或长筒袜的女士们指路。'右手第一个柜台，夫人，左手第二个柜台。'"

劳森看出菲利普是在拿自己的职业开玩笑，挺不自然地笑了笑。他不知道该说什么才好。菲利普所展现的这幅图景真让他不寒而栗，但他又不敢流露出自己的同情。

"这对你来说倒是点变化。"他说。

这话他自己听起来都觉岂有此理，他马上就恨不得什么也没说了。菲利普的脸涨得黑红黑红的。

"是点变化。"他说，"哦，说起来了，我还欠你五先令呢。"

---

① 法语：轻快的，无拘束的。

他把手伸进口袋里，摸出几枚银币来。

"哦，没关系的。我都忘了这茬儿了。"

"来，拿着。"

劳森默默地把钱接了过去。他们俩正站在人行道当中，来往的行人不断推挤着他们。菲利普的眼睛里闪现着一丝嘲讽的光芒，使这位画家心里特别不是个滋味，他并没有看出菲利普其实满怀绝望，内心无比沉重。劳森巴不得能为他做点什么，但又不知道该怎么做才好。

"我说，你哪天到我画室里来咱们好好聊聊好吗？"

"不了。"菲利普道。

"为什么？"

"没什么可聊的。"

他眼看着劳森的眼睛里显出了痛苦的神色，但这也真由不得他了，他感到很抱歉，但他不能不为自己着想：一想到他还要跟别人讨论他的处境他就受不了，唯有在决意绝不去想它的情况下他才能忍受他的现状。如果一旦开始敞开心扉，他生怕他会软弱到再也支持不下去了。再者说，对于他曾遭受无比痛苦的地方，他有一种难以遏止的厌恶之情，他清楚地记得他在劳森的画室里所承受的耻辱：他饥肠辘辘地等在那儿期待着劳森能施舍给他一餐，还有最后从他那儿商借那五先令的情景。他极不高兴见到劳森，因为这会勾起他对那最为落魄狼狈的日子的回忆。

"那要么这样，哪天晚上来跟我一起吃个饭吧。日子由你来定。"

菲利普被画家的好意打动了。各式各样的人倒是都会对他心存善意，这也真挺不可思议的，他想道。

"你真是太好了，老兄，不过我想还是算了吧。"他伸出手来，"再见了。"

劳森为他这一似乎难以索解的举动而深感困扰，也只能握了握他伸出来的那只手，菲利普一瘸一拐地快步走开了。他内心极为沉重，而且如同往常一样，他又开始责怪自己不该如此决绝了：他不知道是何等疯狂的自尊使得他竟然把这送上门来的友谊拒之门外的。但他听到身后有人奔跑的声音，不久又听到劳森在喊他。他停下脚步，但是那敌对的情感突然间又在他内心占据了上风；他呈现给劳森的是一张冷冰冰、硬僵僵的面孔。

"什么事？"

"我想你应该听到海沃德的消息了吧？"

"我知道他去了好望角。"

"他死了，你知道，上岸没多久。"

一时间菲利普简直说不出话来了。他真不敢相信自己的耳朵。

"怎么死的？"他问道。

"哦，伤寒。真倒霉，是不是？我想你可能还不知道。我刚听到的时候也是大吃了一惊。"

劳森迅速地点了点头，就走开了。菲利普只觉得心头掠过一阵战栗。此前他还从未失去过一个年龄跟他相仿的朋友，克朗肖又自不同，因为他要比他年长很多，他的死在他看来便像是正常的自然规律了。这个消息让他大为震惊。这让他想起了自己也终有一死，因为菲利普也跟其他人一样，虽然完全清楚每个人都肯定是要死的，但从没有切近地感觉到这种事也会落到自己头上；而且尽管他对海沃德早已不再有任何热烈的情感，他的死还是深深地震动了他。他突然想起他们之间所有那些美好隽永的交谈，一想到他们再也不可能促膝谈心了，他就感到无比悲痛；他想起他们在海德堡的初识以及一起在那儿度过的那几个月美好的时光。想起那些逝去的岁月，菲利普不由得黯然神伤。他机械地朝前走着，并没有注意到这是上哪儿去，突然间他意识到，在大受刺激之下他并没有拐向干草市场①，而是继续沿着沙夫茨伯里大街走了下去。他懒得再倒回去，而且在听到这个消息以后，他也不想再去看书了，他想找个地方一个人坐下来好好思考一下。他决定前往大英博物馆。独处对他而言成了一种最大的奢侈。自从他进入林恩公司以后，他就经常去那儿，在帕提侬神庙②那组展品前坐一会儿，也并非刻意地思考什么，只是让那些神圣的群像来安抚他那不安的灵魂。可是今天下午，它们对他却没有任何启示，坐了几分钟后，他不耐烦了，便起身离开了那个区域。馆里人太多了，有一脸蠢相的乡下人，也有认真研读旅游指南的外国人，他们的

---

① 干草市场（Haymarket），伦敦威斯敏斯特市圣詹姆斯区的一条街道，北起皮卡迪利环形广场，南至蓓尔美尔街。

② 帕提侬神庙（Parthenon），祭祀古希腊雅典城邦的女守护神雅典娜·帕提侬的神庙，建于公元前五世纪，巍立于雅典卫城中。殿堂中原有雕刻家菲狄亚斯用黄金、象牙雕刻的雅典娜像，是古希腊全盛时期建筑和雕刻的主要代表，自中世纪后历遭破坏，现仅存残迹。大英博物馆藏的这组展品即所谓的埃尔金大理石雕刻艺术品，是一七九九至一八〇三年间在英国驻奥斯曼帝国大使托马斯·布鲁斯，即埃尔金伯爵（七世）（Thomas Bruce, 7th earl of Elgin, 1766—1841）的安排下，从雅典帕提侬神庙和其他古建筑上拆下后运回英国的。

丑形恶状玷污了这些永恒的杰作，他们的躁动不安搅扰了诸神永生的宁静。他走进另一个展厅，那里几乎没有其他人的干扰。菲利普疲惫不堪地坐下来。他的神经异常紧张，他没办法把那些人从脑海里驱赶出去。有时候在林恩公司，他们也会对他造成同样的影响和干扰，他无比恐惧地看着他们从他面前鱼贯而过；他们是如此丑陋，他们的脸相是如此俗恶，简直让人胆寒心惊；他们的五官被卑贱的欲望所扭曲，你会感觉任何美的观念跟他们都是格格不入的。他们生就了一双双鬼鬼祟祟的眼睛和意志薄弱的下巴。他们都没什么大奸大恶，而只是小肚鸡肠，是粗俗鄙陋。他们的幽默也只是低级趣味。有时候他发现自己在看着他们的时候，看到的是跟他们相像的一些动物（他极力不做这样的联想，因为这很快就会变成一种难以摆脱的执念），他在他们身上看到的全都是些绵羊啊，马啊，狐狸啊，山羊什么的。人这种动物真让他满心充满了厌恶。

不过很快，这地方的影响就开始对他起作用了。他感觉平静了一些。他开始漫不经心地观赏起展厅里林立的那一块块碑石。它们都是公元前四五世纪雅典石匠们的作品，它们都非常简朴，并非什么天才的杰作，但饱含着雅典那风流蕴藉的精神。岁月已经将大理石打磨成了蜂蜜的颜色，所以你不由自主地会想起伊米托斯山[1]上的蜜蜂，而且柔化了雕刻的轮廓。有些表现的是一个端

---

① 伊米托斯山（Hymuttus），希腊雅典东南的石灰岩山，最高点海拔一千零二十六米，当地有古代采石场和墓地，自古已有的养蜂业至今犹存。

坐在凳子上的裸体，有些表现的是死者与爱他的人们的别离，有些是死者紧握住后死者的手。所有的碑石上铭刻的都是永别这两个悲剧性的字眼，除此以外再无别的冗赘。那简朴的风格格外动人。朋友与朋友别离，儿子与母亲别离，那种隐忍克制使得幸存者的悲伤更加沉痛深刻。那是如此久远、如此久远的往事了，在那不幸之上累积了一个世纪又一个世纪，已经过去了两千年的时间，那些哀伤流泪的人也早就跟他们为之而哀伤流泪的人一样，都化为了一抔泥土。然而那悲伤仍没有死灭，它现在就充满了菲利普的心房，于是他内心油然生出深切的怜悯之情，不由得接连叹道：

"可怜的人啊，可怜的人儿。"

他又想起那些目瞪口呆的观光客，那些手持旅游指南的痴肥的异乡人，还有所有那些怀揣着琐碎的欲念和粗俗的关切拥入商店的普通、鄙俗的人，他们也都是肉体凡胎，终有一死。他们也有爱的人，也必定要跟他们所爱的人永久分离，儿子离开母亲，妻子离开丈夫；而且也许正因为他们的生命是如此丑陋而又肮脏，正因为他们对赋予这个世界以美的事物一无所知，他们的死亡才会更加悲惨。有一块石碑尤其美丽，上面有一幅两个年轻人手拉着手的浅浮雕，而那线条的沉静，那风格的简单素朴，令人感到这位雕刻匠人是饱含着真挚的情感进行创作的。那是一座献给这个世界所能提供的最为宝贵之物——友谊的精美纪念碑。看着它，菲利普不觉热泪盈眶。他想起了海沃德，想起两人初识时他对他那热烈的仰慕，想起那幻灭之情是如何到来，然后竟至成为漠不关心，直到最后，将他们维系在一起的就只剩下习惯和对往事的回忆了。想起来也真是稀奇：你多少个月来天天都跟一个人相见，你跟他是如此亲密无间，你简直无法想象没有了他怎么还能活下去；然后两个人就此分离，生活中的一切却仍旧照常运转，原本似乎是至关重要的相知相伴结果却证明是可有可无。你的人生一如既往，你甚至都不会再想念他了。菲利普想起早年在海德堡的岁月，那时候的海沃德如日初升，前程似锦，对未来也满怀热情，想起他是如何一点一点地消沉下去，一事无成，终于自暴自弃，接受了自己的失败。而现在他死了。他的死就跟他的生一样毫无价值。他可耻地死于一种愚蠢的疾病，再次失败了，直到生命的终止仍一事无成。现在看来，竟仿佛他从来就没来这个世上活过一遭似的。

　　菲利普不禁绝望地自问：活着到底有什么用？一切都像是一场空。克朗肖也是一样：他曾活过这一事实一点都不重要；他死了，也被遗忘了，他那本诗集只能被二手书商廉价出售；他的一生除了能为一个发愤图强的记者提供写篇评论文章的素材以外，似乎就再也没有任何意义了。菲利普不由得在他灵魂深处呐喊道：

　　"活着到底有什么用？"

　　付出的努力与得到的结果是如此不成比例。年轻时代光辉的希望得到的却是完全幻灭的惨痛结果。痛苦、疾病和不幸，把天平的一端沉重地压了下去。这些都有什么意义？他想起自己的人生，想起他开始起步时怀抱的高远希望，想起他的身体强加给他的局限，想起他举目无亲的状况，和他缺乏关爱的青春时代。他一直做的都是在他看来最好的选择，他没做过一件不负责任的事，可结果居然栽了这么大一个跟头！而有些人，跟他相比并没有任何优势的，却飞黄腾达了；而再有些人，不知比他强了多少倍的，却又一败涂地。这好像纯粹是个概率事件。雨点毫无差别地落在每个人头上，不管是义人还是不义之人，这里面没有任何道理和来由可言。

　　想起克朗肖，菲利普便连带也想起了他送给他的那块波斯地毯，并跟他说这块地毯会给他提供他那个有关人生意义的问题的答案；而突然间，这个答案就赫然出现在了他面前。他不觉哑然失笑：在已经得到这个答案后，那感觉就像是面对一个百思不得其解的谜题，直到在向你亮出谜底后你才恍然大悟，而且无法相信之前何以竟至于视而不见。这答案太明显了。人生没有意义。地球不过是颗在宇宙空间快速运行的星体的卫星，在各种条件的作用下，生物应运而生，而这些条件也不过是地球这颗行星发展过程中的部分产物；既然在这些条件的影响下会出现生命的开端，那在其他条件的影响下自然也会出现生命的终点；而人并不比其他形式的生命体更加重要，它的出现并非天地万物的究极顶点，而只是自然对于环境做出的反应的结果。菲利普想起那个东方国王的故事，这位国王极欲了解人类的历史，一位智者就献上了五百卷智慧之书；国王因忙于朝政，无暇披阅，便命他对其进行压缩精简；二十年后，那位智者回来了，他的历史著作已经压缩至只有五十卷了，但国王这时候也老了，没有精力遍览这么浩繁的卷帙，于是命他回去再行压缩精简；二十年又过去了，老态龙钟、白发苍苍的智者这次只带来一本书，书中记载着国王孜孜以求的知识；但此时的国王已经在病榻上奄奄一息，连这一本书都没法阅读了；于是这位智者就将人类的历史归结为一行字，呈奉国王御览，那行字就是：人降生世间，人受苦受难，然后，人死灯灭。人生没有意义，人活一辈子也并无目的。他有没有降生于这个世界，他是活着还是死去了，都不重要。生命没有意义，死亡也没有价值。菲利普欢欣鼓舞，正如他年少时从肩头卸下笃信上帝的重担时一样欢欣鼓舞：在他看来，最后一副责任的重担也已经卸掉，他终于获得了彻底的自由。他自身的无关紧要已经转化为巨大的力量，他骤然间觉得自己就跟似乎一直都在迫害他的残酷的命运势均力敌、等量齐观了。因为，如果生命是无意义的，那这个世界也就并无残酷可言了。他做了什么，他还有什么没做，都无关宏旨了。失败固然已经没什么重要，成功的结果也不过就等于零了。一方面，他是那短暂地占据了地球表面之一隅的芸芸众生当中那最无足轻重的生灵；而另一方面他又是全知全能的，因为他已经从一片混沌中参透了虚无的真谛。菲利普的头脑异常活跃，一时间思接千载，神骛八极，他无比欣喜快意地深吸了好几口气，他忍不住想要手舞足蹈，引吭高歌。经年累月，他已经有多长时间没这么高兴过了。

"哦，人生，"他在内心深处呼喊，"哦，人生啊，汝之痛楚焉在哉？"

正是以所有无可辩驳的力量，以数学般精密的论证向他表明了生活并无意义的这同样一阵思潮的翻涌，又使他萌生了另外一个想法，而那就是，他想象中，克朗肖为什么要送他那块波斯地毯的原因所在。既然织工在精心编制他的图案时除了满足美感的愉悦外再无其他目的，那么一个人也可以这样度过他的人生，或者说，如果一个人不得不相信其行动是由不得他自主选择的，那他也可以这样看待他的人生，即他的人生会构成一种图案。当然，他完全不需要这样做，就是这样做了也没有任何实际的用处。他这么做只不过是为了自己的愉悦。从他生活中那林林总总的事件中，从他的行为、他的情感、他的思想中，他可以有意识地做出一种设计，一种匀称的、精密的、繁复的，或者美的设计；虽然说他拥有的这种选择权可能不过是种幻觉，虽然说这可能不过是种在月霞的掩映下表演的荒诞不经的幻术，那也无妨：因为人生看起来，对他而言，就是这样。从人生那无数的经线中（这是一条无源之河，流淌不息，却又并不汇入大海），在据他认为并无任何意义、并不具备任何重要性的背景下，一个人完全可以仅仅为了个人的满足，择取不同的几缕，编织出那种图案。有一种图案，所谓最清楚、最完美也最美丽的那一种，在其中一个人生出来，长成大人，恋爱结婚，生儿育女，为了面包而辛苦劳作，最后死去；但也有别种的图案，错综复杂而又无比美妙，在其中你并不想追求幸福，也不想获取成功，但从中也可能发现一种少许令人不安的优美。有些人的人生，海沃德的人生就属于这一种，在那图案设计尚未完成完满之前便被盲目而又冷漠的机缘的剪刀把那丝线给剪断了；这种时候，人生本来便没什么大不了的这种慰藉就很让人舒心适意了；还有些人的人生，比如克朗肖的人生，呈现的是一种很难追摹的图案：如果想要充分理解这样的人生也自有其正当合法性，老套的观点势必要加以调整，旧有的标准也势必要加以更易。菲利普感觉，在把对幸福的欲念抛弃以后，他也就把最后那不切实际的幻想抛到了一边。在人生须要以幸福来衡量时，他的人生一直都显得非常可怕，可是现在，当他认识到人生也可以用别的标准来衡量时，他似乎重又获得了力量。幸福和苦痛一样无关紧要。它们，幸福和苦痛，就跟他人生中所有其他的细节一样，都被编织进了那个苦心经营的人生图案当中。有那么一瞬间，他像是超然物外，超脱于他生存当中的那种种意外与不测之外，他感觉它们再也不能像此前那样折磨他、伤害他了。从现在开始，无论发生什么，都不过是为了增加一点那个人生图案的复杂性罢了，当生命的终点到来之时，他会为那图案的最终完成而欢欣鼓舞。那将是一件艺术品，它的美丽将永不褪色，因为只有他一个人知道它的存在，而随着他的死亡，它也将马上就不复存在了。

菲利普欢喜无任。

一〇七

　　他们部门的主管桑普森先生渐渐喜欢上了菲利普。桑普森先生人很时髦，风度翩翩，他部门的姑娘们都说，如果他娶到了某个有钱的顾客，她们是不会感到吃惊的。他人住在城外，经常由于在办公室就穿上晚礼服而让他手下的那些店员们大为感佩。有时候，第二天一早赶来当班打扫店堂的店员还能看到他身上的晚礼服仍旧没来得及脱，眼看着他走进办公室去换一身日常穿的套装，他们都忍不住要相互挤眉弄眼一番。碰到这种场合，在溜出去匆忙吃个早饭，来到楼上往办公室走的时候，他也会一边搓着手，一边冲菲利普丢个眼风。

　　"多美的夜晚！多美的夜晚！"他会感叹道，"啧啧啧！"

　　他跟菲利普说，他是他们店里唯一的一位绅士，唯有他和菲利普才当真懂得生活的真谛。而话音刚落，他又会突然改变态度，不再亲热地称呼菲利普为"老兄"而改叫他凯里先生了，于是重又摆出那身为部门主管的俨然派头，将菲利普重新推回到商场巡视员的位置。

林恩与塞德利公司每周都会收到一次寄自巴黎的时装纸样，然后将这些绘制的服装稍加改动以适应他们顾客的要求。他们的主顾也算是极有特色。基本盘是来自那些较小的工业城镇的女士们，一方面她们过于高雅，不能容忍找她们当地的裁缝缝制时装，而另一方面她们对伦敦又不够熟悉，很难找到符合她们经济条件的高级女装裁缝。除此以外，就是大量跟这家公司的形象不太相称的歌舞杂耍剧场的女演员。而这正是由桑普森先生逐步建立起来的业务关系，他本人也颇引以为傲。她们已经开始在林恩公司定做她们的演出服装，而他也已经劝说她们也在这里购买和定做日常的服装了。

　　"跟帕坎①的一样好，价钱则便宜了一半。"他说。

　　他讲起话来循循善诱，跟谁都是一见如故的亲热做派，很得这一类顾客的欢心，她们相互间都这么说：

　　"既然从林恩那儿买的外衣和裙子谁都不敢说不是从巴黎订购的，那还有什么必要再白白多花那么多钱呢？"

　　桑普森先生通过给那些著名的女演员定制服装而跟她们交上了朋友，他很为此而感到自豪，每逢他礼拜天两点钟前往塔尔斯山的漂亮宅第去赴维多利亚·弗戈小姐的宴会以后，第二天他总把宴会上那无数的细节绘声绘色地讲给他部门里的人听："她穿的就是我们给她做的那件粉蓝色的裙子，而我敢说她还假装并不是从咱们这儿买的，于是我不得不亲口对她说，这裙子要不是我亲

---

① 帕坎（Jeanne Paquin，1869—1936），法国著名时装设计师。

手为她设计的话，我肯定就会说这是帕坎的了。"菲利普此前倒是
从来都没怎么留意过女性的服装，但在经过一段时间以后，也开
始从技术的角度对它们产生了兴趣，他自己也觉得有点好笑。他
对于颜色的运用别具只眼，因为他可是受过专业训练的，在这方
面是他那个部门里所有的人都望尘莫及的，而且在巴黎学画期间
掌握的有关轮廓和线条方面的知识他也都还没忘。桑普森先生本
是个无知无识之辈，他也知道自己能力有限，不过却有一股子能
把别人的建议化为己用的机灵劲儿，在进行新款式的设计时经常
会征求同部门店员们的意见，他很快就看出菲利普的意见是有价
值的。不过他生性妒忌，从不肯承认他是采纳了别人的建议。每
当他根据菲利普的建议修改了设计图样后，他总不忘以这样一句
话来作结：

"好了，最后还是照我自己的想法把图样改定了。"

菲利普在商店工作五个月后的一天，艾丽斯·安东尼亚小姐，
那位著名的亦庄亦谐的女演员，到店里来要求见桑普森先生。她
是个大块头的女人，亚麻色的头发，浓妆艳抹的一张脸，尖厉刺
耳的嗓音，一副喜剧女演员典型的轻松愉快的做派，那是经常跟
外省歌舞杂耍剧场顶层楼座的小伙子打情骂俏养成的习惯。她有
一首新歌要首演，希望桑普森先生为她设计一套服装。

"我想要那种弹眼落睛、不同寻常的，"她说，"任何老一套的
东西我都不要，你知道。我要那种跟任何人穿的都不一样的。"

桑普森先生表现得既殷勤又熟不拘礼，说他保证能设计出完
全符合她要求的戏服。他给她看了一些服装图样。

"我知道这里面并没有合你心意的式样，我只不过是想给你看一下我会向你建议的大致方向。"

"哦，不行，这根本就不是我想要的东西。"她不耐烦地朝那些图样瞥了一眼说，"我想要的是那种像是一拳打在你下巴上，打得你门牙咯咯直响的感觉。"

"是的，我懂你的意思，安东尼亚小姐。"这位部门主管道，面带殷勤的微笑，但是眼神却变得茫然而又呆滞了。

"我看，最终我还得特意跑一趟巴黎才能搞得定了。"

"哦，我想我们会让你满意的，安东尼亚小姐。你在巴黎买得到的，在我们这里照样也能买得到。"

在她扬长而去后，桑普森先生感到了一点小小的担心，便去找霍奇斯太太商量。

"她确实是个好笑的女人。"霍奇斯太太道。

"艾丽斯，你到底想干吗？"这位部门主管不耐烦地叫了一声，然后就认为他已经在跟她的比赛中赢了一分了。

他对于歌舞杂耍剧场戏装的概念从来就没超过短小的裙子、盘旋的蕾丝和亮晶晶的金属片，但安东尼亚小姐在这方面的态度表达得无比明确。

"哦，我的老天！"她叫道。

即使她并没有补充说那些小圆片是多么让她恶心，脱口而出的这一声祷告也足以表明她对这一切陈腐透顶的玩意儿深恶痛绝。桑普森先生又"硬挤出"了一两个主意，但霍奇斯太太坦白地告诉他，她认为这些都不行。而也正是她向菲利普提出了这样的建议：

"你会画画吗，菲尔？你干吗不尝试一下，看看能有什么结果呢？"

菲利普买了一盒廉价的水彩颜料，到了晚上，在贝尔那个聒噪的十六岁男孩子一边吹他那只有三个音的口哨一边埋头整理他的邮票时，画出了一两幅图像。他还记得当初在巴黎见过的一些时装式样，以其中一种作为蓝本做了些改动，再加上狂放而又很不常见的色彩，实现了他想要的效果。那结果还挺让他满意的，第二天一早他就给霍奇斯太太看。她真有点被惊呆了，不过还是马上就拿着它去找那位部门主管了。

"很是不同寻常，"他说，"这是毋庸讳言的。"

这真让他有点作难，而与此同时他那双久经训练的眼睛看得出来，这样一件衣服真要做出来是很能够令人惊艳的。为了保全脸面，他开始提出种种修改意见，但更有见地的霍奇斯太太还是建议他就原样拿给安东尼亚小姐看看再说。

"也只好冒险一试了，说不定她很喜欢呢。"

"这哪里算得上是冒险了，"桑普森先生道，不错眼地看着那幅décolletage[①]，"他还真会画，是不是？想不到他一直都还深藏不露呢。"

当通报安东尼亚小姐驾到的时候，部门主管把那张设计图放到桌上她一进办公室马上就能看到的位置。一见之下，她马上便

---

① 法语：袒胸低领的服装（图样）。

扑了上来。

"这是什么?"她说,"为什么我就不能有这样的服装?"

"这只是我们专为你设计的一个想法,"桑普森先生故意漫不经心地道,"你喜欢吗?"

"我喜欢吗!"她叫道,"快给我来半品脱啤酒,再加一小滴金酒。"

"啊,你瞧,你不用去巴黎了吧?你只需说出你想要什么,我们马上就能提供给你。"

这个设计马上就实际裁制去了,当看到缝制完成的服装后,菲利普开心得意得汗毛直竖。主管和霍奇斯太太把功劳都揽在自己头上,但他并不介意,当他和他们一起去蒂沃利剧院,亲眼看到安东尼亚小姐第一次穿上这身戏服时,他真是高兴得心花怒放。在回答霍奇斯太太的疑问时,他才终于告诉她自己学画的过程——因为害怕跟他同住的同事们会认为他故意摆谱儿,他一直都万分小心,对他过去的履历只字不提——她又把这个情况告诉了桑普森先生。这位主管在这个方面没向他表过任何态,但比先前对他更为器重了一点,不久又让他为两位住在乡下的顾客设计了几身衣服,结果都大受好评。打这以后,他开始向他的客户们说起有一位"聪明的年轻人,在巴黎学过画的,你知道",正在他手底下工作;而很快,菲利普就被安排在一架屏风后头,只穿一件衬衣,从早一直画到晚了。有时候他实在忙得不可开交,直到下午三点钟才跟那些"掉队的"一起用正餐。他倒是宁肯这样,因为他们人很少,又都累得不想说话了;食物也更好些,因为都是部门主管的餐桌上剩下来的。菲利普从商场巡检员一下子被提升为服装设计员，这在他的部门里引起了很大反响。他意识到他已经成了被嫉妒的对象。哈里斯，那个脑袋长得奇形怪状的店员，本是他在店里认识的头一个人，而且原本是很依恋菲利普的，现在也掩饰不住自己的酸楚了。

"天下的运气可都让某些人给占了，"他说，"总有一天你会成为部门主管的，我们全都得恭敬地称你为'先生'了。"

他给菲利普出主意，说他应该去要求涨工资，因为尽管他现在从事的是高难度的设计工作，他每周的收入仍旧是一开始的那六先令。但主动要求涨工资是件很难办的事，经理自有一套冷嘲热讽的办法来对付这样的申请。

"觉得你值更多了是吧？那你觉得你值多少呢，嗯？"

而那个心都跳到嗓子眼的店员会建议说，他的周薪应该再增加两先令。

"哦，很好嘛，如果你认为你值这么多，你可以得到的。"然后他会停顿一下，而有时候却会以钢铁般的目光瞅他一眼，再加上一句："同时，你也可以拿到你的解雇通知了。"

到了这时，你再想收回你的要求也没有用了，你也只能拍拍屁股走人了。经理的理论是，一个心怀不满的店员就不会好好地工作，如果还不值得给他们涨工资，那就干脆马上把他们解雇。其结果就是，除非你已经做好准备走人的，否则他们绝不敢主动要求涨工资。菲利普一直犹豫不决。对跟他说主管已经离不开他的那几位室友，他还是有点将信将疑。他们都是正派的小伙子，但他们的幽默感都还非常初级，要是他在他们的怂恿下要求涨工资，结果反而被解雇的话，那对他们来说倒成了件好笑的事。他忘不了当初他在找工作时蒙受的屈辱，他可不想再受一次这种罪了，而且他也知道要在别的地方谋一个设计员的职位，那机会是微乎其微的：能画得跟他一样好的人比比皆是。可是他又真的很需要钱：他的几件衣服都穿破了，那厚厚的地毯又把他的袜子靴子都沤烂了，他几乎就要说服自己迈出这冒险的一步了。就在这时，有天早上他在地下餐厅吃完早饭往回走的时候，经过通往经理办公室的那条过道，他看到有长长的一个队伍排在那儿等着应聘一个招工广告。足足有一百来号人，那个有幸得到这份工作的就将得到跟菲利普一样的待遇和同样六先令的周薪。他看到其中有些人因为他已经被雇用了而向他投来羡慕的目光。这目光让他打了个哆嗦。他不敢再去冒这个险了。

一〇八

冬天过去了。菲利普时不时地会回一趟医院，看看有没有给他的信件，他都是拣夜深人静的时候溜进去，以免碰到任何他认识的人。复活节那天他收到一封大伯的信。收到他的信让他很意外，因为黑马厩镇的这位牧师这辈子给他写过的信加起来都不会超过五六封，而且全都是事务性的。

> 亲爱的菲利普：
>
> 　　如果近来你打算度个假期，且愿意到这儿来的话，我会很高兴见到你。去年冬天我的支气管炎发得很厉害，威格拉姆医生都没想到我竟能挺过来。我体质很好，感谢上帝，我恢复得非常好。
>
> 　　　　　　　　　　挚爱你的
> 　　　　　　　　　　威廉·凯里

这封信让菲利普很生气。他大伯到底以为他是怎么过活的呢？他甚至都懒得问一句。他就是饿死了，这老东西都不会关心的。不过在他往回走的时候，他心里突然有所触动，他在一盏路灯底下停下来，又把那封信看了一遍。信上的笔迹已经不再具有往常公事公办的那种特有的强硬劲儿，字写得又大又有些一溜歪斜的：也许疾病对他的影响远超过了他愿意承认的程度，而他想在这封正襟危坐的短信里表达一种想见到他在这个世界上唯一亲人的渴望。菲利普回信说他可以在七月份回黑马厩镇待上两个礼拜。这邀请来得正是时候，因为他还不知道该怎么对付这个短短的假期呢。阿瑟尔尼一家将在九月份去采摘啤酒花，但那时候他又抽不出空来，因为到九月份秋装的款式就得准备齐全了。林恩公司的规矩是不管你愿不愿意，都得度这两个礼拜的假期，在此期间如果没地方可去，店员可以睡在宿舍里，但伙食费就得自理了。有些店员在距离伦敦合理的范围内并没有亲戚朋友可去投奔，那这个假期反倒成了个累赘，不但要从微薄的工资里开支伙食费，而且还整天无事可做，简直是度日如年了。菲利普自打跟米尔德丽德一起去过一趟布赖顿以来，就再没离开过伦敦，而那已经是两年前的事儿了。他真渴望呼吸一下新鲜空气，享受一下大海的宁静。整个五月和六月，他都满怀强烈的愿望盼着这一天早点到来，等终于熬到动身的时候，他已经变得有些兴味索然了。

离开伦敦的前一天傍晚，在跟主管交代一两样不得不暂时搁下来的工作时，桑普森先生突然对他说：

"你一直以来的工资是多少？"

"六先令。"

"我觉得太少了。等你度假回来，我想办法帮你提到十二先令。"

"那太感谢了，"菲利普微笑道，"我正急需添置几件新衣呢。"

"你只要好好干，别像他们有些人那样老跟姑娘们厮混，我会照应你的，凯里。记住，你要学的东西还有很多，但你前途无量，我要为你说句公道话，你前途无量，一旦你当真具备了那个能力，我会确保让你拿到一镑的周薪的。"

菲利普不知道这一天他得等多久。两年？

大伯的变化让他大吃了一惊。上次见到他的时候，他人还很壮实，腰杆儿笔直，脸刮得很干净，一张肉感的大圆脸；但现在他却整个人都垮了下来，皮肤变得焦黄，眼睛下面两个巨大的眼袋，他变得腰弯背驼，非常衰老了。上次生病期间他留起了胡子，走起路来也非常迟缓了。

"现如今我已经是大不如前了。"他说。这时候菲利普刚到，正跟他一起在餐厅里落座。"天热让我不堪其扰。"

菲利普问了几句教区的情况，一边打量着他，琢磨着他到底还能支撑多久。一个炎热的夏季就足以结果了他，菲利普注意到他的手有多瘦，而且一个劲儿哆嗦。这对菲利普来说可是太重要了，如果他能死在这个夏天，那么这个冬季学期就能重返医院继续学业了，一想到可以不必再回林恩公司，他的心便激动得突突直跳。用正餐的时候，牧师弓着个背缩在椅子上，他妻子去世后一直帮他管家的女管家说：

"让菲利普先生负责切肉可好，先生？"

老头子出于不愿承认自己身体虚弱的心理，本想自己来切的，听管家这么一说他就很高兴地顺水推舟，不再硬撑着逞强了。

"你胃口还真不错。"菲利普道。

"哦，是呀，我一直都还挺吃得下的。不过比你上次来的时候我可是瘦多了。瘦一点我倒是挺高兴的，我向来都不喜欢那么胖。威格拉姆医生也认为我比以前瘦一些只有好处。"

正餐结束后，女管家给他拿了些药来。

"把处方拿给菲利普少爷看看，"他说，"他也是个医生呢。我想让他看看这处方他是不是也觉得妥当。我之前就跟威格拉姆医生说，你现在也在学医呢，他应该少收我一点诊费。需要付的账单真是吓死个人。有两个月的时间他每天都来，每来一次就要收五先令的诊费。这可是一大笔钱，你说是不是？他现在一周还要来两趟。我打算跟他说，他不需要再来了。等我需要的时候再请他过来就是了。"

菲利普在看处方的时候，他急切地望着他。里面有麻醉剂，共两种，其中一种据牧师解释说只有在他的神经炎发作得没法忍受时才会服用。

"我一直都非常小心，"他说，"我可不想染上鸦片瘾。"

他侄子的情况他只字不提。菲利普猜想他这么总是絮聒各种必须的花销项目是种预防措施，免得他开口向他要钱。他说他已经花了这么多钱请医生看病，又花了更多的钱用来买药；他生病期间每天都得在他的卧室里生火，而且现在每个礼拜天一早一晚得两次雇马车前往教堂。菲利普很生气，真想跟他说他不必害怕，他是不会伸手向他借钱的，但终究还是忍住了。在他看来，这老东西什么都不再关心了，只除了两样：贪那口吃的，贪自己那点钱财。这样的老年可真是丑恶。

下午，威格拉姆医生来了，诊视完病人以后，菲利普送他走到花园门口。

"你认为他情况怎么样?"菲利普道。

相对于怎么把事情做对，威格拉姆医生历来都更汲汲于怎么不把事情做错，只要能做得到，他从不冒险去下结论。他在黑马厩镇行医已历三十五载，一直享有安全可靠的声誉，他的很多病人都认为作为一位医生，相比于聪明伶俐，安全可靠要远为重要得多。黑马厩镇也有位新医生——其实来了也已经有十年了，但仍旧被视为一个非法闯入者——据说是非常聪明的，但有身份的上层人家很少有人请他看病，因为并没有人真正了解他的底细啊。

"哦，他跟我们能够预期的一样好。"威格拉姆医生这样回答菲利普的问询。

"他有什么严重的病症吗?"

"呃，菲利普，你大伯已经不是个年轻人了。"医生非常审慎地微微一笑道，这笑容也似乎意味着，这位黑马厩镇的牧师毕竟也还算不上多老的人。

"他似乎认为他的心脏不怎么好。"

"我对他的心脏也是不大放心，"医生不揣冒昧道，"我认为他应该小心才是，非常小心才是。"

菲利普已经话到嘴边的那个问题是：他还能活多久? 他怕这

问题会显得过于唐突。在这些问题上，转弯抹角才是生活的礼仪所必需的，不过，当他换了一个问题来问时，心头也闪过这样一个念头：医生肯定也早就习惯于病人家属的不耐烦了，他肯定也能看穿他们那满怀同情的表情下的真实用心。菲利普暗自对自己的伪善报以淡淡的一笑，随即低垂了目光。

"我想他一时间还没什么危险吧？"

医生最恨的就是这种问题。你要是说病人活不了一个月了，他们家肯定马上就会为操办后事做准备了，而到时候如果病人还活着，他们便会由于精神上过早地经受了丧亲的折磨而埋怨医护人员。而另一方面，如果你说病人还能活上个一年，而结果不出一个礼拜就死了，那他们家的人就会说你医术不高、业务不精。他们会想，假如他们知道死期已经这么近了的话，他们就会在他临死前给他更多的关爱了。威格拉姆医生做了个就此洗手不干了的手势。

"我并不认为会有什么重大的危险，只要他——还能维持现状。"他终于不揣冒昧地说道，"但话又说回来了，我们也千万不要忘了，他已经不是个年轻人了，而且——呃，机器也已经老化了。如果他能熬过这个炎热的夏天，我看他也就没道理不能舒舒服服地活到冬天，而假如严冬对他也并无重大威胁的话，呃，我看也就没道理真会发生什么不测了。"

菲利普回到餐厅的时候，他大伯还在那儿坐着。头戴一顶无檐便帽、肩上裹着条钩针编织的披肩的他，看起来显得非常古怪。他眼睛一直都没离开门口，菲利普一进来，他目光马上就停在他脸上了。菲利普看得出来他大伯一直都在心焦地等着他回来。

"呃，我的病况他是怎么说的？"

菲利普猛然明白过来，这老头子真是怕死得要命。这让他觉得有点惭愧，于是不由自主地把目光转向了一边。面对人性的软弱，他一直都会感觉有些难堪。

"他说他认为你好多了。"菲利普道。

一丝欣喜的光芒闪现在他大伯的眼睛里。

"我的体质还是好得很的，"他说，"他还说了些什么？"他又怀疑地加了一句。

菲利普微微一笑。

"他说，只要你善自珍重，你没有理由活不到一百岁的。"

"我不知道能不能有这样的奢望，不过依我看还是有理由能期望活到八十的。我母亲就活到了八十四。"

凯里先生座位的一侧有张小桌子，上面放了本《圣经》和一巨册《公祷书》，多少年来家里的晚祷念诵的一直都是这本书。他伸出颤抖的手来，拿起了那本《圣经》。

"《圣经》里那些人类的祖先都是极为高寿的，不是吗？"他说，怪里怪气地轻声一笑，菲利普从中看出一种胆怯的求恳。

这老头子紧抓住生命不放。然而他又对他的宗教教给他的一切坚信不疑。他对灵魂的不朽没有丝毫怀疑，而他又感觉他这辈子行得正立得直，依照他的表现他是极有希望升入天国的。在他漫长的职业生涯中，他曾给多少临终之人带来了宗教的安慰！不过在这方面，他可能也像那个没法给自己处方开药的医生那样。

反正菲利普对于他执着于尘世的那股热切劲头大感困惑和震惊。他不知道这老头子的内心深处到底隐藏着什么难以名状的畏惧；他真想好好地探究一下他的灵魂，这样就能赤裸裸地看清他大伯对于未知世界所怀有的到底是种什么样可怕的恐慌了。

两个礼拜很快过去了，菲利普又回到了伦敦。他在服装部那块屏风后头，只穿件衬衣整天画着图样，度过了那酷热难耐的八月份。店员们也都轮流去度他们的假期了。傍晚时分，菲利普通常都去海德公园消散一下，听听那里面乐队的演奏。随着对工作越来越适应，感觉也不那么累人了，他的头脑也从长期的停滞状态中慢慢恢复过来，开始寻找新鲜的活动了。他全副的欲念现在都集中在他大伯的死上。他不断地做着同一个梦：有天早上他收到一份电报，是一大早，说他大伯遽然辞世了，自由已经尽在掌握。等他醒来，发现不过是梦一场的时候，他真是郁愤填膺。既然这件事随时都有可能发生，他便专心致志地忙着为自己的未来编制各种复杂周密的计划。他要想取得医师资格，至少还需要一年的时间，但这在他头脑中一掠而过，他一心盘算的就是他心向往之的那个西班牙之行。他读了很多有关那个国家的书，都是他从免费图书馆借来的，从各种图片中他已经确切地知道了每个城市都是什么样子的。他仿佛看到自己在科尔多瓦横跨瓜达尔基维尔河的那座桥上徜徉，在托莱多那拐弯抹角的街道上闲逛，坐在教堂里对他感觉艾尔·格列柯这位神秘莫测的画家为他揭示的奥秘沉思默想。阿瑟尔尼非常体谅他这种心情，礼拜天下午，他们就一起来规划详尽的旅行计划和线路，以免菲利普错过任何一个值得一游的地方。为了排遣自己不耐烦的急切心情，菲利普开始自学起了西班牙语，每天晚上他都抽出一个小时的时间，在哈灵顿街那个无人问津的起居室里做做西班牙语练习，还借助手边的英译本，苦苦思索，努力摸索着《堂吉诃德》的佳妙文章。阿瑟尔尼每周给他上一次课，菲利普学到了几句旅行中有用的常用表述。阿瑟尔尼太太在一旁笑话他们。

"你们俩和你们的西班牙语！"她说，"你们就不能干点有用的事吗？"

不过萨莉有时候却站在旁边，以她一贯严肃认真的方式听她父亲和菲利普用一种她听不懂的语言交谈，她已经是个大姑娘了，到圣诞节就要束发及笄了。她一直都认为她父亲是这个世上最了不起的人物，她只会通过她父亲的赞赏来表达她对菲利普的看法。

"父亲对你们的菲利普叔叔可推崇了。"她会对她的弟妹们这么说。

最大的男孩儿索普已经到了去皇家海军舰艇"阿瑞托萨"号服役的年龄，阿瑟尔尼便向全家绘声绘色地描述了一番这小伙子身着全套皇家海军制服回家度假时将会是种什么派头。而萨莉一满十七岁便要去给一位女装裁缝当学徒。阿瑟尔尼以其华丽的辞藻谈起他们这帮小鸟翅膀已经硬了，就要飞离他们父母的老巢了，而且满含热泪告诉他们，只要他们还愿意回来，这个老巢一直都还在这里。一个临时床铺、一顿热饭随时都为他们准备着，一位老父亲的心扉也永远都会对孩子们的困顿烦恼敞开着。

"你就会胡咧咧，阿瑟尔尼。"他妻子道，"只要他们踏踏实实做人，我不知道他们还会碰到什么困顿烦恼。只要你诚实可靠，吃苦耐劳，你永远都不会失业，这就是我的想法，而且我可以告诉你，就算是看到他们最后一个都出去自己赚钱养活自己了，我心里也不会感到难过的。"

生儿育女、繁重的家务以及不断的忧惧操心，阿瑟尔尼太太已经开始显老了。有时候到了晚上，她会腰酸背痛，只好坐下来歇一会儿。她理想中的幸福生活是能雇个小女佣帮她把粗活干掉，那她便不需要在七点前就从床上爬起来了。阿瑟尔尼挥动着他那只漂亮的白手。

"啊，我的贝蒂，咱们可是有功于这个国家的，你和我。咱们已经养育了九个健健康康的孩子，男孩儿们将为国王陛下效劳，女孩儿们将会缝衣做饭，又轮到她们来养育健康的孩子。"他转向萨莉，为了安慰她，故意采用了一种旨在增加对比反差的反高潮的修辞手法，又以夸张的口吻补充了一句："她们还要为那些只会坐享其成的人服务。"

阿瑟尔尼热诚地信仰很多相互矛盾的理论学说，最后他又把社会主义加了进去，于是鼓吹道：

"如果在社会主义国家，我们都能领到优厚的养老金，你和我，贝蒂。"

"哦，别再跟我聒噪你那些社会主义者了，我对他们可没这份耐心。"她叫道，"那只能意味着另有一大批游手好闲的懒人从工人阶层那儿赚便宜、得好处了。我的座右铭是：别来烦我；我不希望任何人来干涉我；哪怕摊上霉运，也要尽力而为，自求多福，落后者必然遭殃。"

"你把我们的生活叫作霉运吗?"阿瑟尔尼道,"绝对不是!我们经历过起起伏伏,我们做过艰苦的斗争,我们一直都很穷,但我们的生活是值得的,唉,看看我们身边这些孩子们吧,我要说,我们的生活值得再过上一百回。"

"你就会胡咧咧,阿瑟尔尼。"她说,用一种并不是生气,而是略带嘲讽的平静目光望着他,"你只享受到儿女成群那开心惬意的一面,而我遭受的却是生他们的痛和养他们的苦。我倒不是说我不喜欢他们,他们都在我眼面前,但是我要是能再活一回的话,我宁肯单身一辈子。说到为什么,我要是单身的话,到现在兴许都有一家自己的小店了,银行里也该有四五百镑的存款了,还有个粗使丫头帮我干活。哦,我才不会再过一遍这辈子的生活呢,说什么我都不干。"

菲利普想到,对于千百万生灵而言,人生不过是没完没了的劳作,无所谓妍媸美丑,你只能像接受四季的流转一样接受它。一想到人生貌似全无意义,他就不禁怒火填膺。他无法使自己安于人生没有意义的信仰,然而他看到的一切、想到的一切却无不坚定了他的这一信念。不过,尽管怒火填膺,这却是一种令人愉悦的怒火。如果人生当真没有意义可言,那它也就没那么糟糕可怕了,他就能以一种奇怪的充满力量的感觉来面对它了。

一〇九

秋去冬来。菲利普已经把自己的地址留给了他大伯的女管家福斯特太太，便于她跟他联系，不过他仍旧每周到医院里去一次，以防万一还有写到那里的信件。有天晚上他在一封信的信封上看到了自己的名字，而那字迹却是他希望永远都不要再看到的。他内心五味杂陈，有那么一会儿他都鼓不起勇气伸手去拿那封信。这又勾起他一大串可憎可恨的记忆。但最后他还是耐不住性子，把信撕开了。

> 威廉街七号
> 费茨罗伊广场

亲爱的菲尔：

　　我能尽快见你一两分钟吗？我有大麻烦了，不知道该怎么办才好。不是钱的问题。

> 忠实于你的
> 米尔德丽德

他把信撕成碎片，走到街上，把它们撒在黑暗中。

"见她的鬼去吧。"他喃喃道。

一想到要再次见到她，一种厌恶感就涌上心头。她是不是碰上了什么困境他才不管呢，不管是什么样的困境她都是活该；他想起她就充满愤恨，他曾对她怀有的爱情只会激起他的憎恶。他的回忆让他一阵阵反胃，在从泰晤士河的桥上走过时由于竭力不去想她，他连身体都本能地扭向了一边。他上床安歇，但睡不着觉；他想知道她到底出了什么事，他怎么也没法从脑子里驱赶掉对她生病和挨饿的担心——除非是身处绝境，否则她是不会再给他写信的。他对自己的意志薄弱很是生气，但他也知道，如果不去见她一次，他是怎么都不会心安的。第二天一早，他写了张明信片，在上班的路上投寄出去。他的措辞无比生硬，只说他对她身处困境表示遗憾，将于当天傍晚七点钟前往她给的地址探访。

那是一条肮脏街道上的那种寒酸的寄宿舍，他在询问她是否在家的时候，由于很不想见到她，巴不得她已经不住这儿了。看起来这种地方人员流动非常频繁。他也没想到要看看她那封信上的邮戳，也不知道已经在架子上搁了多少天了。前来应门的那个女人并没有回答他的问询，而是默不作声地领他穿过过道，在尽里头的一扇门上敲了敲。

"米勒太太，有位先生想见你。"她叫道。

门稍稍开了一道缝，米尔德丽德满腹怀疑地往外看了看。

"哦，是你，"她说，"进来。"

他走进去，她把门关上。那是一间很小的卧室，像她住过的所有地方一样很不整洁；地板上扔着一双鞋，分开很远，而且脏兮兮的；五斗柜上放着顶帽子，旁边还有几缕假卷发，上衣就扔在桌子上。菲利普想找个地方放他的帽子。门背后的衣帽钩上挂满了裙子，他注意到裙边上都沾着泥。

"坐下好吗？"她说。然后她尴尬地一笑。"我想，又收到我的信你挺意外的吧？"

"你嗓音沙哑得很，"他回答道，"嗓子疼吗？"

"是的，已经疼了一段时间了。"

他没再说什么。他等着她解释为什么想见到他。屋里这副样子已经足够清楚地告诉他，她又回到他当初把她救出来的那种生活中去了。他不知道那孩子到底怎么样了，壁炉架上有她的一张照片，但屋子里并没有这孩子待过的迹象。米尔德丽德手里握着她的手帕。她把它捏成了一个球，在两手间传来传去。他看得出她非常紧张。她正盯着炉火，他可以在打量她的同时又不跟她的目光接触。她比上次离开他的时候瘦多了，皮肤焦黄干枯，比先前更紧地绷在她的颧骨上。她染了头发，现在成了亚麻色：这使她样子大变，看起来更俗气了。

"收到你的信我真是非常宽慰，说实在的，"她终于说道，"我还以为你可能已经不在医院里了呢。"

菲利普没吭声。

"我想你已经取得医师资格了，对吧？"

"没有。"

"怎么会呢？"

"我已经不在医院里了，十八个月前我就放弃学医了。"

"你这人就是见异思迁。好像什么事情都没办法坚持下去。"

菲利普又沉默了一会儿，等他继续说下去的时候，口气异常冰冷。

"我因为一次不幸的投机，把我所剩无几的那点钱都蚀光了，无力再继续学医。我只能尽我所能地养活自己了。"

"那你现在在干吗？"

"在一家商店。"

"哦！"

她飞快地瞥了他一眼，又立刻把目光转开了。他觉得她是脸红了。她神经质地用手帕拍打着手心。

"你还没把学到的医术全忘掉吧？"她相当奇怪地迸出这么句话来。

"还没全忘。"

"因为这就是我想见你的原因，"她声音降成一种沙哑的耳语，"我不知道我这是怎么了。"

"你干吗不去医院看看？"

"我不想这么做，让所有那些浦生都盯着我，而且我怕他们会把我给扣下。"

"你觉得哪里不舒服？"菲利普冷冷地问道，用的是门诊室里询问病人的那种套话。

"呃，我身上起了片疹子，怎么都消不下去。"

菲利普心头生出一阵恐惧。前额冒出了汗珠。

"让我看看你的喉咙。"

他把她带到窗前，尽可能给她做了番检查。猛然间看到了她的眼睛，那里面满是死一般的恐惧，看着真可怕。她是被吓坏了。她希望他能让她安心，她以求恳的目光看着他，又不敢求他说几句宽心的话，但神经紧张到极点地巴不得能听到这样的话。他没有这样的话可以说给她听。

"恐怕你的确病得不轻。"他说。

"你看是什么病？"

他告诉她以后，她面色变得像死人一样苍白，嘴唇甚至都变得焦黄；她绝望地哭了起来，先是无声地流眼泪，然后就泣不成声了。

"我非常抱歉，"他最后道，"但我得跟你说实话。"

"我还不如自杀了好呢，也就一了百了了。"

他丝毫没把这话往心里去。

"你还有钱吗？"他问道。

"有六七镑吧。"

"你必须放弃这种生活，你知道。难道你就不能找个正经工作做做吗？恐怕我也帮不了你多大的忙，我一周只有十二个先令。"

"我现在还能做什么呢？"她不耐烦地叫道。

"该死，你**必须**想法找点事做。"

他非常严肃地跟她说话，告诉她她自己的危险和她会传给别人的危险，她面色阴沉地听着。他尽力安慰她。尽管她很不高兴，他终于还是得到了她的默许，答应一切都照他说的做。他给她开了个处方，说他会拿到最近的药房帮她配药，他再三叮嘱她一定要按时服药。他站起来，伸出手来准备告辞了。

"别垂头丧气的了，你的喉咙很快就会好的。"

可是当他转身要走的时候，她的脸一下子变得扭曲了，一把抓住了他的外衣。

"哦，别离开我，"她嘶哑地叫道，"我怕极了，别把我一个人丢在这儿。菲尔，求你了。除了你我没有任何人可以去求助，你就是我这辈子唯一的朋友了。"

他感觉到她灵魂当中的恐惧，说也奇怪，这恐惧就跟他在他大伯眼睛里看到的那担心自己马上就要死了的恐惧非常相像。菲利普垂下了目光。这个女人已经两回闯进他的生活，搅得他痛苦不堪；她没有任何权利再对他提什么要求了；然而，他也不知道为什么，他内心深处生出一种异样的隐痛；也正是这种隐痛使得他在收到她的信以后一直心绪不宁，一直到服从了她的召唤才肯罢休。

"我想我这辈子也休想能真正去除这种隐痛了。"他不禁暗自思忖。

而让他迷惑的是，他又对她感到一种奇怪的生理上的厌恶，这种厌恶使他一挨近她就浑身感到不舒服。

"你想要我怎么做？"他问。

"咱们一起出去吃个饭吧。我请客。"

他犹豫了一下。他感觉正当他以为她已经永远地从他的生活中消失以后，她又一次慢慢爬了回来。她焦虑地望着他，那神情真让人厌恶。

"哦，我知道我待你一直都很过分，但别在现在把我一个人扔下。你也算是报仇雪恨了。你要是现在丢下我不管，我就真不知道该怎么办了。"

"好吧，我不介意，"他说，"但我们必须得省着点了，我现在可没钱乱花了。"

她坐下来开始穿鞋子，然后换上裙子、戴上一顶帽子，他们一起出去，最后在托特纳姆法院路上找到了一家餐馆。菲利普已经不习惯在这个点吃饭了，米尔德丽德的喉咙又痛得没法吞咽，他们就要了一点冷火腿，菲利普喝了一杯啤酒。他们就像先前那样面对面坐着，他不知道她是否还记得过去的情景。他们相互之间完全没什么话好说，要不是菲利普勉强瞎扯上几句的话，他们就只能默不作声地干坐着了。餐馆里灯光明亮，一面面俗里俗气的镜子相互映照着，影像无限地重叠下去，置身其间，她显得既苍老又憔悴。菲利普急于想知道孩子现在怎么样了，但又没勇气主动问起。最后还是她说道：

"你知道吗，孩子去年夏天就死了。"

"哦！"他说道。

"你总可以说一句你感到很难过吧？"

"我不难过，"他回答道，"相反，我很高兴。"

她瞟了他一眼，知道了他话里的意思，就把目光移开了。

"你曾经很喜欢她的，不是吗？我还一直都觉得挺滑稽的，你怎么会这么瞧得起另一个男人的孩子。"

他们吃完以后，就到药店里去配菲利普开的药，回到那寒酸的房间以后，他先让她吃了一剂。然后他们又一起坐了一会儿，一直到菲利普该回哈灵顿街的时候他才走。经过这一番折腾，真让他厌烦得要死。

菲利普每天都去看她一次。她吃他开的药，遵他的医嘱行事，很快她的病况就大见起色，这使她对菲利普的医术大为信赖。随着她逐渐好转，她人也不那么垂头丧气了，讲起话来也随便得多了。

"一旦能找到工作，我就一切都会好起来了，"她说，"我已经得到教训了，我会记在心里。不会再去过那种荒唐的生活了，真的。"

每次见到她，菲利普总会问她有没有找到工作。她跟他说不用担心，只要是她想，马上就能找到些事做的；她已经有几手准备了，用这一两个礼拜的时间休息一下，先把身体养好岂不更好。对此他也不便反对，不过在这段时间就要过去的时候，他就更加坚持要她一定要去找工作了。她笑话他，她现在已经兴头多了，说他简直是个大惊小怪的小老头。她长篇大套地跟他讲她跟那些女经理们面试的过程，因为她这次是想在某个餐厅找份工作了；详详细细地告诉他她们是怎么跟她说的，她又是怎么回答的。是什么都还没确定下来，但她确信到下周头上肯定就会有眉目了：没必要仓促行事，心急火燎地接受个不合适的工作反倒不妥。

"这可真是站着说话不腰疼，"他不耐烦地道，"能找到份工作就已经不错了，轮不到你挑挑拣拣。我可是帮不了你的忙的，你那点钱也不会永远都花不完。"

"哦，瞧你说的，我这不是还没到山穷水尽的地步嘛，再碰碰运气看。"

他严厉地看了看她。他第一次来看她已经是三个礼拜前了，那时候她剩下的钱就不够七镑了。他疑窦顿生。他想起她说起来的一些事。把这些情况加起来一考虑，他开始怀疑她是否真的去找过工作了。她很可能一直都在跟他说谎。她那点钱竟能支撑这么长时间，岂非咄咄怪事。

"你这儿的租金是多少？"

"哦，这里的房东太太为人很好，跟有些人不一样；她很愿意等到我手头方便的时候再付。"

他不作声了。他怀疑的事情如若属实，那就太可怕了，这让他不免犹豫起来。问她也没用，她会全盘否认的；要是他想知道真相，就得自己去发现。他总是习惯于每天晚上八点钟离开她那儿，那天八点的时钟一响他就起身告辞，但他没回哈灵顿街，而是守在菲茨罗伊广场的街角处，这样从威廉街过来的任何人他都能看到。他感觉已经等了巨长的时间，还以为自己的疑心是神经过敏，正要离开的时候，但见七号的门开了，米尔德丽德走了出来。他闪身到暗处，眼看着她朝他走来。她戴上那顶他在她房间里见到过的插满羽毛的帽子，穿的那身衣服他也认得，那衣服穿着上街过于花哨，而且跟时令也不合。他跟着她，缓步轻摇地一直来到托特纳姆法院路上。到了这儿她那脚步就更慢了，来到牛津街角，她停下来，四顾一望，然后穿过马路来到了一家歌舞杂耍剧场门前。他走上前去，碰了一下她的胳膊。他看到她脸上搽

……来到牛津街角，她……穿过马路来到了一家歌舞杂耍剧场门前。

了胭脂，嘴唇也涂得血红。

"你要去哪儿，米尔德丽德？"

听到他的声音她吓了一跳，跟先前说谎被揭穿了一样脸腾的一红；然后眼里就闪出怒火，这一招菲利普实在是太熟悉了，这是她在本能地企图借助谩骂进行自卫时的惯常招数。不过这次话到嘴边，她倒是又咽了下去。

"哦，我只是想去看场演出。每天晚上都是一个人枯坐在那儿实在太让人心烦了。"

他并没有再假装相信她的话。

"你不能这么做。老天爷，我跟你说了有五十次了，这么做有多危险。这种事你可千万别再做了。"

"哦，你省省吧，"她粗暴地叫道，"你以为我还能怎么过下去？"

他抓住她的胳膊，没来得及细想他这是在干吗，只想把她给拉走。

"看在上帝的分上，跟我走吧。让我送你回家。你不知道你这是在干吗。这简直是犯罪。"

"我管它呢！让他们自求多福吧。男人对我可没这么好，我犯不着为他们瞎操心。"

她一把把他推开，走到票房前，付了钱就进去了。菲利普口袋里只有三个便士，他没法跟进去。他转过身，沿着牛津街慢慢走了。

"我也无能为力了。"他心下暗道。

事情就这样结束了。以后他再也没有见到过她。

一一〇

那一年的圣诞节是个礼拜四，商店预备歇业四天。菲利普写信给他大伯，问他回牧师公馆度假是否方便。他收到福斯特太太的回信，说凯里先生身体欠佳，不能亲自写信，但如果他愿意来，他将很高兴见到自己的侄子。她在门口迎候菲利普，跟他握手的时候特意嘱咐他：

"你会发现他跟你上次来已经大不一样了，先生；不过你要假装并没有注意到什么变化，可以吗，先生？他对自己的健康状况非常焦心。"

菲利普点了点头，她引他走进餐厅。"菲利普先生来了，先生。"

黑马厩镇的牧师明显已是个垂死之人。只消看看他那凹陷的脸颊和皱缩的身体就心知肚明了。他蜷缩在那把扶手椅里，脑袋奇怪地向后仰着，肩膀上披着条披肩。现在没有拐杖的帮助他已是寸步难行，他两手抖得厉害，连自己进食都已相当困难了。

"他没多少日子好活了。"菲利普看着他的时候心里想道。

"你觉得我看起来怎么样？"牧师问道，"你觉得跟上次相比，

960

我有什么变化吗?"

"我觉得你看起来比夏天的时候更硬朗些了。"

"那是天气热的关系。气温一高,总让我很难过。"

在过去这几个月里,凯里先生的日常生活无非是在楼上的卧室过了几个礼拜,又在楼下过了好几个礼拜。他手边放着个摇铃,一边说话一边摇了一下召唤福斯特太太,她就坐在隔壁房间里随叫随到,他问她他第一次能从卧室里出来是什么时候的事了。

"那是十一月七号的事儿,先生。"

凯里先生看了看菲利普,看他对这一信息有何反应。

"但我的食量仍旧是不错的,是不是,福斯特太太?"

"是的,先生,你胃口好极了。"

"不过就是不见长肉。"

现在,他唯一的兴趣就只有他的健康了。他不屈不挠地咬定一件事绝不放松,那就是活下去,仅仅是活下去,也不管这生活已是多么单调无聊,不管他活着有多痛苦,只有在吗啡的麻醉下他才能睡上几个钟头。

"我花在看病上的钱的数目简直吓人,"他又把铃摇得叮当作响,"福斯特太太,你把药费的账单拿给菲利普少爷看看。"

她很有耐心地把账单从壁炉架上拿下来,递给菲利普。

"这才只是一个月的。我一直琢磨着要是你来给我看病的话,你能不能给我开一点便宜的药。我也想过是不是可以直接从药店里买,但那还要额外再付一笔邮费。"

虽说他显然对自己的侄儿并不关心,连他现在在干什么都懒得问上一句，但他似乎倒是挺高兴看到菲利普待在他身边。他问他这次来能待多久，当菲利普告诉他礼拜二一早就得走的时候，他还表示要是他能再多待几天就好了。他详详细细地把自己所有的病状都讲给他听，然后又把医生对他的诊断重复了一遍。讲着讲着他突然停下来又摇了一下铃，等福斯特太太进来以后，他说：

"哦，我不确定你是不是还在。我摇一下铃只是想确认这一点。"

在她出去以后，他向菲利普解释说，他要是不能确定福斯特太太就在能听到他摇铃的附近，他心里就会很不踏实，因为万一有什么不测发生的话，她很知道该对他采取什么样的急救措施。菲利普看到她非常疲累，眼睛因为缺乏睡眠都快睁不开了，于是便暗示他大伯，她是不是有些劳累过度了。

"哦，胡说，"牧师道，"她壮得像匹马一样。"等下一次她进来伺候他吃药的时候，他对她说：

"菲利普少爷说你的工作太繁重了，福斯特太太。你是高兴照顾我的，是不是？"

"哦，我不介意，先生。凡是我能做到的，我都愿意去做。"

药很快就起作用了，凯里先生睡了过去。菲利普走进厨房，问福斯特太太这么繁重的工作能不能吃得消。他看得出来，这几个月来她一直都难得安生。

"唉，先生，我又有什么办法呢？"她回答道，"这可怜的老先生就全仰仗我了，而且虽说他有时候挺惹人烦的，你还是不由得会喜欢他，不是吗？我在这儿已经待了这么多年，他要是真的这么一走，我都不知道该怎么办了。"

菲利普看得出来，她是真挺喜欢这老头子的。她替他擦洗、穿衣，给他做饭，每天夜里都要起来个五六趟，因为她就睡在他隔壁，而他是只要一醒过来马上就会把那小铃摇得叮当响，直到她进来才算完。他随时随刻都可能死，但也可能还能活上好几个月。她能以这样的耐心和体贴照顾这么个非亲非故之人，实在是非常了不起，而同时，这世上就她一个人真心关心他，也真够悲惨可怜的。

在菲利普看来，他大伯终其一生都在宣讲的宗教信仰，对他也不过只具有一点形式上的重要罢了：每个礼拜天副牧师都会上门来主持他的圣餐礼，他也经常念念他的《圣经》；但很明显，他仍旧满怀极度的恐惧看待死亡。他相信那是通往永生的门户，但他并不想进入这个永生之门。在病痛不断的折磨之下，终日被束缚在座椅上，连再次走到户外的希望都已完全放弃，就像个孩子一样只能靠他付钱雇来的这个女人悉心照顾，他仍旧死死地抓住这个已知的世界不放。

菲利普的脑子里一直盘旋着一个问题，他又不好发问，因为他意识到就是问了，他大伯也不过给他一个常规的回答：他想问的是，到了最后，在身体这台机器已经无比痛苦地磨损殆尽的时候，牧师是否还相信灵魂的不朽。也许在他灵魂的最深处——虽然绝不会允许它形诸言语，以防它变得坚定执着——他已经确信上帝并不存在，此生结束以后，就什么都没有了。

节礼日①那天傍晚，菲利普跟他大伯一起在餐厅里坐着。为了能九点前赶到店里去上班，第二天他必须很早就出发，这时候他便准备向凯里先生道晚安了。黑马厩镇的牧师正在打瞌睡，菲利普半躺在窗边的沙发上，任凭手里的书落在大腿上，目光则懒洋洋地环视着这个房间。他在心里盘算着这些家具能卖几个钱。他已经把整幢房子都巡视了一遍，查看了一下他从孩提时代就已熟悉的各色什物。有几件瓷器也许还能值个好价钱，菲利普琢磨着是不是值得把它们带到伦敦去；不过那些家具都是维多利亚时代的式样，桃花心木的材料，结实笨重而又丑陋，拿去拍卖也收不回几个钱来。他大伯有三四千册藏书，但谁都知道根本卖不出价钱来，大概最多也就能卖个一百镑。菲利普不知道他大伯能给他留下多少钱，他又第一百次算计了一遍他修完医学课程、拿到学位、度过他在医院供职的那个期限，最少还需要多少钱。他看了看这个老家伙，他睡得很不安稳：在那张枯萎皱缩的脸上已经没什么人的样子，简直就是某种奇怪的动物的脸。菲利普想，要结束这条已经全无用处的生命，该是多么容易的一件事。每天晚上，当福斯特太太为他大伯准备能让他安眠的药物时，他总会这么想。有两个药瓶：其中一瓶里装的是他按时服用的药，另一瓶里装的是他疼得受不了的时候才服用的鸦片酊。这些药都给他倒好了放在床头，他一般是在凌晨三四点钟服用。把剂量增加一倍

---

① 节礼日（Boxing Day），英国和部分英联邦国家的法定假日，在圣诞节的次日，如遇礼拜天则推迟一天，依俗这天向雇员、仆人、邮递员等赠送盒装节礼。

只是举手之劳，那样他便会在夜里死去，没有人会产生任何怀疑，因为在威格拉姆医生的预料当中，这正是他死亡的方式。这样的亡故没有任何苦痛。菲利普一想到他是多么需要这笔遗产时，就忍不住握紧了拳头。那悲惨的生命再多维持几个月对这个老人来说是毫无意义的，但再多熬几个月对他来说却意味着一切：因为他的忍耐已经到了极限，一想到第二天上午还要回到店里工作，他就毛骨悚然。一想到那个让他着迷的念头，他的心就狂跳不已，尽管他竭力想把它从脑子里驱赶出去，但总是做不到。那只是举手之劳，真他妈太容易了。他对这个老人并无感情可言，他从来就没有喜欢过他；他这辈子都无比自私，对敬爱他的妻子非常自私，对托付给他的孩子漠不关心；他倒不是个残酷的人，但他是个愚昧、严厉的人，又有点耽于声色。那只是举手之劳，真他妈太容易了。但菲利普不敢。他怕将来会追悔莫及，如果后半辈子都在为自己的行为悔恨不已，就算是拿到了那笔钱也是毫无用处了。虽然他经常告诉自己，悔恨是徒劳无益的，但总有些事情无论如何也挥之不去，偶尔还会回来搅得他心绪不宁。他还是希望自己不要问心有愧。

他大伯把眼睛睁开了，菲利普挺高兴的，因为他这样还有点像个人的样子了。他对自己方才产生的念头真心感到害怕，他刚才沉思默想的就是谋财害命啊！他不知道别人是不是也有过类似的想法，还是只有他这么变态和堕落。他估摸着真到了实际要动手的时候，他还是下不了手的，但这个念头确实存在，而且反复出现：如果他并没有付诸实施，那也只是因为害怕。他大伯说话了。

"你没有在盼着我死吧，菲利普?"

菲利普感觉自己的心怦怦地敲打着他的胸膛。

"天哪，没有的事。"

"这才是个好孩子。我可不喜欢你竟会有那样的想法。我死以后你能得到一小笔遗产，但你可绝对不应该巴不得早点得到它。你要是有这样的想法的话，那对你可没什么好处。"

他讲话的声音很低沉，语气里有种不同寻常的焦虑。菲利普的心里猛然一震。他不知道是何种神奇的洞察力，竟使得这个老人猜到了菲利普心里正在转悠的邪念。

"我但愿你能再活个二十年。"他说。

"哦，好啊，我可不指望还能活那么久，不过要是我善自珍摄的话，我没理由就不能再活上个三年五载的。"

他沉默了一会儿，菲利普也无言以对。然后，像是经过了一番思考以后，那老人又说道:

"每个人都有权利能活多久就活多久。"

菲利普想转移一下他的思绪。

"说起来了，我想你再没收到威尔金森小姐的信吧?"

"哦，有的，今年前些时候还收到过她一封信。她结婚了，你知道。"

"真的?"

"是呀，嫁了个鳏夫。我相信他们过得应该挺舒服的。"

一一一

　　第二天，菲利普又重新开始工作，但预料中不出几个礼拜便会出现的结局却并没有到来。几个礼拜变成了几个月。冬天就快过去了，公园里的树木绽出了芽苞，长成了绿叶。一种可怕的厌倦盘踞在菲利普心头。时光在流逝，尽管那脚步是如此沉重，他感到他的青春也正在逝去，很快就会一去不复返，而他将一事无成。既然他肯定是要离开，他的工作也就显得越发没有意义了。他在服装设计方面已经是技巧纯熟，尽管他并不具备发明创新的天分，却也习得了能够迅速将法国时尚改头换面以适应英国市场需求的技能。有时候，他对自己的设计图样也还是颇为自得的，但在付诸实现的过程中却总是给糟蹋了，结果总难让人满意。当他注意到每逢自己的创意未能被正确地贯彻执行时，他竟然还颇为愤愤然，他自己都不免觉得好笑。每次他只要是提出某种新颖的创意，总是会被桑普森先生否决掉：他们的顾客并不需要任何outré①的东西，他们

①　法语：极端，出格。

的业务针对的是一个非常体面的社会阶层，当你跟这样的社会阶层打交道时，就不能任由你的态度过于轻浮随意了。有一两回他对菲利普说话的态度已经是相当严厉了：就因为菲利普的想法并不总能跟他一致，他便认为这个年轻人已经开始有些自高自大了。

"你最好还是当心着点儿，我的好小伙子，要不然的话，不定什么时候你又会发现得在大街上睡了。"

菲利普真想对准他的鼻子给他一拳，但他还是控制住了自己。归根结底，这种日子也不可能太长久了，然后他就跟所有这些人全都没有一点关系了。有时候，在好笑的绝望当中他忍不住大喊，他大伯可真是钢筋铁骨啊！这是种什么体格呀。他患的这些绝症，换了任何一个正派的体面人物，早在一年前就给折磨死了。而等到这位牧师临终的消息终于到来的时候，正在考虑其他事情的菲利普反倒是吃了一惊。那是在七月份，再过两个礼拜他便要度假去了。他收到福斯特太太写来的一封信，信上说医生认为凯里先生已经没多少日子好活了，如果菲利普还想见他一面的话，他得赶紧动身了。菲利普去找他们那位部门主管，把情况告诉了他。桑普森先生倒也通情达理，了解了情况以后并没有丝毫的留难。菲利普跟他部门里的同事一一道别，他要离开的理由已经在他们中间传得甚嚣尘上，他们都以为他就要发一大笔财了。霍奇斯太太在跟他握手道别的时候，眼里噙满了泪水。

"我想，以后我们就不能经常见到你了。"她说。

"我很高兴能离开林恩公司。"他回答道。

说来奇怪，当他离开这些他原以为自己很讨厌的人时，竟然当真还有些难过，而且当他乘车离开哈灵顿街那幢宿舍的时候，他也并没有感到兴高采烈。之前，他曾无数次预想到当这一天终于到来时他会有怎样的情感体验，而事到临头他却并无任何特别的感受：他就像只是去度几天假一样，内心波澜不惊。

"我这个性情也实在是糟糕，"他心下暗道，"我日盼夜盼着某件事的到来，可是到它真来了，我却又总觉得大失所望。"

他下午很早就到了黑马厩镇。福斯特太太在门口迎候，看她的表情他便知道他大伯还没咽气。

"他今天倒是稍好了一点，"她说，"他的体质真好。"

她领他走进卧室，凯里先生仰躺在床上。他朝菲利普微微一笑，那笑容里有一丝心满意足的狡黠，表明他又再一次智取了他的敌人。

"我还以为昨天就彻底完蛋了呢，"他说，那声音已是精疲力竭，"大家全都已经放弃了，是不是呀，福斯特太太？"

"你的体质是真好，这是毫无疑问的。"

"这老狗还有些活头呢。"

福斯特太太说，牧师可不能多说话，这会把他累坏了的；她待他就像个孩子，既慈爱又专治；而老人因为让他们所有人的期望都落了空，也表现出一种孩子般的心满意足。他立刻想到，菲利普是被紧急叫过来的，一想到他又白跑了一趟，他感到非常开心。他要是能避免心脏病的再次发作，不出一两个礼拜就又能够好起来了；在此之前他已经发作过好几次，他一直都觉得他快要死了，但就是没有死。他们都在谈论他的体质，但他们谁都不知道他的底子有多好。

"你是打算来住个一两天吗？"他问菲利普。

"我是这么想的。"菲利普高高兴兴地回答道。

"呼吸点海上的空气对你是有好处的。"

不多久，威格拉姆医生来了，在对牧师做过诊视后，他跟菲利普谈了谈。他的态度恰如其分。

"恐怕这次是没指望了，菲利普，"他说，"这对我们大家都是个巨大的损失。我认识他已经有三十五年的时间了。"

"他现在像是还不坏嘛。"菲利普道。

"他这是全靠药物撑着，但也撑不了多久了。这两天以来的状况非常危急，我有五六次都觉得他已经没救了。"

医生沉默了一两分钟，不过在走到门口的时候突然对菲利普说：

"福斯特太太跟你说过什么没有？"

"你这话什么意思？"

"他们都非常迷信，这些人都是：她总是觉得他还有桩心事未了，这桩心事一天未了他就不会死，而他又鼓不起勇气把这件事坦白出来。"

菲利普没作声，医生又继续道：

"当然了，这都是胡说。他这辈子过得问心无愧，他已经完成了自己的职责，他一直都是我们教区的好牧师，我相信我们都会怀念他；他没有任何可以自责的地方。我非常怀疑，下一任牧师能不能做到他一半这么好。"

一连有好几天，凯里先生的状况不好也不坏。他那向来都极佳的胃口已经不复存在，几乎吃不下什么东西。威格拉姆医生为了止住他神经炎的疼痛，现在用起药来是一点都不会犹豫了；神经炎，再加上他那麻痹的四肢不断的颤抖，逐渐耗尽了他的心力。他的头脑还是清醒的。菲利普和福斯特太太轮流护理他。这么多个月来，她一直都兢兢业业地照顾他，尽力满足他所有的需要，也实在是太累了，菲利普坚持由他来守夜，好让她晚上能休息一下。为了不让自己睡过去，他坐在一把扶手椅上，在掩映的烛光下阅读《一千零一夜》，借以消磨那漫漫长夜。他还是很小的时候读过这部书，以后再没翻开过，而现在这些故事又把他重新带回了童稚时代。有时候他就坐在那里，静听夜之宁静。鸦片酊的药效过去以后，凯里先生便会变得坐立难安起来，而这时候他就得忙个不停了。

最后，有一天的凌晨时分，鸟雀们正开始在树上响亮地欢叫起来的时候，他听到有人在叫他的名字。他走上床前，凯里先生仰面朝天地躺着，目光注视着天花板，并没有转向菲利普。菲利普看到他额头沁出汗来，便拿了块毛巾给他擦汗。

"是你吗，菲利普？"那老人问道。

菲利普吓了一跳，因为那声音突然变了。变得沙哑而又低沉。那是一个人在受到巨大的惊吓时才会发出的声音。

"是我，你有什么需要吗？"

停顿了一会儿，那双视而不见的眼睛仍紧盯着天花板。然后那张脸抽搐了一下。

"我想我是要死了。"他说。

"哦，别瞎说了！"菲利普叫道，"你还有好些年可活呢。"

老人的眼睛里挤出了两滴清泪。这让菲利普大为感动。在日常生活的事务中，他大伯可是从来没流露过任何特殊的感情；现在看到这种真情流露着实非常可怕，因为它们意味着一种难以言表的恐惧。

"派人把西蒙兹先生请来，"他说，"我想要领圣餐。"

西蒙兹先生就是教区的副牧师。

"现在？"菲利普问道。

"快，不然就来不及了。"

菲利普跑去把福斯特太太叫醒，不过他没想到她已经起来了。他告诉她派花匠去送个信，然后又回到他大伯的房间。

"派人去请西蒙兹先生了吗？"

"去了。"

一阵沉默。菲利普站在床前，不时用毛巾擦拭着他汗湿的前额。

"让我握住你的手，菲利普。"老人最后道。

菲利普把手伸给他，他像是抓住生命一样握住它，在绝境中寻求安慰。也许他这一生中从未真正爱过任何人，但现在他本能地向一个人求助。他的手又湿又冷。他无礼而又绝望地紧紧抓住菲利普的手不放。这老人正在跟死亡的恐惧搏斗。菲利普觉得每个人都必须要过这一关。哦，这是多么骇人听闻，而他们居然还能信仰一个任由祂的造物承受如此残酷折磨的上帝！他从来就没有真正关心过他大伯，已经有两年的时间，他每天都在渴望他死，现在他却克制不住内心强烈的怜悯之情。人要做到不同于野兽，需要付出多大的代价！

他们一直都没什么话说，只有一次，凯里先生用微弱的声音询问：

"他还没来吗？"

终于，女管家轻手轻脚地走进来，说西蒙兹先生已经到了。他拿着一个装着他的白色法衣和兜帽的提包。福斯特太太拿来了圣餐盘。西蒙兹先生默默地跟菲利普握了握手，然后面带他的职业特有的庄重，来到病人的身边。菲利普和女管家走出了房间。

菲利普在花园里踱步，早晨的花园新鲜爽洁，一切都水灵灵的。鸟儿在快乐地歌唱。天空一片碧蓝，而带有咸味的空气清新而又凉爽。玫瑰正在盛开。青翠的树木和绿茵茵的草坪一派生机勃勃。菲利普走着，边走边想着正在那间卧室里举行的神秘的仪式。这使他体验到一种特别的情感。不多久，福斯特太太出来找他，说他大伯希望见他。副牧师正把他的物品装回那个黑提包。病人稍稍转过头来，微笑着欢迎他的到来。菲利普大为惊讶，因为他有了一种变化，一种巨大的变化；他的眼睛里已经没有了那种胆战心惊的眼神，脸上那种痛苦拧巴的神情也全都不见了：他显得快乐而又安详。

"我现在已经准备好了，"他说，声音也具有了一种不同的调子，"等到我们的主认为到了该召唤我的时候，我已经准备好把我的灵魂交到袘手上了。"

菲利普没有说话。他看得出他大伯是真诚的。这简直是个奇迹。他已经接受了他的救主的肉和血①，因此他已经不再害怕那进入黑夜的必由之路了。他知道他就要死了：他已经顺应了天意。他仅仅又多说了一句话：

"我将与我亲爱的妻子重聚了。"

这让菲利普大为震惊。他清清楚楚地记得他伯父待她是何等冷酷和自私，对她那谦卑而又忠诚的爱情是何等麻木不仁。副牧师大受感动，起身离开，福斯特太太淌着眼泪送他出去。凯里先生因这番努力而精疲力竭，打起了瞌睡，菲利普在床边坐下，等着大限的到来。上午慢慢地快要过去了，老人的呼吸渐渐变成了鼾声。医生来了，说他已进入弥留状态。他已经失去了知觉，在被单下微弱地悸动着；他很不安宁，模糊地喊叫着。威格拉姆医生给他打了一针。

"打这一针现在也不起任何作用了，他随时都可能死。"

医生看了看表，又看了看病人。菲利普看到已经一点钟了，威格拉姆医生正在想他的正餐了。

"你再等下去也没什么用了。"他说。

"我也没什么能做的了。"医生道。

他走了以后，福斯特太太问菲利普愿不愿意去找一下木匠，他同时也是葬礼承办人，让他派个女人过来收殓尸体。

"你需要呼吸点新鲜空气，"她说，"这对你有好处。"

---

① 圣餐象征的就是耶稣的血和肉。

葬礼承办人住在半英里外的地方。菲利普在说明来意后，他说：

　　"可怜的老绅士是什么时候去世的？"

　　菲利普犹豫了。他突然想到，在他大伯还没断气的时候就叫一个女人来为她擦洗装殓，这也未免过于残忍了，他也暗自纳闷福斯特太太干吗这时候就让他过来。他们可能会认为他忙不迭地想把那老人折腾死呢。他感觉那葬礼承办人正用古怪的目光看他，而且又重复了一遍那个问题。这让菲利普动了气，这关他什么事？

　　"牧师是什么时候过世的？"

　　菲利普的本能反应是想说他是刚刚去世的，但要是病人再苟延残喘几个钟头的话，那就不好解释了。他脸一红，有些尴尬地回答道：

　　"哦，他还没有真正断气。"

　　葬礼承办人困惑不解地看着他，他赶忙解释。

　　"福斯特太太就一个人，她需要个女人帮她一把。这你能够理解的，对不对？现在他可能已经死了。"

　　葬礼承办人点了点头。

　　"哦，是的，我明白了。我马上派个人过去。"

　　菲利普回到牧师公馆，马上上楼来到卧室。福斯特太太从床边的那把椅子上站了起来。

　　"他还跟你离开时一样。"她说。

　　她下楼去给自己弄点吃的，菲利普好奇地注视着那个死亡的过程。在那个仍在微弱挣扎的无意识的躯体里，已经没有一点人的样子。有时候那松弛的嘴里还会突然发出一种声音。烈日从晴空中照射下来，但花园里的树木仍旧宜人而又凉爽。是个大好的天气。一只绿头苍蝇嗡嗡地撞击着窗玻璃。突然发出一阵响亮的咯咯声，把菲利普吓了一跳，简直让他毛骨悚然；四肢又最后颤动了一下，那老人终于死了。机器停止了转动。那绿头苍蝇还在嗡嗡地、嗡嗡地撞击着窗玻璃。

一一二

乔赛亚·格雷夫斯以其娴熟的组织能力出色地操办了葬礼，办得既得体又经济。葬礼结束后，他跟菲利普一起回到牧师公馆。遗嘱便是由他保管的，一边喝着一杯早茶，他一边以一种与目下的气氛正相称的语气宣读了遗嘱。总共也就半张纸，凯里先生把自己所有的一切全都留给了侄儿。具体的项目有：家具、银行里约八十镑的存款、ABC面包公司的二十股，奥尔索普啤酒公司、牛津音乐厅的少许股份以及伦敦一家餐馆更多一点的股份。这都是在格雷夫斯的指点下购买的，他不无得意地告诉菲利普：

"你看，人们总得吃、喝和娱乐。如果你把钱投到公众认为必不可少的那些领域中，你就一直都是安全的。"

他的话清楚地表明了粗俗之辈的粗俗与天选之士更精雅的趣味之间那精微的区别，而对于粗俗之辈的粗俗他虽深表反感却也接受现实。那些投资加起来大约有五百镑，还得再加上银行的存款和拍卖家具所得的款项。这对菲利普来说是笔不小的财富了。

他却也并没有兴高采烈，只是感到无限的宽慰。

在商量了一下必须及早进行的拍卖后，格雷夫斯就告辞了，菲利普则坐下来翻检整理死者的信件文书。威廉·凯里牧师一向以从不毁坏一样东西而自傲，房间里堆满了可追溯至五十年前的一堆堆往来信件和签条贴得整整齐齐的一包包各式账单。他不单保存着所有写给他的信件，就连他本人写的也都存了底稿。有一包颜色已经泛黄的信件，是他在四十年代[①]写给他父亲的，当时他还是牛津大学的学生，前往德国度了个长假。菲利普有一搭没一搭地看了几封。当时的那个威廉·凯里跟他熟悉的这个威廉·凯里可是大不相同，不过在一位目光敏锐的观察者眼中，当初那个写信的男孩身上，已经有了后来这位牧师的影子。那些信都写得非常正式，有点不太自然。他在信里表明了自己不辞劳苦游遍所有著名景点的决心，并以值得赞许的热情描绘了莱茵河畔的那些城堡。沙夫豪森[②]那壮观的瀑布不禁使他"对万能的宇宙创造者致以虔诚的谢意，祂的作品是如此神奇而又美丽"，他忍不住想，他们这些能够亲眼目睹"神圣的造物主的这一杰作之人，必定会深受感动，会决意过一种纯洁而又圣洁的生活"。在一沓账单里，菲利普发现了一张威廉·凯里的小像，那是在他接受圣职以后不久画的。画像上是个清瘦的年轻副牧师，一头天然卷的长发，一双黑色的眼睛，又大又梦幻，一张苍白苦行的脸。菲利普还记得他

---

① 十九世纪四十年代。

② 沙夫豪森（Schaffhausen），瑞士最北部沙夫豪森州首府，位于莱茵河右岸，康茨坦茨湖（即博登湖）以西。

大伯曾咯咯笑着告诉他，有好几位仰慕他的小姐如何为他亲手做了几十双拖鞋的往事。

那大半个下午和整个晚上，菲利普都用来翻检和处理这些数不胜数的信件。他扫一眼地址和落款，然后把信撕成两半，扔进身旁的洗衣篮里。突然他发现了一封署名海伦的信，那笔迹他并不认识。字体细瘦、老派，抬头的称呼是：我亲爱的威廉，落款是：深爱你的弟媳。这时他才恍然大悟，原来这竟是他母亲写来的！之前他还从没见过一封她写的信，她的笔迹对于他来说是完全陌生的。而信上写的正是他本人。

我亲爱的威廉：

斯蒂芬已经写过一信，感谢你对我们儿子降生的祝贺以及对我本人的良好祝愿。感谢上帝我们母子平安，对于上帝赐予我的巨大恩典我感激不尽。既然我能够执笔了，我想亲自向你和亲爱的路易莎表达一下我真心的感激之情：感谢你们现在以及自从我们结婚以来对我的所有关爱。我想求你帮我个大忙。斯蒂芬和我都希望你能来做这孩子的教父，我们希望你能接受这一请求。我知道我要求的不是件小事，因为我深信你会非常认真地承担起这样一份职责，我特别殷切地盼望你能担当这一大任，因为你不仅是孩子的伯父，而且还是位牧师。我非常关心这孩子的福祉，我日夜向上帝祈祷，祈祷他能成为一个善良、诚实和虔诚的基督徒。有你来做他的向导，希望他会成为一名捍卫基督信仰的战士，一生一世的每一天都敬畏上帝，都谦卑而又虔诚。

深爱你的弟媳

海伦

　　菲利普把信推到一边，俯下身来，用双手捂住了脸。这封信让他深受感动，同时又惊讶不已。他吃惊于通篇那虔诚的语气，但给人的感觉既不幼稚可笑又不感情用事。对于去世已近二十年的母亲他其实一无所知，他只知道她很漂亮，现在才知道她单纯而又虔诚，那感觉真的很怪。他从没想到她还有这样的一面。他又读了一遍她说到他的那些话，她对他的想法和期待，而结果他却成了迥然不同的另一种人。他打量了自己一会儿，也许她死了反倒更好一些。一阵突起的冲动使他把信撕得粉碎，信上表现出来的那种温柔和单纯使它显得格外私密。他有种奇怪的感觉：他擅自阅读这封暴露了他母亲温柔灵魂的信件的做法是有失检点的。接着，他又继续翻检牧师其余那些沉闷无聊的通信。

　　几天后，他前往伦敦，两年来第一次在大白天走进圣路加医院的大门。他去见医学院的秘书，秘书见到他很惊讶，好奇地问他这一向都在干吗。菲利普的阅历已经使他对自己有了不小的自信，对很多问题的看法也跟之前不同了：这样一个问题放在从前肯定会让他有些发窘的，而他现在的回答却很冷静。为了避免进一步的追问，他只故意含糊地回说是有些私事使他不得不暂时辍学了一段时间，而现在他很想能尽快取得医师资格。他最先要参加的考试是产科和妇科疾病，而且马上报名在妇科病房里实习，而由于现在正值假期，他毫不费力就得到了一个产科助理的职位。给他排定的实习期是八月的最后一周和九月的前两周。这次会晤结束后，菲利普信步穿过医学院，校内显得空荡荡的，因为夏季学期的期末考试都已经考完了，他沿着河边的台地缓步前行。他内心涨得满满的。他想，他现在可以开始一种全新的生活了，他可以将所有的错误、愚行和苦难全都抛诸脑后。那不停流淌的河水表明一切都会流逝，一切也都正在流逝，什么都无关紧要。那充满了无限可能性的未来就在他面前。

他回到黑马厩镇，抓紧处理他大伯的遗产问题。拍卖定于八月中旬举行，那时候前来消暑度假的游客可能会有较好的出价。藏书目录也已经整理出来，分送给特坎伯雷[①]、梅德斯通[②]和阿什福德[③]的二手书商。

有天下午，菲利普突发奇想，想去趟特坎伯雷看看他的母校。自打当初他如释重负地离开那里，觉得从此他就是自己的主人以后，他就再也没有回去过。信步穿过多年来他曾如此熟悉的特坎伯雷的狭窄街道，那感觉真是奇特。他看着那些老旧的商店，还开在原处，还在售卖同样的货品；那些书店里一个橱窗摆放着教科书、宗教书籍和最近出版的小说，另一个橱窗里则陈列着大教堂和老城的照片；体育用品店里板球拍、钓具、网球拍和足球应

---

① 参见第八章注。

② 梅德斯通（Maidstone），英格兰东南部肯特郡一城镇和自治市，诺曼时期曾为坎特伯雷大主教住地。

③ 阿什福德（Ashford），肯特郡一城镇和自治市。

有尽有；还有他童年时代所有衣服都在那儿定做的那家裁缝店，他大伯每回来特坎伯雷都会在那儿买鱼的那个鱼贩子也都还在。他沿着那条肮脏的街道往前走，街边的一堵高墙后面的那幢红砖房子就是那所预备学校。再往前走便是国王公学的大门了，他又站在了四周环绕着各种建筑的那个四方院子里。刚刚四点钟，孩子们正从学校里蜂拥而出。他看到那些身穿长袍、头戴学位帽的教师们，这些人他是一个都不认识了。他离开这里已有十多年的时间，已经发生了很多的变化。他看到了校长，他正缓步从校舍朝自己的住处走去，一边跟一个估计是六年级的大高个男生说着话。校长的变化不大，还是菲利普记忆中的样子：身材瘦长，形容枯槁，举止疏放，目光依旧狂野不羁；但黑胡子里已夹杂着银丝，灰暗的脸上皱纹也更深了。菲利普一时间真想上去跟他说几句话，但他又怕校长已经把他忘了，而一想到要跟人家解释自己是谁，他便本能地退避三舍了。

留下来的孩子们相互说着话，不一会儿，有些已经匆匆换好衣服的就跑出来玩起了墙手球[1]；另有一些三三两两地出了大门，菲利普知道他们这是要到板球场去；还有一些进入庭院内来打网球。菲利普站在他们当中纯粹是个陌生人，有一两个学生漠不关心地瞥了他一眼；不过被校内主建筑那诺曼风格[2]的楼梯吸引来的

---

[1] 墙手球（fives），英国一种在三面或四面围有墙的场地上用戴手套的手或球拍对墙击球的球戏。

[2] 诺曼风格（Norman style），十一至十二世纪在诺曼底和英格兰发展起来的一种建筑风格，以结构厚实、具圆形拱门和巨大圆柱为特征。

访客并不鲜见，也极少会引起别人的注意。菲利普满怀好奇地看着他们。他不无忧郁地想到横亘在他和他们之间的鸿沟，他不无心酸地想到他曾有多少事情立志要做，而实际做到的又是多么微不足道。在他看来，所有这些岁月，这些已经消逝再难追忆的岁月已经全都浪费掉了。这些朝气蓬勃、快乐活泼的孩子们正在做着他曾做过的同样那些事，仿佛在他离开学校以后，连一天都还没有过去；可是就在这同一个地方，他至少曾叫得出每个人的名字，而现在他却一个人都不认识了。再过几年，另外的孩子又会取代他们的位置，他们也将像他这样成为这里的一个陌生人；但这一想法并未让他获得慰藉，只是让他更深地认识到人类生存本身的徒劳虚妄。每代人都重复这个无关重要的循环。他不知道他当年的那些同窗们如今都怎么样了：他们也都是近三十岁的人了，有的可能已经死了，活着的也都成家立业，生儿育女了；他们有的参了军，有的当了牧师，有的成了医生和律师；他们都将屏除丝竹入中年，成为社会中坚了。他们中可曾也有人像他这样，把自己的人生搞得一塌糊涂吗？他想起当初曾倾心挚爱过的那个男孩，真是滑稽，他连他的名字都想不起来了；他清清楚楚地记得他的模样，他曾是他最好的朋友，但就是怎么也想不起他的名字来了。他饶有兴味地想起，为了他自己曾忍受过多少嫉妒的折磨。想不起他的名字真让人恼火。他真想再次成为一个孩子，就像眼前从四方院子里走过的这帮孩子一样，这样就能避免当初犯过的错误，他也许能重新开始，使自己的生活过得更有意义。他感到一种难以忍受的孤独。他几乎为过去这两年来所熬过的赤贫生活感到懊悔惋惜了，因为那种仅能勉强糊口的绝望挣扎已经麻木了生活的痛感。"你必汗流满面才有食物吃[①]"：这并非施于人类的诅咒，而是使之与其生存和解的香膏。

可是菲利普又兀自不耐烦起来，他又想起他那人生图案的观点来了：他所承受的不幸无非是繁复而又美丽的装饰的一部分；他极力告诉自己，他必须欣然接受一切，不管是乏味无聊的还是激动人心的，不管是喜乐还是苦痛，因为它们全都会使人生图案的设计变得更为丰赡。他一直在有意识地追求美，他还记得甚至还是个孩子的时候，他曾多么喜欢那座哥特式的大教堂，就像现在站在庭院中看到的那样；他走到那儿，抬头望着那阴沉的天穹下巍然耸立的气势恢宏的建筑群，那中央的塔尖高耸入云，就像是人们对他们的上帝的赞美一样；但那些孩子们正在击打球网，他们是那么敏捷、强壮而又活力十足，他的耳朵忍不住去倾听他们的喊叫和欢笑。青春的呼喊是不绝如缕的，于是他只能用自己的眼睛来观看面前那美之造物了。

---

① 出自《圣经·旧约·创世记》第三章第十九节，这是上帝将亚当夏娃逐出伊甸园时对亚当讲的话。译文采用和合本修订版。

一一三

八月最后一个礼拜的第一天，菲利普开始在他负责的那个"地段"履行他助产医士的职责。这职责相当繁重，因为每天他平均得护理三名产妇。产妇生产前事先都从医院领到一张"卡片"，等到要分娩的时候，就派个人——通常是个小姑娘——拿着这张卡片来找医院的门房，门房再告诉她到马路对面菲利普住的那个公寓里去叫他。如果是夜里，那门房就亲自过来把他叫醒，他有菲利普公寓的钥匙。那个时候摸黑爬起来，走过伦敦南区那些空无一人的街道，真有些许的神秘感。这个钟点拿着卡片跑了来的，通常都是产妇的丈夫了。要是前面已经有好几个孩子了，那做丈夫的十有八九都是一副无所谓的态度，但如果是新婚以后的第一胎，他就会非常紧张，而有时候还会借酗酒来纾解心头的焦虑。他们经常都有一英里或更多的路要走，这一路上菲利普跟那送信的随口聊两句他们的工作条件和生活费用的话题；菲利普借此了解到不少由他负责的泰晤士河南岸各行各业的情况。他接触到的这个区域的这些人对他都挺信任的，在他们那窒闷的小房间里他通常都要等待很长时间，那即将临盆的产妇躺在占去了房间一半面积的大床上，这期间，产妇的母亲和接生婆会像她们之间讲话那样自然地跟他聊上几句。过去那两年间他生活过的环境和境遇，使他懂得了不少赤贫阶层的生活状况，在发现他并不是什么都不懂的时候，他们都会觉得挺开心的；在发现他玩的一些小伎俩并不能欺骗到他以后，他们都还对他挺佩服的。他为人和气，干起活来轻手轻脚，而且他从来都不会发脾气。他们都挺喜欢他，因为他并不会不屑于跟他们一起喝一杯茶，要是一直等到天都亮了，产妇还没分娩，他们就请他吃一片抹上烤肉滴油的面包，他没有挑三拣四的毛病，现在是几乎什么东西都能吃得很有胃口了。他去的很多人家都是那种边街陋巷里的大杂院，一幢幢小房子拥挤在一起，既照不进阳光又不通风，真是又脏又乱，污秽不堪。但有些人家却也让他有些意外，尽管已经破败不堪，地板虫蛀蠹蚀，屋顶七花八裂的，却还留有堂皇的旧影：你会发现那橡木的楼梯栏杆上还有精美的雕刻，四壁的墙上还有旧时的嵌板。这样的房子里都住得非常拥挤。每个房间都住着一户人家，白天孩子们在院子里嬉笑玩闹的声音不绝于耳。那些年深日久的墙壁正是各种害虫的繁殖场，里面的空气非常污浊，简直令人作呕，菲利普只好点上自己的烟斗。这里的住户都是挣一文花一文，仅能勉强糊口，添丁增口反倒成了负担，只会给做父亲的带来恼怒，给做母亲的带来绝望：又多了一张嘴要喂，已经有的这几张嘴要想喂饱都还很难呢。菲利普经常会察觉到他们真巴不得那孩子生下来就是死婴，或者很快就会死去。有一回他接生的一个产妇生了对双胞胎（对那些爱开玩笑的这可是个幽他一默的由头），他把她一下子生了俩的情况告诉她以后，她却伤心地号啕大哭起来。产妇的母亲话说得非常直率：

"真不知道该拿什么来喂他们。"

"也许我们的主会明白，最好还是把他们召回到自己身边。"那接生婆说。

菲利普看到了那做丈夫的注视那对并排躺着的婴儿时凶狠又愠怒的眼神，这让他大为惊骇。他感觉这一家人对这两个来到人世但完全不受欢迎的小东西都抱有可怕的怨恨，他怀疑要是不把话说得坚决一点，"事故"很快就会发生的。事故经常发生，不是做母亲的"压到"了孩子，就是喂错了食物，而这些事故可并不都是粗心大意造成的。

"我可是每天都要来的，"他说，"我警告你们，要是孩子有个三长两短，你们可是都要受到审讯的。"

"上帝保佑他们的小心灵吧，"孩子的外婆说，"他们会出什么事呢？"

做父亲的一声没吭，但对菲利普满面怒容。他脑子里的确是有谋害的念头。

一定要让产妇卧床十天，这是医院要求做到的最低限度，但实际上是很难做到的。操持家务可不是件容易的事，没有报酬你是找不到人来帮忙照看孩子的，而做丈夫的下班回家的时候已经又累又饿，看到茶点还没准备好也免不了要抱怨。菲利普也听说有过穷人之间相互帮助的好事，但一个又一个产妇却向他诉苦，说她们要是不出钱，就找不到人来打扫卫生和照顾孩子吃饭，可她们又实在是付不起这笔钱。通过倾听女人们之间的交谈，通过她们偶尔冒出来的只言片语他也尽可以推测出很多没说出口的话，菲利普认识到穷人和富人之间是极少共同之处的。她们并不羡慕比他们富有的阶层，因为他们的生活方式太不一样了，他们自有一种安心自在的理想观念，相形之下，中产阶级的生活方式反倒显得刻板而又僵硬；而且，他们对中产阶级还有些瞧不上，因为他们都很懦弱，而且不用自己的双手工作。那些自尊自重的只希望别对他们横加搅扰，不过大部分穷人都把富裕阶层当作活该受到压榨利用的对象；他们很知道该靠什么样的话术来尽量占到那些乐善好施的富人的便宜，他们把接受的救济、得到的好处当作自己应得的权利，认为这得自于富裕阶层的愚蠢荒唐和他们自己的精明强干。对教区的副牧师他们虽则心存鄙视、不感兴趣，尚能容忍，但对于教区长助理[①]，他们却切齿痛恨。她闯到你家里来，连句"请勿见怪"或"不好意思"都不说就把你们家所有的窗户都打开，也不管你抱怨说"患有支气管炎，一受凉简直能要了命"；她把鼻子伸到每一个角落，就算是没有明说你们家脏得要死，你也知道她心里就是这么想的。"她们有用人伺候着，事情当然好办啰，但要是她也有四个孩子，还得伺候全家老小吃饭，得给一家人缝补浆洗，我倒要看看她会把房间弄成个什么样子。"

---

① 教区长助理（district visitor），英国国教的教区长助理常由妇女担任，专事负责走访教区内的贫病居民。

菲利普发现，对这些人而言，人生中最大的悲剧并不是生离死别，因为那是人之常情，由此而引起的悲伤是可以通过泪水来纾解的，对他们而言，人生最大的悲剧是失业。有天下午，他亲眼看到一个男人在他妻子分娩的三天后回到家里，跟她说他被解雇了。他是个建筑工人，那时候他们这一行很不景气；他讲出这个事实，然后就坐下来用茶点。

"哦，吉姆。"她长叹了一声。

那男人木然地吃着东西，那是用个炖锅一直炖在火上等他回来吃的，他盯着自己的盘子，他妻子看了他两三回，目光中满是惊惶不安，然后她就悄没声地哭了起来。那建筑工是个笨戳戳的小个子，一张粗糙的饱经风霜的脸，额头上有一道很长的白色疤痕，一双粗笨的大手。然后他突然把盘子往旁边一推，像是必须放弃强迫自己吃东西的努力似的，将凝视的目光转向窗外。他们那个房间位于那幢房子的顶层，又在背面，透过窗户除了那阴沉的云块以外，什么都看不到。那沉默中像是缀满了沉重的绝望。菲利普自觉没有任何话可说，唯有一走了之；当他万分疲乏地往外走的时候——因为他这一夜几乎都没合眼——内心充满了对这个残酷世界的愤怒。他是知道那四处寻找工作的无望的，而且知道那种孤寂凄凉是比饥饿更加难以忍受的。他因为再也不必信奉上帝而庆幸不已，否则的话这样的生存境况就是完全无法忍受的了，人之所以还能够跟自己的生存和解，唯一的原因就是它是没有意义的。

在菲利普看来，那些不辞劳苦去帮助贫困阶层的人其实帮得并不对头，因为他们想方设法去解决纠正的是如果他们设身处地会感到难以容忍的那些状况，殊不知对于那些已经习惯于这种生存环境的人来说，这根本不会有任何妨碍。穷人并不需要宽敞通风的房间，他们怕冷，因为他们吃的东西没有营养，他们的血液循环不好；巨大的空间只会给他们一种寒冷的感觉，他们想尽可能地节省取暖的煤炭。好几个人睡在一个房间里，他们丝毫不以为苦，他们反倒更喜欢大家挤在一起。从他们降生到他们死亡，他们从来就没有一时一刻单独生活过，孤单一人会给他们一种压迫感；他们喜欢他们所处的这种男女混居的环境，周围那些不断的吵闹嘈杂他们简直是充耳不闻。他们没觉得有经常洗澡的必要，菲利普就经常听到他们愤愤地说到要想进入医院就必须先洗个澡，对他们而言这既是一种侮辱，又是一种不便。他们最想要的就是不要无端受到搅扰，然后，如果这个男人还有一份固定工作的话，他的日子就会过得挺顺当，也不无乐趣：他们有很多时间可以扯扯闲篇，干完一天的工作后，来上一杯啤酒也舒畅得很，街头更是可以提供娱乐的不竭之源；如果你想看点什么的话，有《雷诺兹杂志》和《世界新闻》；"可是你要知道，你都搞不懂时间为什么嗖一下就过去了，事实上，这确是个事实，你在做姑娘的时候，想看点什么书那可是太不容易了，就是现在你也是忙了这个又忙那个，连看看报纸的时间都没有了。"

通常的操作规程是在产妇生产以后，要上门诊视三趟，有个礼拜天，菲利普在饭点上去看望一位产妇，那是她第一次下床走动。

"我不能再待在床上不动了，真的不能了。我是那种闲不住的人，整天躺在那儿啥都不干真让我烦躁不安，我就对赫布[①]说，我这就起来做饭给你吃。"

赫布已经手拿刀叉在餐桌前坐好了。他是个年轻人，一张明朗的脸上有双蓝色的眼睛。他挣的钱可不少，照目前来看，这小两口的日子过得还是挺富足的。他们结婚才只有几个月时间，对床脚摇篮里那个脸蛋儿红扑扑的小男孩都喜欢得不得了。房间里有股子香喷喷的煎牛排的气味，菲利普不由得朝炉灶那儿看了看。

"我这就去把牛排盛出来。"那女人道。

"你忙你的，"菲利普道，"我只是来看看你们的儿子兼继承人，然后就告辞了。"

丈夫和妻子对菲利普的表述都笑了，赫布起身跟菲利普一起来到了摇篮前。他满怀骄傲地看着那小男孩。

"他看起来没多大毛病，是不是？"菲利普道。

他拿起帽子，正在这时，赫布的妻子已经把牛排盛在盘子里端上来了，还配了一盘青豌豆。

"你这顿饭吃得可够丰盛的。"菲利普微笑道。

"他只有礼拜天才着家，我得给他做点好吃的，这样他在外头做工的时候才会想着自己的家。"

"我想你是不屑于坐下来跟我们一起吃一点的吧？"赫布

---

① 这位产妇的丈夫叫 Herb，但像一般没受过教育的伦敦人一样，她把"h"音吞掉，发成"'Erb"。

说道。

"哦，赫布。"他妻子道，语气里有些震惊。

"你要是真心请我，我就不客气了。"菲利普回答道，面带迷人的微笑。

"我就说，这才叫够朋友嘛；我就知道他是不会见怪的。波利，再去拿个盘子来，我的姑娘。"

波利有些慌了，她觉得赫布就是个怪人，你从来都不知道过一会儿他会冒出个什么念头来；不过她还是拿了个盘子过来，很麻利地用围裙擦了擦，然后又从五斗橱里拿出一副新刀叉，她把她最好的餐具跟她最好的衣服都放在一起。桌子上有一罐烈性黑啤酒，赫布给菲利普倒了一杯。他想把牛排的大部分都分给菲利普吃，但菲利普坚持两人五五分享。他们那个房间光照充足，有两扇落地窗，这原是这幢房子的会客厅，当初这房子即便算不得时髦，至少也还是很体面的：五十年前八成是个富商或者领半薪的退休官员住的。赫布结婚前是个足球运动员，墙上挂着不同球队的集体照，球员们一个个头发抹了油梳得齐齐整整，神情都有些拿姿作态的，队长捧着奖杯满脸自豪地坐在中间。除此以外，还有其他一些家庭兴旺的小标志：赫布的亲戚和他妻子身穿节日盛装的照片；壁炉架上有块小石头，石头上精心地粘着小贝壳；石头贝壳摆件两旁各放着一只大杯子，上面用哥特字体写着"索森德敬赠"的字样，上面还印着一个码头和散步的人群的画像。你别说，赫布还真是个人物，他拒绝加入工会，并对工会强迫他入会大表愤慨。工会对他根本没用，他找工作时从来都没碰到什么困难，只要肩膀上长着个脑袋，对工作不挑挑拣拣，又积极肯干，肯定都能拿到很不错的工资。波利却胆小怕事，要是换了她，她是肯定会加入工会的，上回他们闹罢工的时候，每次他出去照常上班，她都担心会被人打伤，用救护车给送回来。她转向菲利普。

"他就是那么固执，我是拿他一点办法都没有。"

"好了，我要说的是，这是个自由的国家，我可不愿意受人摆布。"

"口头上说是个自由的国家有啥用，"波利道，"要是被他们抓到机会，他们还是会砸破你的脑袋。"

吃完饭后，菲利普把他的烟荷包递给赫布，他们一起抽了一斗烟，然后他就站起身来，因为他房间里随时都可能有人"招呼"他去出诊，跟赫布握手告辞。他看得出来，他愿意分享他们的饭食让他们非常高兴，他们也看得出来他这顿饭吃得非常香甜。

"那好，再见了，先生，"赫布说道，"真希望下一回我太太再生孩子的时候能碰到跟你一样好的医生。"

"去你的吧，赫布，"她回嘴道，"你怎么就知道还有下一回呢？"

一一四

　　菲利普为期三周担任助产医士的工作安排就快结束了，他已经护理了六十二位产妇，也真是累极了。最后那天晚上他十点左右回到家的时候，全心全意地希望当天夜里再也不要有人来喊他出诊了。他已经连续有十天都睡不了个囫囵觉了。他刚刚诊视过的那个病例着实有些恐怖。他是被一个身材魁梧的大汉给叫去的，更糟的是那人还喝醉了酒，去的地方是一个恶臭熏天的院子里的一个房间，他生平还没见过更脏的地方：那是个很小的阁楼，大部分空间都被一张木床占据了，上面罩着很脏的红色帐子，那天花板低得菲利普伸出手指尖就能碰到；借着提供光源的唯一那支蜡烛的亮光，他打量了一下屋里的情况，而那支蜡烛的火苗也把爬在它上面的小虫子烧得吱吱作响。那产妇是个邋里邋遢的中年妇女，已经接连生了好几胎死婴。他们的境况对菲利普来说也并不算稀奇：做丈夫的曾在印度当过兵，假正经的英国公众强加给这个国家的法律法规使那些最让人头疼的疾病肆意蔓延，完全无辜的人却深受其害。菲利普打着哈欠脱掉衣服洗了个澡，然后狠狠地抖搂他的衣服，眼看着那些小虫子落在水面上，来回蠕动。他正打算上床睡觉了，这时却传来了敲门声，医院的门房又给他送来了一张卡片。

"该死的，"菲利普道，"今天夜里我最不想见到的就是你。这卡片是谁送过来的？"

"我想是做丈夫的，先生。要我让他等一会儿吗？"

菲利普瞟了一眼那地址，看到那是条他挺熟悉的街道，就跟门房说他可以自己找了去的。他重新穿好衣服，五分钟后，他便拿着他的黑提包来到了街上。有个男人走上前来，说他是那产妇的丈夫，黑暗中看不清他的样子。

"我想还是等等你比较好，先生。"他说，"我们那里的街坊都挺凶横的，他们也不知道你是什么人。"

菲利普呵呵一笑。

"谢谢你的好心，他们都还是认得出医生来的。比韦弗街还要凶横的地方我也见识过。"

这话不假。他手里那只黑提包就是保他平安穿过凶街陋巷、进入臭气熏天的大杂院的通行证，有些地方是连警察都不敢轻易涉险的。有一两回，菲利普在街上走的时候，有一小伙人好奇地看着他，他听到一阵悄声的议论，然后有个人说：

"那是医院的医生。"

他从他们身边走过去的时候，有一两个人还跟他打招呼："晚安啦，先生。"

"你要是不介意的话，咱们得快点走了，先生。"前来请他的那个人这时候说道，"他们跟我说情况紧急，不能耽搁了。"

"那你干吗这么迟才来找我？"菲利普问道，一边加快了脚步。

经过一盏路灯的时候，他瞥了一眼那人。

"你看起来年轻得很。"他说。

"我已经到十八了，先生。"

他长得挺清秀的，脸上还一根胡子都没有，看起来也就是个孩子；他个子不高，不过挺壮实的。

"你这么年轻就结婚了。"菲利普道。

"不结不行了。"

"你挣多少？"

"十六先令，先生。"

每周十六先令是不够养活一个妻子和一个孩子的。从这对小夫妻住的那间房就看得出来，他们真是穷得叮当响。房子中等大小，看起来却很大，因为几乎家徒四壁；地板上没有地毯，墙壁上没有画片——大部分人家都会挂点什么的，装在廉价相框里的照片或是从画报的圣诞特别号上裁下来的附赠画片。那产妇躺在一张那种最廉价的小铁床上。见她那么年轻，菲利普简直吓了一跳。

"老天在上，她最多也不超过十六吧。"他对那个来"帮她渡过难关"的女人说道。

她的卡片上写的是十八岁，不过她们如果太年轻的话，总会多报个一两岁。她长得也很漂亮，这在他们这个阶层里可不多见，因为他们的体质都被恶劣的食物、恶浊的空气和有损于健康的职业给糟蹋了；她长着精致的五官，一双大大的蓝眼睛，一头浓密的深色头发特意梳成女小贩的发型。她和她丈夫都非常紧张。

"你最好在门外等着，需要你的时候可以随叫随到。"菲利普对他说。

现在菲利普看他看得更清楚了，不禁再次对他的孩子气惊讶不置：你感觉他更应该跟别的男孩儿一起在街上嬉戏打闹，而非焦急地等着一个孩子的诞生。时间一小时一小时地过去了，一直到将近两点钟的时候孩子才生下来。一切都似乎挺顺利的，那小丈夫被叫了进来，看到他亲吻妻子的那副尴尬、羞怯的样子，菲利普大受触动。菲利普把自己的东西收拾好，走之前，他又试了试产妇的脉搏。

"哎呀！"他不禁叫道。

他赶紧又看了看她：出事了。碰到紧急的情况，必须要请高级产科医师到场，他已经取得医师资格，而且这也正是归他负责的"地段"。菲利普匆忙写了个字条，把它交给那个小丈夫，让他跑去医院找人。他吩咐他要赶紧着，因为他妻子的状况很危险。那人马上出发了。菲利普万分焦急地等着，他知道这女人正在大出血，危在旦夕，他真怕他的上司到来前她就会死去，他已经采取了他能做到的一切措施。他热忱地希望这位高级产科医师没有被叫到别的地方去，等待的那几分钟像是无比地漫长。他终于来了，在对病人进行检查的时候，低声问了菲利普几个问题。菲利普从他的表情当中看出他也认为这情况非常危急。他名叫钱德勒，是个寡言少语的大个子，长长的鼻子，瘦削的脸上布满了他这个年龄本不该有的皱纹。他摇了摇头。

"从一开始就没救了。她丈夫在哪儿？"

"我让他等在楼梯那儿。"

菲利普打开门叫他。他就坐在通往另一层楼的那段楼梯的第一级台阶上。他马上来到床前。

"这是怎么了？"他说。

"喔，是内出血。止不住。"高级产科医师犹豫了一会儿，这是件很难说出口的令人痛苦的事，他强使自己的声音生硬起来。"她要死了。"

那人一句话都没说，他一动不动地呆在那里，看着自己的妻子，她面色苍白地躺在床上，已经没有了知觉。还是那接生婆开了口。

"这两位先生已经尽了最大努力，哈里。"她说，"从一开始我就觉得情况不妙。"

"住口吧。"钱德勒道。

窗户上没挂窗帘，外面的夜色渐渐变亮了；还没到黎明，不过黎明就在眼前了。钱德勒仍用尽一切办法挽留那个女人的生命，但生命仍旧悄悄从她体内溜走，然后她就一下子死了。那个身为她丈夫的男孩站在那张廉价铁床的床脚，双手扶着床架，他没说话，但面色死白，钱德勒不安地瞥了他一两回，觉得他就要昏倒了：他嘴唇变成了灰白色。接生婆大声地抽泣起来，但他并没有注意到她。他双眼紧盯着自己的妻子，眼神中充满了困惑不解。他让你想起一只挨了鞭打却不知道到底哪里做错了的小狗。等钱德勒和菲利普把医疗器具都收拾起来以后，钱德勒转向那个小丈夫。

"你最好躺一会儿。我觉得你已经筋疲力尽了。"

"我没有个可以躺下的地方，先生。"他回答道，他声音中的谦卑听着让人非常心痛。

"这幢房子里就没人可以借一张临时床铺让你躺一躺吗？"

"没有，先生。"

"他们上礼拜才搬来，"那接生婆道，"他们还谁都不认识呢。"

钱德勒有些尴尬地犹豫了一会儿，然后走到他跟前说：

"发生这样的事情我很抱歉。"

他伸出手来，那人本能地瞟了一眼自己的手看是不是干净，这才握住了医生的手。

"谢谢你，先生。"

菲利普也跟他握了握手。钱德勒吩咐接生婆当天上午去医院拿死亡证明。他们离开那幢房子，一起默默地往前走。

"一开始碰到这样的事，心里是很难过的，是不是？"钱德勒最后道。

"是有点。"菲利普回答道。

"你要是愿意，我就吩咐门房，今天晚上就别再叫你出诊了。"

"反正到早上八点，我的差使也就结束了。"

"你一共护理了多少个产妇？"

"六十三个。"

"很好。那你可以拿到合格证书了。"

他们到了医院，高级产科医师进去看看是不是还有人需要他。菲利普继续往前走。昨天一整天都很热，即使是现在的清晨时分，空气中仍有股子暖意。街上非常安静。菲利普并不想睡觉。他的工作反正已经告一段落，再也不必心急着慌了。他信步朝前走去，很喜欢那新鲜的空气和此刻的宁静；他想，不如到桥上去看看泰晤士河破晓的景色吧。街角处有个警察跟他道了声早安。他从菲利普的手提包上知道他是夜间出诊的医生。

"这么晚还出诊啊，先生？"他招呼道。

菲利普点点头，兀自向前。他倚靠在桥栏上，望着伦敦的早晨。这个时候，这个巨大的城市就像一座死城。天空没有云彩，但星星也因为白昼的到来黯然无光；河上笼着一层轻雾，北岸那些高大的建筑就像一座被施了魔法的岛上的宫殿。中流泊着一队驳船。一切都蒙上了一层迥非凡尘的紫罗兰色，不知怎的，既让人心神缭乱，又令人心生敬畏；但很快一切就变得苍白、清冷和灰暗。然后太阳就升了起来，一缕金光刺破天幕，天空变得虹彩缤纷。菲利普的眼睛里总是闪现着那躺在床上的死去的姑娘，面色惨白，还有站在床脚的那个男孩，像只受伤的野兽。那家徒四壁的肮脏的房间使得那种伤痛更加刻骨铭心。在她刚刚才要踏入人生的时候，一次愚蠢的意外就已经夺取了她的生命，这是何其残酷！但正当他在心里如此默念的时候，菲利普又想到了她命中注定要过的那种生活：生儿育女，与贫困苦斗，娇美的青春被辛苦的劳作摧残、剥夺，沦落为自暴自弃的邋遢中年——他眼看着那张俏丽的脸蛋儿日渐瘦损、苍白，头发日渐稀疏，那双芊芊素手因不停的辛劳而扭曲僵硬，变得像某种衰老动物的爪子一样——而到了那时，他眼看着那男孩也已过了他年富力强的青春年华，接踵而至的就是工作的难找和工资的低微；而最终的结局也无非是那不可避免的赤贫：她也许非常能干、勤俭节约、无比勤劳，但这都于事无补，救不了她；到头来不是济贫院，就是只能仰仗孩子们的施舍。既然生活能够给予她的如此菲薄，谁还能因为她的早死而为她惋惜呢？

　　但是怜悯是空洞无益的。菲利普觉得这些人需要的不是这个。他们并不怜悯自己。他们接受他们的运命。这就是事物的自然法则。要不然的话，老天爷！要不然的话他们就会成群结队地越过泰晤士河，蜂拥来到那些雄伟庄严的巨大建筑面前；他们就会抢掠、纵火和洗劫。但是那白昼，轻柔而又浅淡，已经破茧而出，雾气已经愈发稀薄了，它以其柔和的光芒沐浴着一切；现在的泰晤士河青灰、玫红而又碧绿；像珍珠母一样青灰，如黄玫瑰的花心一样碧绿。萨里郡那一侧的河岸上码头和仓库林立，倒也不无一种杂乱之美。眼前的景色是如此精美，菲利普的心剧烈地跳动起来。他完全为世界之美所压倒、而沉醉。除此以外，一切都像是无关紧要了。

一一五

　　菲利普在门诊部度过了冬季学期开学前的那几个礼拜，到了十月份，他就正式开始了正常的学习。他离开医院的时间太久了，因此发现大部分同学都已经不认识了。不同年级的学生本就极少来往，他当年的同窗们大部分都已取得了医师资格：有些离开了医院，到乡村医院和诊所当起了助手或医生，有些则在圣路加医院谋得了职位。他感觉，这两年的时间里头脑一直处在赋闲状态，而他现在终于能够精力十足地投入到学习中去了。

　　阿瑟尔尼一家对他的时来运转都非常高兴。他从大伯的遗物中挑出几样来没卖，给他们每个人都准备了礼物。他把原属于他伯母的一条金项链送给了萨莉。她已经是个大姑娘了，正在跟一个女装裁缝当学徒，每天早上八点钟到摄政街的裁缝店里去上班，一去就是一整天。萨莉生就一双坦率的蓝眼睛，宽阔的前额，一头浓密的光闪闪的秀发；她体态丰腴，宽宽的臀部，丰满的胸脯；她那总喜欢拿她的仪表开玩笑的父亲，不断地提醒她可不能再长胖了。她很有吸引力，因为她健康、性感、女人味十足。她有很多追求者，但她丝毫不为所动；她给你的印象是她把这些谈情说爱都当作了胡说八道；可想而知，小伙子们都觉得她高不可攀。萨莉比她的年纪要老成持重：她已经习惯了帮她母亲操持家务、照顾孩子，所以她身上总有股子当家作主、说了算的神气，这也惹得她母亲说她未免过于喜欢独断专行了。她说话不多，不过随着她日渐成熟，她倒似乎拥有了一种不动声色的幽默感，有时候通过她冒出来的一两句话，你会认识到在她那不动声色的外表底下，她对作为其同胞的人类其实也并非毫无兴趣。菲利普发现，他跟她怎么也没法像跟阿瑟尔尼那个大家庭的其他成员那么亲密无间。时不时地，她的无动于衷还会稍稍让他有点恼火。她身上总像有个让人猜不透的谜。

菲利普在送她项链的时候，阿瑟尔尼以他惯常的那种咋咋呼呼的做派，坚持要她吻他一下以示谢意，但萨莉红了脸，直往后退。

"不，我不愿意。"她说。

"不知道感激的野丫头！"阿瑟尔尼叫道，"干吗不肯？"

"我不喜欢男人吻我。"她说。

菲利普看出了她的窘态，感觉挺好玩的，就赶紧把阿瑟尔尼的注意力引到别的事上去了。这从来都不是件难事。不过她母亲后来显然是说过她一顿，因为菲利普下一次来的时候，她抓住只有他们俩在一起的那几分钟的机会，又提到了这件事。

"上礼拜我不肯吻你，你不会觉得我不知好歹吧？"

"一点都没有。"他一笑置之。

"那可不是我不懂得感激。"当她说出那句她事先准备好的正式措辞时，脸不由得有点红，"我将永远珍惜这条项链，送这样的礼物给我，你真是太好了。"

菲利普发现要跟她说说话总是不太容易。她把所有该做的事情样样都做得非常到位，就是好像觉得没有多说那几句话的必要似的，不过她也并非性格孤僻，不爱与人交际。有个礼拜天的下午，阿瑟尔尼夫妇一起出去了，菲利普已经被他们当作自家人看待，便一个人坐在客厅里看书，而萨莉这时候走了进来，坐在窗前做女红。姑娘们的衣服都是家制的，萨莉就是礼拜天也不能闲着不干活。菲利普本以为她想跟他说说话，便把手里的书放下了。

"继续看你的，"她说，"我只是觉得就你一个人在这儿，所以才过来陪你坐坐。"

"你真是我平生所见最沉默寡言的人。"菲利普道。

"我们可不希望这个家里再多出一个话匣子来了。"她说。

她的话里并无讥讽的意思：她只是在陈述一个事实。但这却让菲利普觉得，在她心目中她父亲，呜呼，已经不再是她小时候的那个大英雄了，而且在她的意识当中她已经隐然将他那妙趣横生的闲谈跟经常给他们的生活带来困难的大手大脚联系在了一起；她将他的夸夸其谈跟她脚踏实地的务实精神加以比照，虽则她父亲的活泼欢脱也挺让她开心的，但她有时候对此也许便会有点不那么耐烦了。她埋头做女红的时候，菲利普忍不住仔细打量着她：她真是健康、强壮而又健全，看到她跟店里那些胸部扁平、面色贫血的姑娘们站在一起，那反差想必是非常之大的。米尔德丽德就一直贫血。

过了一段时间，萨莉貌似有了个认真的追求者。她偶尔跟裁缝间的朋友们一起出去玩，认识了一个年轻人，是一家生意相当不错的公司里的电机工程师，也算得上是最合适不过的佳婿人选了。有一天她跟她母亲说，他已经正式向她求过婚了。

"那你是怎么说的？"她母亲道。

"哦，我跟他说，我现在还不着急要嫁给任何人呢。"她停顿了一会儿，这也算是她平常讲话的一个习惯了。"他那人有点太自以为是了，所以我跟他说，礼拜天他可以过来喝个茶。"

这种场合可是最中阿瑟尔尼的意了。他整整排练了一下午要怎么扮演好岳父老泰山的角色，好对那个年轻人晓之以理动之以情，把孩子们逗得肚子都笑痛了。就在那小伙子登门拜访前，阿瑟尔尼又翻腾出一顶埃及人戴的塔布什帽①来，坚持要在接待客人的时候戴上。

"你就这么继续胡闹吧，阿瑟尔尼。"他妻子道，她穿着她最好的衣服，也就是那身黑色的天鹅绒裙子，而由于她一年比一年发胖，那裙子已经显得有点太紧了。"你会把咱姑娘的好姻缘给搅黄了的。"

她想把他的帽子给他摘下来，但那个小个子男人敏捷地跳到了一边。

"放手，女人。什么也休想让我把它摘掉。必须让这位年轻人

---

① 参见第四十五章注。

一来就看明白他准备进入的可不是个一般的家庭。"

"你就让他戴着吧，妈妈。"萨莉以她那平和又无所谓的态度说道，"如果唐纳森先生感到难以接受，他那尽可以离开，谢天谢地，走好不送。"

菲利普觉得这位年轻人面临的可真是场严峻的考验，因为阿瑟尔尼在穿戴好他那件棕色的天鹅绒外衣、松垂的黑色领结和红色的塔布什帽以后，对一位天真的电机工程师而言，真算得上一大异常惊人的景观了。他来的时候，一家之主以高傲的西班牙大公的礼仪来欢迎他，阿瑟尔尼太太则以一种总体说来家常而又自然的方式来招待他。他们坐在那张古老的铁架桌前那高背的僧侣式座椅里，阿瑟尔尼太太用一把流光溢彩的大茶壶给大家倒茶，这把茶壶为此次欢聚平添了一种英格兰及其乡村的特色。用以佐茶的是她亲手烤制的小蛋糕，桌上还摆着家制果酱。这是典型的英格兰乡村式茶点，在菲利普看来，在这幢詹姆斯一世时期的古董房子里享用这样的茶点，真是既古色古香又亲切迷人。阿瑟尔尼不知怎的，突然心血来潮地大谈特谈起了拜占庭的历史；他一直在攻读《衰亡史》①的后几卷，他戏剧性地伸出食指，滔滔不绝地向这位莫名其妙的求婚者的耳朵里灌输起了狄奥多拉②与伊林

---

① 《衰亡史》(*Decline and Fall*)，即《罗马帝国衰亡史》(*The Decline and Fall of the Roman Empire*)，英国历史学家吉本 (Edward Gibbon, 1737—1794) 所著的史学-文学名著，共六卷，记述了从二世纪起到一四五三年君士坦丁堡陷落为止的罗马帝国的历史。
② 狄奥多拉 (Theodora, 约497—548)，拜占庭皇后，查士丁尼一世皇帝之妻，被认为是拜占庭史上最有权势的女性。

娜^①的秽事丑闻。他逸兴湍飞,面对他的客人真是口若悬河、大吹法螺;而那年轻人则陷入无助的沉默和羞惭,只能隔一段时间就点点头,以示对于一家之主的妙论持有一种智识上的兴趣。阿瑟尔尼太太对索普的高谈阔论完全不以为意,时不时地打断他,给那年轻人续茶,催促他多吃蛋糕和果酱。菲利普留神观察萨莉:她目光下垂端坐在那里,安稳、沉静,止于旁观,她那长长的眼睫毛在脸蛋上投下一道美丽的阴影。你很难判断得出她是不是对这个场面感到好笑,也看不出她是不是喜欢这个年轻人。她可真是让人猜不透。不过至少有一点是可以肯定的:这位电机工程师的确是个帅小伙儿,头发金黄、肤色白皙,脸刮得很干净,五官端正,讨人喜欢,面相也很诚恳,个头既高,身材又好。菲利普忍不住想,他跟萨莉倒真是天造地设的一对,想到他们俩在一起未来将会何等幸福光明的时候,他不觉感到一阵嫉妒的苦痛。

不久,这位求婚者说他该告辞了。萨莉一言不发地站起身来,把他送到门口。她一回来,她父亲就嚷嚷开了:

"我说,萨莉,我们都认为你这位年轻人非常不错。我们都准备欢迎他加入我们的家庭了。就请教堂公布结婚公告^②吧,我准备为你们谱写一首婚礼颂歌呢。"

萨莉开始收拾茶点用具。她没吱声,突然间飞快地瞟了菲利

---

① 伊林娜(Irene,约752—803),拜占庭统治者,利奥九世皇帝的皇后,希腊正教圣徒,曾使圣像再度流行于东罗马帝国。
② 结婚公告(banns),举行婚礼前连续三个礼拜天在所属教区教堂等处预先发布,给人以提出异议的机会,若无人提出合法的异议,婚礼方可举行。

普一眼。

"你觉得他怎么样，菲利普先生？"

她一直都拒绝像其他孩子那样叫他菲尔叔叔，也不直接叫他菲利普。

"我觉得你们是天造地设的一对璧人。"

她又迅速地看了他一眼，然后脸颊微红地继续干她的活。

"一开始我觉得他是个说话很有礼貌的很好的小伙子，"阿瑟尔尼太太道，"而现在我觉得他是那种能让任何姑娘都很幸福的人。"

萨莉有一两分钟没有搭腔，菲利普不由得满怀好奇地看着她：你可以认为她正在思考她母亲说过的话，或者，她也可能正在想着一个虚无缥缈的月亮上的人儿。

"我跟你说话你干吗不回答呀，萨莉？"她母亲又道，有点恼火了。

"我觉得他是个傻瓜。"

"那你是不打算接受他的求婚了？"

"是的，不打算接受。"

"我不知道你的要求到底有多高，"阿瑟尔尼太太道，显然她已经动了气，"他是个非常体面的小伙子，能给你一个非常舒适的家。就是没你，咱们这儿要养活的人也已经够多的了。你有这么好的机会还不知道珍惜，那简直是作孽了。我敢说你们都会有能力雇个女孩子给你们干粗活呢。"

菲利普以前还从没听阿瑟尔尼太太这么直截了当地提到她生

活的艰辛。他也看到要供养每个孩子的吃喝用度是多么不容易的一件事。

"你再说也没用了，妈妈。"萨莉以其一贯的文静态度说道，"我不会嫁给他的。"

"我觉得你真是个心狠、残忍而又自私的姑娘。"

"你要是想让我现在就养活自己的话，妈妈，我随时都可以去给人家帮佣。"

"别说这种傻话了，你知道你父亲是绝不会让你去给人家帮佣的。"

菲利普对上了萨莉的目光，他觉得她眼神里竟然有忍俊不禁的一闪。他倒不知道刚才那番对话里到底有什么东西触动了她的幽默感。她真是个古怪的姑娘。

一一六

　　菲利普在圣路加医院的最后一年里必须刻苦用功。他对自己的生活心满意足。他发现既心无所属又有足够的金钱满足各项需用，日子会过得相当舒心惬意。他曾听到有些人满怀轻蔑地说到金钱：他真怀疑他们是否当真过过一天身无分文的日子。他知道缺钱会把一个人变得卑琐、吝啬、贪心不足；会把他的性格变得扭曲，使他从一个庸俗的角度看待这个世界。当你不得不算计着每个便士的时候，金钱会变得畸形丑怪地重要：你需要一种能估定其合理价值的能力。他过着离群索居的生活，除了阿瑟尔尼这一大家子人以外，他什么人都不见，但他并不孤独；他忙于为自己的将来做出规划，有时候也不免想起过去。他时不时地会想起过去的老朋友们，但又并不太想再见到他们。他很想知道诺拉·内斯比特现在怎么样了：她现在该是姓了夫姓的诺拉了，但他又怎么也想不起她要嫁的那个人的姓氏了。他为有过她这样一个朋友感到高兴：她是个善良而又勇敢的好人。有天晚上大约十一点半的时候，他看到劳森正沿着皮卡迪利大街往前走，他穿着晚礼服，应该是刚从一个剧院里散场出来。菲利普一时冲动之下，赶紧拐进了一条边街。他已经有两年时间没见到他，他感觉没办法再重拾那一度中断的友谊了。他跟劳森之间也再没有什么话好说了。菲利普对艺术已不再感兴趣，他感觉他现在已经比年轻时拥有了能够欣赏美的更强大的能力，但艺术本身对他而言却已经不再重要了。他正致力于从人生那纷繁复杂的混沌当中编织出一个图案来，而且相形之下他现在所使用的材料，已经使得此前对颜料的调配和辞藻的捻弄显得琐碎无益了。劳森已经完成了他的任务。菲利普跟他的友谊也曾是他当时苦心经营的图案设计的主题，而现在这位画家已经不再能引起他的兴趣，故意无视这一事实也只不过是一种感情用事罢了。

菲利普有时候也会想起米尔德丽德。他有意地避开有可能撞见她的那些街道；可是偶尔出于某种情感的需要，也许只是好奇，也许是某种他不肯承认的更深层次的情感，使他故意拣她有可能在那儿出没的时段，去皮卡迪利和摄政街那一带溜达。他也不知道自己到底是希望还是害怕见到她。有一回他看到一个人背影很像是她，他一度还以为那就是她；这使他产生了一种非常奇特的情感：那是心里面一阵非同寻常的尖锐的疼痛，还夹杂着惧怕和让人心慌意乱的恐慌；而当他加快脚步赶上前去，结果发现他认错了人的时候，他真不知道他随后所经历的到底是释怀还是失望。

八月初，菲利普通过了最后一门功课——外科学的考试，他终于领到了毕业文凭。他进入圣路加医院已有整整七年的时间，他都快三十了。他手持那个纸卷——有了这个他就有了开业行医的资格，从皇家外科医师学会的楼梯上走下来，心脏满意地怦怦直跳。

"现在我才真正要开始我的生活了。"他想道。

第二天，他去秘书的办公室，把自己的名字登记下来作为医院的职位备选。秘书是个令人愉快的小个子男人，蓄着把黑胡子，菲利普一直都觉得他非常和蔼可亲。他先是恭喜菲利普成功完成了学业，然后就说：

"我想你不会愿意到南部海岸去做一个月的**临时代理**吧？周薪三个基尼，包食宿。"

"我倒是不介意。"菲利普道。

"是在多塞特郡的法恩利①。索思医生。你得立刻就动身，他的助手患了流行性腮腺炎。我相信那是个非常宜人的地方。"

秘书讲话的神气里有点什么东西让菲利普感到困惑不解。他觉着有些靠不住。

"这里面有什么蹊跷吗？"他问道。

秘书迟疑了一会儿，然后以一种安抚的态度呵呵一笑。

"呃，事实上，据我理解呢，他是个脾气相当暴躁、难搞的老家伙。管理部也不肯再给他派助理去了。他这人总是有什么就说什么，人家都不大喜欢这种方式。"

"但你认为他会对一个刚刚取得资格的人感到满意吗？毕竟我

---

① 法恩利（Farnley），英格兰北多塞特郡哈罗盖特区（Harrogate district）的一个渔村和民政教区，靠近西多塞特郡的奥特利（Otley），这个"Farnley"的地名表明这个村庄最初是在一个遍布蕨类植物（fern）的地区建立起来的。

是⸱点经验都没有。"

"有你做助手，他应该感到高兴才是。"秘书耍起了外交辞令。

菲利普寻思了一会儿。接下来的这几个礼拜里面他无事可做，有机会能挣俩钱他当然高兴。他可以把这些钱攒下来，用作去西班牙度假的旅费，他已经许下了在圣路加履职以后就去西班牙的心愿，就算圣路加没有多余的职位，他们也会介绍他去别的医院任职的。

"好吧。我去。"

"唯一的问题是，你必须今天下午就动身。你做得到吗？假如可以，我马上给那里拍个电报。"

菲利普本想给自己留出几天工夫的，但他昨晚就已经去过了阿瑟尔尼家（一拿到毕业证书，他马上就跑去把好消息告诉了他们），也的确没什么他不能马上动身的真正理由了。他需要打包的行李也少之又少。当天傍晚七点后，他便走出了法恩利的火车站，然后叫了辆出租马车直奔索思医生的诊所。那是幢宽大、低矮的用灰泥粉饰的房屋，墙上爬满了五叶地锦。他被领进诊疗室。一个老人正在一张书桌上写着什么。女仆把菲利普领进来的时候，他抬头看了看，但他既没有起身，也没有说话，只是紧盯着菲利普看。这还是让菲利普有些吃惊的。

"我想你正在等我吧，"他说，"圣路加的秘书今天上午给你拍过电报了。"

"我已经特意把正餐时间推迟了半个钟头。你需要先洗一下吗？"

"需要。"菲利普道。

索思医生怪异的举止让他觉得挺好玩的。他现在是站起来了，菲利普看到他中等身材，很瘦，白发剪得很短，很阔的一张嘴抿得极紧，像是根本没有嘴唇似的；他脸刮得很干净，但是留着短短的白色络腮胡子，使得他那因为强健的下巴显得方方的脸型更其方正了。他穿一身棕色的花呢套装，白色的宽大硬领。他的衣服松松垮垮地挂在身上，就像原是给一个比他高大得多的人做的似的。他看起来像是个十九世纪中叶受人尊敬的农场主。他把门打开了。

"这里是餐厅，"他说，指着对面的门，"你的卧室是楼梯平台上的第一个门。你准备好了就下楼来吃饭。"

吃饭的时候，菲利普知道索思医生是在审视他，但他很少开口，菲利普感觉他并不想听他的助手多嘴多舌。

"你是什么时候取得医师资格的？"他突然问道。

"昨天。"

"你上过大学吗？"

"没有。"

"去年我的助手去度假的时候，他们给我派了个上过大学的哥们儿。我跟他们说过不要再这么做了。对我来说太他妈绅士派头了。"

有一阵沉默。正餐很简单又很可口。菲利普保持着不苟言笑的外观，内心却激动得直翻泡泡。他为自己这么快便当上了**临时代理**而兴奋不已，这让他觉得自己真正长大成人了；他有一种无缘无故想要大笑一场的疯狂渴望，而且他越是想到他职业的尊严，便越是忍不住要咯咯笑出声来。

但索思医生突然打断了他的思绪。

"你多大了？"

"马上就三十了。"

"那怎么才取得资格呢？"

"我是快到二十三岁的时候才开始学医的，中间还不得不中断了两年。"

"为什么？"

"贫穷。"

索思医生神情古怪地看了他一眼，又复归沉默。饭吃完以后，他从桌边站了起来。

"你知道在这里行医的具体情况吗？"

"不知道。"菲利普回答道。

"大部分是渔民和他们的家人。工会和海员医院是由我负责的。过去就我一个人在这儿行医，但自打他们努力想把这里打造成一个时髦的海滨度假地，便有一个人在山崖上又开了家诊所，那些有钱人都去找他。而我只剩下那些根本看不起病的。"

菲利普看得出这场竞争是这位老人的伤心事。

"你知道我是没有实际经验的。"菲利普道。

"你们全都什么都不懂。"

他再没说一句话便走出了餐厅，把菲利普一个人撂在那儿。女仆进来收拾餐具的时候告诉菲利普，索思医生每晚六到七点给病人看病。当天的工作已经结束了。菲利普从他自己的房间里拿了本书过来，点起烟斗，安心阅读起来。这真是种莫大的安慰，因为在过去这几个月里，除了医书他一本闲书都没看过。十点钟的时候，索思医生进来了，看了看他。菲利普平时不喜欢两脚着地，就拖了把椅子过来搁脚。

"你看来很知道怎么才能自得其乐嘛。"索思医生道，那口气干巴巴、冷冰冰的，菲利普要不是眼下正情绪无比高昂的话，准会大为不安的。

菲利普回答的时候目光忽闪忽闪的：

"你有什么反对的理由吗？"

索思医生瞪了他一眼，但并没有直接回答。

"你在看什么呢？"

"《佩里格林·皮克尔》。斯摩莱特①。"

"我碰巧知道斯摩莱特写了本《佩里格林·皮克尔》的小说。"

"请原谅。学医的通常对文学都不大感兴趣，不是吗？"

菲利普已经把书放在桌上了，索思医生拿起来看了看。这原是黑马厩镇牧师藏书中的一种，用褪色的摩洛哥羊皮装订的薄薄的一卷，卷首有一幅铜版插图，书页因年代久远有些发霉了，而且有点点霉斑。索思医生拿起那本书的时候，菲利普并非有意地

---

① 斯摩莱特（Tobias Smollett, 1721—1771），英国讽刺小说家，以流浪冒险小说《罗德里克·兰登历险记》（又译《蓝登传》）《佩里格林·皮克尔历险记》和书信体小说《汉弗莱·克林克尔探险记》著称。《佩里格林·皮克尔历险记》（*The Adventures of Peregrine Pickle*）出版于一七五一年。

身子前倾了一点，眼里不觉流露出一丝微笑，这表情并未逃过老医生的注意。

"我让你觉得好笑吗？"他冷冰冰地问。

"我看出你也喜欢书。这从拿书的样子上一眼就能看得出来。"

索思医生马上把那本小说放下了。

"早餐在八点半。"他说，然后离开了房间。

"多有趣的老家伙！"菲利普暗道。

他很快就发现索思医生的助手们为什么都很难跟他共事了。首先，他坚决反对医学界近三十年来所有的新发现：他对那些因被认为疗效绝佳而流行一时、不出几年又被淘汰的药物没有任何耐心；他也是在圣路加学的医，毕业时带来了几种常用的合剂配方，这辈子就用这几剂药，他发现它们跟打那以后几年就翻出一个花样的时新药剂一样有效。索思医生就连对无菌操作都抱有怀疑，这可让菲利普大吃了一惊，他之接受它只是鉴于这已经成为医学界的共识；但他在使用这些医院里以万分谨慎的态度一再强调的无菌防范措施时，却带着一种大人在跟孩子们玩打仗游戏时那种倨傲的宽忍态度。

"我亲眼看到防腐剂的出现，势不可挡，横扫一切，然后呢，又亲眼看到无菌法取其位而代之。骗人的鬼话！"

那些派来给他当助手的年轻人都只知道大医院里的做法，他们带着在医院里形成那种对全科医师毫无掩饰的轻蔑来到这里；但他们见过的都只是病房里才出现的疑难病症，他们知道怎么治疗肾上腺体起因不明的病症，但碰上伤风感冒这样的常见小病反倒是束手无策了。他们学到的都是书本上的理论知识，他们的自信却茫无边际。索思医生抿紧了嘴巴注视着他们，通过证明他们是多么无知、他们的自负是多么荒唐无稽来出他们的洋相，来大肆取乐。在这儿行医赚不到什么钱，都是给渔民看病，医生都是自己处方自己配药。索思医生会问他的助手：如果只是给一个渔民配一种治胃疼的合剂，却用上五六种昂贵的药品，那他们还怎么能维持收支平衡呢？他还抱怨那些年轻的医生缺学少教、无知无识：他们就只读《体育时报》和《英国医学杂志》，字写得既潦草还经常拼错。开始的两三天里，索思医生密切地注视着菲利普，准备一到机会就狠狠地挖苦他一顿。菲利普意识到了这一点，一声不响地进行他的工作，心里暗自觉得好笑。他对自己职业的改变感到高兴。他喜欢这种独立感和责任感。各种各样的人都会到诊疗室里来，他为自己能够激起患者的信任而满心欢喜，而且能够观察一个病人的全部疗愈过程也是很有趣的，而在医院里却只能断断续续地观察到。巡回出诊带他进入那些低矮的农舍，那里面挂着渔具和风帆，而且随处可见一些远洋航海的纪念品：来自日本的漆盒，来自美拉尼西亚①的鱼叉和船桨，或者从斯坦布尔②的市场上买来的匕首。在这些憋气的小房子里自有一股浪漫气氛，大海的咸味赋予它们一种浓烈的清新气息。菲利普喜欢跟那些水手们聊天，而当他们发现他这人并不傲慢自大后，便会长篇

---

① 美拉尼西亚（Melanesia），西南太平洋的岛群，意为"黑人群岛"，主要包括新喀里多尼亚岛、斐济群岛和所罗门群岛等。

② 斯坦布尔（Stamboul），土耳其西北部港市伊斯坦布尔（Istanbul）的旧称。

大套地把他们年轻时远洋航海的经历讲给他听。

　　他有一两回也犯了误诊的错儿（他从没见过麻疹的病例，结果把一个麻疹病人出的疹子当成了一种病因不明的皮肤病），有一两回他的治疗意见跟索思医生的相悖。第一次发生这种情况的时候，索思医生尖酸刻薄地狠剋了他一顿，但菲利普却处之泰然；他颇有点妙语巧辩的天分，只消一两句话就让索思医生愣在原地无言以对，颇为惊异地打量着他。菲利普脸上装得一本正经，眼睛里却闪着火花。这位老绅士不由得感觉菲利普是在拿他开玩笑。他过去习惯了被助手们讨厌和惧怕，这对他来说倒是种新经验。他真有点想大发一通脾气，让菲利普拿着行李下一班火车就滚蛋，他对之前的助手没少这么干过；但他又有点惴惴不安地觉得，他要是这么做的话，菲利普会毫不客气地当面嘲笑他。突然间，他也觉得这事儿怪好玩儿的，他的嘴角违背他的意愿扭成了一抹微笑，他赶紧把身子背了过去。过了一会儿，他意识到菲利普是在有系统有组织地故意拿他寻开心。起先他大吃了一惊，然后自己也被逗乐了。

　　"真他妈的厚颜无耻，"他向自己暗自笑道，"真他妈的厚颜无耻。"

一一七

菲利普已经写信给阿瑟尔尼，告诉他自己正在多塞特郡做一段时期的**临时代理**，很快收到了他的回信。信是用阿瑟尼喜欢的那种正式堂皇的风格写成的，堆砌了大量华丽的辞藻，活像是一顶镶满珍贵宝石的波斯王冠，一手他颇引以为傲的漂亮书法，很像是哥特体，也像哥特体一样难认。他建议菲利普去肯特郡他们每年都要去的啤酒花藤栽培园跟他和他的家人欢聚，为了说服他，又发挥了一大通菲利普的灵魂与啤酒花的卷须藤蔓之关系，讲得既无比优美又无比复杂。菲利普马上回信说他一交了差就去。他虽然不是在那儿出生的，但他对萨尼特岛①一直怀有一种特殊的感情，而且可以有两周的时间与泥土如此接近，只需再加一个蓝天，那环境就可以说是跟田园牧歌的阿卡迪亚②的橄榄林相差无几

---

① 萨尼特岛（Isle of Thanet），位于肯特郡的最东端，虽历史上曾与大陆隔着一道宽仅六百米的万特萨姆海峡（Wantsum Channel），现在已经并非一个岛屿了。

② 阿卡迪亚（Arcady, Arcadia），古希腊伯罗奔尼撒半岛中部山区，阿卡迪亚人与世隔绝，过着牧歌式的生活，因此古希腊和古罗马的田园诗及文艺复兴时期的文学（转下页）

了，每念及此，菲利普的内心就燃烧起火一样的热情。

在法恩利这四个礼拜的时间转眼就过去了。一座新城正在山崖上迅速兴起，一幢幢红砖别墅如雨后春笋般冒出来，环绕着座座高尔夫球场，一个大型宾馆也刚刚落成，向消夏的游客开放，但菲利普很少到那儿去。山崖下面，海港附近，过去的一个世纪遗留下来的小石头房子，错落有致地簇集在一起，那些狭窄的街道陡上陡下的，自有一种引人遐思的古雅情趣。紧靠海边是一幢幢整洁的小屋，屋前都有整齐美观的小花园，里面住着已经退休的商船船长，以及靠海吃饭的那些人的母亲或者寡妇，那些小房子的外观也都显得古雅而又平和。小小的海港里会驶进来自西班牙和黎凡特①的不定期货船，小吨位的货船，时不时地，一条条帆船也会随着阵阵浪漫的海风飘然而至。这让菲利普想起了黑马厩镇那个停着运煤船的肮脏的小海港，他感觉就是在那里，他首次萌生了要前往东方各国和那些沐浴在热带阳光下的海岛一游的愿望，而这个夙愿如今已成为一种痴迷和执念。不过相比于那似乎总是受到限制的北海岸边，在这儿，你会感觉更接近于那茫无涯际、浩瀚深邃的海洋；在这儿，当你极目远眺那宁静无垠的大海时，你可以深深地吸一口长气；那西风，那亲切轻柔带有咸味的英格兰海风，能够振奋你的心灵，同时又把它陶冶得更加温柔。

有天傍晚，那已经是菲利普给索思医生当助手的最后一个礼

（接上页）作品将其描绘为世外桃源、人间仙境。"只需再加一个蓝天……"云云，应该是说英格兰毕竟还缺少希腊诸岛那样碧蓝的天空。

① 参见第九章注。

拜了，一个孩子跑来叫门，那时老医生和菲利普正忙着配制药剂。那是个衣服破破烂烂的小姑娘，一张脏乎乎的小脸，赤着一双脚。菲利普为她开了门。

"先生，请你马上去一趟常春藤巷的弗莱彻太太家，好吗？"

"弗莱彻太太怎么啦？"索思医生以他那刺耳的声音喊道。

那小孩没理他，而是再次只对菲利普说道：

"先生，她的小儿子出事故了，请你马上来一下好吗？"

"跟弗莱彻太太说，我马上就来。"索思医生叫道。

那小姑娘犹豫了一会儿，把一根脏脏的手指伸进脏脏的嘴巴里，站在那儿没动，又看了看菲利普。

"到底怎么回事啊，孩子？"菲利普微笑道。

"先生，弗莱彻太太说，能请那位新大夫来一趟吗？"

药房那儿发出一个声响，索思医生从屋里出来，来到了走廊上。

"难道弗莱彻太太对我有什么不满意的吗？"他吼道，"自打弗莱彻太太出生以来，我就一直负责照顾她。怎么？现在我都不配给她那个肮脏的小崽子看病啦？"

那小姑娘一度看起来就像要哭出来似的，但经过重新考虑后她还是忍住了；她冲着索思医生故意伸了一下舌头，趁他还没从震惊中缓醒过来，拔腿以最快的速度跑掉了。菲利普看出这位老绅士大为光火。

"你看着已经很累了，去常春藤巷还有挺长一段路要走。"他说，想给他找个台阶下。

索思医生发出一声低声的咆哮。

"那该死的地方，对一个有两条腿的人来说总比那只有一条半的更近一点！"

菲利普面色通红，默默地站了一会儿。

"你到底是希望我去呢，还是要自己亲自去？"最后他冷淡地问道。

"我去有什么用？人家要的是你。"

菲利普戴上帽子出诊去了。他回来的时候已经快八点钟了。索思医生正背靠壁炉在餐厅里站着。

"你去了很长时间嘛。"他说。

"对不起。你干吗不先用饭？"

"因为我高兴等着。你这是一直都在弗莱彻太太家吗？"

"不是，恐怕并不是。我在回来的路上停下来欣赏日落，就把时间给忘了。"

索思医生没吱声，用人端上一大盘烤鲱鱼。菲利普胃口大开地吃得很香。索思医生突然向他提了个问题。

"你干吗要看日落？"

菲利普嘴里塞得满满地道：

"因为我喜欢呀。"

索思医生神情古怪地看了他一眼，有一丝微笑闪过他那张衰老、疲惫的脸。然后他们一声不响地一直到把饭吃完；不过等女仆给他们拿来波尔图葡萄酒又退下以后，老人往椅背上一靠，犀利的目光紧盯在菲利普身上。

"我说到你的瘸腿，有点刺痛你了吧，年轻人？"他说道。

"人们在生我气的时候，总是会直接，或者间接这么做的。"

"我想他们都知道那是你的软肋。"

菲利普面对着他，坚定地注视着他。

"你很高兴发现了这一点吧？"

医生没有回答，却苦笑了一声。他们就这样相互对视了一会儿。然后索思医生的话使菲利普大吃一惊。

"你干吗不留下来呢？我把那个患腮腺炎的该死的傻瓜开掉就是了。"

"你对我太好了，但我还是希望秋天能在医院里得到个职位。这对我日后干别的工作会大有助益的。"

"我的意思是跟你合伙开业。"索思医生没好气地道。

"为什么？"菲利普问道，非常惊讶。

"他们像是喜欢你留在这儿。"

"我还以为你是绝不会赞同这样的事实呢。"菲利普带点讽刺地道。

"我开业行医已经有四十年了，你以为还会在乎人们更喜欢我的助手而不是我吗？不会的，我的朋友。在我和我的患者之间可没什么感情用事的成分可言。我并不指望他们感激我，我只指望他们付我医药费。那么，对此你怎么说呢？"

菲利普没有作声，并不是因为他在考虑这一提议，而是因为他被惊呆了。显而易见的是，有人居然向一个刚获得医师资格的人提出合伙开业的建议，这是极不寻常的事。他有些惊讶地意识到，尽管索思医生打死都不会承认，老爷子确实是非常喜欢他的。他在想，当他把这事儿告诉圣路加的那位秘书时，那人该会觉得这有多好玩。

"我开业行医一年有七百镑左右的收入。我们可以合计一下你搭多少股份，你可以逐步偿还给我。等我死了以后，你可以承继我的位子。我想这总比你在几个医院里打两三年游击，然后在自己能够开业前再去给人家当好多年助手强。"

菲利普知道，这可是个他们这一行里大部分人都会高兴得跳起来的天赐良机，干这一行的已经是人满为患，即便是索思医生这个诊所的收入也就仅只够用而已，他认识的人里也有一半的人肯定会千恩万谢地巴不得接受呢。

"我非常抱歉，但我不能接受，"他说，"因为这就意味着我将把我多年以来孜孜以求的一切全都放弃了。尽管我遭遇过这样或那样的困难，可以说辛苦备尝，但我眼前总高悬着一个希望：取得医师资格，这样我便能去周游世界了；现在，每当我早上醒过来，我浑身的骨头都在发痒，巴不得马上就出发，我并不在乎去往哪里，只是想要离开，去往那些我从不曾去过的地方。"

如今，这个目标似乎已经近在咫尺。到明年年中，他就可以完成在圣路加医院的任职，然后他便要去西班牙了；以他的经济能力，他可以在那儿待上好几个月，游遍那片对他而言就意味着浪漫的土地，在那以后，他会搭上一条船，去往东方。他的人生铺展在他面前，时间在他来说根本不算什么。只要他愿意，他可以在那些人迹罕至的地方，在那些过着新奇生活的陌生人群当中漫游好多年。他并不知道他要寻求什么，也不知道他的旅行会给他带来些什么，但他有种感觉，他将学到关于人生的一些全新的内容，他将获得解开人生之谜的一些新的线索，这个谜团他曾加以索解，结果却只发现更加神秘莫测。就算是到头来他什么都没有发现，他也可以平息那一直啃啮着他内心的骚动不安。但索思医生向他展现的是一种难得的厚爱，如果没有适当的理由就加以拒绝，那就显得太不知好歹了；于是他以惯常的那种腼腆的方式，以尽可能实事求是的态度，尝试着向老爷子解释，为什么对他来说，把他多少年来一直满怀激情地视若珍宝的人生计划付诸实施是如此重要。

　　索思医生静静地听他讲完，那双精明世故的老眼里渐渐添上了一丝温柔的神色。在菲利普看来，他并没有逼他接受自己的好意这一点更增添了他这份好意的成色。善意经常是非常专横的。他似乎认为菲利普的理由是很合理的。撇开这个话题以后，他开始讲起他自己年轻时的经历。他曾在皇家海军做过军医，正是由于他跟大海的这段不解之缘，他退役后才选择在法恩利定居下来。他跟菲利普讲了当初他在太平洋上的见闻和在中国的惊险经历。他曾参加过一次讨伐婆罗洲①那些野人生番的远征，在萨摩亚②还是个独立国家的时候就到过那里。他们还曾停靠在珊瑚岛上。菲

---

① 婆罗洲（Borneo），东南亚加里曼丹岛（Kalimantan）的旧称。
② 萨摩亚（Samoa），南太平洋中部岛国，分东、西两部分，十九世纪中叶英、美、德相继侵入，一八九九年英国为换取其他殖民地把西萨摩亚让给德国，而东萨摩亚则由美国占领。

利普听得入了迷。他一点一滴地把自己的身世都告诉了菲利普。索思医生是个鳏夫，他妻子三十年前就去世了，他女儿嫁给了罗得西亚的一个农场主；后来翁婿反目，他女儿已经有十年没来过英国了。这样一来，他就像是从来都没有过妻子和孩子一样。他非常孤单寂寞。他的坏脾气也无非是借以掩盖他那彻底幻灭的一种保护罢了。对菲利普而言，看到他不过是坐吃等死，而且与其说是不耐烦，不如说是满怀厌恶地在等死，看到他憎恶衰老、痛恨衰老给他带来的种种限制和不便，然而又认为只有一死才是解除他人生痛苦的唯一办法，那感觉真是悲惨。而菲利普这时候闯进了他的生活，于是，那由于跟她女儿长久分离而已经泯灭了的舐犊之情——在翁婿间的争执中她站在她丈夫那边，而且他从没见到过她的孩子——就倾注到了菲利普身上。起先这让他很生气，他告诉自己这是他老糊涂了的征兆，但菲利普身上有种东西在吸引着他，他发现自己会莫名其妙地对他微笑。菲利普怎么都不会让他讨厌。有一两回菲利普还把手搭在了他肩膀上：这种几乎爱抚的动作，是自打多年前他女儿离开英国以后他就再没得到过的。到了菲利普该走的时候，索思医生陪他一起来到车站：他发现自己难以言表地灰心丧气。

"我在这里甭提多开心了，"菲利普道，"你待我真是太好了。"

"我想你很高兴离开吧？"

"我在这儿过得很愉快。"

"可你还是想去大千世界里去闯一闯？啊，你正年轻呢。"他犹豫了片刻，"我想让你记住，如果你改变了主意，我的提议仍然有效。"

"你对我真是太好了。"

菲利普把手伸出车窗外，跟他握手告别，火车徐徐驶出了车站。菲利普想到将要在啤酒花藤栽培园里度过的两个礼拜，想到又能见到朋友们，他感到很高兴，同时还因为天气极好而深感欣喜。但索思医生却一个人慢慢地走回他那空荡荡的家。他觉得自己非常衰老，非常孤独。

一一八

　　菲利普到达费尔尼的时候，天色已经很晚了。阿瑟尔尼太太是土生土长的村里人，从小就习惯了在啤酒花藤栽培园里采摘啤酒花，而现在她每年都带她丈夫和孩子一起过来。跟肯特郡的本地人一样，她的家庭每年都来采摘，除了很高兴能挣点钱以外，主要还是把它当作一年一度的远足旅行，把它当作最愉快的假日，早几个月就天天盼着了。采摘的活儿并不辛苦，是大家一起齐动手，又是幕天席地，对孩子们来说，那便是漫长而又快活的野餐活动。小伙子和姑娘们在这儿相遇，工作结束后的漫长夜晚，他们成双成对地在乡间的小路上漫步徜徉，谈情说爱，啤酒花采摘季结束后，通常都会举办很多场婚礼。他们驾着马拉板车载着桌椅铺盖、锅碗瓢盆倾家出动，在采摘季，整个费尔尼村都人去房空了。他们非常排外，很不高兴有外来人硬掺和进来，他们把从伦敦来的都叫外来人。他们既看不起他们，又有些怕他们，认为他们都是帮粗莽汉，那些体面的乡下人可不愿意跟他们掺和在一起。从前，采摘啤酒花的都睡在谷仓里，不过十年前，在一片草场的一侧盖起了一排茅屋，阿瑟尔尼家就跟其他很多人家一样，每年都住在同一间茅屋里。

阿瑟尔尼驾着从小旅店借来的马拉板车到车站来接菲利普，他为菲利普在那小旅店里订了间房。小旅店距离啤酒花藤栽培园只有四分之一英里远，他们把行李放下后就一起走回草场边的茅草屋。它们不过是一长排低矮的棚屋，分成一个个大约十二英尺见方的小间。每一间前面都用树枝燃起一堆篝火，一家人围坐在篝火前，热切地关注着正在火上烹煮的晚餐。海边的空气和阳光已经把阿瑟尔尼家那帮孩子的小脸蛋儿染成了红棕色。戴着一顶遮阳帽的阿瑟尔尼太太简直判若两人：你会感觉在伦敦城里生活了这么多年，对她其实并没有什么真正的影响，她还是那个地地道道的乡村妇女，你可以看出她在乡间是多么自在从容。她正在煎培根，同时还要留心照看着那几个年小的孩子，不过她还是热诚地跟菲利普握手表示欢迎，脸上漾出快乐的微笑。阿瑟尔尼无比热切地道起了乡居的乐趣。

"生活在城市里的我们渴望着阳光和光明。那根本不是生活，那是种长期的禁锢。贝蒂，咱们把那点家当全都卖掉，在乡下来办个农场吧。"

"我知道你到了乡下是个什么德性，"她好脾气地嘲弄道，"这么说吧，第一场冬雨一下，你就会哭着喊着要回伦敦了。"她转向菲利普："我们一到了这儿，阿瑟尔尼总是这个做派。乡村啊，我是多么喜欢！可是呀，他连瑞典甘蓝和喂牛的甜菜都还分不清呢。"

"爹地今天偷懒，"简以她特有的坦率说，"他连一袋都没摘满。"

"我正在练习呢，孩子，明天我摘的就要比你们所有人加在一起的还要多了。"

"来吃晚饭了，孩子们，"阿瑟尔尼太太叫道，"萨莉哪儿去了？"

"我来了，妈妈。"

她从小茅屋里走了出来，木柴的火焰跳动着，在她脸上投下明艳的色彩。近来，菲利普见她穿的一直是那件整洁的连衣裙，她自打到女装裁缝店做工以来就开始这么穿了；而在她现在穿的那条裙子上，有某种特别迷人的东西，这裙子非常宽松，很便于干活；衣袖卷了起来，露出她那健壮、滚圆的胳膊。她也戴了顶遮阳帽。

"你真像诗歌童话故事里的挤奶姑娘。"菲利普在跟她握手的时候说道。

"她可是啤酒花藤栽培园里的美人儿，"阿瑟尔尼道，"依我说，要是乡绅的儿子见到了你，转眼间他就会向你求婚的。"

"乡绅可没儿子呀，爸爸。"萨莉道。

她看了看，想找个地方坐下，菲利普就在身边为她腾出个位置让她挨着他坐。在夜晚的篝火映照下，她看起来真是美极了。她就像是个乡间的女神，会让你想起老赫里克[1]在他优美的诗篇中

---

[1]　赫里克（Robert Herrick，1591—1674），英国牧师、诗人，本·琼森最有独创性的弟子，他恢复了古典抒情诗的精神，并以名句"采撷玫瑰花苞当及时"为人追怀。

所称颂的那些年轻可爱而又健壮美丽的姑娘。晚餐非常简单——黄油面包和煎得脆脆的培根，孩子们喝茶，阿瑟尔尼夫妇和菲利普喝啤酒。阿瑟尔尼吃得狼吞虎咽，大声赞美他吃到的一切。他大肆嘲笑卢卡拉斯[①]，又恶语谩骂布里亚-萨瓦兰[②]。

"至少有一件事我是可以给你打包票的，阿瑟尔尼，"他妻子道，"饭你是吃得真香，这一点是确定无疑的！"

"这是你亲手烹制的，我的贝蒂。"他说着，伸出他那极有表现力的食指。

菲利普感到非常舒心惬意。他心情愉快地看着那一连串的篝火，那围坐在篝火旁的人群，那黑夜中火焰的颜色。草场的尽头是一排高大的榆树，顶上是群星闪耀的天空。孩子们有说有笑，阿瑟尔尼在他们中间也活像个孩子，用他种种的恶作剧和奇思妙想把他们逗得哄笑叫闹。

"这儿的人对阿瑟尔尼评价可高了，"他妻子道，"嗐，布里奇斯太太就说，我都不知道现在我们要是没有了阿瑟尔尼先生可该怎么办了，她说。他总有无数的招数可使，说他是个一家之主，还不如说他像个小学生更合适呢。"

萨莉默不作声地坐着，但她体贴周到地照顾着菲利普的需用，真让他心醉神迷。有她坐在身边真是件赏心乐事，他时不时地就

---

① 卢卡拉斯（Lucius Licinius Lucullus，约前110—前56），罗马大将，曾任财务官、行政长官等，击退本都国王米特拉达梯六世的入侵，以宅第、宴饮奢华著称。

② 布里亚-萨瓦兰（Anthelme Brillat-Savarin，1755—1826），法国法学家，拿破仑执政时曾任最高法院法官，又是美食品味家，著有《口味生理学》及有关法律方面的著作。

会瞥一眼她那张晒黑了的、健康的脸。有一次两个人的目光碰在了一起，她静静地一笑。吃完晚饭，简和一个小弟弟被派往草场下坡那儿的一条小溪边去打一桶水来洗漱一下。

"孩子们，带你们的菲利普叔叔去看看咱们睡觉的地方，然后你们就该想着要上床睡觉了。"

好几只小手抓住菲利普，他就被拖着拽着朝茅屋走去。进去以后，他划着一根火柴。里面什么家具都没有，除了一个装衣服的铁皮箱子外就是床铺了。有三张床，都靠着墙。阿瑟尔尼跟在菲利普后面走进来，骄傲地指给他看。

"这才是睡觉的好地方，"他叫道，"没有你们的那些弹簧床垫和天鹅绒被褥。我从没有像在这儿睡得这么香甜过。**你**是要下面有铺上面有盖的，我亲爱的伙计，我真是打心底里同情你啊。"

床上铺了层厚厚的啤酒花藤蔓，藤蔓上面又铺了一层稻草，最上面铺了层毯子。在到处都是啤酒花芳香的户外工作一整天后，快乐的采摘人在这上面睡得像死人一样酣沉。到九点钟的时候，草场上就安静了下来，人们都已进入了梦想，只有一两个人还泡在那小旅店的酒吧里，一直等十点钟打烊了才回来。阿瑟尔尼要陪菲利普一起过去。但在走之前，阿瑟尔尼太太特意嘱咐他：

"我们一早五点三刻就吃早饭，不过我敢说你是不想起这么早的。你知道，我们六点钟就得开始干活儿啦。"

"他当然得早早地起床，"阿瑟尔尼叫道，"而且他也得跟我们一样干活儿一起劳动。他得挣出他的口粮来。不劳动就不得食，我的老弟。"

"孩子们吃早饭前要去海里游泳的，他们可以在回来的路上去叫你一声。他们正好经过'快乐的水手'旅店的。"

"他们要是来叫醒我，我就跟他们一起去海里游泳。"菲利普道。

简、哈罗德和爱德华听他这么一说都高兴得叫喊起来，第二天一早，睡得正香的菲利普就被闯进房间里的孩子们给弄醒了。几个男孩子纷纷跳到他床上去，他不得不用拖鞋先把他们赶出去。他穿上外衣、提上裤子，奔下楼去。天刚刚破晓，空气中透着丝丝寒意，但空中万里无云，太阳闪烁着金色的光芒。萨莉拉着康妮的手，站在路当间等他们，手臂上搭着一条毛巾和一件泳衣。他现在才看清她的遮阳帽是淡紫色的，在它的映衬下，她的脸蛋儿黑里透红，就像个苹果一样。她照常慢条斯理，面带甜美的微笑跟他打招呼，而他则突然注意到，她的牙齿小巧、整齐，非常洁白。不知道自己之前怎么竟没有注意到。

"我是想让你多睡会儿的，"她说，"但他们一定要上去把你叫醒不可。我说，你并不是真的想去的。"

"哦，是的，我是真的想去。"

他们沿着那条路往前走了一段，然后抄近路穿过那片沼泽。这么走到海边都不足一英里路了。海水看起来冷冰冰、灰蒙蒙的，菲利普一见之下不免打了个寒战，但孩子们却都纷纷脱掉衣服，喊叫着冲进了进去。萨莉做什么事都慢悠悠的，直到孩子们都围着菲利普戏水的时候，她才来到水中。游泳是菲利普唯一的拿手好戏，他在水里感觉舒心自如：他一会儿假扮海豚，一会儿装成快要淹死的人，一会儿又戏仿一位害怕沾湿头发的胖夫人，孩子们全都纷纷模仿起他来。这次游泳游得笑语喧天、热闹非凡，若非萨莉严厉地大声吆喝，他们真不知道什么时候才会上岸呢。

"你就跟他们一样坏，"她以她那种严肃的、母亲式的口吻对菲利普道，那种态度真是既滑稽又动人，"你不在这里的时候，他们都还没这么淘气呢。"

他们往回走。萨莉把遮阳帽拿在手里，她那头亮泽的长发披散在一侧的肩头。等他们回到茅屋的时候，阿瑟尔尼太太已经出发去啤酒花藤栽培园干活去了。阿瑟尔尼穿着一条再破旧不过的裤子，上衣的纽扣一直扣到脖领子，表明他里面衬衣都没穿，他头戴一顶宽檐软帽，正在木柴火上煎着腌熏鱼。他扬扬自得：他看起来活脱脱是个盗匪。一见到他们这帮人，他就开始扯着嗓子叫喊起了《麦克白》里那三个女巫的合唱①，煎腌熏鱼也散发出一股奇怪的浓香。

"吃早饭千万不要再拖延时间了，要不然妈妈可要生气了。"他们聚拢来吃饭时他说。

几分钟后，哈罗德和简手里拿着几片黄油面包，晃荡着穿过草场来到了啤酒花藤栽培园。他们是最后两个离开茅屋的。啤酒花藤栽培园是最能使菲利普想起他童年时光的景色之一，而且在他看来，啤酒花烘干房真算得上最典型的肯特郡风物。菲利普跟

---

① 应指莎士比亚悲剧《麦克白》第四幕第一场三女巫以沸鼎煮各种毒物的情节，三女巫的合唱是："不惮辛劳不惮烦，釜中沸沫已成澜。"（朱生豪译本）

这次游泳游得笑语喧天、热闹非凡……

在萨莉后面穿过一行行长长的啤酒花藤时，他没有丝毫陌生的感觉，反倒像回家了一样感觉非常亲切自在。这时的阳光无比明亮，投下一个个轮廓鲜明的影子。菲利普的眼睛饱尝着绿叶的丰美。啤酒花正在泛黄，在他眼里，它们具有跟西西里诗人在紫色的葡萄园里发现的同样的美与激情。他们继续前行的时候，菲利普觉得自己完全被周围的丰饶华美所陶醉了。肥沃的肯特郡的泥土中散发出缕缕甜香，阵阵九月的微风满载着啤酒花佳美的浓香。阿瑟尔斯坦被一种本能的兴奋所驱使，情难自已地引吭高歌，那是十五岁变声期的男孩子特有的沙哑嗓音，萨莉听不下去了，转过身来。

"你安静些吧，阿瑟尔斯坦，要不然你会把雷雨招来的。"

不一会儿，他们听到了嗡嗡的讲话声，再一会儿，从采摘者那儿传来的讲话声就更高了。大家都在卖力地干活，一边采摘一边谈笑风生。他们有的坐在椅子上或者凳子上，有的坐在箱子上，有的就站在帆布袋旁，直接把采摘的啤酒花往里面扔。周围有很多孩子，也有很多婴儿，有的放在简易摇篮里，有的用小毯子裹好，放在松软、棕色的干土地上。孩子们采得很少，玩得很多。女人们忙碌地工作着，她们从小就干惯了这活儿，她们采得能比伦敦来的外来人快一倍，她们夸口一天能采多少蒲式耳①的啤酒花，但她们也抱怨说，现在挣到的钱可是大不如前了：以前五蒲式耳他们就付你一先令，现在要八蒲式耳甚至九蒲式耳才付你

---

① 蒲式耳（bushel），谷物、水果、蔬菜等的容量单位，在英国等于三十六点三六八八升。

一先令。想当初，一个采摘能手干这一季便能赚够一整年的花销，但如今是什么都说不得了，也就等于白来度个假吧，仅此而已。希尔太太用采啤酒花赚的钱给自己买了架钢琴，至少她自己是这么说的，但她为人实在是太俭省了，没人愿意像她那么俭省，而且大多数人都认为她也不过是这么说说而已，如果把真相揭出来的话，也许你会发现，她是从储蓄银行取了些钱才凑足了款子买的。

采啤酒花的分成好几个组，每十人一组，孩子不包括在内，阿瑟尔尼大声地夸口说，有一天他这一家子就能自成一组。每一组有个组长，负责把采摘好的一扎扎的啤酒花往每个人的帆布袋里放（帆布袋是个有木框的大布袋，约有七英尺高，每两畦啤酒花藤中间都放着一长排这样的袋子）；阿瑟尔尼渴望的就是这样的一个职位，所以他老盼着孩子长大后可以自成一组。与此同时，与其说他是自己卖力干活，倒不如说他是为了鼓动别人加油干才来的。他晃晃悠悠地来到阿瑟尔尼太太身旁，而阿瑟尔尼太太已经忙活了半个钟头，刚把一篮子啤酒花倒进了帆布袋里，他嘴里叼着根烟，也开始采了起来。他口口声声当天要比任何人采得都要多，不过自然是要把孩子他妈排除在外的，因为谁都没有孩子他妈采得多。这让他想起了阿佛洛狄忒对万分好奇的普绪客进行各种试炼的传说，他便开始给孩子们讲起了普绪客跟她那个看不见的新郎官的故事[①]。他讲得娓娓动听。菲利普倾听着，嘴角挂着

---

① 普绪客（Psyche），古希腊罗马神话中人物，是人类灵魂的化身（希腊语原意即为"灵魂"），以长着蝴蝶翅膀的少女形象出现，为爱神厄洛斯的恋人。有关她的故事，最完整的说法见于古罗马作家阿普列尤斯的《变形记》（又称《金驴记》）：普绪客原（转下页）

一丝笑意，他感觉这个古老的传说倒是真挺适合当下的情景。天空是如此碧蓝，他感觉就算是在希腊，也不可能比当下更可爱了。孩子们一头金发，玫瑰花一样的脸颊，结实、健康又生气勃勃；啤酒花那玲珑漂亮的形态，叶子绿宝石般逼人的翠绿，简直像是号角的鸣响；那一畦畦啤酒花藤构成的神奇的绿色小径，一眼望去，直到在远处缩成一点，还有那些头戴遮阳帽的采摘人；也许这儿的一切，比你在教授们的著作或博物馆里的珍藏当中能找到的都更富于希腊精神。他对英国之美心怀感激。他想起那一条条蜿蜒曲折的白色小路和一道道灌木树篱，想起那一片片榆树环绕的草场，想起一座座山峦那优美的曲线以及山顶上的杂木林，想起那平展展的沼泽地以及北海那忧郁凄怆的气象。他很高兴，自己真切地感受到了英国的优美可爱。不过没过多久，阿瑟尔尼又坐立不安起来，他声称要去看望和问候一下罗伯特·肯普的母亲，看她到底怎么样了。啤酒花藤栽培园里所有的人他都认识，而且全都直呼人家的教名；他知道他们每个人的家史和身世，对他们自打出生以来经历的所有事情无不了如指掌。以他那种无害的虚荣，他在他们当中扮演着一个上流绅士的角色，在他那股亲热劲

（接上页）是貌美绝伦的公主，维纳斯（即希腊神话中的阿佛洛狄忒）生性嫉妒，令其子丘比特（即希腊神话中的厄洛斯）挑逗她去爱上世上最可鄙的男人，不料丘比特将普绪客安置在遥远的宫中，以便他同她幽会，告诫她只能在完全黑暗中与他相见。好奇的普绪客有天夜里偷偷点灯观看，发现睡在身边的竟是爱神本尊，丘比特被一滴灯油烫醒，责备她后逃走。普绪客四处寻找，落入维纳斯手中，维纳斯强令她做各种为难之事。丘比特感于普绪客诚心悔改将她救出，并请求朱庇特（即希腊神话中的宙斯）使她成神，嫁给自己。这个故事的起源是一些民间传说的主题，而阿普列尤斯将其处理为比喻灵魂在爱的指引下的历程。

里含有一丝纡尊降贵的意思。菲利普不肯跟他　起去。

"我要挣我的饭吃。"他说。

"对得很，我的孩子，"阿瑟尔尼回答道，挥动了一下手臂慢悠悠地走了，"不劳动者不得食。"

一一九

　　菲利普没有他自己的篮子，不过他跟萨莉搭伙。简觉得他不来帮她，反倒去帮她大姐真是太不公道了，他只得保证等萨莉的篮子满了以后就去帮她。萨莉采得几乎跟她母亲一样快。

　　"这不会伤到你的手，影响你做衣服吗？"菲利普问道。

　　"哦，不会的，干这活儿需要一双灵巧的手。这也就是为什么女人采得比男人还要快的缘故。你要是因为老干粗活，导致手很硬、手指很僵的话，你也根本不可能采得很好了。"

　　他喜欢看她那灵巧熟练的动作，她也时不时地用她那母性十足的做派观察一下他的动作，那神情真是既让人觉得好笑，同时又极富有魅力。起先他有些笨手笨脚的，她常常笑话他。当她弯下腰，教他怎么才能最好地对付一整株啤酒花藤的时候，他们的手碰在了一起。他惊讶地看到她居然脸红了。他总没法让自己相信她是个成熟的女人了，因为他认识她的时候她还是个少女，所以总不由自主地仍旧把她当个孩子看；然而她的仰慕者是如此众多，这清楚地表明她已经不是个孩子了；尽管他们到这里来还没几天，萨莉的一个表哥已经迷上了她，大家都拿这个来逗乐取笑她。她这位表哥名叫彼得·甘恩，是阿瑟尔尼太太姐姐的儿子，她这个姐姐嫁了个费尔尼附近的农夫。大家全都知道这个小伙子天天非得来啤酒花藤栽培园跑上一遭，那到底是为了什么。

一阵喇叭响，这是八点钟收工吃早饭的号令，尽管阿瑟尔尼太太说他们根本不配吃早饭，他们还是吃得狼吞虎咽，非常尽兴。吃完早饭继续干活，一直干到十二点，这时喇叭又响，宣布正餐时间到。计量员趁这个空当，带上登记员把所有采摘好了的帆布袋巡视一遍，登记员先在自己的簿子上，然后再在采摘人的簿子上记下已采的蒲式耳数。在每个帆布袋都满了以后，就用蒲式耳篮筐一一量好，最后统一倒进一个称为"囊"的大口袋里；计量员和专职的挑夫一起把这大口袋抬走，扔到板车上。阿瑟尔尼时不时地跑回来报告一下希思太太或者琼斯太太已经采了多少了，恳求他们全家一起努力，一定要超过她们：他总是想要创造什么纪录，有时候在一番热情鼓舞之下，他自己也会手不停歇地采上一个钟头。不过，他主要的乐趣还在于显示一下他那双优雅的手有多漂亮，对此他深感自豪。他花大量的时间来修剪指甲。他一边伸出他那双手型漂亮、手指尖尖的手，一边告诉菲利普，那些西班牙大公们为了保持手的白皙细嫩，都是戴着涂了油的手套睡觉的。那只扼住欧洲咽喉的手，他戏剧化地宣称，就像女人的手一样纤美、细巧；他一边动作优美地采摘啤酒花，一边端详着自己的手，然后心满意足地叹了口气。等他那阵兴头过去，干得有些腻烦以后，他就给自己卷一根香烟，跟菲利普聊起了艺术和文学。到了下午，天气已经变得非常炎热。活儿都干得不太起劲了，大家也已经谈兴索然。上午那喋喋不休、叽叽喳喳的闲谈已经消减为断断续续的只言片语。萨莉的上唇上沁出了细小的汗珠，干起活来的时候下意识地双唇微启。她简直就像是朵含苞待放的玫瑰花蕾。

收工的时间取决于啤酒花烘干房的状况。有时候很早就装满了，如果到三四点钟的时候大家采的啤酒花已经够当晚烘干的量了，那当天的工作就到此为止。不过通常来说，一天当中最后一次的称量工作是在五点钟进行的。在每一工作组的帆布袋都称量完毕后，大家就收拾起工具，既然活儿已经干完，便再次嗡嗡地聊着天，晃晃荡荡地走出栽培园。女人们回到茅屋里去洗洗涮涮，准备做晚饭，而很多男人则溜达着朝那小旅店的酒吧间走去。一天的工作以后，喝上一杯啤酒那感觉是很惬意开怀的。

阿瑟尔尼家的帆布袋是最后才被称量的。一直到计量员走到跟前了，阿瑟尔尼太太这才长出一口气，站起来伸展一下手臂：她已经一个姿势一坐就好多个钟头，整个身子都有些发僵了。

"好了，咱们这就去'快乐的水手'吧，"阿瑟尔尼道，"每天的仪式都得一项不落地履行，再没有比这个更加神圣的了。"

"带个酒壶去，阿瑟尔尼，"他妻子吩咐道，"捎一品脱半啤酒回来晚饭的时候喝。"

她给他钱，一个铜币一个铜币地数给他。酒吧的店堂里已经挤满了人。地板上铺了层沙子，吧台前围着一圈长凳，墙上贴着已经泛黄的维多利亚时代职业拳击手的画像。酒吧老板叫得出所有顾客的名姓，他斜靠在吧台上，面带亲切的微笑注视着两个年轻人往一根竖在地板上的柱子上扔套圈：总也套不中，引起其他的酒客们一阵阵开怀的嘲骂声。大家相互挤了挤，给新来的让出个地儿来。菲利普坐下后，发现自己的一边是个穿条灯芯绒裤子、膝盖下扎着根绳子的上了年纪的雇工，另一边则是个满面油光、红通通的前额上留着整齐的发卷的十七岁的小伙子。阿瑟尔尼坚持要试试手，也去扔一下套圈玩儿。他下了半品脱啤酒的注，结果倒真赢了。他一边喝，一边祝输家健康：

"我赢你这一回，可比赢一次德比赛马①还高兴呢，我的孩子。"

他戴的宽檐软帽、蓄的尖翘的胡须，在这帮乡下人里面实在算得上个稀奇古怪的人物，不难看出，他们也确实都觉得他是个怪咖；但他的兴致如此之高，他的热情这么有感染力，你是不可能不喜欢他的。谈话进行得非常顺畅。他们操着浓重的萨尼特岛的本地口音，慢条斯理地相互打趣逗乐，当地那些爱耍嘴皮子的俏皮话激起阵阵欢声笑语。多么令人愉快的聚会！只有铁石心肠的人才会对这帮快活的酒友心怀不满。菲利普的目光移向了窗外，外面天光还很亮，太阳还没落下去，窗户上挂着白色的小小窗帘，用红色的丝带扎着，就跟那些农舍窗户上挂的窗帘一样，窗台上有几盆天竺葵。时候一到，这帮懒汉们就一个个地站起身来，摇

---

① 德比赛马（Derby），始于一七八○年的英国传统马赛之一，每年六月在萨里郡埃普瑟姆丘陵举行，因首创者德比伯爵十二世（Edward Smith-Stanley, 12th Earl of Derby, 1752—1834）而得名。

摇晃晃地荡回草场上去等着吃晚饭了。

"我想你也该准备上床歇息了吧,"阿瑟尔尼太太对菲利普道,"你还不习惯五点钟起床,而且在户外一待就是一整天。"

"你要跟我们一起去海里游泳的吧,是不是,菲尔叔叔?"几个男孩子叫道。

"那是当然。"

他既疲乏又高兴。晚饭后,他靠着茅屋的墙坐在一把没有了椅背的椅子上,抽着烟斗,看着夜色。萨莉一直很忙。她不停地进进出出,而他则懒洋洋地注视着她那有条不紊的举止动作。她的步态引起了他的注意,虽然算不上特别优雅,却自如而又自信;她摆动臀部带动大腿,两脚像是非常果断地踏到地上。阿瑟尔尼已经找一个邻居闲磕牙去了,不一会儿,他听到阿瑟尔尼太太自言自语地念叨了起来。

"你瞧瞧,茶叶又没了,我本想差阿瑟尔尼去布莱克太太的店里买点儿的。"顿了一会儿,她提高了嗓门叫道:"萨莉,你跑到布莱克太太的店里去给我买半磅茶叶来,行吗?咱们的茶叶已经见底儿了。"

"好的,妈妈。"

布莱克太太的农舍沿着大路一直走下去大概有半英里远,她那所房子既是女邮政局长的办公处,又是个百货小店。萨莉从茅屋里出来,一边把卷起的袖子放下来。

"我跟你一起去好吗,萨莉?"菲利普问道。

"不用麻烦了。我一个人去不会害怕的。"

"我没觉得你会怕；我也差不多该回去休息了，我只是想走几步路活动活动腿脚。"

萨莉并没有吱声，两个人就一起出发了。那条路白晃晃的，非常安静。在这个夏夜里，一点声音都没有。他们的话也不多。

"现在还是挺热的，是吧？"菲利普道。

"我想这是一年当中绝好的天气了。"

不过他们之间的沉默并不显得别扭。肩并肩地这么走着，他们感觉非常愉快，也没觉得有说话的必要。在灌木篱墙的一处梯磴①那儿，他们突然听到喃喃的低语声，黑暗里他们只能看到两个人的轮廓。他们坐得非常近，在菲利普和萨莉经过的时候他们也并没有挪动。

"不知道他们是什么人。"萨莉道。

"他们看起来挺幸福的，不是吗？"

"我猜想他们也会把我们看作一对情侣的。"

他们看到前面那幢农舍的灯光了，不一会儿他们进了那家小店。耀眼的灯光一时间晃得他们眼睛都睁不开了。

"你们来得也太晚了，"布莱克太太道，"我正要关店门了。"她看了看表。"都快九点钟了。"

萨莉买了半磅茶叶（阿瑟尔尼太太每次买茶叶从来没有超过半磅的），然后他们又上了路。时不时地，夜间的小动物会发出短促而又尖厉的叫声，但这似乎只是使得寂静显得更加显著。

---

① 参见第三十二章注。

"我相信，如果你站着不动，你就能听到海的声音。"萨莉道。

他们侧耳倾听，他们在想象中听到了细浪拍击碎石海滩的微弱声响。他们再次经过灌木篱墙的那处梯磴时，那对情侣还在那儿，不过这次他们不是在喁喁情话了，他们相互搂抱着，那男人的嘴唇贴在那姑娘的唇上。

"他们好忙哦。"萨莉道。

他们转过一个拐角，一阵暖风吹拂着他们的面颊。大地散发出清新的气息。在这个令人心神悸动的夜晚，像是有种奇怪的东西，而且有种不明所以的东西像是正在等待着他们，夜晚的寂静突然间意味深长了起来。菲利普的内心有种奇怪的感觉，像是涨得满满的，又像是要融化（这些陈词滥调倒是准确地表达出了这种奇怪的情感），他感到快乐、焦虑而又若有所盼。在他的记忆中，突然涌现出杰西卡和罗兰佐相互喃喃念诵的那动听的诗句，你一句我一句，各逞其才；但在这种自得其乐的设譬取喻中，他们的激情已经耀目生辉、洞若观火①。他不知道空气中到底有什么东西，竟使得他的感官变得如此异乎寻常地警觉起来；他感觉自己简直只剩下一个纯洁的灵魂，尽享大地的芬芳、声响和美味。他从没感受到自己对于美曾有过如此敏锐精微的感受力。他真怕萨莉一开口就会打破这个魔咒，然而她竟当真一个字都没吐露，而他想听听她那美妙的声音了。她那低沉醇厚的嗓音简直就是乡

① 杰西卡（Jessica）和罗兰佐（Lorenzo）是莎士比亚名剧《威尼斯商人》中的一对情侣，杰西卡是犹太富翁夏洛克的女儿，卷带家财与其基督教情人罗兰佐私奔。菲利普想起的这一情节见第五幕第一场。

村夜晚本身的声音。

他们来到了那片田野前，她得穿过去才能回到茅屋。菲利普走进去，替她打开栅门。

"好了，我想得在这儿跟你道晚安了。"

"谢谢你这一路一直陪着我。"

她向他伸出手来，他握住她的手，说道："你要是真心实意的话，就该像弟弟妹妹一样跟我亲吻道别。"

"我不介意。"她说。

菲利普本是说着玩儿的。他只是想吻她一下，因为他是这么快乐，他是这么喜欢她，而且这个夜晚是如此美好。

"那就晚安了。"他说，轻声一笑，把她拉了过来。

她把嘴唇贴过来，那唇温暖、饱满而又柔软，他流连了片刻，那唇真像是一朵花；然后，他也不知道是怎么回事，而且似乎并非有意为之，他张开臂膀将她搂在怀里。她默默地依从。她的身体坚实而又健壮。他感觉她的心贴着他的心在一起跳动。然后他就失去了理智。他的感官像是冲决的洪水，一下子将他淹没了。他把她拉进了灌木树篱更暗的阴影处。

一二〇

　　菲利普睡得像块木头，突然一下子惊醒过来，发现哈罗德正拿了根羽毛在搔他的脸。他一睁眼，就响起一阵兴奋的欢呼。他真有点睡迷糊了。

　　"快起来吧，懒骨头，"简说道，"萨莉说你要是不赶紧的，她就不等你了。"

　　如此一来，他想起了昨晚的事情。他的心一下子沉了下去，就要下床的他又停了下来；他不知道该如何去面对她，骤然被一阵汹涌的自责给压倒了，他是多么、多么痛悔他干下的丑事。那天早上她会对他说什么呢？他真怕跟她见面，他不禁自问怎么能做出这样的蠢事来。但孩子们却不容他多想了，爱德华拿起他的泳裤和毛巾，阿瑟尔斯坦把他的被子掀开，不出三分钟他们全都噔噔噔地奔下楼梯，来到了路上。萨莉冲他微微一笑。那笑容就跟平常一样甜美、无邪。

　　"你穿个衣服可真够磨蹭的，"她说，"我还以为你永远都下不来了呢。"

她的态度没有丝毫的异样。他原本期望会有些异样的，或是微妙或是明显的异样；以他的想象，她对待他的态度中会有些害羞，或者气恼，或者也许是更加亲昵，但什么都没有。她就跟以往一模一样。他们一起朝海边走去，说说笑笑；萨莉非常安静，但她一直都是这样的，既矜持又文静，他还没见过不是这样的她呢。她既不主动跟他说话，也不刻意回避。菲利普真是被惊呆了。他原本期望昨晚的那一幕会给她带来巨大的变化，但那简直就像是什么都没发生过一样，就像是做了一场梦。当他一手拉着个小男孩、一手拉着个小女孩往前走的时候，他尽量装出一副漫不经心的样子跟他们闲扯，但他内心却在寻求一种合理的解释。他不知道萨莉的意思是不是想把这件事忘掉。也可能她当时的感官正像他一样是一时失控了，而把这件事当作不寻常环境下发生的一桩意外，也可能她已经决定要把这件事从意识中完全抹掉了。这可以归因于她那与其年龄和性格都极不相称的超强的思维能力和成熟的智慧。但他意识到他对她真是一无所知。在她身上你总感觉有某种谜一样的东西。

他们在海里玩跳背游戏，海水浴洗得跟昨天一样欢闹喧腾。萨莉像母亲一样照看着他们所有的人，眼睛一刻不停地盯着他们，一见到他们游得太远了便马上唤他们回来。他们玩得不亦乐乎的时候，她也沉着认真地前后游着，并不时地仰面朝天浮在水面上。不多时，她就来到海滩上，把身体擦干；然后多少有些强制性地把他们都喊上岸来，最后水里只剩下了菲利普一个人。他借此机会痛痛快快地猛游了一气。这是他第二个早上前来游泳，他已经更能适应冰凉的海水了，他在那带着咸味的冷冽爽洁的大海中游得畅快淋漓，他为能完全自由地运用自己的四肢而无比高兴，他以大幅度、坚定有力的泳姿在海面上畅游。但萨莉却围着一条浴巾来到了水边。

"你现在马上给我上来，菲利普。"她叫道，就仿佛他是个归她照管的小男孩似的。

当他面带因为她那说一不二的架势而忍俊不禁的微笑，朝她走来时，她狠狠地斥责了他。

"竟然待在里面这么长时间，你真是太淘气了。你的嘴唇都发青了，看看你的牙齿，它们在咯咯打战呢。"

"好的。我这就上来。"

以前她可从没用这样的态度跟他讲过话。那感觉就像是昨天发生的一切给了她支配他的某种权利似的，而她已经把他当作一个应该受到照管的孩子一样看待。几分钟后他们都穿好了衣服，他们开始往回走。萨莉注意到了他的手。

"你看看，手都冻青了。"

"哦，这没什么关系。只不过是血液循环的问题。过一会儿血就流回来了。"

"把手给我。"

她把他的手握在自己掌心里开始揉搓，先搓一只，然后再搓另一只，直到完全恢复了血色为止。菲利普既大受感动又大惑不解，直愣愣地望着她。他不能跟她说什么，因为孩子们都在场，他也没有接触到她的目光；但他可以肯定她并非有意回避他的目光，只不过碰巧没有看他而已。在接下来的那一天当中，她的行为举止没有丝毫暗示出她意识到了他们两人之间曾发生过什么。也许她比平常还更多话了那么一点点。等他们全都在啤酒花藤栽培园里坐定，开始干活的时候，她告诉她母亲菲利普是多么淘气，一直到冻得身上发了青了才肯从海里出来。这简直令人难以置信，然而貌似昨晚的事件产生的唯一作用，只是激起了她对他强烈的保护意识：她对他有一种本能的母性意识，就如同对待她的弟弟妹妹一样。

一直等到傍晚的时候，他才终于有机会单独跟她在一起。她正在做晚饭，菲利普就坐在篝火旁的草地上。阿瑟尔尼太太去村里买东西了，孩子们分散在四处各玩各的。菲利普欲言又止。他非常局促不安。萨莉若无其事、镇定如常地忙着自己的活计，对于这种让他如坐针毡的沉默她完全处之泰然。他就是不知道该如何开口。萨莉是除非人家先跟她说话，或者她有什么特别的事情想说，否则极少主动开口。最后，他实在是忍不住了。

"你没生我的气吧，萨莉？"他突然冒出了这么一句。

她沉静地抬起眼睛，毫无表情地看了看他。

"我？没有啊。我为什么要生你的气？"

他大为惊愕，没再吱声。她掀开锅盖，搅动了一下锅里的食物，然后又盖上了。馋人的香气从锅里冒了出来。她又看了看他，面带一种几乎连嘴唇都没有牵动的浅浅的微笑，那笑容更多地在眼睛中表现出来。

"我一直就喜欢你的。"她说。

他的心脏猛地一跳，简直像是撞到了肋骨上，他感觉血一下子都涌到了脸上。他硬挤出一丝笑容。

"我以前都不知道。"

"那是因为你是个傻瓜。"

"我不知道你为什么会喜欢我。"

"我也不知道。"她又往火上加了点木柴，"我只知道，我是在你好几天都睡在外面，饿着肚子来我们家的那天喜欢上你的，你还记得吧？我和妈妈一起，我们把索皮[①]的床腾出来铺好了给你睡。"

他脸又红了，因为他并不知道她对自己当初无家可归的那次遭遇其实是心知肚明的。他自己每次想起来都会满怀恐惧和羞耻。

"这也是为什么我不想跟其他人有任何瓜葛的原因。你还记得妈妈想让我嫁的那个年轻人吧？我之所以让他来喝茶只是因为他纠缠得太厉害了，我早就知道我肯定是会拒绝他的。"

菲利普太惊讶了，一时间一句话也说不出来。他内心有种奇怪的感觉，他也不知道那到底是什么，除非那就是幸福。萨莉又搅和了一下锅里的食物。

"希望那帮孩子们快点回来，都不知道他们跑哪儿去了。晚饭已经好了。"

"要么我去找他们一下吧？"菲利普道。

谈到实际的琐事，菲利普不觉松了一口气。

---

① 索皮（Thorpy），萨莉的弟弟索普（Thorpe）的昵称。

"呃，这办法也不坏，我得说……啊，妈妈回来了。"

然后，他从草地上站起来的时候，她看了看他，没有丝毫的难为情。

"今晚上等我安排孩子们都睡下以后，我来和你散个步吧？"

"好的。"

"呃，你就在灌木树篱那个梯磴那儿等我，我这边忙完了就来。"

他在星光下等着，坐在那梯磴上，树篱中正在成熟的黑莓高高地挂在左右两侧。大地上升起浓厚的夜晚的气息，空气既柔和又宁静。他的心疯狂地跳动。他完全不理解正发生在他身上的这一切。他本能地将情爱与哭喊、泪水和狂热联系在一起，但在萨莉身上却都尽付阙如，但他又不知道，除了爱情，还能有什么会使萨莉委身于他。但热恋他？如果她爱上她的表兄彼得·甘恩的话，他倒不会感到惊讶了，那小伙子人高马大，身材颀长，身姿挺拔，一张晒得黑黑的脸，走起路来步履轻快、步幅极大。菲利普真不知道她到底看上了他什么。他不知道她是否是以他理解的那种爱来爱他。可是要不然呢？他对她的纯洁确信不疑。他模糊地觉得这是很多因素结合在一起的综合作用：那令人陶醉的空气、啤酒花和那迷人的夜晚；一个毫不做作的女人那健康的本能，那种盈满到溢出的温柔情愫以及那含有某种程度的母爱和姐弟情谊的恋慕之情，对于这一切，萨莉虽没有明确的意识，却深切地感受到了；她把自己的所有都奉献给了他，因为她心里充满了慈悲和仁爱。

他听到路上响起了脚步声，黑暗中显出了一个人影。

"萨莉。"他轻声唤道。

她停下来，朝梯磴走来，随她而来的是甜美、清洁的乡村气息。她身上像是带有新割的干草和成熟的啤酒花的芬芳，以及新生嫩草的清新。她的嘴唇如此柔软而又丰满，紧贴着他的嘴唇，在他怀抱中的她的身体是那么可爱、健壮而又紧实。

"奶与蜜，"他说，"你就像是奶与蜜①。"

他让她闭上眼睛，吻她的眼睑，先吻一边，再吻另一边。她那强健结实的胳膊一直裸露到肘部，他用手抚摸着，惊叹于它的美丽；它在黑暗中简直发着亮光，她的皮肤就像是鲁本斯②画出来的，惊人地白皙而且透明，手臂的一侧还生着细细的金色汗毛。那是撒克逊女神的手臂，但没有一位神祇具有她那种优美而又家常的自然韵味；菲利普联想起了一个农舍花园里那些在所有男人的心中绽放的可爱的鲜花：蜀葵和被称为约克和兰开斯特的红白相间的玫瑰③，黑种草和美洲石竹，还有金银花、飞燕草和虎耳草。

"你怎么可能爱上我呢？"他说，"我微不足道，我普普通通，我相貌丑陋，还一瘸一拐。"

她用双手捧住他的脸，吻他的嘴唇。

"你是个老傻瓜，就这么回事。"她说。

---

① 奶与蜜（milk and honey），典出《圣经·旧约·利未记》第二十章二十四节："但我对你们说过，你们要承受他们的土地；我要把这流奶与蜜之地赐给你们，作为你们的产业。"（和合本修订版译文）
② 参见第八十八章注。
③ 英国都铎王朝之前，同为爱德华三世后裔的兰开斯特家族和约克家族为争夺王位而发生了一系列战争，双方各配有标记：红玫瑰代表兰开斯特家族，白玫瑰代表约克家族，史称"玫瑰战争"。

一二一

　　啤酒花采摘完以后，菲利普口袋里揣着圣路加医院助理住院医师的录用通知，跟阿瑟尔尼一家一道返回了伦敦。他在威斯敏斯特租了一套非常简朴的公寓，十月初正式赴任。这工作很有趣也很多变，每天他都能学到新的东西，他感觉自己在工作上已经多少有点分量了，他经常跟萨莉见面。他感觉生活少见地非常令人愉快了。除非是有轮值的门诊病人，他一般六点左右下班，然后他就去萨莉工作的女装裁缝店接她下班。总有几个年轻人在商店"正门"对面或者更远一点的第一个街角处逗留晃荡；成双结对或三五成群结伴往外走的姑娘们，在认出他们俩以后都相互用胳膊肘轻触一下对方，吃吃窃笑。萨莉穿一条非常朴素的黑色长裙，看起来跟那个曾跟他肩并肩共采啤酒花的乡村少女已是判若两人。她快步从店里出来，来到他跟前的时候却又把脚步放缓，对他静静地一笑算是打招呼。他们一起穿过繁忙的街道。他跟她说说医院里工作的情况，她也告诉他这一天她都在店里干了些什么。他渐渐熟悉了跟她一起工作的那些姑娘们的名姓。他发现萨莉其实具有一种虽含蓄却非常敏锐的幽默感，她讲起店里的姑娘和那些向她们示爱的男人来真是出人意料地幽默诙谐。她无论讲什么都富有一种独具特色的方式，总是非常严肃，像是其中并无任何滑稽有趣之处，然而同时又那么目光锐敏、一针见血，菲利普总忍不住会爆发出开心的大笑。这时候她会朝菲利普丢个眼风，那盈盈的笑眼说明她对自己的幽默也并非浑然不觉。他们见面时相互握个手，道别时客客气气。有一次，菲利普邀她到他的寓所去吃个茶点，但被她拒绝了。

"不，我不能这么做。那会显得不尴不尬的。"

他们之间也从没交换过你情我爱的甜言蜜语。她像是除了要他陪她散散步以外便再也别无所求了。不过菲利普还是拿得稳她是高兴跟他待在一起的。她像一开始一样，一直让他觉得颇为费解。对于她的行为举止，他还是摸不着头脑；但对她了解越多，他就越是喜欢她；她聪明能干，她冷静自持，尤其是有一种迷人的至诚无昧的气质：你会感觉，无论在什么情况下，你都可以信赖她、仰仗她。

"你这人简直是个完人。"有一回他毫无来由地感叹道。

"我想我也就跟大家一个样罢了。"她回答道。

他知道他并不爱她。他对她感到的是一种深厚的情感，他喜欢有她做伴，只要有她在他身边，他就感觉无比舒心安慰；他对她怀有一种特别的情感，这种情感在他看来用在一个十九岁的女店员身上简直有些荒唐可笑：他尊敬她。而且他钦慕她那堪称完美的健康体魄。她是个超群出众的动物，没有任何缺陷，她身体上的完美总让他满怀赞赏的敬畏。她让他觉得配不上她。

然后，在回到伦敦大约三个礼拜以后的一天，他们一起轧马路的时候，他注意到她比平常要沉默寡言。她惯常那沉静安详的表情也被眉间的一条细微的纹路给破坏了：再发展下去就是蹙额皱眉了。

"出什么事了，萨莉？"他问道。

她没看他，而是直视着前方，脸色也阴沉下来。

"我也不知道。"

但他马上便就明白了她的意思。他的心里不由得咯噔了一声，而且他觉得脸上也一下子没了血色。

"你这是什么意思？你是害怕……"

他把下半句咽下去了。他没办法把话讲完。他倒是从来都没有想到有发生这种事情的任何可能。然后他看到她的嘴唇在颤抖，她竭力忍着不要哭出来。

"我还不能肯定。也可能只是虚惊一场。"

他们默不作声地继续朝前溜达，直到来到了大法官法庭巷的路口，他们平常总是在那儿分手的。她伸出手来微微一笑。

"先别庸人自扰了，咱们还是往好处想吧。"

分手后他思潮翻涌、心乱如麻。他可真是个大傻瓜！这是他的第一个念头：真是个可怜可悲的傻瓜，一气之下他在心里把自己重复责骂了不下十好几次。他真鄙视自己，他怎么又让自己陷入如此该死的困境！可是与此同时，由于他脑海里接连闪过一个又一个念头，而且这些念头又像是全都搅和在一起，完全搅成了一锅粥，就像是在梦魇中看到的拼图游戏中一块块各不相干的图板，他问自己，他打算怎么办。一切原本都已清清楚楚地摆在了他面前，这么多年来他一直梦寐求之的一切终于都已经近在咫尺、唾手可得了，这下可好，他那简直令人匪夷所思的蠢行又平白树立起这样一个全新的障碍。菲利普也承认自己有个总也克服不了的毛病，那就是他无比渴望能过一种秩序井然的生活，也就是说他把最大的热情都放在了对未来的规划上；所以他在医院的工作刚刚确定下来，他就开始忙于安排他的旅行计划。在过去，他经常需要尽力克制，不让自己为未来做过细的打算，因为那只会让当下的自己灰心丧气；不过眼下他已经非常接近自己的目标，他也就不觉得放任一下自己难以抗拒的对于未来的渴望会有多大害处了。他第一个想去的是西班牙。那是他心灵的国土，事到如今，他全身都已浸染了它的精神、它的浪漫、它的色彩以及它的历史与壮美，他觉得西班牙给了他任何其他国家都无法给予的特别的启示。他对那些优美古老的城市早已耳熟能详，就像是从童年时期就踏遍了它们那些弯弯绕绕的街道似的：科尔多瓦、塞维利亚、托莱多、莱昂①、塔拉戈纳、布尔戈斯。西班牙的那些伟大的画家就是他灵魂的画师。他一想到当他面对面地站在这些作品面前他该有多么欣喜若狂时，他的脉搏就跳得飞快，这些作品对他自己那备受摧残、焦躁不安的灵魂而言是比任何其他画作意义都更为

---

① 莱昂（León），西班牙西北部卡斯蒂莱-莱昂自治区省份，北部有坎塔布连山脉，西北部有埃尔别尔索低地，其他自然地理区有拉蒙尼亚山和中央高原。

重大的。他已经读过那些伟大诗人的诗篇，它们要比其他国家的诗作都更具有它们的种族特色，因为这些诗人像是根本不是从世界文学的基本潮流当中，而是直接从它们国家那干燥炎热、气味芬芳的平原和冷峻荒凉的群山当中汲取灵感的。再过短短几个月的时间，他便能亲耳听到他周遭响起的全都是那种似乎最适合于表达灵魂的伟大与激情的语言了。他良好的趣味使他隐约感觉，安达卢西亚①未免过于安逸和肉感，甚至会有点庸俗，恐怕没法满足他奔放的热情；他的想象更愿意在那大风劲吹的遥远的卡斯蒂利亚②和粗犷而又雄奇壮丽的阿拉贡③和莱昂流连忘返。他尚不能确知这些未知的接触会给他带来些什么，但他感觉他能从中获得一种力量和决心，使他在面对和理解那些更加遥远、更加陌生之地的种种奇观时，能力能够更强。

因为这还只是个开头。他已经联系过好多家轮船公司，它们的轮船出海时都需要有随船医师，他已经对它们的航行路线了如指掌，而且还从曾跑过这几条航线的过来人那儿了解到各条航线的利弊。他暂不考虑东方轮船公司以及半岛和东方轮船公司，一是很难在它们的船上谋到个差事，再者说它们是客运公司，而客轮的随船医师几乎没什么自由的活动空间；不过也有其他公司会经常派出不定期的大型货轮远赴东方进行日程宽松的货运贸易，

---

① 参见第八十八章注。

② 参见第八十七章注。

③ 阿拉贡（Aragon），西班牙的自治区与历史地区，范围包括本国东北部韦斯卡、萨拉戈萨和特鲁埃尔三省，大致相当于历史上的阿拉贡王国。

这种货轮在每个港口都会有长短不一的停泊时间，从一两天到半个月不等，这样你就有充足的时间，而且经常还能深入内陆去游览观光。在这种货轮上做随船医师待遇不高，伙食一般，所以谋求这种职位的人并不多，一个像他这样有伦敦学位的人，只要他申请，那简直是稳拿的。这种货轮航行的港口都是那种比较偏远的，最多也就搭乘一两个临时旅客，所以船上的生活是友好而又愉快的。菲利普已经将它们途经的地方熟记于心，每个地名都会唤起他对于阳光普照、色彩绮丽的热带风光的想象，唤起他对于多姿多彩、神秘莫测而又紧锣密鼓的生活的向往。生活！这才是他想要的。他终于已经来到了生活的大门口。也许，从东京或是上海，他还可以转乘其他的航线，由此而直放南太平洋的各个岛国。一个医生到哪儿都是有用的。也许他还有机会到缅甸一游呢，苏门答腊和婆罗洲那茂密的丛林也未尝不可以去踏访。他还年轻，时间对他来说还不成问题。他在英国无亲无故，没什么羁绊，他完全可以到世界各地去周游若干年，去尽情领略世界之美和不同的生活。

而现在却发生了这样的事情。他暂不考虑萨莉搞错了的可能性，说来奇怪，他确信她没有搞错，毕竟，这太有可能了；任何人都看得出来，她天生是个能够生儿育女的母亲。他知道他该怎么做。他应该不让这件意外使他偏离既定道路的一丝一毫。他想起了格里菲思，他很容易能想象得出，这位年轻人在获知这样一条消息时会是多么无所谓；他会认为这已经成了件令人头疼的麻烦事，他马上会像个聪明人一样逃之夭夭；他会抛下那个姑娘不管，任由她去尽可能对付自己的麻烦。菲利普告诉自己，假如这件事已经发生了，那就是因为这是不可避免的。他并不比萨莉应该承受更多的责难，她已经是个知道世事、懂得两性关系的大姑娘了，她是大睁着眼睛来冒这个险的。如果允许这么一件意外干扰了他人生的整个图案，那简直是发疯。这个世上只有极少数人尖锐地意识到了人生苦短的真相，认识到不负韶华、只争朝夕的必要性，而他就是其中之一。他愿意为萨莉做一切力所能及的事情，他可以为她提供一笔充足的钱财。一个坚强的男人是绝不会允许自己被任何事情影响，结果偏离自己的人生目标的。

菲利普把这一大套都讲给自己听了，但他知道他是做不出这样的事来的。他就是做不出。他知道自己。

"我真他妈太软弱了。"他绝望地喃喃道。

她一直都信赖他，全心全意地对待他。不管他有多少理由，他就是做不出他觉得缺德的事。他知道，如果他老是在琢磨她的处境是如何悲惨，他就是踏上了旅程，他的内心也不会有片刻的安宁。除此以外，还有她父亲和母亲呢：他们一直都待他这么好，对他们他是做不出以怨报德的事情来的。唯一的办法便是尽快和萨莉结婚。他可以写信给索思医生，说他马上就要结婚了，说如果他的提议还仍旧有效的话，他愿意接受它。在穷人当中开业行医，是他唯一可行的出路，在那里，他的残疾无关紧要，他们也不会讥笑他妻子那淳朴的做派。居然把她想象成自己的妻子，这也真够新鲜的，但这却使他生出一种古怪而又温柔的情愫，而一想到那个是他亲生骨肉的孩子，他全身不由得涌起一阵情感的战栗。他几乎可以肯定索思医生会张开双臂欢迎他，他不由得想象起他和萨莉一起在那个小渔村的生活来了。他们将在看得见海的地方拥有一幢小房子，他会眼看着那些巨大的舰船驶往他永远都不得而知的国度。也许这才是最明智的办法。克朗肖曾告诉过他：人生的事实是无关紧要的，只要他能凭借想象的力量牢牢占有空间与时间这两大领域。这话说得不假。**你爱情长存，她朱颜永驻！** [①]

他送给妻子的结婚礼物将是他这一生所有高华远大的理想。多么伟大的自我牺牲！菲利普深受这一美好精神的鼓舞，一整晚想的都是这个。他兴奋得书都读不下去了。他简直像是被人从屋子里赶了出来，他在鸟笼道 [②] 上来回踱步，他的心兴奋地怦怦直跳。他简直急不可耐了。他一心想看到他求婚时萨莉那幸福的神色，要不是天色太晚了，他立时立刻就会找她去了。他在脑海里描绘着在那个舒适的起居室里他将和萨莉共度的那些漫长的夜晚，百叶窗没有放下来，这样他们就能看到大海了；她在埋着头做女红的时候，他与书为伴，那罩着灯罩的灯光使她美丽的脸庞愈发端庄迷人。他们谈话的话题将会集中在孩子的成长上，当她将目光转向他的时候，那里面将闪烁着爱的光芒。那些他曾医治过的渔民和他们的妻子将对他们心怀巨大的爱意，而他们也会反过来分享这些淳朴人生的甜酸苦乐。但他的思绪还是回到了那个将是

---

① 英国诗人济慈《希腊古瓮颂》第二节的最后一句。

② 鸟笼道（Birdcage Walk），伦敦威斯敏斯特市的一条街道，得名于查理一世时期的皇家动物园和鸟类饲养场，从白金汉宫东南角延伸至圣詹姆斯公园南侧。

他和她共同孕育的儿子身上。他已经在自己心里感到对他的无限热爱了。他想象着用手抚摸他那完美无缺的小小的四肢，他知道他会长得很漂亮，他将把自己过一个丰富多彩的人生的所有梦想都移交给他。回首自己已经走过的这漫长的人生旅途，他欣欣然予以接受。他接受了那让他的生活如此艰难的天生残疾，他知道它扭曲了他的性格，但现在他也看出，正是由于它的缘故，他才获得了那给了他这么多快乐的自我反省的能力。如果没有它，他将永远都不会拥有对于美的锐敏的鉴别力、对艺术和文学的热情以及对人生各种奇观的盎然兴趣。那些曾经如此经常地加之于他的嘲笑和侮蔑，使他的性格变得内向，使他内心开出那些永不会失去其芬芳的鲜花朵朵。然后他才明白了，这世间最罕见的就是所谓"正常"。每个人都有他的缺陷，或者是身体上的，或者是精神上的。他想起他这辈子认识的所有的人（整个世界就像是个病房，这里面并无任何道理可言），他看到一个长长的队伍，要么身体残缺，要么精神扭曲：有些人是肉身有病，有心脏病或是肺病；有些则是病在精神，意志消沉或者沉溺杯中物。此时此刻，他对他们所有的人都感到一种神圣的慈悲。他们都是操在盲目的命运手中的无奈的工具。他已经能够原谅格里菲思对他的背叛和米尔德丽德给他带来的痛苦。他们都是身不由己。唯一合理的做法便是接受人们的好处，同时宽宥他们的过错。他记起我主耶稣基督临终时留下的话：

> 赦免他们，因为他们所做的，他们不知道。[1]

---

[1]　出自《圣经·新约·路加福音》第二十三章三十四节。（和合本修订版译文）

一二二

　　他和萨莉约好，礼拜六在国家美术馆碰面。她答应一下班就从店里过去，并同意跟他共进午餐。上次跟她见面已经是两天前的事了，而他内心的欢喜并没有一刻平息过。也正因为他沉浸在喜悦当中，他才并没有着急跟她见面。他已经在心里无数次地、一字不落地重复着他将对她说什么、他将怎么对她说。现在他已经急不可耐了。他已经给索思医生写了信，兜里就揣着当天上午收到的老爷子的回电：**将辞退那个一脸晦气的傻瓜。你们何时能来？**菲利普沿着国会街朝前走去。天气很好，一轮明亮的、熠熠生辉的太阳使得缕缕阳光在街上闪烁、跳动。行人熙熙攘攘。远处笼着一层轻纱般的薄雾，使那些高大建筑的宏伟轮廓变得柔和优雅了。他穿过特拉法尔加广场[①]。突然，他的内心像是痉挛了一下，他认为走在前面的一个女人是米尔德丽德。她有同样的身材，

① 特拉法尔加广场（Trafalgar Square），伦敦市中心威斯敏斯特的地标性广场，国家美术馆（The National Gallery）就在广场正北。

走路的姿势也像她那样有点拖拉着双脚。他不假思索地快步赶上前去，心怦怦直跳，等到跟她并排的时候，那女人转脸看了他一眼，他才看出那其实是个陌生人。那张脸要老得多，皮肤又皱又黄。他放慢了脚步。他长出了一口气，大感宽慰。但那还不仅仅是宽慰，里面也有失望的成分。他不禁对自己大为害怕起来：他就永远都没法从那种情欲中解脱出来了吗？在他内心的最深处，尽管发生了所有这一切，他仍感到他对那个可耻的女人怀有一种奇怪的、绝望的渴望，一直都徘徊不去。那种爱让他承受了那多痛苦，他知道他是永远、永远都没法完全摆脱它了。唯有死亡才能最终平息他的欲望。

但他竭力把这种痛苦从内心驱逐出去。他想起了萨莉，想起她那双温柔的蓝眼睛，他的唇角不觉露出一丝微笑。他走上国家美术馆的台阶，在第一个展厅坐下来，这样她一进来他就能看到她。置身于名画当中，总能让他的精神得到抚慰。他也并不特别地去观赏某一幅画，他只是让它们色彩的瑰丽、线条的优美对他的心灵产生影响。他一心想的都是萨莉。带她离开伦敦是件让人开心的事，因为她在伦敦总显得有些格格不入，就像是花店里置身于兰花和杜鹃之中的一朵矢车菊。在肯特郡的啤酒花藤栽培园里，他已经认识到她并不属于城市，他确信在多塞特郡那温柔的天空下，她会绽放得愈加美丽。她走了进来，他起身去迎她。她一身黑裙，袖口绲着白边，上等细麻布的领口。他们握了握手。

"你等了很久了吗？"

"不久。也就十分钟。你饿了吗？"

"不很饿。"

"咱们再在这儿坐一会儿，好吗？"

"随你。"

他们静静地坐着，肩并肩，谁都没说话。菲利普很享受有她在身边的感觉。他被她那容光焕发的健康给烘暖了。生命的光辉就像个光环，在她周围闪耀。

"那么，你这一向怎么样？"他终于说道，面带浅浅的微笑。

"哦，我很好。那只是虚惊一场。"

"是吗？"

"难道你不高兴吗？"

他心头一下子充满了一种异样的情感。他一直都坚信萨莉的怀疑是有充分根据的，他从来都没想到她还有出错的可能。他所有的人生规划突然间全都被推翻了，那如此苦心经营、精心勾画的生活图景不过成为梦一场，永远都实现不了了。他再次获得了自由。自由！他曾经朝思暮想的种种人生规划一样都不需要放弃，生活仍完全掌握在他手中，他高兴怎样就可以怎样。但他并没有感到丝毫的兴奋，反倒只有灰心沮丧。他的心沉了下去。未来在他面前展现为一片荒芜和空虚。那感觉就好像他已经在茫茫的大海上航行了多年，危险屡受、辛苦备尝，终于要来到一个美丽的避风港湾了，但就在他要驶进去的时候，却又突然起了一阵逆风，重新把他驱赶回了无边的大海上。而正因为他已经任由自己的思绪在大地上那柔软的芳草地和宜人的树林里流连忘返了，那荒凉无际的大海就使他内心更为苦痛难当。萨莉用她那对明澈的眼睛看了看他。

"你难道不高兴?"她又问道,"我还以为你会欣喜万分呢。"

他无精打采地面对着她凝视的目光。

"我也说不清楚。"他嘟囔道。

"你可真怪。大部分男人都会感到高兴的。"

他意识到他其实是在自欺欺人,其实促使他想到结婚的并不是什么自我牺牲,而是对妻子、家庭和爱情的渴望,而现在这一切都从他手指缝里溜走了,他剩下的就只有绝望。他对这一切的渴求胜过了这个世上的一切。西班牙和那些城市跟他有什么关系:什么科尔多瓦、托莱多、莱昂;缅甸的佛塔和南太平洋诸岛的环礁湖跟他又有什么关系?此时此地就是他的美洲。在他看来,他这一生追慕的理想全都是别人的,是由他们的话语和著作灌输给他的,那从来都不是发自他内心的愿望。他人生的道路一直都是由他认为他该怎么做来左右的,他从来就没有顾及过他整个灵魂真正想要什么。他不耐烦地挥挥手,就把这一切都放在了一边。他一直都是生活在未来中,而当下,现在,却总是、总是从他手指缝里溜走了。他的理想呢?他一直都想经由纷繁复杂、毫无疑义的人生事实,编织出一个无比精细复杂、美轮美奂的图案;难道他就没有认识到那最简单的图案——一个男人生下来,工作,结婚,生儿育女,最后死去——同样也是最完美的吗?很可能向幸福投降也就是自认失败,但这种失败却胜却胜利无数。

他飞快地瞟了萨莉一眼,他不知道她在想些什么,然后又把目光别开了。

"我本来打算要向你求婚呢。"

"我想你可能会这么做的，但我不愿意挡了你的道。"

"你怎么会挡我的道呢？"

"那你的那些旅行呢，西班牙和所有的那些打算呢？"

"你怎么知道我想去旅行？"

"我总该知道一点了吧，我听你和爸爸整天说的就是这个，说得面色通红，唾沫都快干了。"

"所有这些东西，我现在一点都不在乎了。"他停顿了一会儿，然后用低沉、嘶哑的声音悄声道，"我不想离开你，我离不开你了！"

她没作声。他猜不出她到底在想什么。

"不知道你愿不愿意嫁给我，萨莉。"

她坐在那儿没动，脸上也没有丝毫情绪的波动。她回答的时候眼睛并没有看他。

"只要你愿意。"

"难道你不愿意吗？"

"哦，我当然想能有个自己的家，而且也该是我成个家、安顿下来的时候了。"

他微微一笑。现在他已经很了解她了，她的态度并没有让他感到意外。

"可是你难道不想嫁给**我**吗？"

"反正也再没有别的男人我肯嫁了。"

"那咱们就说定了。"

"妈妈和爸爸肯定会大吃一惊的，不是吗?"

"我太幸福了。"

"我想要吃我的午饭了。"她说。

"哎呀，天哪!"

他微笑着，拉起她的手，紧紧地握着。他们站起来，一起走出了美术馆。他们在栏杆前站了一会儿，看了看眼前的特拉法尔加广场。出租马车和公共汽车来来往往、不停穿梭，人群熙熙攘攘，朝四面八方匆忙奔去。阳光普照，万物生辉。